A LIBRARY OF DOCTORAL DISSERTATIONS IN SOCIAL SCIENCES IN CHINA

中国社会科学博士论文文库

1978—2008：中国先锋诗歌批评研究

崔修建　著
导师　罗振亚

中国社会科学出版社

图书在版编目(CIP)数据

1978—2008：中国先锋诗歌批评研究/崔修建著.—北京：中国社会科学出版社，2013.6
ISBN 978-7-5161-2925-8

Ⅰ.①1… Ⅱ.①崔… Ⅲ.①诗歌评论—中国—1978—2008 Ⅳ.①I207.22

中国版本图书馆 CIP 数据核字(2013)第 154808 号

出 版 人	赵剑英	
责任编辑	周晓慧	
责任校对	林福国	
责任印制	李 建	

出 版	中国社会科学出版社	
社 址	北京鼓楼西大街甲 158 号（邮编 100720）	
网 址	http://www.csspw.cn	
	中文域名：中国社科网	010-64070619
发 行 部	010-84083685	
门 市 部	010-84029450	
经 销	新华书店及其他书店	

印 刷	北京市大兴区新魏印刷厂	
装 订	廊坊市广阳区广增装订厂	
版 次	2013 年 6 月第 1 版	
印 次	2013 年 6 月第 1 次印刷	

开 本	880×1230 1/32	
印 张	10.125	
插 页	2	
字 数	261 千字	
定 价	29.00 元	

凡购买中国社会科学出版社图书，如有质量问题请与本社联系调换
电话：010-64009791
版权所有　侵权必究

作者简介

崔修建，生于1968年，笔名阿健，文学博士，作家。现为哈尔滨师范大学文学院写作教研室主任，硕士研究生导师。

曾主持、参与多项课题研究，在《北方论丛》、《文艺评论》等刊发表论文数篇。在数百家报刊发表诗歌、散文、小说、报告文学等各类作品400余万字，为《读者》等多家杂志签约作家，有百余篇作品入选《综合语文》、《大学生素质教育课程》、《新概念阅读》等教材及教辅书籍，已出版《左手智慧右手爱》、《爱那么短，爱那么长》、《你的美，我知道》等16部作品专集，编著教材《大学写作教程》(原理卷)。

内 容 简 介

本书对1978—2008年中国大陆先锋诗歌批评进行了整体透视和重点探究，试图勾勒出先锋诗歌批评发生、流变的历史轮廓，揭示出先锋诗歌批评的美学特征，探究先锋诗歌批评的经验以及存在的误区。

首先，本书对中国先锋诗歌批评进程和整体风貌进行了"断代史"的扫描与审视。其次，论述了批评主体如何建立起关怀与批判的身份、独立与自由的立场，展开富有激情、理性和社会历史承担的批评，从而揭示出批评主体在社会文化历史进程中的身份和立场转变是如何影响先锋诗歌批评所呈现出的复杂的多变性。再次，通过对先锋诗歌批评策略、言说方式等的解读，论述了先锋诗歌批评如何整合中西方文论话语，并借助其承继诗学传统，进行现代诗学建构。最后，对有代表性的批评家个案展开了研究，揭示出中国先锋诗歌批评主体的建构与批评队伍和先锋诗歌批评有机的历史脉动。

《中国社会科学博士论文文库》
编辑委员会

主　　任：李铁映
副 主 任：汝　信　江蓝生　陈佳贵
委　　员：(按姓氏笔画为序)
　　　　　王洛林　王家福　王缉思
　　　　　冯广裕　任继愈　江蓝生
　　　　　汝　信　刘庆柱　刘树成
　　　　　李茂生　李铁映　杨　义
　　　　　何秉孟　邹东涛　余永定
　　　　　沈家煊　张树相　陈佳贵
　　　　　陈祖武　武　寅　郝时远
　　　　　信春鹰　黄宝生　黄浩涛
总 编 辑：赵剑英
学术秘书：冯广裕

本著作得到哈尔滨师范大学博士科研启动基金资助

总　序

在胡绳同志倡导和主持下，中国社会科学院组成编委会，从全国每年毕业并通过答辩的社会科学博士论文中遴选优秀者纳入《中国社会科学博士论文文库》，由中国社会科学出版社正式出版，这项工作已持续了12年。这12年所出版的论文，代表了这一时期中国社会科学各学科博士学位论文水平，较好地实现了本文库编辑出版的初衷。

编辑出版博士文库，既是培养社会科学各学科学术带头人的有效举措，又是一种重要的文化积累，很有意义。在到中国社会科学院之前，我就曾饶有兴趣地看过文库中的部分论文，到社科院以后，也一直关注和支持文库的出版。新旧世纪之交，原编委会主任胡绳同志仙逝，社科院希望我主持文库编委会的工作，我同意了。社会科学博士都是青年社会科学研究人员，青年是国家的未来，青年社科学者是我们社会科学的未来，我们有责任支持他们更快地成长。

每一个时代总有属于它们自己的问题，"问题就是时代的声音"（马克思语）。坚持理论联系实际，注意研究带全局性的战略问题，是我们党的优良传统。我希望包括博士在内的青年社会科学工作者继承和发扬这一优良传统，密切关注、深入研究21世纪初中国面临的重大时代问题。离开了时代性，脱离了社会潮流，社会科学研究的价值就要受到影响。我是鼓励青年人成名成家的，这是党的需要，国家的需要，人民的需要。但问题在于，什么是名呢？名，就是他的价值得到了社会的承认。如果没有得到社会、人民的承认，他的价值又表现在哪里呢？所以说，价值就在于对社会重大问题的回答和解决。一旦回答了时代性的重大问题，就必然会对社会产生巨大而深刻的影响，你也因此而实现了你的价值。在这方面年轻的博士有很大的优势：精力旺盛，思想敏捷，勤于学习，勇于创新。但青年学者要多向老一辈学者学习，博士尤其要很好地向导师学习，在导师的指导下，发挥自己的优势，研究重大问题，就有可能出好的成果，实现自己的价值。过去12年入选文库的论文，也说明了这一点。

什么是当前时代的重大问题呢？纵观当今世界，无外乎两种社会制度，一种是资本主义制度，一种是社会主义制度。所有的世界观问题、政治问题、理论问题都离不开对这两大制度的基本看法。对于社会主义，马克思主义者和资本主义世界的学者都有很多的研究和论述；对于资本主义，马克思主义者和资本主义世界的学者也有过很多研究和论述。面对这些众说纷纭的思潮和学说，我们应该如何认识？从基本倾向看，资本主义国家的学者、政治家论证的是资本主义的合理性和长期存在的"必然性"；中国的马克思主义者，中国的社会科学工作者，当然要向世界、向社会讲清楚，中国坚持走自己的路一定能实现现代化，中华民族一定能通过社会主义来实现全面的振兴。中国的问题只能由中国人用自己的理论来解决，让外国人来解决中国的问题，是行不通的。也许有的同志会说，马克思主义也是外来的。但是，要知道，马克思主义只是在中国化了以后才解决中国的问题的。如果没有马克思主义的普遍原理与中国革命和建设的实际相结合而形成的毛泽东思想、邓小平理论，马克思主义同样不能解决中国的问题。教条主义是不行的，东教条不行，西教条也不行，什么教条都不行。把学问、理论当教条，本身就是反科学的。

在21世纪，人类所面对的最重大的问题仍然是两大制度问题：这两大制度的前途、命运如何？资本主义会如何变化？社会主义怎么发展？中国特色的社会主义怎么发展？中国学者无论是研究资本主义，还是研究社会主义，最终总是要落脚到解决中国的现实与未来问题。我看中国的未来就是如何保持长期的稳定和发展。只要能长期稳定，就能长期发展；只要能长期发展，中国的社会主义现代化就能实现。

什么是21世纪的重大理论问题？我看还是马克思主义的发展问题。我们的理论是为中国的发展服务的，决不是相反。解决中国问题的关键，取决于我们能否更好地坚持和发展马克思主义，特别是发展马克思主义。不能发展马克思主义也就不能坚持马克思主义。一切不发展的、僵化的东西都是坚持不住的，也不可能坚持住。坚持马克思主义，就是要随着实践，随着社会、经济各方面的发展，不断地发展马克思主义。马克思主义没有穷尽真理，也没有包揽一切答案。它所提供给我们的，更多的是认识世界、改造世界的世界观、方法论、价值观，是立场，是方法。我们必须学会运用科学的世界观来认识社会的发展，在实践中不断地丰富和发展马克思主义，只有发展马克思主义才能真正坚持马克思主义。我们年轻的社会科学博士们要以坚持和发展马克思主义为己任，在这方面多出精品力作。我们将优先出版这种成果。

2001年8月8日于北戴河

目　录

序言 ……………………………………… 罗振亚（1）

绪论　眩目与迷乱中的生长 ………………………（1）
　一　不断生长的先锋诗学 ………………………（6）
　二　彰显个性的独立言说 ………………………（10）
　三　多维的批评路径选择 ………………………（14）

第一章　现代文化语境中的审视与探寻 ……………（19）
　第一节　流变中的指认与估衡 …………………（19）
　　一　对先锋诗歌流变过程的全面考察 …………（19）
　　二　对思想先锋指向的现代审视 ………………（25）
　　三　对先锋诗歌价值和意义的认真估衡 ………（29）
　第二节　现代诗歌精神的找寻与建立 …………（36）
　　一　在"个人性书写"批判中找寻 ………………（37）
　　二　在文化批判中的丰富 ………………………（42）
　　三　在文本解读中的探索 ………………………（47）

第二章　现代批评主体的独立与自觉 ………………（54）
　第一节　关怀与批判：批评身份的自觉认同 …（54）
　　一　对先锋诗潮的广泛关注 ……………………（54）

二　对创造精神的深入挖掘 …………………………… (60)
　　三　对写作技术的细微打探 …………………………… (65)
　第二节　独立与自由:批评立场的自主选择 ………………… (70)
　　一　主体独立意识的觉醒与强化 ……………………… (70)
　　二　对批评自由的追求与坚持 ………………………… (79)
　　三　"个人化言说"的坚守与迷失 ……………………… (83)
　第三节　激情与责任:批评主体的现实情怀和
　　　　　历史承担 …………………………………………… (88)
　　一　多元诗歌观念的碰撞 ……………………………… (89)
　　二　充满生命激情的创造 ……………………………… (97)
　　三　自觉修正批评的偏失 ……………………………… (101)

第三章　断裂与承继中的诗学理论建构 ……………………… (106)
　第一节　命名与阐释:意义的抵达或偏离 …………………… (106)
　　一　生成的背景和特征 ………………………………… (107)
　　二　对诗歌独立说话的一种方式 ……………………… (112)
　　三　意味多重的澄明与模糊 …………………………… (116)
　第二节　融通与超越:现代诗论话语的重建 ………………… (121)
　　一　对传统的承继与现代的超越 ……………………… (122)
　　二　本土与西方话语资源的整合 ……………………… (129)
　　三　现代诗歌文论话语的建构 ………………………… (136)
　第三节　论争与对话:众声喧哗中的诗学探索 ……………… (140)
　　一　诗学观念的辩驳与澄清 …………………………… (141)
　　二　诗歌秩序的破坏与重建 …………………………… (149)
　　三　多向度、多维度的探索 …………………………… (154)

第四章　批评关键词解读 ……………………………………… (162)
　第一节　"朦胧":向复杂与深刻敞开的幽密暗道 ……… (162)

一　现代诗歌特性的指认与诗人自觉的美学追求 …(162)
　　二　特定语境中诗人别有意味的话语策略 ………(167)
　　三　诗学观念和审美差异的自然显现 ……………(172)
第二节　"叙事性":观念的转化与诗艺本质性的
　　　　置换 ……………………………………………(176)
　　一　现代与后现代视阈下的诗学观念转化 ………(177)
　　二　"一种极见难度和功力的写作" ………………(182)
　　三　心灵与现实深层对话的一种方式 ……………(186)
第三节　"个人化写作":行走于无限可能与歧义
　　　　纷呈之间 ………………………………………(191)
　　一　对"个人化写作"演进过程的考量 ……………(192)
　　二　对"个人化写作"中欲望化书写的批判 ………(197)
　　三　对"个人化写作"特征及意义的多层面审视 …(200)

第五章　诗评家队伍与诗评家个案透视 ………………(210)
第一节　向"无限可能"敞开与掘进的诗评家们 ………(210)
　　吴思敬:与先锋诗歌同行的执著歌者 ……………(211)
　　陈超:在穿越"困境"和深度"介入"中打开诗的
　　　　漂流瓶 …………………………………………(215)
　　罗振亚:整体观照与多维透视中的"智性言说" …(219)
　　张清华:沉入"迷津"的打捞与找寻 ………………(224)
　　于坚:来自诗歌写作前沿激越而粗砺的声音 ……(228)
　　唐晓渡:独立而稳健的多元探索与幽微挖掘 ……(232)
第二节　谢冕:穿越历史的思想家和歌者 ………………(241)
　　一　宏阔的历史视野和超拔的胆识 ………………(242)
　　二　融注深刻思想的社会历史批评 ………………(247)
　　三　以学者的深邃挥洒激情的审美批判 …………(252)
第三节　陈仲义:包蕴情怀的整体诗学营构 ……………(259)

一　神性诗学和智性诗学的精心思考 …………………(259)
　　二　生命诗学的深度勘探 ……………………………(264)
　　三　高标的学术情怀和风度 …………………………(268)
第四节　程光炜:接纳、亲和、拒斥中显现批判锋芒
　　　　………………………………………………………(272)
　　一　宏阔视阈中的历史穿越 …………………………(273)
　　二　深入诗歌现场的反思与前瞻 ……………………(277)
　　三　与文本展开深层的对话 …………………………(281)

结语　依然"在路上"的期待与求索 ……………………(287)

参考文献 ………………………………………………(297)

后记 ……………………………………………………(304)

序　言

20世纪90年代末夏天的一个傍晚。东北边城牡丹江市郊的一家渔村。四个人在慢慢地聊天儿，不时发出一阵开心的笑声。彼时，窗外闪烁的繁星、轻拂的和风、静谧的花香，同室内柔和的灯光、温馨的话语、小女孩纯净的微笑，组构成了人间一首最纯、最美的诗篇，天籁、地籁与人籁合而为一了。

那是我和修建一家三口在欢聚。

说起修建，得感谢诗歌，是它搭起了我们心灵之间相通的桥梁。早在硕士毕业去哈尔滨师范大学工作时，就听别人告诉我，修建是在校本科生中的一个才子，国内不少杂志都发表了他的诗作；后来我到图书馆读过去的理论刊物，发现很多借阅卡上都有他的签名，渐觉这个年轻人不俗，不光有才气，还能及时加强理论修养。而那次的他乡晤谈，我才真正明白了他之所以成为诗人的奥秘所在。原来，受单位委派，我到那座城市授课。时任当地一所师范学校教师的修建，得知了这一消息，却不清楚我住在哪家宾馆，于是开始进行地毯式搜索。工夫不负有心人，第二天下午他找到了我，下课后我们径直去了渔村。酒未下肚之前，修建的话少得像诗一样简洁，只是坐在那里不住地笑。看着他，久违的感动突然让我心热不已。在物欲横流、人情淡漠的世界上，保持一颗赤子之心是怎样的艰难和珍贵啊！这个诗歌朋友我认定了。

在接下来的二三年里，修建没日没夜地啃着扔掉了许久的英语，目的是希望进入高校随我研读中国新诗。专业上自不必说，每次的分数都遥遥领先；但讨厌的洋文字母却始终把他挡在门外。其实，以修建那时的条件不一定非要考研了，《和心灵说话》、《爱是天堂》、《把你放在心上》等散文集的出版，一千余件作品的陆续发表，小说、评论、诗歌等文体上的多点开花，使他成了《读者》的签约作家，在自己的领域有广泛的影响，他完全可以在另一条路上发展。但是修建不是那种轻易就会放弃理想的人。好在后来他凭借创作上雄厚的实力，被哈尔滨师范大学作为人才引进，并顺利地评转为副教授，不必再去过硕士研究生考试那一关了。于是，在我的建议下，他于2005年直接报考我的博士，多年的外语修炼也到了火候，使他"终成正果"。

我这些年带学生有个习惯，那就是在博士生入学之际，头脑中已从对方的学识结构、专业积累、兴趣特长和整个学科的实际出发，基本上有了他日后毕业论文选题方向的大致轮廓。考虑到修建是诗人出身，不论后来探索的触角怎么多元，当代诗歌确切说是当下诗歌的创作和批评，始终为他梦魂牵绕的关注点；入学前他有几篇诗歌方面的随笔文字面世，对诗歌批评没有"隔"的感觉；同时我在文艺学博士点招生的研究方向又是"中国现代诗学"，综合几点我觉得他做新时期诗学批评研究比较合适。这个建议一经提出，即被他积极地采纳。其后我们反复磋商、讨论、斟酌，以为新时期诗学批评的重中之重恐怕还是先锋诗学批评，把握好先锋诗学批评在某种程度上也就抓住了研究对象的命脉，同时也为和我的博士论文《朦胧诗后先锋诗歌研究》构成一种内在的呼应，最终确立了《1978—2008：中国先锋诗歌批评研究》这个学位论文题目。

作为"评论的评论"，近三十年的先锋诗歌批评堪称复杂的思想、艺术存在，它至少涵括诗学史、诗学理论和诗学评论等几个相互缠绕、纠结的层面。它在几种文体批评中最活跃，最多变，如果说前期尚能模糊地显现出二元对立的结构形态，那么后期则已属于一种"群岛上的对话"了，它的繁富，它的流动，它的不稳定，都决定了对它不好做出整合，有相当大的研究难度。说实话，当时我很为修建忧虑。他是否能够一下子肩起如此庞大而纷乱的课题，长期沉于形象思维之中的他如何在短期内完成向学理性言说的转换，他会不会如期参加毕业论文答辩？内心深处的担心我虽然从来没敢和修建当面说起，但也一直未曾间断，直到2008年的二月至四月间陆续读到他的初稿，才逐渐释然；并且深为他表现的出色而高兴和自豪，只是这种感觉也从没过多地向他透露过。

面对浩如烟海的诗学文献和矛盾丛生的诗学观念，修建有过无从下手的短暂局促；但很快就以快刀斩乱麻的果决，走出了困惑。他大胆地将批评语境、批评主体、批评路径、诗学建设、批评家个案等重要诗学问题，整合到一个相对科学、严谨的逻辑框架内，建构起了自己的阐释空间。当代诗评家张林杰在论文评议书中说，它"从先锋诗学对诗歌的具体社会文化语境的审视，到先锋诗学主体精神的考量，再到先锋诗学的建构和先锋诗学核心词语的阐释，最后是对代表性诗评家的批评个案透视，以问题为线索将各种文献贯穿其间，不仅深入地呈现了三十年来中国先锋诗学的概貌，而且对该领域的学术动态和文献资料作了清晰的勾勒"，是很切合实际的评价。这种结构纵横开阖，视野阔达，既可勾画出先锋诗学从为朦胧诗出山摇旗呐喊，中经为后朦胧诗提供理论助力，到对90年代及新世纪诸多诗学问题冷静审视的历史轨迹，脉络清晰；同时又问题意识突出，能对诗歌精神的寻找、批评主体的确立、诗学现象的命名等话题施行必要的考量和分析，利于凸显新时期先锋诗歌批评的来龙去脉、现象特征、嬗变规律以及在不同时段的特殊表现，满足诗学断代史的述史要求。

　　一般情况下，诗学史研究缺少鲜明问题意识的话，容易蹈入线性梳理的平面、浅表化窠臼，如果没有重要现象或命题的解剖，同样也将面临空泛、粗疏化的威胁，对于这一点修建是有着高度的警觉的。为了避免被数不清的问题、现象和诗学批评个体所"淹没"，他决不面面俱到，做简单扫描的无效劳动，而是抽取出最具代表性、贯穿性的"朦胧"、"叙事性"、"个人化写作"等关键词，进行深入、系统的辨析和解读，以点带面地切入研究对象；也不去搞排坐次似的诗学家姓名和批评文本罗列，而是挑选谢冕、陈仲义、程光炜等在诗学建构方面作出突出贡献的诗评家个案，逐个细致地透视，兼及吴思敬、陈超、张清华等其他批评家的差异性与共同性，揭示新时期先锋诗歌主体批评的整体风貌。由于几个关键词分别是先锋诗学不同阶段的典型话语，都沉潜着丰厚的精神和艺术内蕴，对它们的专门阐释就直接切中了它们各自所代表的时代的艺术本质，而它们的连环解读，无疑又复现出新时期诗学观念和诗艺形态的衍化历程。至于对三个批评家的个案剖析也是别具匠心的，因为他们分别是朦胧诗时代、后朦胧诗时代、个人化写作时代的理论代言人，对他们颇具功力的走近和"放大"，势必会构成总揽他们背后那个时代艺术思想风貌的最佳窗口。修建这种努力，赋予了论文理想的广度、高度和深度。

　　当下的许多诗学论著好像成心不让人读似的，或者通篇贩卖西方的话语名词，甚至语法句式也高度欧化，被有些批评者视为"不说人话"，没法读懂；或者能淡出鸟来，一点不讲究文采，它只能叫人昏昏欲睡。究其可读性差的根源，大概一是作者的语言功夫薄弱，一是作者缺乏语言美的意识，以为语言只是工具，把意思表达清楚就万事大吉了。这是一种必须废除的偏见。其实美是诗的别名，诗歌的语言是美的，诗歌研究的文字也应该是美的。修建最初靠诗歌创作起家,现在还不时地写下一些分行的文字,有意识也有资本令语言美丽起来。这一点只要稍微浏览一下修建论文的目录,就会发现他语言的准确、质感度在同龄人中是少见的,而且总能和学理、思辨达成一定程度的契合。如"'个人化言说'的坚守与迷失","命名与阐释:可能的抵达或偏离",""朦胧'向复杂与深刻敞开的幽密暗道","依然'在路上'的期待与求索"以及正文的大量论述里,具象词和抽象词的镶嵌,感性和理智的混凝,词语、句子间转换节奏的急缓有致,和贯通于文字内里的气韵,都一改常规论文语言的干瘪和枯燥,透着一股牵着读者前行的魅力和美感。这也是修建论文的一个显豁特色。

《1978—2008:中国先锋诗歌批评研究》是国内第一部系统研究新时期三十年先锋诗歌批评的论著,尽管囿于篇幅,没能覆盖港台的先锋诗学探索,个别的观点论证得还有欠充分;但它打通前沿性和当下性、充满创见的尝试,肯定会对新世纪的诗歌创作及批评产生有效的启示,在刊物发表的部分章节已经得到同行的赞许,即是有力的明证。修建有足够的理由拥有学术研究上的自信。

如今的修建,在散文创作界影响日隆,诗学批评也渐入理想的状态,我相信创作和批评的互补、互动,会让修建走出一条独特的思想之路,一条灵性和智慧、诗与哲学兼容的途径。

天津的夏天是炎热的,此刻骄阳似火,路边的树叶纹丝不动,蝉儿们的歌声高高低低地响起。这倒令我念起哈尔滨的凉爽了。什么时候能够再端坐于冰城七月的风里,同修建一家把酒问盏,给心灵放上一个愉快的假期呢!

罗振亚
2012 年 7 月 23 日于天津阳光 100 寓所

绪　　论

眩目与迷乱中的生长

在中国大陆当代先锋诗歌发展史上，1978年无疑是一个值得特别关注的具有标志性的年份，这一年是中国新时期文学的开端。伴随着"思想解冻"清风的徐徐吹拂，地火一样悄然运行于"文化大革命"时期的"地下诗歌"渐渐浮出水面。随即，带着强烈叛逆精神的"朦胧诗"开始震动诗坛，并很快就在80年代初汇聚成蔚然壮阔的"朦胧诗"大潮。与拨乱反正、改革开放、市场经济、全球化等现代化进程的全面推进的同时，中国诗歌也掀起了一波又一波以"前卫性、探索性、实验性"为基本特征的先锋诗歌浪潮。在过去的三十年间（1978—2008），先锋诗坛群星闪耀，旗帜林立，宣言和口号此起彼伏，各种论争和对话异常活跃，思潮、主义、流派接连不断地粉墨登场，大量优秀诗歌文本不断涌现……所有这一切，都为这一时期先锋诗歌批评的生成、展开和繁荣提供了充分的依据。

正是先锋诗歌的兴盛带动了先锋诗歌批评的繁荣，从当年为"朦胧诗"辩护和"正名"的激烈论争，到80年代中期关于后新诗潮的广泛批评，从90年代关于"民间写作"与"知识分子写作"的多向度探索，到21世纪之初为先锋诗歌探寻新的方向的"众声喧哗"，一批批置身于现代文化语境当中的诗评家们，对纷涌而至的诸多先锋诗歌现象和问题进行了梳理、概括、提升，提出了很多重要的诗学命题，并围绕着这些命题展开了一系列诗人与诗人、诗人与诗评家、诗评家与诗评家之间的论争和对话，通过大量的命名、阐释和多方面的诗学理论探索，广泛而深入地推进了当代先锋诗学建构。

特别值得关注的是，先锋诗歌批评以其与时俱进的自觉、独立、自由的高贵品性，高度重视现代诗歌精神建设，在不断探索先锋诗歌多元化创新、发展路径和表现方式的同时，不断探索如何深化诗歌与社会历史、现实、文化等多方面的联系，探寻推进批评的独立、自由的"个人化言说"。尤其是针对社会和文学转型时期的诗歌创作特征和发展态势，对先锋诗歌发展当中各种思潮、流派、诗人及文本等，从社会、历史、文化、美学等多方面展开了多角度的深入研究，对先锋诗歌内涵、特征、写作技术、话语方式、价值意义等进行了全方位的宏观考量和微观探究。其中既有平静、沉潜之中的富有创新性的建构，也有纷纭论争之中的大胆解构，多元化的批评声音并存，多样化的理论和实践共生，从而营造出良好的学术批评氛围，呈现出可喜的批评态势，涌现了以谢冕、郑敏、陈仲义、程光炜、蓝棣之、陈良运、吴开晋、袁忠岳、刘登翰、吕进、孙绍振、洪子诚、杨匡汉、王光明、陈超、罗振亚、唐晓渡、张清华、吕周聚、陈旭光、王家新、徐敬亚、于坚、韩东、李震、欧阳江河、张桃洲、周伦佑、臧棣等为代表的庞大的批评家群体，推出了《朦胧诗论争集》、《磁场与魔方：新潮诗论卷》、《诗的哗变》、《朦胧诗后先锋诗歌研究》、《中国当代先锋诗歌研究》、《中国诗歌九十年代备忘录》、《最新先锋诗论选》等众多优质批评文本。这极大地推进了先锋诗歌创作的繁荣，形成了与先锋诗歌写作相对应的引人注目的"另一种写作"，充分地展示出先锋诗歌批评的实绩和良好的发展前景。

然而，相对于先锋诗歌批评的异常活跃与斐然的成就，关于先锋诗歌批评的系统、深入的研究（特别是整体的透视性研究）

绪论　眩目与迷乱中的生长　　3

却显得十分薄弱、滞后。虽然目前已有不少人对先锋诗歌批评着手进行研究并推出了一系列值得关注的重要成果，如对谢冕、陈仲义、程光炜、陈超、罗振亚、唐晓渡等诗评家个案的批评，均显示出了较高的学术水准，为先锋诗歌批评的深入展开提供了重要的启示和借鉴。同时，一些批评者尤其是一些硕博研究生已开始有意识地选取有关先锋诗歌批评的某一重要论题进行较为系统的研究，并注重视角的新颖性、方法的多样性等。如关于中国新时期诗歌批评、"朦胧诗"批评、90年代诗人批评的批评等。一些批评者广泛地采用了美学、文化学、心理学、语言学、解构学、符号学等批评方法，并借助现代主义、后现代主义等理论，多角度、多侧面地展开批评，已取得了一些很有学术价值和意义的研究成果。但是，关于先锋诗歌批评的研究至今仍处在"初期的探索阶段"，许多领域还仅仅是简单的点到为止，不少研究仍过多地停留于现象扫描和特征粗略的概括上，还没有更深入地进入到批评发生和发展的社会文化语境当中，没有对批评主体的身份、立场、理论依据和批评路径等进行综合性的深入考量，对某些重要诗学命题的探究还只是停留在较浅的层面，对一些重要诗评家的研究更多的依然是点评式的概述，更深入、有成效的学术探索尚极少见到。研究者对局部问题的关注较多而从整体透视的较少，尤其是宏观地把握先锋诗歌批评演进历程和特征的批评还非常地少，对不少批评现象、问题的感性化的阐释较多而学理性研究还不到位，不少研究明显滞后于先锋诗歌批评，并且研究的深度和力度明显不足，研究的影响还十分有限。

　　正是鉴于前面所论及的先锋诗歌批评的辉煌与批评研究相对薄弱、滞后的现状，笔者决定截取1978—2008年的中国大陆先锋诗歌批评作为一个整体加以研究。试图通过对这一时段的中国先锋诗歌批评历史进程和批评状况进行一次"断代史"的扫描和审视，从批评的语境、批评主体、批评路径、诗学建设等几个重要方面入手，对一些重要问题展开系统的考察和论述，提交一份有关1978—2008年的先锋诗歌批评论纲，留下一些批评的话题和引子，以期引发对于先锋诗歌批评更多的关注和思考。

之所以选取1978年作为"先锋诗歌批评"研究的起点，不仅仅因为"四五诗歌"、"文化大革命"结束和"新诗潮"的暗流涌动，都与这一年份有着表层与深层的联系，还因为从这一年起开始了中国社会主义建设的新纪元，这一年拉开了"新时期文学"的序幕。其特殊的政治、经济、文化语境，不仅为先锋诗歌创作及批评的生成、演进和繁荣提供了深厚的背景和坚实的基础，还成为了创作与批评的重要内容之一。而将研究时段的止点选在2008年，则可以构成一段相对完整的"批评史"。对这一时段的先锋诗歌做统一的整体考量，可以更好地理清先锋诗歌批评的发展脉络，把握批评的路径和特征，找到批评嬗变的规律等。而且由于这一时间链条上的先锋诗歌批评，与当下方兴未艾的先锋诗歌批评紧密相连，笔者更容易近距离地返身先锋诗歌批评现场，在回顾、体验和瞻望之中，能够更真切地感受和把握研究对象，以便更好地吸纳先锋诗歌创作和批评的最新成果，从而使这一研究既有历史打探的纵深感又不失现实抚摸的亲切感。

新时期三十年的先锋诗歌批评，所包含的内容极其繁复、庞杂，涉及到先锋诗歌史、先锋诗歌批评、先锋诗歌理论方面的众多诗学命题。它们关涉到哲学、美学、语言学、文化学等诸多学科，且很多命题盘根错节地缠绕在一起，既有理论上的互通互渗，又有实践中的分歧丛生，仅仅对其做一番有效地梳理、剥离和归类就已经相当地不易，若要进行整体性的深度探究，其难度就可想而知了。笔者也深知这绝对是一项艰巨的、富有挑战性的课题，从选择这一课题的开始就已注定了不可避免的冒险和艰难。而学术修养、知识储备、钻研能力等极其有限的笔者，即使毕尽一生的努力，恐怕最终也只能是做一点点尝试性的摸索，只能做有限的一点点学术挖掘工作。但面对走过喧嚣与沉潜、掌声簇拥与冷落相伴的三十年的先锋诗歌批评，笔者还是禁不住一再用深情的目光回望，并自然地俯下身来，认真地谛听、触摸、感受、品味这一段带有鲜明时代印迹、尚未走远的"先锋诗歌批评断代史"，再度置身于那氤氲袅袅的现代批评语境当中，悉心检视、爬梳、辨析那浩若烟海的鲜活、丰赡的批评文本，细细打量那枝蔓横生的种种繁复的问题，努力理清那些若隐若现的批评延展的脉络，在艰难的摸索中不时地有惊喜的发现。有的虽然只是灵光乍现的一点点感悟，但仍然那样神奇地吸引着笔者。鉴于此，笔者决定选取有关先锋诗歌批评中的几个重要方面作为研究展开的基点，选取有代表性、贯穿性的关键问题作为切入点，展开以点带面的研究。重点是追问并探究如下一些重要的诗学命题：先锋诗歌批评是在怎样的社会文化语境中生成和发展的？批评关注和思考的主要问题有哪些？批评者的身份怎样及如何确立？批评语境与批评路径的选择关系如何？批判的立场、策略、言说方式等又呈现出怎样的特征及依据是什么？先锋诗歌批评的关键词有哪些？先锋诗学建构情况如何？批评家队伍建设和重要批评家的成就如何？如何衡量既有的批评的价值和意义？如何看待先锋诗歌批评中存在的误区和可能的前景？等等。这些关键性的问题彼此之间广泛而深刻地联系着，对这些问题进行提纲挈领的探究，或许可能勾勒出新时期三十年中国大陆当代先锋诗歌批评的整体概貌。

当然，1978—2008年的先锋诗歌批评是向"无限可能"敞开的，其本身有着巨大容量，而且还在不断地吸纳和生产着。其所关涉的领域是广阔而深远的，其涵盖的问题是丰富多样而又在不断变化的。这其中有很多重要、复杂的批评命题都闪烁着极大的诱惑，相信任何对其怀有批评期望的探索都必然充满了挑战和机遇。

一　不断生长的先锋诗学

任何一段历史都不是孤立地存在的,都必然与此前、此后的历史有着某些表层的和深刻的联系。要准确、深入地考量先锋诗歌批评三十年间的发展历程,显然是一件十分棘手的事情,因为必须既要面对繁复的先锋诗歌批评现象,同时还必须要面对更加嘈杂、混乱和丰富的先锋诗歌创作现象,而只有全面地考察先锋诗歌创作与批评二者互依、互动的推进过程,才有可能看到先锋诗歌批评生成、发展、演变的轨迹,才可能准确地概括出其不同时期的显著特征,才有可能给出客观的评价。

中国现代社会是在学习和借鉴西方社会发展经验过程中获得自己身份认同的,中国政治、经济、文化等现代性内涵的厘定无法脱离西方现代话语系统。自然地,身处中国社会急剧的现代化变革语境之中的先锋诗歌批评,也必然要凸显更加开放的现代意识,及时转换现代视角和现代观念,在继承和发扬传统批评优势的基础上,充分吸收西方各时期的现代理论成果,充分整合中西方批评资源,推进中国当代先锋诗学建设。近三十年来,诗人和诗评家们正是通过对中国传统诗学理论的承继和拓展,通过借鉴西方现代哲学、美学、文化学、诗学等各种现代理论,审视了波澜起伏的先锋诗潮和浩瀚的先锋诗歌文本,对先锋诗歌生成和发展的文化语境、诗人身份、诗歌观念、话语资源等,进行了一定程度的考察、分析和论述。他们对先锋诗歌的流变过程、美学特征、先锋指向、现代诗歌精神追求等进行了各有侧重的"个人化"找寻,并不断探究先锋诗歌如何实现传统与现代、本土与西方资源在理论与实践上的对接、融合与超越,从而更好地把握了先锋诗歌历史进程中的开拓因子,努力地将宏观的理论探索与具体批评文本分析有机地结合起来,扎实地推进先锋诗学的探索。

走近先锋诗歌演进的历史，我们就会注意到每一次先锋诗潮都具有一定的时间性，它的"先锋性"总是呈现在一个特定的时段内，在其被认识和接纳为"正统合法的艺术表达"之前，经常要经历一段被质疑、被批判甚至被冷落的过程。而正是在这样的由不被理解、不被接纳到逐渐被理解、被确认的艰难跋涉过程中，诗人和批评家的诗歌观念都在发生着历史性的嬗变。很多由于批评中的误读、误解、偏见等引发的争论和对话，其根本原因就在于诗人和批评家们诗学观念的差异——滞后的或超前的诗学观念导致了即使面对同一批评对象也会产生认识的差异，产生了阐释和理解的矛盾冲突。而冲突的激化和升级又推动了诗歌观念的更新和增容，促成了批评的拓展和深化。只需简单地回顾一下备受批评所关注的"朦胧诗"成为主流诗潮的曲折历程，便不难发现：当年，由一批高扬主体意识、深怀批判精神的诗人所发起的对抗专制意识形态的"朦胧诗"运动，自觉地继承和恢复古典意象传统、营造含蓄朦胧意境，对以往浅显、直白、粗鄙的"颂歌式"书写惯例进行坚决叛逆。最初之所以遭遇到不少批评者的"朦胧"、"晦涩"、"看不懂"的质疑，主要是因为这些批评家受旧的诗学观念熏浸太深，其惯性的批评思维难以适应峻切变革的"朦胧诗"的思维方式。加之批评视野褊狭、理论依据相对滞后和对权力话语的依恃等，使其没能充分地理解朦胧诗人抒情策略选择的真实用意，自然也就没有及时地察觉到"朦胧诗"可贵的先锋探索趋向。相反，以谢冕、孙绍振、徐敬亚的"三个崛起"为代表的批评之所以赢得了充分的认可，其主要原因在于这些批评家拥有深邃的历史视野和现代的诗歌观念，他们敏锐地发觉了在那个特定历史时期"朦胧诗"所显现的新异的特质，发现了它对以往美学原则反叛性的创造，看到了抒情主体个人意识的高涨，触摸到了其思想激进背后的艺术变异的脉搏，真切地感受到了其热烈、蓬勃的先锋意味，进而从学理高度及时地评估了"朦胧诗"的思想和艺术探索成就。

此后有关"后朦胧诗"、"民间写作"、"知识分子写作"等一系列先锋诗歌批评的论争，其实也都是由不同的诗学观念之间碰撞、融合、更新而发生和展开的，最为鲜明的例子就是20世纪末那场引起轰动的"诗坛论争"。尽管论争双方不无偏执的激烈交火不免夹杂着一些情绪化的因素，但他们对诗歌精神、语言资源、写作身份、批评方式等诸多问题的自觉关注和思考，其实都在极力地表达各自独立的诗学观念，都在努力地进行着各自不同的诗学理论建构。虽然他们从多个层面所提出的众多诗学主张，尚未形成一定的理论体系，尚存在着许多矛盾和悖论，但很多新颖且不乏深刻的思索成果，在很大程度上已经实现了对先锋诗歌流程、特征、意义等的有效指认和恰当估衡，已前瞻性地预告了先锋诗歌可能的发展方向。可以说，当代先锋诗学建设已取得了相当客观的成就。正如杨匡汉所言："令人注目的是诗歌史和诗学理论建设取得的公认的实绩，诗学明显走在小说学、散文学的前面，并给予后者影响性的启迪性。"① 正是诸多优秀的批评家怀有前卫的诗学观念，积极、热情地参与先锋诗歌的批评活动，不断地为先锋诗歌的健康成长提供强有力的理论支撑，才大大地推动了先锋诗歌创作和批评。

如果说，最初的先锋诗歌批评，还有相当多的诗评家在自觉或不自觉地为新诗潮的"合法地位"进行辩护和扶助，批评者的代言人色彩、意识形态色彩还十分浓郁，批评话语的表达还深受主流话语的影响和制约，不少批评还不能成为"纯净"的诗学批评，其中还夹杂着很多非审美的因素；那么，随着西方各种现代、后现代思潮的不断涌入，中国的社会、政治、文化等各个

---

① 杨匡汉：《多种途径和选择的可能性——〈九十年代文学观察〉丛书总序》，刘士杰：《走向边缘的诗神》，山西教育出版社1999年版，第8—9页。

层面都发生了急剧的历史转型，各种价值观念、伦理观念、艺术观念等都发生了前所未有的变异，诗歌写作中各类离经叛道的创新现象层出不穷，各种带有激进锋芒的先锋性探索接连不断。特别是随着社会现代化进程的加快，处于全球现代文化语境当中的先锋诗歌批评也已冲破了主流话语的束缚，获得了更加广阔、自由的发展空间，很多前卫的探索已经成为常态，诗人和诗评家们逐渐告别了凌空蹈虚的"宏大叙事"，开始逐渐由依赖于意识形态批评向独立自主的美学批评、诗学批评转化，开始了个性张扬的真正意义上的"个人化言说"。诗评家们全面关注写作主体的生存状态、生命体验、语言资源、写作技术、作者与读者关系等多方面问题，已不再将目光主要停留在书写内容和主题的挖掘方面，批评的视野进一步扩大，并朝着更深邃的诗歌内部拓展。

　　与此同时，随着文化批评的勃兴和繁荣，当代文论话语也发生了显著的转型。这一时期的中国先锋诗歌批评，不可避免地要与时代历史文化发展进程发生和保持极为密切的联系，必然要打上深深的时代烙印。而对独立、自由、怀疑和批判的学术精神的不懈追求，批评的自觉与自律、批评视角与方法的不断拓展，也极大地促成先锋诗歌批评呈现出"百花齐放，百家争鸣"的繁荣景象，呈现出与先锋诗歌创作既彼此呼应又保持相对独立的发展态势。像许多先锋诗人自觉地反抗传统、强烈地追求自由那样，随着批评的日益深入和成熟，不少批评家开始远离惯性的批评思维和范式，以蔑视权威、挑战主流、重建批评秩序的先锋精神，纷纷在通往先锋诗学建设的路途中，标示出各自眩目而迷乱的探索方向。不少批评家开始在一片推倒的废墟上再度规划出新异的风景。比如关于"第三代诗"的批评，便是在"朦胧诗"批评硝烟尚未散尽的时候，在积聚的矛盾冲突正以更为叛逆的先锋姿态剧烈释放之时，很多诗评家以走出传统、权威阴影的焦虑，开始了急切、大胆的理论突围。虽然他们闪烁在众多批评文本中的各类表述多有含混、歧义和矛盾，但其个性鲜明的前卫意识还是随处可见的；还有的批评家干脆割舍了原来的理论框架，果敢地"另起炉灶"，在大量融纳西方现代和后现代诗学理论后，以勇往直前的积极探索和大胆实验，企图建构出完全迥异于传统的新的先锋诗学理论，以实现对激变的先锋诗歌的有效发言。譬如在谈及"九十年代诗歌"写作时经常涉及到的"口语写作"和"知识分子写作"等关键词，尽管本身就带有不少难以自圆其说的含混性和悖论性，但恰如"先锋运动即便在纯粹破坏成为其目的时也不会停下脚步来"，① 围绕这些关键词所进行的大量阐述，又自然地生成了许多新的批评话语和批评模式。这些批评的目的不在于进行对抗或破坏，而在于重建批评权威和秩序。虽然不少重建往往以对抗、破坏的面目呈现，其推进的过程里面常常夹杂着许多让人诟病的先天性的缺憾，不免要遭受很多质疑和非议，但随着时间的推移和批评的深化，诸多的"真相"和真正旨意便在大片嘈杂、混乱的表象背后渐渐显露出来，先锋诗学就在那些多元化诗学观念引导下的多向度的探索中蓬蓬勃勃地生长起来。

二 彰显个性的独立言说

伴随着中国现代化进程的全面快速推进，先锋诗歌的书写者和批评者独立、自主意识均得到普遍强化。批评对创作的依附关系被彻底打破，批评从对创作仰视、俯视走向了平视，开始以平等、自由对话的姿态展开，批评已成为与诗人、读者、自身对话的一种常态方式，成为一种充溢着情思、闪烁着智慧光芒的灵魂碰撞，成为一种相互尊重而又个性鲜明的思想交流。同时，由于

---

① ［美］弗莱德里克·R.卡尔：《现代与现代主义》，陈永国、傅崇川译，吉林教育出版社1995年版，第185页。

批评与创作在学际关系上出现了适度的疏远和分离的现象，诗评家们开始自觉地运用天赋的、平等的创造权利，充分利用中西方各种理论资源，并借助现代哲学、心理学、伦理学、历史学、社会学、语言学等学科丰富的理论和实践成果，以独立的身份和立场，以自己独特的方式参与到中国先锋诗歌的批评之中，展开个性张扬、富有生命激情的创造性批评活动，每个人都努力地发出自己的批评声音，都期望获得真正意义上的独立言说。

纵观中国先锋诗歌批评发展的历程，从新时期初始的"朦胧诗"论争，到对后新诗潮的批判，从90年代初对诗歌"神话写作"、"文化写作"等的批评，到对"民间写作"、"知识分子"的论争，再到对21世纪的"圣化写作与俗化写作"、"中产阶级趣味写作"、"下半身写作"、"底层写作"等的研究，先锋诗歌批评可谓是异常活跃，各种命名、阐释、论争、对话等此起彼伏，掀动了一次次批评高潮。在一片片迷乱、斑驳的众声鼎沸的表象背后，则是众多可贵的"个性化言说"。这保证了批评从简单走向繁复、从感性走向理性、从轻浅走向厚重、从无序走向有序、由偏激走向包容……仅以有关"朦胧诗"的批评为例，从70年代末至今将近三十年来，最初激烈论争的硝烟散去后，各种反思性批评便开始登场。对"朦胧诗"多角度的综合考察和深入钻探一直没有间断过；批评的主要视点也由最初浓烈的社会批判，逐渐转向更为深切的个体感受、个人意志张扬，再转到现代诗学意义的追寻等方面。这其中最为显著的是，批评家开始逐渐走出意识形态话语的阴影，不再依傍某种非学术的力量获得批评优势，而是更多地进入诗歌写作现场，以个人真切的感受和领悟，进行平等对话式的学理性探索。

正是批评者批评主体精神的高扬、独立的批评立场的自觉追寻和确立，对现代文化语境的高度重视，对现代文论话语的自觉建构和灵活运用，促使批评家们开始依据自己的批评价值尺度、评判策略，寻找适合自己的个性鲜明的言说方式，从事多元化的批评。批评家们积极地阐述自己的诗学见解，努力形成自己与众不同的批评模式和批评风格，从而有效地避免了对某些所谓权威人物或权威话语的盲从，避免了缺乏主体独立判断的附庸式的整齐划一的批评模式，最大限度地呈现出批评个体的差异性，彰显了个人批评的魅力。譬如刘登翰、洪子诚、程光炜、王光明等对当代诗歌史的现代书写；谢冕、陈仲义、吴思敬等对先锋诗歌历史进程的追踪和个人独特的批评体系的自觉建立；被评为"中国十大新锐诗歌批评家"的张清华、罗振亚、张桃洲等人对当代诗坛的密切关注和积极发言，等等。他们都有效地参与了当下的诗歌写作并实现了批评与写作的良性互动。如果说早期关于"朦胧诗"的论争，开启了先锋诗歌批评的自觉时代，那么，从"后朦胧诗"批评起的一系列批评则逐步进入了独立、自由的批评时代，批评的重心已经由起初侧重于诗歌主题、抒情主体、审美观念等的批评，逐渐转移到对现代诗学观念、话语资源、写作技术等的探究。而由此展开的对批评自身的反思与追问，则将批评推向了更高的学理性思辨层次。其中，许多批评家站在各自独立的批判立场上，通过对诗人创作和批评文本的细密审视和省察，多方面地评论了三十年间的先锋诗歌运动、诗潮、诗歌流派等，贡献了海量的有价值的批评文本。只要随意地翻阅一下《磁场与魔方：新潮诗论卷》、《中国诗歌九十年代备忘录》、《最新先锋诗论选》等论著中那众多闪耀着"个人化"思想的批评文本，我们就会惊喜地发现：先锋诗歌批评不仅仅曾在时间向度上有过全面辉煌的拓展，而且在批评理念、视角、路径、策略等维度上进行了丰富而有力度的探索。

相较于先锋诗歌创作中的思潮频仍、迷乱、支离等杂芜丛生景象，批评也一直在喧嚣与沉潜交替之中不断地前行着，诗坛发生的多次锋芒相向的激烈论争，更是搅得诗歌批评风生水起、波澜壮阔。其中以80年代初兴起的有关"朦胧诗"的激烈论争和20世纪末那场"知识分子写作"与"民间写作"之间火爆的论争最为典型。以后者为例，批评者个人诗学观念的差异和分歧，导致了对写作立场、语言资源、言说方式、批评视角、理论依据等选择的多样化，从而引发了许多有意或无意的"误读"和理解歧义。加之迅猛、激烈的现代社会文化大潮的冲击，先锋诗歌日益"边缘化"和一度出现的大量"批评失语"，诗人和批评家们的"影响焦虑"和特定时期的话语权争夺等，都进一步加剧了论争的"白热化"程度。而夹于中间更多的则是沉潜的静观默察和智慧言说，不少批评家选择了襟怀坦荡的、超越功利的学术对话，他们勇于质疑权威、勇于在批评中展开富有学理建树的"个人化写作"。他们对自身批评内在气韵和外在风度更加自信的彰显，保证了批评中的"个人化言说"没有迷失于"私人化自语"的泥淖。再比如，当"第三代"诗潮迅速退却后，面对"圭臬已死"、"先锋何为"以及如何恢复诗歌的神圣地位、重建诗歌的辉煌等问题，不仅曾一度成为诗人们的困惑。也成为了很多密切关注先锋诗歌历史进程的批评家们的困惑。陈仲义、徐敬亚、陈超、唐晓渡、罗振亚等认真审视了"第三代诗"的生成背景、美学特征、演变轨迹等，进行了多元化的批评，澄清了很多认识的误区和偏见，他们各自独特的声音汇成了批评的"百家争鸣"。

在回望传统诗学和借鉴西方诗学的双向汲纳的过程中，诗评家们或基于整体性把握，或着眼于个案的研究，或凝神于某一思潮，或关注于某一流派，或从创作观念入手，或从现代技法介入，综合运用美学、哲学、历史学、文化学等学科理论，对先锋诗歌动态流程中的诸多现象进行了各有侧重的考察，纷纷亮出自己或系统、或零散、或成熟、或激进的观点和想法，尽管其中不少张扬着主体个性、带有很浓的个人情感色彩的批评，还存在着某些明显的非理性的偏颇和缺憾，但也正是这诸多体现着鲜明个体差异的、不定性的、流动的、鲜活的诗学主张，在彼此的接纳、拒斥、融通过程中得以全面的展示、完善和提升，最终引渡出了众多先锋诗歌批评值得骄傲的丰硕成果。

值得肯定的是，作为一种先锋性的探索，很多诗评家在精神和学术上呈现出孤独、自由的漂泊姿态，和许多先锋诗人一样，他们自觉地成为感性、浮躁与功利甚嚣尘上的现代社会当中令人瞩目的"另类"。他们在辽阔的批评疆域里寂寞而艰辛的跋涉，形象地诠释了作为先锋批评个体所深蕴的"孤独的强大"。

正是这种与先锋诗人的"反叛、自由、孤独"等精神的契合，使得不少先锋诗歌批评家以深邃的目光、大胆的求索、谨严的学理、公正的评判，澄清了哪些诗歌是真正的先锋，哪些是"伪先锋"，进一步拨开了缠绕在先锋诗歌头顶的层层雾障，逐渐赢得了广大诗人和社会公众更加广泛的认可和尊重。先锋诗歌批评三十年间，涌现了一大批优秀的批评家和批评文本，有较大社会影响的诗学专著就有20多部，各类学术期刊、文学报刊和各类媒体上发表的先锋诗学方面的学术论文数以万计。仅在《中国新时期诗歌研究资料》一书后面列举的重要篇目中，有关先锋诗歌批评的就将近800篇，约占五分之四。这一时期，有关先锋诗歌批评的硕博论文也数以百计，有关先锋诗歌批评的研究引起了学界内外的广泛关注。

三 多维的批评路径选择

进入经济飞速发展，物质和技术处于绝对霸主地位，文化消费日益隆盛的时代，文学"边缘化"和文学性向诸多领域渗透已成为不容回避的事实。对于这些剧烈的变化，无论是中西传统文论，还是现代和后现代文论话语，都难以界定、阐释繁复、多变的创作现象，难以通过某种批评范式达到一种通约的批评。也正是置身于矛盾重重的批评困境之中，思想日趋解放、自由意识日渐强烈的批评家们感受到了挑战的欣悦，看到了批评开放的广阔空间和不断生长的机遇。他们纷纷施展批评智慧，积极寻找新的批评路径和手段。于是，我们看到：在先锋诗歌批评中，有人依然固守"诗言志"的"载道"传统，以很强的情绪化批评，对所谓的"离经叛道"的先锋诗歌大加讨伐；有人则采用西方后现代理论，对先锋诗歌进行大胆的解构；有人借助文化批评的工具，以更开放的视角评判先锋诗歌写作；有人糅和了中西方文论中的有益因子，逐渐形成了自己的一套特色鲜明的批评话语，企图通过个性化批评找到一条理想的批评途径；有人注重诗学理论建构，将强烈的艺术感觉转化为系统的理论阐述，企望对变动不居的诗潮进行高屋建瓴的整体把握；有人注重文本细读，致力于某些典型文本的精密阐释，期望从某些琐屑的微观处入手，洞悉某些被无限混乱的写作场景所遮蔽的秘密；有人则简单地使用抽样提取、高度概括的方式，对繁杂、芜乱的诗坛现象进行简省的归纳和概括，以期尽可能揭示和概括出某些规律性的东西……当然，因批评观念的差异，看待问题的角度不同、切入点不同，他们所采用的批评依据、策略、选取的路径也大相径庭。结果是先锋诗歌批评很快便摆脱了某些所谓主流声音的主导，进入了一个权威尽丧的"话语狂欢"的自由批评时期，缺少了圭臬，缺少了"权威"，多了嘈杂的"自言自语"，多了个人化的自我建构，多了驰骋才气的情绪化言说……在一系列的命名与阐释、解构与建构、论争与对话之中，缜密、严谨的学院化书写，率性、质朴的诗人自白，与各种现代媒体推波助澜的肆意评说一同构成了当代先锋诗歌批评眩目、迷乱的风景线。在一场场批评"话语权"的争夺过程中，各种更加超前的诗学观念得到了淋漓尽致的阐述，许多模糊的诗学见解得以澄清。同时，各种自由灵活的表达方式和现代传播渠道的畅通无阻，又充分保证了诗评家们源自心灵的各种批评声音及时发出，各种大胆的思想无拘地溢出，个人化和个性化的言说得到普泛的尊重。

无疑，现代文明社会的逐步建立和批评的日渐成熟，促成了宽松、自由、独立的"杂语丛生"的批评。在多向度的批评彼此间的碰撞、渗透和交流过程中，一些优秀的批评家脱颖而出，一批批优秀学术成果纷纷呈现出来。我们在审视先锋诗歌批评三十年间走过的坎坷而丰富的创造历程时，不免心生惊奇与欢喜，不难发现裹挟在喧哗与骚动之中的那些富有探索性、创建性的尝试及由此带来的诸多新颖、深刻的洞见。比如一些批评家十分注重将理论建构、文本批评与文学史书写有机地统一起来，将宏阔的整体透视与微观的研析结合起来，将现代批评理念、方法与传统的诗学观念、批评技法结合起来，在深度、广度、精度、力度等多向度上进行拓展，逐步构建起系统化的先锋诗歌批评。罗振亚的有拓荒意义的《朦胧诗后先锋诗歌研究》就体现出这样宽广的研究视野和高超的学术整合水平。而谢冕、吴思敬、陈仲义、程光炜等批评家的一些论著，对思潮、流派、现象、动态等进行"断代史"或"区域性"整体批评，充分注意到了先锋诗歌生成和发展的现代历史语境，注重考究繁复、多变语境中先锋诗歌运行的轨迹与特征，自然、巧妙地实现了"史"与"论"的点、线、面的绾结和融通，使批评不仅有因高度概括而简省、约略、粗放的总体把握，而且有因有效地归纳、提炼出众多"个性"而显现出的某些"共性"。还有很多诗评家同时质疑、辨识被认定为同一"群体"或有着相近写作题材、风格的诗人的差异，追踪研究某一诗人，持续思考某一具体诗歌问题。见微知著的个案研究也大有人在且成果斐然。如对重要诗人北岛、海子、顾城、于坚、王家新、西川、张曙光、翟永明等人的研究，程光炜、陈超、陈仲义、张清华、姜涛等人都贡献出了相当多的优秀文本。像吴思敬的《跨越精神死亡的峡谷——论食指的诗》

（载《走向哲学的诗》，学苑出版社2002年版）、张清华的《"在幻象和流放中创造了伟大的诗歌"——海子论》（载《当代作家评论》1998年第5期）、陈超的《"反诗"与"返诗"——论于坚诗歌别样的历史意识和语言态度》（载《南方文坛》2007年第3期）、程光炜的《王家新论》（载《南方诗志》1993年秋冬卷）、陈仲义的《论顾城的幻型世界》（载《当代作家评论》1989年第4期），等等，可以开列出一个个长长的名单。正是对这诸多个案细密精到、深入的剖析使批评呈现出碎片化、杂糅、拼贴而又显示出自身与众不同色彩的"马赛克特征"，无论是对"民间写作"的考量，还是对"知识分子写作"的诠释，无论是对"叙事性"的界定，还是对"口语写作"的批判，无论是对"隐喻"的指认，还是对"复调结构"的争讼，等等。从表面上看，大家都力图成为一块"既不愿意吸纳他者，也不愿被他者吸纳"的个性色彩鲜明的"马赛克"，这种体现了典型的后现代特征的批评景观，自然体现出先锋诗歌批评"去中心"的多元化特点，体现出令人眼花缭乱的"碎片化"倾向。

拣拾、打量、拼接这些散乱而美丽的批评"碎片"，可以较为清楚地看到交织在其中的各种诗学文化的冲撞和融合，可以看到，在割裂、承继和融会交织扭结之中新的诗学文化的诞生，以及在众多诗学解构当中积极的诗学建构——无论是强调学理性的学院批评，还是注重体悟的诗人批评，抑或是良莠混杂的媒体批评。在大众文化喧嚣的背景下，行进在精英意识与平民意识相互碰撞、命名与阐释错综纷杂、自语与交锋中的先锋诗歌批评，显著地呈现出"生长着的混乱的秩序"。这样多元并存、多样共生、潮起潮落的先锋诗歌批评，必然要以其所特有的魅力吸引更多的批评者加入这一"极具探险意味"的行列中来，不断提升批评的质量和水准。

毫无疑问，1978—2008年的先锋诗歌批评，与宏阔的现代社会变革、现代文论话语转型、现代和后现代文化急速演进的社会文化境遇有着密不可分的联系。其处身性的批评，进一步彰显其特色鲜明的多元化的先锋指向，其独立、自由、多元的批评实践，已构成了相对自足的"另一种写作"，其间自然也存在着种种误区和偏失，它们共同构成了当代先锋诗歌批评眩目而迷乱的风景。

第 一 章

现代文化语境中的审视与探寻

第一节 流变中的指认与估衡

关涉中国当代诗歌运动、流派、美学、批评等诸多方面的先锋诗歌，一般是指自20世纪70年代末"朦胧诗"以降的一系列具有"探索精神和独立品格"的现代诗歌书写。学术界对先锋诗歌这一概念的界定和诠释，常常带有一定的时代特色和批评者的主观意念，即使在某一特定的历史时段，它也有着很大的含混性和歧义性。也正是它显著的开放性和包容性，才显示出它巨大的张力和魅力，使得基于先锋诗歌发生、调整、更迭、转换进程中所呈现的繁复表征的批评，也必然是一个充满着梳理、指认不断变动的过程，是一个在诸多杂乱、斑驳之中努力探寻先锋诗歌较为清晰的运行轨迹和突出特征的过程，是一个在中国特殊的现代历史文化语境中展开的能指和所指均在不断向前滑动的批评。

一 对先锋诗歌流变过程的全面考察

先锋，是在古今、中西、雅俗、官方与民间、集体与个人等多重张力之间的探险，是文化激变、突变、转型中最有力的方式之一。它本身便有着巨大的内推力，会朝着多种神秘不定的方向演进，有着"无限敞开"的生长空间。作为"时代镜像"的先锋诗歌也是一个流动的概念，是一个具有时间性和社会学意义的概念，难以具体地定位其起点和终点，其发生、断裂、承续的流变进程，与当代中国现代历史文化发展进程息息相关，非常"有必要同时将'先锋诗歌'当作诗歌史的概念，在当代特殊历史文化背景下谈论并跟踪它在特定历史文化语境中的变形与现身"①。基于这样的研究思路，不少批评者自然而然地以其所处时代的社会历史文化背景作为批评展开的重要依据，对不同时期先锋诗歌进行了多元界定，并依据各自的哲学、文学、历史学、文化学等观念，对其展开了溯源性的研究，重返其发生、发展的社会历史文化场景之中，获得"亲临现场"的真实感受。这种深入到特定"话语场"的批评，不仅可以多角度、多层面地对研究对象进行整体透视，还可以近距离地洞悉对象的某些细枝末节。

其实，在对先锋诗歌嬗变的历史流程回顾中，不少批评家已经基本达成了这样的共识：从"文化大革命""地下诗歌"发端，早期的先锋诗人便已开始对诗歌内容和形式进行深刻的质疑和反叛，经过长时间的酝酿和铺垫，终于于70年代末以"朦胧诗"形式隆重出场，开启了以否定、叛逆、探索、实验为鲜明标志的当代先锋诗歌运动的大幕。而注定要写入中国当代诗歌史的《在新的崛起面前》、《新的美学原则在崛起》和《崛起的诗群》三篇重要批评文章，不约而同地都提到了一个特别重要的词语——"崛起"，仔细阅读这三篇被高密度引用的带有檄文色彩的批评文本，不难发现彰显特定时代精神和审美原则的"崛起"一词，其实有着特别耐人寻味的内涵。朦胧诗人强烈的怀疑精神和自觉的历史承担意识、高蹈的个人英雄主义理想、高扬

---

① 钱文亮：《"先锋"的变迁与当下诗歌写作中的意义》，《江汉大学学报》（人文科学版）2005年第4期。

的主体个性以及"以意象思维恢复诗的情思哲学生命,以象征为中心,引进意识流、蒙太奇手法,重组时空,通过自觉性和修饰性的重视,探掘语言张力潜能,孕育出朦胧蕴藉的审美品格,实现了一次现代主义的辉煌定格"。① 所有这一切都与"崛起"密切相关,而"崛起"的核心则是"新的思想",即带着强烈批判锋芒的先锋指向。敏锐的批评家们已在"朦胧诗"的热烈论争中和论争后的反思当中,发现了"朦胧诗"的这一先锋指向。后来不少批评家坚定地将"朦胧诗"作为新时期先锋文学的起点,如批评家朱大可就在《燃烧的迷津》中追认朦胧诗为"先锋诗歌",首先便是着眼于"朦胧诗"在那一特定时期的思想启蒙和时代思潮的代言特征。

以全面反叛为显著特征的"第三代"诗,其反崇高、反优美、反抒情、反语言等遍插"反"旗的集体叛逆,则掀起了引发后来诗坛诸多裂变的先锋热潮。虽然这其中不乏矫情、造作的旨在突破"影响焦虑"的权宜之策,但只要进入到80年代各种西方文化思潮激荡神州大地的现代语境之中,感受一下那个时代人们在政治、经济、文化转型时期激动、亢奋、迷茫、焦灼等的复杂心理,就不难理解为什么那么多的诗人高喊着"主义和宣言"进行诗歌创作,就不难理解"诗到语言为止"远非一种抒情策略,而是有着颇为深刻的内涵所指。其实,80年代中期显示着一定流派风格的各路先锋诗歌与"朦胧诗"毅然断裂的同时,仍保持着一种精神上的暗通,诗人们仍然不失对理想生活与诗意人生热烈拥抱的热情和激情,仍怀有强烈的主人意识。诗人们在高声宣扬"回到自我"的同时,其内心里仍希望扮演时代先锋的角色,"让诗歌回到诗歌"的宣言,不过是反抗主流意识

---

① 罗振亚:《朦胧诗后先锋诗歌研究》,中国社会科学出版社2005年版,第5页。

形态的一种话语策略,只是这种试图否定集体话语方式的表达,其结果难免是"试图摆脱意识形态控制的同时又陷入了另一种虚妄"①。对此,睿智的批评家面对着大片"嘈杂的繁荣"已洞悉问题的关键所在——在大面积激进的破坏性对抗后面,掩饰着新的思想价值观念和精神信仰找寻的迷茫与迫切,是诸多失落的现代困境中盲目、随意和偏执的反抗,是带有很大破坏性的众语狂欢的突围。待骚动和喧哗平静下来,经过一段时间的沉淀之后,再重新将其置于现代视阈中加以细致观照,就会发现:正是那一时期蜂拥而至的哲学、美学、文化学、伦理学等西方现代思潮的巨大助推,才导致了处于"影响焦虑"之中的"第三代"诗的全面反叛,而这种"肆无忌惮的破坏"又何尝不是一种先锋精神的积极建设?无疑,现代性在当代诗歌书写中的注入,使得先锋性问题有了清晰的方向感。正是这样跳出单一的诗学角度,从社会学、历史学、文化学等视角看待"第三代"诗的先锋指向,才能够比较容易理解"第三代"诗在"朦胧诗"青春抒情、启蒙理想幻灭之后,对现代精神的自觉追寻和新的自我价值重建的强烈企望,只是这种重建的诉求被众多似是而非的宣言和口号淹没了,在极端、叛逆、结果过程中,大量的平庸削减了先锋诗歌所应有的锐利锋芒,一些诗人"把写作的可能性简单地等同写作的自足性,把写作的试验性直接等同写作的本文性,把写作的策略性错误地等同写作的真理性"②。来自诗人评论家臧棣真切的指正,可谓是点出了"朦胧诗"后喧哗背后的某些"真相"。

当进入到平民的、凡俗的、现实的20世纪90年代,社会空

---

① 王家新:《从炼金术到化学:当代诗学的话语转型问题》,《社会科学战线》1996年第5期。

② 臧棣:《后朦胧诗:作为一种写作的诗歌》,王家新、孙文波编:《中国诗歌九十年代备忘录》,人民文学出版社2000年版,第212页。

间更加开放，商业世俗主义思潮泛滥，消费主义甚嚣尘上，后现代主义的平面性、无深度感、碎片化、游戏化以及不同于现代主义"炽热"风格的"冷漠感"弥漫于社会各个角落，而"欲望化"不断升级扩容的大众文化狂欢，又迫使已退至边缘的精英文化阵地一再萎缩。与此同时，随着"共名状态"逐渐涣散乃至消弭殆尽，文学在90年代进入了"无名状态"，"曾经长期被社会压抑的个体，由与社会对峙、驰骋张力的个体，走向或者完全漠视社会环境、陷入自恋或者完全顺应社会、融于消费主义思潮的'准个体'"①。这一时期的先锋诗歌也开始了"及物的写作"，开始朝向更贴近生活本身、更个人化的方向转变。随着大众文化与精英文化多层次、复杂的矛盾冲突，随着市民话语在先锋诗歌中的大面积普及和权威话语的日渐衰微，随着新的诗歌"话语场"的逐渐确立和对新的"话语权"或明或暗的争夺全面升级，在中国前现代、现代、后现代杂语相陈的现实文化语境里，先锋诗歌似乎完全丧失了突进的锋芒，其陷入消费声浪中的面目一时间也变得更加模糊不清。

面对上述境况，先锋诗歌批评必然要因时而变，不能仅仅将现代历史文化进程视为先锋诗歌演进的背景，还应当将其视为先锋诗歌嬗变中的重要内容部分，应采取更加务实的批评策略，以便准确地指认处于转型期的先锋诗歌特征，对其特定时代的价值和意义给出客观的评断。即只有以开阔的探索视野和兼收并蓄的宽广胸襟，对先锋诗歌流变过程进行全面的考察，才有可能更清楚地意识到先锋诗歌也存在着断裂、承续、回归的复杂行进过程，才能于历史变迁之中触摸到先锋诗歌在不同时期跃动的脉搏，追踪到其隐藏于繁杂现象之中的、有鲜明时代气息的较为清晰的印痕，挖掘出其深潜的特质，勾勒出先锋诗歌运行的繁复景象。

---

① 张光芒：《"伪民间"与反启蒙》，《文艺争鸣》2007年第1期。

还有一种值得注意的研究模式：就是截取先锋诗歌行进路途中某一特定时段，作为考察分析的对象，针对不同语境下先锋诗歌所呈现的形态和特质进行研究，扫描和梳理一段流动的先锋诗歌变迁史，则可以将先锋诗歌"史"的系统整理成为"论"的重要依据，以"论"的深刻提升"史"的撰写价值。通过"史"与"论"的和谐统一，透视在中国现代社会变动不居的境遇中跌宕起伏的先锋诗歌思潮，使我们看到了先锋诗歌在不同历史时期极具差异性的取向、特质、品性及价值，并隐约地觉察到了藏匿其间的错综复杂的发展脉络，尤其是跟踪、锁定其在不同的文化语境中的分化、转型、异化和同化等流变的轨迹，运用多种理论进行全面整合，多维度地评价先锋诗歌，对未来的中国当代诗歌史的编写是具有重要意义的。如陈仲义的《中国朦胧诗论》、罗振亚的《朦胧诗后先锋诗歌研究》、吕周聚的《中国当代先锋诗歌研究》等论著，都是这方面很有特色的成功之作。

这种自觉地重返先锋诗歌现场，全面考察先锋诗歌流变过程中的诸多的细节，改变了80年代把诗歌流派和思潮作为基本研究视点的惯性思路，同时融入了90年代以来充满人文关怀的具有"独立品格和创造精神"的思考，再通过对大量史料严谨的辨析和大胆的理论求证，不仅进一步扩大了研究视域，还推进了探索的深度。很多研究成果对当下的诗歌写作更具有启示意义。如钱文亮就在梳理了"先锋"的变迁后，提出了更具包容性的看法："'先锋性'并非固定的某一流派或群体的写作倾向和风格，而是一种写作精神，一种足以表达现代人普遍的精神处境，并与时代命运、艺术的未来对话，具有积极的文化建构/解构力量的创造精神。"[①] 这种宏阔地将先锋性视为一种精神指向，避

[①] 钱文亮：《"先锋"的变迁与当下诗歌写作中的意义》，《江汉大学学报》（人文科学版）2005年第4期。

免了很多习惯于从流派现象和风格层面进行阐释的局限和浅薄。

二 对思想先锋指向的现代审视

当代先锋诗歌的原动力是什么？其"先锋性"体现在哪里？如何评价其先锋指向？对这类基本问题的不断盘诘和追问至今仍是先锋诗歌研究中的热门话题，因为对这些富有启发意义的问题展开深入追索，有助于摆脱简单的现象扫描、粗略简省的概括归纳和随意粗暴的理论先验性圈定等批评模式，有助于从整体上透视新时期以来先锋诗歌生发、裂变、融通的"变迁史"，从而更好地把握先锋诗歌流变所呈现的特征、规律及发展态势。

90年代以前，很多批评者都习惯于借助对"先锋"概念历史演变路线的考察，借助一些已有的流行理论，对某些典型作品采用"取样式"的分析，然后进行似乎逻辑严谨的推演，梳理、归纳、概括出了先锋诗歌诸如探索性、反叛性、实验性、边缘性等基本特征。对这些表象显著的类型化特征的高度提炼，虽然得出了一些大家基本赞同的似乎已为定论的看法，在一度程度上便于人们认识和接纳先锋诗歌，并写入了一些新近编撰的有一定影响力的文学史中，在不少大学课堂上被学者们大面积地宣讲着。但实际上，这里面有不少概括性的结论本身就存在着明显的偏颇、漏洞乃至矛盾等，一旦有鲜活的文本反证摆在面前，就难免要遭到许多质疑甚至否定，难免要陷入阐释无法自圆的尴尬境地。而20世纪90年代后"去中心"的众语喧哗的多元化言说，快速繁殖的命名和阐释，对某些细枝末节幽深地钻探，等等，尽管丰富了思考的路径，极大地拓展了批评的空间，收获了不少令人惊喜的独到发现，却又导致了先锋诗歌批评中常见的难以形成真正交锋意义的争论不休，导致了很多批评封闭性的"自言自语"和"互不买账"。因而，一些成熟的诗评家在实践中逐渐意识到非常有必要跳出那种局部、细部的描述与归纳,应当站在现代历史文化推进的具体语境中,以开阔的视野纵览先锋诗歌流变的全貌,努力找出其最突出的先锋指向,才可能真正地抵达批评深处。

在先锋诗歌批评三十年间对"先锋指向"所进行的种种不懈探索过程中,一些批评家通过冷静的诗学思考和精心的审美思辨,已触摸到了隐藏在先锋诗人及其代表文本之中的某些显著的"先锋思想",顺着这一系列"先锋思想"所呈示的线索仔细搜寻,一些批评家惊讶地看到——先锋诗歌首先是思想的先锋,其次才是艺术的先锋。正如著名的诗评家陈仲义在系统地考察了"朦胧诗"的特征后,坚定地认为"朦胧诗""率先启动和张扬了人本主义思潮,印证了诗的主体性在文化前沿的蓬勃展开"[1]。这样从诗人思想观念变异的角度审视"朦胧诗"的发生和价值,就很容易理解其艺术创新的动力和目的。

其实,"朦胧诗"最初遭到主流意识猛烈的"围攻"和严厉斥责,除了批评者出于惧怕现代艺术变革的保守心理因素以外,主要原因不是部分作品的晦涩难懂,像被挑剔、怪罪的那样"朦胧",而是出于其对当时主流思想不顺从的怀疑和对抗。如此看来,"朦胧诗"的先锋指向更多地体现在前卫的思想层面,而不是诗歌艺术创新的技术层面。所以,经过几番激烈的思想交锋后,有着强烈现实关怀的"朦胧诗"逐渐成为主流诗派,与此同时,更为激进的反叛已开始在"朦胧诗"内外酝酿,并很快在80年代中期以群体集结、展览、示威的方式波澜壮阔地爆发,宣布了从思想到诗歌艺术全面的"前卫性"探索,仿佛在一夜之间就涌现出"第三代"诗人大量的理论宣言和实验文本。对此,有着高度艺术敏感的诗人兼诗歌理论家叶延滨较早地发表

---

[1] 陈仲义:《诗探索》2002年第1—2辑。

了批评重要的先锋流派"非非"的文章,① 借助阿恩海姆等人的理论,对"非非"作品的语言、思维问题,进行了带有一定"先锋意识"但又不无偏激的评论。实际上,以"大学生诗派"为主力发展起来的"第三代"诗,虽然在诗艺的先锋路上,比"朦胧诗"走得更勇敢、更坚决,走得也更远。但因为第三代诗人普遍具有良好的文化素质,在商品经济大潮初起时与西方各种思潮的碰撞,内心焦灼的鼓动等促使下,他们在大张旗鼓地宣扬"个性解放"的背后,却深藏着浓郁的英雄主义、浪漫主义、理想主义情结。他们实际上并不满足于在诗歌艺术先锋道路上狂奔,而更愿意做思想的启蒙者,更愿意做思想的先锋而不是诗艺的先锋。正像有论者所指出的那样:"第三代诗人追求平民化的生存方式的思想改革和解构已有生活和艺术秩序的'革命精神',远远大于他们的艺术独创精神。为了当精神上的先锋,他们甚至以牺牲诗歌艺术为代价。"② 也正是先锋诗人们激进的先锋思想点燃了艺术创新的热情,他们对诗艺的关注是缘于对文化的、民间的诗歌精神的向往和追求,对诗歌写作本身的关注便意味着对窒息诗歌创造精神的"主流写作"的反抗。

90 年代解构意识形态专制、文化霸权和消解精英与反抗权威的大众文化,成为先锋诗歌批评的背景和依据。身处这个时代的批评家们,无法逃避周围环境的迅猛变化对个体心灵的重大撞击,难以回避理想乌托邦消失所带来的失望和前景不明的一时间的无所适从,当然这种境遇也迫使批评家们向心灵深处和诗歌内部转向,开始对文化转型时期的"诗歌精神"予以深切关怀,对介入生存和生命体验的先锋诗歌的价值取向进行深刻反思。于

---

① 叶延滨:《一只没有壳的气球》,《中国新时期争鸣诗精选》,时代文艺出版社 1996 年版,第 238 页。

② 王珂:《八十年代先锋诗的生存境遇及演变态势透视》,《云南社会科学》2002 年第 3 期。

是，不少批评家警觉地意识到了先锋诗歌在90年代以后有了新的走向——其一路走向所谓的"圣化写作"，一路走向继续嘲弄精英，消解深度，追求娱乐化、感官化和平面化的"俗化写作"。现代传媒技术的突飞猛进也加速了先锋诗歌在组织方式、传播方式等方面的变异，先锋诗歌与大众文化的合谋成了一种时尚，大众文化不仅是先锋诗歌转向的背景和动因，也是其重要的内容组成。

对于90年代先锋诗歌的研究，评论者似乎把更多的目光投向了诗歌技术问题，对诗艺的探究较之80年代有了一些偏重，对"怎么写"的关注似乎比对"写什么"更集中了一些。如充斥报刊的大量关于先锋诗歌语感、叙事、解构、互文性等问题的研究，确实将批评朝更具体、幽微、细腻处推进，但批评的重心仍没有偏离对商业文化大潮席卷中先锋思想的关注，而是更加自觉地将如何进行先锋精神的重建，如何使先锋诗歌在大众文化狂欢中成功突围等问题的思考，作为批评展开的起点和归宿。因为批评家已经认识到了对先锋精神在诗歌写作中的作用、呈现方式和意义进行学理性的研究，可以更好地把握先锋诗歌发生、发展的缘由、动力和可能的走向，进而揭示出先锋诗歌与其身处的现代历史文化语境的深层联系。只是在此方面深刻的洞见，往往是在某一时期的先锋诗歌"尘埃落定"以后，批评家们要经过细心地剥掉那些蓄意或无意堆砌的种种假象，经过对过往的历史文化背景的重新打量，经过对某些重要文本的重新阅读，才惊讶地发现——原来，先锋诗歌最突出的先锋性，并非人们熟知的反叛性、实验性、探索性、边缘性，等等，而是其极富时代特色的思想性。正是那些前卫、叛逆、创造的生机勃勃的先锋思想，成为先锋诗歌源源不竭的动力和安身立命的根本所在。其他诸如艺术形式上的种种先锋意味浓郁的探索，都不过是源于或服务于思想先锋指向这一关键问题的。

通过对先锋诗歌中先锋思想指向的现代文化语境的审视和指认,使批评对诗歌写作的现实关怀和未来瞻望有了一个坚实的基点,十分有利于理解先锋诗歌的内涵,进而推动了先锋诗学的现代建构。

三 对先锋诗歌价值和意义的认真估衡

每一次先锋诗潮涌动,都会催生出一批优秀的诗人和大量优秀文本,都会为先锋诗学建构提供丰富、鲜活的资源。而对其外显的与内蕴的价值和意义的挖掘和评判,无疑是先锋诗歌研究的一个十分重要的课题。先锋诗歌批评之所以成为当代文学批评的一个重镇,之所以成为当代诗学研究中一个值得关注的热点,是因为在很大程度上先锋诗歌批评对精神、价值、意义这些似乎平常但永远值得咀嚼的问题持久的钻探和不断推陈出新的惊喜发现。毋庸置疑,对先锋诗歌文本透视、现象扫描、文化解析等多层面的学理性思考和探究,已增强了阐释和揭示了先锋诗歌社会的、文化的、诗学的价值与意义的深度和广度。这种"处身性"批评对当时和当下的先锋诗歌写作及其批评所产生的和将要产生的影响都是深远的。

很难想象,当初倘若没有谢冕、孙绍振和徐敬亚那些热情洋溢的、富有学理思辨的"崛起"宣言,那场持续多年的"朦胧诗"论争将会是怎样的一种景况和结局。历史证明,正是像《新的美学原则在崛起》、《崛起的诗群》这样浸透着批评家激情、胆识与智慧的批评,将激烈交锋的批评从强烈的意识形态矛盾冲突的表层,引向了更为开阔、更为深刻的思想、文化、诗学层面的论争,进一步拓展了对"朦胧诗"的社会意义和诗学价值的思考,成为后来学术界津津乐道的一种批评范式。同样,"朦胧诗"后的很多先锋诗歌批评,也秉承并一以贯之地把对先锋诗歌意义的追问和价值的评判,不仅作为批评的一个重要逻辑

起点,而且作为批评的一个重要归宿。其主要体现在以下三个方面:

一是对先锋诗歌批判价值的充分肯定。

以显著的批判性为特征的先锋诗潮能够波澜壮阔迅速兴起和广泛漫延,除了社会思潮的巨大影响、先锋诗歌内在的极大推力、诗人强烈的艺术创新冲动等原因外,批评家们及时、有力的理论助推,也是一个非常重要的因素。只要随手翻阅一下与先锋诗歌一路同行的各时期的批评文本,我们就很容易看到诗评家们对于先锋诗歌呈现的叛逆精神和叛逆姿态等,所给予的是大量充满热情、关怀的"理论声援"。他们彼此在相互阐释中所进行的是积极、开放、富有建设性的对话。这种批评与创作的自觉呼应和承担,与不同时期特定的社会文化氛围密不可分,也是特定的历史现实赋予批评家的光荣使命。在先锋诗歌高举批判的旗帜、一路"先锋"下去的同时,批评家们也像先锋诗人一样,举起了犀利的批判之笔,将激进的批判锋芒直指禁锢的意识形态、僵化的诗学教条和平庸的文化景观等;对先锋诗歌中普遍存在的怀疑、否定思想和彻底的叛逆姿态,从其历史生成、社会背景、文化意味、伦理道德、话语转型等多角度,予以了较为充分的诠释和积极的评价。譬如评论家陈超在思索先锋诗歌如何走出困境时就曾有过这样耐人寻味的论述:"精神叛逆是指诗人在沉沦的商品及权力社会中坚持犀利、离心的语词历险,固守种族触角或见证者的高度,并最终使文本经受住生存/生命天平和形式主义天平的双重考验。"[1] 显然,批评家更深邃地看到了先锋诗歌的生存困境与可能的突围方向。

当然,在对于先锋诗歌昂扬的批判精神和可贵的批判价值予

---

[1] 陈超:《求真意志:先锋诗的困境和可能的前景》,《最新先锋诗论选》,河北教育出版社2003年版,第10页。

以充分肯定的同时，诗评家们也明确地亮出了各自鲜明的批判原则和立场。虽然他们各自的诗歌观念、价值取向、认识问题的角度等差异很大，彼此的观点有着很大的冲突甚至完全对立，然而，他们对先锋诗歌批评的认真和执著却有着显而易见的共同性。诸如吴思敬对"圣化写作"与"俗化写作"分流的评估，程光炜对"90年代诗歌"的命名和阐释，韩东对诗歌写作中"三个世俗角色"的激烈抨击，王光明对"个体承担的诗歌"的思考，欧阳江河"对圣词的抵制"的自觉，于坚对诗歌写作中所存在的"庞然大物"的高度警惕，张清华对"中产阶级趣味写作"的冷静剖析，孙绍振对"艺术败家子"声色疾厉的断喝，罗振亚对"70后诗歌写作"误区的客观评述，等等，均是置身于现代社会文化语境中的批评家们对先锋诗歌批判价值的一系列定点、定位、定性的指认，都有着各自的理论依据和明显的个人偏好色彩。加上彼此知识谱系的不同等原因，自然地，他们批判性的个性化言说存在着很大的差异，并由此留下了大量的成为后来者深入批判的引子和话题。

二是对先锋诗歌现实关怀的指认。

三十年来的先锋诗歌始终不曾脱离当代中国急剧变化的社会现实，无论是"朦胧诗"、"第三代"诗，还是"知识分子写作"、"民间写作"、"中产阶级写作"、"底层写作"、"圣化写作"、"俗化写作"等，尽管诗歌观念不断地变化着，先锋诗歌所选择的写作路径和策略也有着明显的断裂，但其一直延续的现实关怀的热情和努力，却可以在其发展的每一个历史时段中触摸得到。先锋诗歌写作中这种自觉的"载道"精神，与中国传统诗学理念是一脉相承的，只是这里的"道"，已经远远地超出了意识形态、社会道德、伦理观念等传统范畴，成为一个有着丰富内涵、极具开放性的所指。其中对所处的现实境况尤其是对个人生存状态和生命体验的独立思考和勇敢发言，无疑是先锋诗歌的一个重要选择。特别是在中国逐步进入现代和后现代社会文化的背景下，专制、权威、精英等都受到了无情的嘲讽和解构，娱乐的、感官的、平面的大众文化狂欢成为社会的主流，价值评判体系遭到普遍质疑，社会道德底线向后一退再退。但一味地怀疑、解构一切的姿态是虚妄、偏执的，很容易在对意义和价值的逃避中堕落成一种浅薄的话语狂欢，蜕化成缺乏灵魂的时尚表演。在此文化视野下的先锋诗歌批评必须找到自己生长的"根"，那就是必须贴近成为其背景和内容的现实语境。唯有对身处的生存现实深情凝注、心灵进驻和艺术感知，才能对先锋诗歌的言说有坚实的依据，避免凌空蹈虚的"理论空转"，才能够找到理想的先锋批评道路。

值得欣然的是，在70年代末对新的现实主义诗歌的思考中，有批评家就已经开始流露出对"假大空"、"瞒与骗"的写作风气的强烈不满，在对真善美的朴素追求中透露出创新的气息。当时间进入80年代，对"朦胧诗"及其后的诸多先锋诗歌流派张扬个性解放、鼓吹自由独立的"个人化写作"，批评家们又予以了充分地肯定，不少批评文本在冷静地消解精英意识的同时，依然没有忘却社会道义的承担，没有忽略对人文精神进行大力倡导，没有淡化对写作主体精神的建构。特别是90年代以来，诗评家们对大众文化浪潮中先锋诗歌生长和发展的态势，进行了全面的清理和反思，既充分肯定了大众文化与先锋诗歌的断裂与合谋的过程中彼此推进的积极影响，又指出了大众文化对先锋诗歌所产生的负面影响。如在对"个人化写作"的阐释中，众多诗人和诗评家们较为一致地认同——"个人化写作"不是私人化写作，不是对既往那些泯灭了个体意志的"集体性写作"的简单否定，而是在特定的历史境遇中，诗人如何保持独立的身份和精神，以个人的立场，介入现实，体验生命，对所置身的生命处境和现实处境进行自觉、独立言说的一种方式。这样看来，"个人化写作"就被很多批评家视为个人话语权利和个体生存自由状态的一种呈现方式,其突出的是个人的立场、视角、声音及表达风格。也就是说,诗人如何在众语喧哗中保持一份清醒的独立、一份自由的书写。这也是一种更为贴近现实的诗歌精神的自由飞翔,是"对艺术思潮写作和文学运动历史写作终结的宣告,淡化了文学史写作的恶劣风气,具有划时代的历史意义"[①]。这类通透的批评,显然来自于诗人与诗评家们对现实共同的关注,来自于对先锋性指向的深切反思和追索。尤其是进入21世纪以来,关于"底层写作"如何可能的思考,更是诗评家们对转型时期的先锋诗歌如何走出"自我抚摸"的迷恋与陶醉,如何让心灵贴近现实、凸显温暖的人文关怀,如何实现知识分子自觉的社会责任承担等的追问,这是时代对诗人的热烈呼请,也是诗评家们不容推卸的职责。

三是对先锋诗歌的诗学意义的挖掘。

从"青春写作"的激情澎湃到"反叛、挑战"的果决冲荡,从张扬个性的集体无意识到更加注重个人化的表达,从追求宏大的历史指涉到沉入更加细微的个人生命体验……在审视和评判先锋诗歌迂回曲折的前行路线时,先锋诗歌批评尤为可贵的表现在于:始终站在现代文化发展的宏阔视野中,综合运用哲学、美学、历史学、社会学、语言学等多学科的理论,从纷纭杂芜、良莠不齐的先锋诗歌繁多文本之中筚路蓝缕、披沙沥金,不断搜寻解读先锋诗歌的依据,在对波澜起伏的诗潮运动冷静观察中发现先锋诗歌不同时期的转型与分化,在对先锋诗歌在当下的意义和未来走向的认真追问中,反思先锋诗歌的价值,等等。如此全面的估衡体现了这一时期新诗辉煌成就的先锋诗歌的社会价值和诗

[①] 罗振亚:《"个人化写作":通往"此在"的诗学》,《中国文学研究》2004年第1期。

学意义，为先锋诗学建构奠定了坚实的基础。

很多批评家已经充分意识到：面对繁复的先锋诗歌历史与现状，任何具有真正诗学意义的梳理、归结和提炼，都不能粗暴地割裂其生成和发展的历史，更不能简单地主观武断；应当在回溯与展望、断裂与承续、整体考察与文本细读之中，感受那些仍在流动的诗学观念和理论，不能局限于浅尝辄止的印象式扫描，不能满足于先验的理论框定。如早期的朦胧诗色彩过于浓烈的对抗意识，一些批评者认为其"与五六十年代的政治抒情诗有着化不开的血缘"，都是"时代精神的传声筒"①。面对这一现状，批评家陈仲义则在深入分析朦胧诗在不同时期的运行轨迹后，令人信服地断言："八十年代初中期的朦胧诗，是由意识对抗兼具美学开发这两种写作成分构成的，而非单一的社会宣谕和承诺。"②这样就将价值判断建立在整体考察的基础上，而非以偏赅全地草率予以臧否。同样，"非非主义"代表之一蓝马也在回顾了自"朦胧诗"开始的先锋诗歌运动后，将"先锋"与"传统"对举，概括出了先锋诗歌运动已进行的创造和正在酝酿的创造："这个运动已经将中国诗歌从那种封闭、单调、地域性等'小传统'里面拯救出来。这尤其表现在欣赏和审美接受方面，其次便是艺术思想方面和作品创造方面。可以说，先锋运动的主潮引领着先锋诗人的'诗思'，已经卓有成效地浏览了整个人类诗歌的新旧传统。众多诗人都怀着探索的决心云集在传统的'边缘'准备突破。"③这类对先锋运动的深刻反省有效地阐释了先锋诗歌特定的历史内涵。

至于对90年代话语转型及其后先锋诗歌的诗学意义的指认

---

① 胡彦：《没落，还是新生》，《作家》1999年第7期。
② 陈仲义：《九十年代先锋诗歌估衡》，《当代作家评论》2004年第6期。
③ 蓝马：《走向迷失》，吴思敬选编：《磁场与魔方：新诗潮论卷》，北京师范大学出版社1993年版，第303页。

和评析，则更具鲜明的时代特色。批评家的个性得到了更加淋漓尽致的张显：有的批评家更加关注全球语境下"本土写作"的困惑与前景的探索，期望在对传统诗学理论和西方理论的融会基础上，创建更符合中国先锋诗歌实际的诗学理论。有的批评家在思考先锋诗歌与"主流写作"对接与融合的现实可能和意义。如陈超就特别强调先锋诗歌对当代现实生活的深刻切入："更自觉地深入它，将近在眼前的异己包容进诗歌，最终完成对它的命名、剥尽、批判、拆解……"因为"它不仅可以是纯粹自足的，甚至可以把时代的核心命题最大限度地诗化"。① 有的批评家在不断诠释"个人化写作"并深入探讨其在不同语境下的丰富内涵中，寻找先锋诗歌演变的轨迹和动力，等等。如唐晓渡针对那些在写作内部发生根本转变的先锋诗人的写作实际，提出了"个人诗歌知识谱系"和"个体诗学"的主张。有的批评家则借重现代诗歌语言分析，将先锋诗歌语言与存在、思维、想象、情感、叙事等复杂关系，以语言学的一些重要理论引导批评进入先锋诗歌内部，找到破解先锋诗歌话语的密码。有的诗评家则借助现代和后现代理论，企图以此作为批评的一个逻辑起点，实现对先锋诗学的整体观照……凡此种种，尽管视角不同，选取的路径不同，采用的手段和方法也大不相同，但各有旨意、各有特色的多元探索，还是十分扎实地推进了先锋诗学建构。

当然，对先锋诗学意义的估衡，也是一个不断演进的过程，是一个与时俱进的发展过程，不可能是一步到位的。仅以近三十年的"朦胧诗"研究为例。谢冕当年那篇具有里程碑意义的《在新的崛起面前》，其中更多的是感性化的体悟，这与80年代初的中国社会现状密切相关。当时，"左"的意识形态还相当顽固，专制思想仍在束缚着人们，但随着改革、开放春风的吹拂，

---

① 陈超：《生命诗学论稿》，河北教育出版社1994年版，第19—20页。

西方各种思潮蜂拥而入，各种意识形态交织着冲击强大的专制文化，大众文化的勃兴带来主体欲望宣泄的强烈冲动，启蒙理性和价值关怀的文化精英伴随着"个性张扬"的热切呼声开始粉墨登场了。于是，先锋诗歌在冲破禁锢、解放思想，对抗、反叛文化意识形态的运动中，充当了启蒙时代、唤醒个性的先锋角色。所以，这一时期的评论家更多地注意到西方非理性思潮对旧的文化意识形态的强力解构，注意到精英文化在"思想解放"运动中的双重身份——自立与启蒙，优秀的批评家所具有的强烈的历史使命意识、责任意识，使他们自觉地站在了和时代、历史一同发言的位置上。

综上所述，我们不难得出这样的结论：1978—2008年间，不断变化的全球和中国现代文化语境，全面、深刻地影响了先锋诗歌批评的精神、立场、价值取向、话语策略及其走向等。而随着对"先锋诗歌"、"先锋性"等概念在批评流变过程中的考察，以及更充分、更丰富的界定和诠释，诗评家们对先锋诗歌特征、流派风格、演变轨迹、诗学价值等的认识更加清晰，更加稳健地推进了当代先锋诗学的建设。

第二节　现代诗歌精神的找寻与建立

真正意义上的诗歌写作，其实就是在不断地进行着心灵的建筑，就是在不断地建筑着人类"诗意栖居"的精神家园。优秀的诗歌作品总是以其高贵的精神品质，深深地影响着人类生活的质量，影响着历史和文化辉煌的延展。

现代诗歌精神是一个蕴涵极为丰富的诗学概念，具有繁复的社会意义和诗学意义。它是先锋诗歌写作不竭的动力资源和艺术资源，它引领着先锋诗歌冲破前进路途上的重重迷障，并自然地成为先锋诗歌写作的重要内容之一。对其进行自觉地找寻与建构，无疑也是身处现代文化语境中的先锋诗歌批评必然要完成的一项重要课题。这里面包含着诸多交叉、融通、矛盾的问题，仅仅对其中一些关键性问题进行澄明、归结和提升，便已相当棘手。如果要做高屋建瓴的审视与评判，则更是充满了挑战和诱惑。然而，在纵观先锋诗歌批评历程时，我们又不禁惊喜地发现：面对头绪极为复杂、散乱无章、层出不穷的问题，有时只须沿着几个具有线索价值和意义的关键词展开耐心细致的追寻，便有可能在一番艰难的批评探险跋涉后，品尝到曲径通幽的成功愉悦。

一 在"个人性书写"批判中找寻

个人性的立场是当代先锋诗人写作的一个必然前提，极难界定而又言说不尽的"个人写作"就是先锋诗歌批评绕不开的一个关键词，顺着它辐射开来的众多具有无限拓展力的方向，我们可以看到先锋诗歌在不同时段、不同语境中现代诗歌精神丰富的探索之旅。

其实，中国当代诗歌从 20 世纪 50 年代起，便建立起了以"我们"代替"我"言说的抒情观念，将个人独特的体验和思考，自觉地纳入国家、社会共同话语之中，将国家意识和群体意识凌驾于个人意识之上。文学创作中提倡的所谓的"革命浪漫主义和现实主义"，不仅是一种创作手法，而且是一条重要的创作原则，其实质就是以"革命"的名义，完全消弭自由自在的个体，让个人的声音淹没于集体的合唱之中。

早在前朦胧诗时期，少数有着强烈怀疑精神、勇于思考的"地下诗人"，便已不满于当时主流诗坛圣词壮语流布的"大我"吟唱，不满于诗歌在意识形态专制下的"工具"角色，不满于诗歌仅仅充当"集体主义"的传声筒。压抑的"个人意识"开始觉醒，勇敢而智慧地对历史和社会独立发言的"小我"开始浮出水面，大量融入个人色彩的思考开始渗透在诗歌写作当中。尽管这种带有自觉的历史代言人特质的"小我"，还是融于群体化的"大我"之中的，还有着明显的"大我"的影子，在抒情者"我"言说的后面掩藏着一定的国家、民族、人民、历史的陈述。然而，对传统诗歌观念发生深刻怀疑的诗人们，此时已不再像从前那样一味简单地盲从，不再"唯上独尊"地对主流观念无辨析地绝对服从，不再对大一统的集体话语无条件服膺，而是在很大程度上突出基于个人独特经验所形成的艺术追求，充分表达个人意志、情感和志趣，在新的诗歌探索中表现出了一定的个人精神和艺术个体特征。这在随后酝酿并迅速崛起的"朦胧诗"中体现得尤为显著。对此，睿智的批评家已警觉地意识到并理性地判断：这一时期先锋诗人们对于传统诗学观念的质疑和改正，主要是出于对既往的"宏大叙事"对个人存在巨大遮蔽的强力反拨，出于对时代"指令性书写"的反抗，出于个体生命挣脱压抑、束缚、禁锢而采取的一种策略。

80年代初，作为一种对抗意识形态的诗歌发言方式，对"我"的尊重和激扬，在那个思想解放暗潮涌动的特定时期还是一个十分敏感的问题。在1980年南宁召开的当代诗歌讨论上，与会的诗评家们就对此展开了激烈的争论，以谢冕、孙绍振等为代表的批评家对诗人个人意识的觉醒予以了热情的辩护。他们认为诗人不再被迫地失去或者自觉地放弃自由言说的权利，而开始让诗歌走进心灵，开始走出以"颂歌"和"战歌"为范本的时代，带着个人印记的写作主体出现在诗歌当中，这是对诗歌自由自在本性的尊重，等等。这类闪烁着时代前卫意识的富有激情的论述，为随后的朦胧诗人的脱颖而出做了很好的理论铺垫。

如果说，朦胧诗潮抗衡国家话语所选取的是对"人的觉醒"的大声吁请与宣告，即在诗歌当中将"人的感觉，人的情感，人的感性世界，通过个人化的自我表现，从神道、王道、霸道、兽道的专制磨盘碾榨下解救出来，让真诚、温暖、友谊、信任、尊严以及同情、怜悯、仁慈重返人间"。"当然自我价值的实现是和忧患意识、集体无意识息息相关的，与沉沦幻灭中保持信念、憧憬、理想相沟通的，与相对统一而独立的理性、人格以及社会责任感、历史使命感分不开的。"① 朦胧诗人们勇于承担历史责任、主动充当时代的代言人，他们强烈的个人诉求与时代发展的进步诉求在一个特定的时期达成了一种无言的默契。因为在很多诗人和评论家看来，诗歌虽然不是表层的政治的工具，过于强调"时代"、"责任"、"社会良知"等会妨碍诗歌的健康发展，但诗人时代责任的自觉承担，却与其个人化书写理想的实现并无矛盾，因为现实中的每一个单纯的"个人"，同时一定是国家、民族、集体中的一员，就像水溶于水中一样无法也无需分割。个人的思想感情与国家、民族的意愿不谋而合时，个人顺应时代的歌唱就是一种自觉的发自内心的歌唱，是没有悬空的个人在坚实的大地上的自由歌唱，是诗人"独善其身"与"兼济天下"的自然、理想的融合，是对扭曲的责任感和使命感的一种理性反拨。

80年代中期以后，中国经济主流话语的日渐强盛，随着西方工业、后工业思潮的大举涌入，在学术界、思想界、文学界更是"西风劲吹"。萨特张扬生命存在和个体意识的存在主义，弗洛伊德在道德伦理上对英雄人格的摧毁，尼采对"上帝已死"的宣言和对自我意识的肯定，柏格森的生命说，叔本华的悲剧说等西方现代、后现代理论的全面引入，肆无忌惮地消解权威、拆解旧有的价值体系，为骚动中的先锋诗歌新的转型提供了丰富的思想资源。很快，朦胧诗所描绘的美妙的精神神话破碎了，文化代言人陷入了危机、边缘化的尴尬境地，新的主流诗潮在一片

---

① 陈仲义：《诗的哗变》，鹭江出版社1994年版，第45页。

"反叛"声中迅速碎裂成杂乱无序的"个人恣意表演"。仿佛就在一夜之间,"第三代"诗就在"朦胧诗"从政治工具恢复到一定程度的个人自由言说的基础上,开始更为彻底地摒弃了诗歌时代代言的职能,不再偏向历史、社会、道德认同,而是回归生命,期望在"生命与诗同构"中凸显更为彻底更有表现力的主体性。他们以强烈的"文化造反"精神,更为夸张的叛逆姿态,在"否定一切"的喊叫中冲破"朦胧诗"话语里的权威压迫、精英情结,寻找、确立自己作为主人而非旁观者的身份和地位。对此,诗人舒婷曾这样感慨:"我们经历了那段特定的历史时期,因而表现出更多历史感,使命感,责任感,我们是沉重的,带有更多的社会批判意识,群体意识和人道主义色彩。新生代宣称从个体生存出发,对生命表现出更多的困惑感、不安和玄秘。他们更富现代意识,超越意识……"[1] 关于其中最引人注目的"平民角色"的自觉认同现象,在批评家罗振亚看来,"平民意识的觉醒,使'第三代'诗人们从朦胧诗的类型化情思阴影下走出,迅速向人的生命存在状态的顿悟与袒露回归"[2]。

然而,在商品文化和现代传媒夹击中的"第三代"诗的缺失也是明显的,正像巴赫金所说的,即使"比较粗陋"、"绝对欢快的,无所畏惧的,无拘无束和坦白直率的言语",也"都具有对世界进行滑稽改编、贬低、物质化和肉体化的强大力量"[3]。那种以个体生命狂欢作为对"宏大叙事"的解码技术,在消解崇高、神圣、英雄的过程中,也让"个体"滑入了平凡、平淡甚至平庸的境地,诗人们缺少了"仰望"便只有多情地"自

---

[1] 舒婷:《潮水已漫到脚下》,《当代文艺探索》1987年第2期。

[2] 罗振亚:《朦胧诗后先锋诗歌研究》,中国社会科学出版社2005年版,第46页。

[3] 巴赫金:《拉伯雷研究》,李兆林等译,河北教育出版社1998年版,第224页。

恋",在彼此疏离的"自语"和"自嘲"中再度走失了"自我"。正如某些批评家所评述的那样:当先锋诗人已由国家、集体的完全变成了单一的个人以后,他们很快就发现了这时的个人也不再是一个完整的个人,而是矛盾、分裂的个人,就像面前的现代、后现代杂糅的文化景观已呈"碎片化"一样,个人的统一性也已难以确认了。

而随之到来的"大众文化"澎湃的狂潮,令先锋诗人更加迷茫无措、或随波逐流、或沉静思索、或潜心突围,虽然在一片焦灼、混乱中仍继续发出各自"个人化"的声音,但正像批评家们较为一致地认同的那样:"民间立场"、"中年写作"、"知识分子写作"、"下半身写作"等释义含混不清的命名,其实强调的都与所指不一的"个人写作"密切相关,都在强调诗歌话语的个人性追求,诗歌写作更具体也更个人化,并在此基础上推动了对诗的本体性追求,开始了诗歌写作的技术化追求。

同时,敏感的批评家也已注意到了:在先锋诗歌流变的历史叙述中,有很多作为写作策略的预设的主张和口号,采用诸如反文化、反抒情、红色写作、神话写作等二元化思维模式,不免夸大了某种写作模式的历史可能性,这种独断性的发言,看似在强调个性,其实很容易在实践中演变为流行的相互模仿的集体性书写。

对"独立精神和个人立场"的张扬是值得肯定的,但如果诗歌当中只有"个人"而没有个人生存的背景和依据,那也是不可思议的,因为完全抽空的个人实际上是虚设的。所以,令人敬重的诗评家谢冕才疾呼诗人要关注历史、现实,不能一味地沉溺于"自我抚摸",应达到程光炜所言的"历史声音与个人声音的深度交迭",也就是追求"历史个人化"。显然,这种对"个人性"的思考较之于某些无所负载的所谓纯粹的"个人化写作"显得更为深刻也更具现实意义。令人振奋的是,90年代后期许多诗人及诗评家们在对"个人写作"的"独立精神和个人立场"保持极大热忱的同时,也自觉地将自己对历史、时代、生活的发言融入到具体的写作当中,扩展了"个人写作"的内涵,使写作在贴近现实的"关怀"的同时获得一种抵达心灵的自由。

置身于90年代以来的后现代社会大众文化视野下的先锋诗歌批评,对滑行于日常生活状态下的"心灵自由的书写"给与了充分的肯定,诗评家们十分赞赏那种自觉地书写当下的、现场的、具体的个人化体验的诗歌,认为那不失为汉语诗歌精神重建的一条通道。如于坚就主张"好的诗歌,总是可以看出一个时代的心态。它对于人理解他所置身的世纪的状况,是有益的、客观的、真实的。任何一个世纪,好的诗歌都使人热爱生活,并且提供最客观的、实在的爱的方式,它使读者怦然心动,活下去是值得的,它不虚构幻景,正因为生活如此,我们才要生活"。①而陈超在对先锋诗歌作出冷静的梳理和打量后,敏锐地指出:"与其说先锋诗人是快意的精神浪子,我宁引另一论,他们是不妥协的异化生存/生命的敞开、洞察者,是诗歌伟大精神共时体和求真意志的发展者,是另一种火焰或升阶之书的铭写人。"②在日趋世俗化的现代社会中,对这样一种甘于孤独的精神向度的祈望,无疑具有深刻的现实意义,批评家令人敬佩的现实关怀之情显而易见。

二 在文化批判中的丰富

每一个时代都有自己丰富的诗歌精神,每一个时代的诗歌精神都是该时代文化的不可分割的一部分。时代精神有时会被混淆

---

① 于坚:《拒绝隐喻》,云南人民出版社2004年版,第6页。
② 陈超:《求真意志:先锋诗的困境和可能的前景》,《最新先锋诗论选》,河北教育出版社2003年版,第10页。

于"宏大叙事"（当然"宏大叙事"并非都是坏的）或所谓的"主旋律"，被误解为个人的思想情感、价值取向等需要与时代或特定的现实保持某种必然的"一致性"，被认为是隐退了个人独特体验的对既定的时代观念所达成的某种"约定俗成"的理解。这种偏颇的甚至错误的认识，在先锋诗歌写作和批评中大量存在。对此，十分有必要对先锋诗歌所置身的历史文化背景进行深入的研究，进行广泛而深刻的文化关怀与文化批判，在现代文化视野中展开批评，解读隐身或现形于错乱、复杂的文化景观之中的先锋诗歌精神，并指认其在不同时代的内涵及价值。

正是在对"政治专制文化"束缚诗人想象力和创造力发挥的深刻反思和批判的过程中，为"朦胧诗"辩护与助推的批评家们洞悉了朦胧诗人采取设置重叠的意象和繁复的象征进行"朦胧"的抒情策略，不过是对意识形态下简化、直白、粗陋的抒情方式极度不满的一种反抗方式，是对意识形态话语批判的一种方式，是特定的历史情境中释放郁结已久的情思的一种艺术选择。艺术上的"晦涩、朦胧"与对主流意识形态明晰的对抗是统一的。"朦胧"的本身即是一种反抗。虽然这种反抗因过分"朦胧"可能会被误解和曲解，但那样的历史文化语境注定了朦胧诗既是压抑中的被动反抗，又是追求中的主动探索。这是走向现代文明过程中所创造的一种新的文化意识。"它构成了对原有的文化实体的威胁，它们互为适应，且顽强地对峙。一种空前未有的彼此冲突又彼此渗透、互不相容又互为补充乃至悄悄地吸收的胶着状态是新诗70年来未曾出现的特殊景观。"[①] 对商业文化与极端物质文化、消费文化影响下的先锋诗歌写作进行不懈的批判，则是80年代中期后诗评家们一直坚持的一个重要选择。特别是进入物质富足而精神贫困的90年代以来，心灵生活贫乏成

---

① 谢冕：《地火依然运行》，上海三联书店1991年版，第82页。

为精神贫困的显著表征,被媒体、广告、海量信息包围和左右着的现代诗人们,对周遭和心灵生活已少有诗意的感觉和发现。对此,有人激愤地批评很多诗人对时代、生活"失语",指责他们在"现实面前闭上了眼睛",抨击一些先锋诗歌写作的"无根"倾向,等等。持论虽多有情绪化的偏颇,但其对现象和问题的点击却并非空穴来风,显然是有的放矢的。

在"精神的逃亡与心灵的漂泊"(吴思敬语)弥漫的90年代诗坛初期,当一批"普遍价值失落"的诗人们扎堆地扑向麦田"复制现代农业牧歌",寻找所谓的"精神家园"时,批评家们很快便发现大量华丽、苍白、雷同的"麦地诗",其实不过是一种无根的找寻,不过是失意的诗人虚幻的精神乌托邦而已。这种清醒的一针见血的指认,是对诗人精神家园找寻中偏失的有力纠正,它促使诗人们及时地打量先锋诗歌以来诗人心灵高地的失守与固守,提醒其应开始新的集结与突围。虽然突进的目标仍不十分清晰,但前方的隐约召唤却是真实的。而具有某种根性的精神漂泊和逃亡,闪耀在许多诗中,又使其自然地有了某种厚度和大气。诗人兼评论家周伦佑所言不无道理:"诗人是没有也不需要家园的,他天生是自我放逐者,他永远在途中——伟大的艺术精神便是这种途中的历险。"[①] 现代诗歌精神的确立只能也必然存在于诗人对人类心灵的不懈追问与探究的旅途上,存在于他们精神探险和游历的具体文本之中。

其实,自新时期以来的每一个社会转型期,很多道德、伦理、价值观念都普遍地遭到了怀疑、破坏甚至被颠覆,各种流俗文化肆意地侵蚀、破坏着神圣、美好的传统文化。尤其是近年来,随着复古思潮、精英文化、商业文化、消费文化、娱乐文

---

① 周伦佑:《90年代中国现代诗走向》,陈超编:《最新先锋诗论选》,河北教育出版社2003年版,第507页。

化、大众文化等交替着粉墨登场，前现代、现代、后现代话语杂陈的现代社会已被搅得更加光怪陆离、莫衷一是，很多读者甚至诗人也纷纷雾里看花般地抱怨"读不懂"当下的诗歌了。这里的"读不懂"其实是个人话语与公共话语的抵制和对抗，是现代诗歌精神已隐身于更加"边缘化"、更加"个人化"的诗歌写作中与阅读者浮躁的、难以沉潜地考察和思索的矛盾。

正是基于此，置身其中的很多先锋诗歌批评家们在对不同时期的文化进行一系列的批判过程中，已真切地认识到并付诸了实践：在先锋诗歌批评中，对流俗文化进行坚决的批判，承继精英启蒙的传统，发挥知识分子的社会道义担当作用，自觉地肩负起建设现代文化的职责。比如对90年代"知识分子写作"中诗人自觉抵制"后现代批评"而进行的文化整合，王家新就赞赏地肯定："最重要的是，在他们对当下语境的卷入中，或与一个更为复杂的文化时代遭遇中，依然保持了诗歌对现实的纠正和转化力量，保持了诗歌本身的精神准则、艺术难度和包容性力量。"[①] 这类带有时代文化批判与艺术转向双重思考意味的论述，在西川、唐晓渡、周瓒等人的批评文章中也多有闪现。他们认为对"独立品质或独立人格"的追求，应返回到生活和写作本身。而在对"民间立场"的批判中，很多批评家认为："民间立场"不应当只是一种写作姿态，而且是一种独立的品质，是一种精神向度，也是一个诗学方向，它的对立面不是"官方写作"，更不是"知识分子写作"，它也"并非像某些读者误解的那样，仅仅是庸俗化、平民化的情感和生活的演绎，其实它是以解构的方式进行思想启蒙，只不过采取了感性的情态方式而已"[②]。张清华在

---

① 王家新：《从一场濛濛细雨开始》，王家新、孙文波编：《中国诗歌九十年代备忘录》，人民文学出版社2000年版，第10页。

② 吴井泉：《平衡与生长：中国先锋诗歌的文化走向》，《文艺评论》2006年第3期。

对大众文化狂欢下的诗坛进行扫描后,目光集中在"一种删除了精英知识分子的启蒙批评立场的、同时也隔绝了底层社会利益代言角色的、与今天的商业文化达成了利益默契的、充满消费性与商业动机的、假装高雅的或者假装反对高雅的艺术复制行为"的中产阶级趣味的理性解剖中,找到了21世纪初存在于先锋诗歌中的冷漠、畸形"自恋式"写作、无节制的"叙事"的文化根源。①

先锋诗歌批评中密集的文化批判,有着"全球化"、现代历史文化语境的影响,也体现出批评视野的开阔、批评方法的更新和批评路线的拓展,多学科的交织渗透,多视角、多维度、多层次的扇形展开,不仅扩大了先锋诗学的研究界域,还拓深了许多诗学问题的思考。如对于大量存在于诗坛的"将世俗的东西神圣化和将神圣的东西世俗化"倾向,对于极端的物质主义文化所导致的人类赖以生存的精神大地的大面积荒漠化,对于"底层关怀"的理解和抵达的路径,对于"历史化诗学"的追求,对于"本土化写作"在学理和实践上的辨析,对于深陷大众文化包围中的"先锋诗歌如何突围"等一些重要命题,批评家们给予了充分的关注,并给出了或深或浅的不同解答。既有大胆的解构,又有积极的建构,答案的丰富多彩,进一步彰显了文化批评的必然和必需。譬如,针对诗人知识分子精神的丧失,以及随之而来的诗歌写作的失范与失效,一些诗人和批评家提出了旨在参与当代文化思想批判、重建"意义世界"、超越世俗景象描摹的"知识分子写作"的观念,认为"知识分子写作""是针对'第三代诗歌'总体上的文化虚无主义态度以及某种'践踏'艺术的叛逆行为而言的,是基于他们自身的'理想主义信念'",已成为"一个特定时代的文化思想的象

---

① 张清华:《持续狂欢·伦理振荡·中产趣味》,《文艺争鸣》2007年第6期。

征和隐喻"①。当然，进行深刻的文化批判，挖掘、拓展、升华、倡导与时代境遇和现实生活、人生密切相关的现代诗歌精神，是一项极为浩繁、庞大的工程。需要真正的批评者无论什么时候，都保持清醒、独立的批判意识，都不失去批判的热情、勇气和智慧。惟有如此，才能使当代先锋诗歌批评实实在在地成为"另一种写作"，而不是缺少灵魂的依傍或附庸。

三 在文本解读中的探索

因为"诗歌表达应和人类不同层面一定意义上的精神价值取向，诗歌表达的内在精神气质本身也是一定时代人的精神气质的体现，对这种积极的精神气质的追求同样是诗歌和人的本质定义"，②所以任何诗人的写作必然会或多或少地渗透进其时代的思想和精神，"时代精神"悬置的写作是难以想象的。

批评家若仅仅依靠对一些写作语境的表层打量、对某些先锋诗歌现象浮光掠影的粗泛扫描、凭借一些概念术语进行看似严谨的逻辑推演，显然只会是一种粗暴的解读，所得出的也只是一些漂浮在时代话语表层的共知结论，很难挖掘到当代先锋诗歌真正的精神内涵。因而，优秀的批评家一定是谦逊地俯下身来，以高度的批评自觉、敏锐的学术感受力和高超的艺术鉴赏力，认真地面对那些良莠不齐的文本，从中筛选出最有代表性的范本，像一位敬业的地质工作者那样坚持冷静、耐心、细致地钻探，才有可能挖掘出富有启发意义的真知灼见。

文本解读自然离不开对文本所产生的历史语境、诗人创作情境和艺术风格的解读，所谓的要"知人论世"，如对北岛、舒

---

① 陈旭光、谭五昌：《知识分子写作：文化转型年代的诗与思》，《大家》1997年第4期。

② 段钢：《诗歌神话的终结》，《诗探索》1997年第1辑。

婷、杨炼等朦胧诗人充满怀疑、批判精神的部分作品的解读。在充分肯定其历史价值和诗学意义的同时，有批评者也认识到了朦胧诗人因负载了过重的理性思考，忽略了对于批判对象的细微感知与理解之间的相互沟通，在峻切的"质疑"与"宣判"中流露出对理想主义的天真和对理性主义的崇拜。"在这里，现代艺术显得缺少真正的现实主义所具有的那种感性与理性那融合的力量，那种诗情意蕴与现实生活的迫近感。"① 这样，就容易理解朦胧诗浮泛的"个人性"和其"启蒙性"为何很快遭到反叛了，也可以进而理解后来的"个人化写作"演变的根由及思考我们究竟需要建立怎样的精英文化等问题。再比如陈超通过对于坚文本中"非历史意识"意蕴和"平面化口语"特征的梳理，沿着于坚对"朦胧诗"中"说话人"是偏离而不是"反对"这一细微线索打探下去，终于揭开了"于坚通过'反诗'的策略，目的是"返回"真正的诗歌创造之源"的奥秘。这对于我们在当下语境中，思考如何真正实现先锋诗歌的"历史承担"等问题很有启发意义。②

浩繁的文本构成了一个个具有一定文化意蕴、语词特征的阅读节点，简单抽样的解读，有时难免会挂一漏万，难以聚拢分散在各处的、若即若离的思想和艺术"碎片"，难以洞悉其中隐藏的奥秘，也就难以提炼出涵盖性、通融性更强的认识。这时，精心地挑选观念、流派、风格等相似、相异的文本节点，在进行整体观照的同时，注重考量具体个案的不同特色，巧妙地把一个个散点片段构成有机统一的、互文性的系统解读。如谢冕的《地火依然运行》、陈仲义的《诗的哗变》、罗振亚的《朦胧诗后先

---

① 杨匡汉：《朦胧与后朦胧的诗与思》，《当代作家评论》1999年第6期。
② 陈超：《"反诗"与"返诗"——论于坚诗歌别样的历史意识和语言态度》，《南方文坛》2007年第3期。

锋诗歌研究》、程光炜的《朦胧诗试验诗艺术论》等有影响的批评专著，其共同的优点之一就在于批评家对文本的足够尊重，在于文本解读的博、准、精、深。

即使同一文本在不同时段、语境、视角下的解读，也有可能产生差异很大的解读效果，从一个新的文化角度审视熟悉的文本，往往可以在过去"熟视无睹"的地方有惊喜的别有洞天的发现。如在当下大众狂欢的现实语境中，重新对海子的《面朝大海，春暖花开》进行细致的解读，我们会发现：诗人那"闪电一样的幸福"有着超日常生活的精神内涵，其"说"而不"做"的"明天"，永远停留在美好的桃花源似的憧憬之中；那真切的迷茫，那伤感的喜悦，那绝望的希望，一切都仿佛唾手可得却又遥不可及。这与以往熟悉的某些以为诗人热爱日常生活、追求平凡幸福的诠释大相径庭，同质异趣的解读获得截然不同的审美结果。[①] 睿智的批评家不会只滑翔于文本的表层，而是机敏地沿着文本敞开的缝隙，进入其曲折幽秘的内部，善于在诗人精致的"微言"中揭示出深藏的"大义"。如不少批评家在对李亚伟的《中文系》一诗的解读过程中，深切地感受到了诗人在调侃幽默的口语背后，对正统、神圣、高雅文化的瓦解。诗人调用粗鄙化、戏谑化、俚俗化、日常化手段，让饱满的情绪恣意地宣泄，畅快淋漓地反讽了那些原本被赋予了丰富诗意的事物，在一片"冷抒情"中呈现出"叛逆一切"、"解构一切"的"莽汉主义"风格。再比如对于尚仲敏的《关于大学生诗报的出版及其他》的解读，批评家们透过诗人与主流文化作对时的满不在乎、嘻嘻哈哈地自寻欢乐的表面，看到了一代青年对官僚体制、主流文化的深恶痛绝，看到了他们被迫或主动采取以退为进的策略，将内心的不平和愤怒化为一场场轻松的文字游戏，以"含泪的

---

① 参见王一川《重新召唤诗意启蒙》，《当代文坛》2007年第3期。

笑"传递出遭遇压抑、挫折、不被理解的苦闷和无助。他们以这种自嘲、反讽的方式,淡化、稀释了朦胧诗人的激情、理想、英雄情结,其自觉的平民意识,对权威发自内心的不屑,在畅达而幽默的口语狂欢中,充分展示出"第三代"诗人不同于朦胧诗人的"另类"的拒绝和否定的姿态。

秉承锋利的批判性,坚持独立的批判立场,是做好文本解读的前提。在那场引人注目的20世纪末诗坛论争中,有些诗人和诗评家出于对各自诗学立场的维护和坚持,在解读论战对方的文本时,便感情用事地有意抛离具体语境、断章取义、随意夸大,以期用故意误读的方式达到取胜辩驳的目的。纵观这一时期前前后后不少关于"民间写作"和"知识分子写作"批评的文章,很容易嗅到一些对抗的情绪,随处可见不少故意曲解、误读文本的现象。这样褒此贬彼、牵强地自圆其说的文本解读,是难以形成真正的思想交锋的。其论争的结果自然难以令人信服的富有建设性的诗学见解,而只会留下许多令人深思的漏洞、偏颇甚至是强词夺理的狡辩和诡辩。与此同时,我们也欣然地看到,反倒是以"独立精神和个人立场"介入其间的一些批评家们,如洪子诚、谢冕、陈仲义、罗振亚、张清华、陈超等,他们在认真地解读诸多诗歌文本和批评文本的过程中发现:"民间写作"和"知识分子写作"在很多诗学观念、立场、言说方式上其实并非是截然对立的,所谓的"话语权"之争也只是很小层面上的一个事实,二者实际上有着相当多的一致性。比如二者均坚持诗人写作的独立性、个人性,都强调以个人立场介入现实,寻找诗歌对现实的批判和超越,并对能指与所指分离的"宏大叙事"保持着高度的警惕;他们都十分重视现代诗歌的语言修辞,特别强调语感、叙事、隐喻等艺术手段自然娴熟的运用,均形成了具有松散的流派性质的写作群体并创办了同仁旨趣相投的民间刊物。只要认真地对照着研究一下于坚、韩东、伊沙、侯马、徐江等所谓

"民间写作"主将们的代表性文本，和被指作"知识分子写作"代表的王家新、西川、孙文波、欧阳江河、肖开愚等人的一些文本，撤掉先入为主的价值定位，摒弃个人的情绪意气，不揣偏见地沉浸到文本当中，进行细心的解读，就一定会发现：90年代以来的先锋诗歌，在经历过数次诗潮震荡、裂变、打磨以后，已经变得更具现代思想、文化和审美精神。它依然保持着强烈的先锋指向，坚持对流行、时尚予以坚定地反抗和叛逆，虽然它不是始终在破旧立新中向前推进，有时它也做一些必要的"退却"和"保守"，但这时它不妥协的批判锋芒依然存在，只是看似落在了它所处时代的后面。它实际上是以一种缄默的蔑视和无言的沉潜，诉说着与该时代适度的间隔和疏远。它在"静水流深"中书写着独立、自由、高贵的先锋品质。

当然，这里所说的文本解读，不仅针对诗歌文本，还针对批评文本，尤其是对于那些视角独特、新见迭出并且产生了一定反响的批评文本。批评者亦不可轻易地附和、认同或者否定，而应该在细读文本过程中理解某些概念的真正含义，判定支撑某些观点的依据是否恰当、典型、充分，审视其推理是否符合逻辑，其结论有着怎样的诗学价值和意义，等等。如有的批评家对王家新强调在诗歌当中"讲出个故事来"，先是做一个心理预判，简单地将叙事与抒情对立，然后草草地选取他的几首叙事性较强的作品略加分析，便草率地断言王家新诗歌重视叙事性。而实际上，正如深入研读王家新作品的一些评论家所指出的那样——即便是他的那些叙事性很强的作品，诸如《回答》、《伦敦随笔》也有着很强的抒情性；他诗中的叙事因素不过是进入诗歌内部的线索而已，叙事并非写作的目的，只是一种情感抒发的手段；他要建构一种"承担的诗学"或文化理想："如何使我们的写作成为一种与时代的巨大要求相称的承担，如何重获一种面对现实、处理现实的能力和品格，重获一种文化参与意识和美学精神。"① 显然，正是基于对时代、历史的反思与批判的思考，他选取了带着沉重、隐痛基调的独白或倾诉，期望找到与朦胧诗人迥异的"时代与历史承担"。只是由于某些叙述资源和方式存在"西化倾向"，常常被误解为是西方经验或体验的"中国翻版"。再比如对"第三代"诗人喊得很响的"反抒情"这一口号，西渡结合自身的写作经验，认为这是一个值得怀疑的命题，因为"讽刺、反讽、调侃是一种抒情，隐藏感情也是一种抒情，叙事中也必然潜藏有感情的因素。在现代抒情诗中，抒情与叙事，意识与感情，理性与直觉常常复杂地结合在一起，彼此难分难解"。② 这样不迷信于某些宣言、主张、口号等，冷静地对具体问题进行细微、辩证的剖析，就相对容易得出较为可靠的结论。

另外，文本解读与理论的建构往往是同步进行的，仅有单纯的文本解读是不够的。对于诗人们纷纷标榜的"独立写作"、"个人写作"、"边缘写作"等，批评家们如果不能坚持深入的文本解读，仅仅是粗略阅读后便轻率地穿凿、附和某些似是而非的理论主张，或者借助一些时髦的理论术语，盖棺定论般地、硬性地进行片面化的指认，显然是缺乏责任和智慧的批评。沉潜于批评家们大量的具体文本解读之中，我们惊喜地发现：即使崇尚变化、崇尚新鲜的时代，先锋其实并非都意味着超越、"前卫"，有时恰恰是凝结了传统中某些可贵品质的"原在性"，努力地让"先锋"走在现实的、动感的"此在"，更食人间烟火味，使其反而超脱了那些狂妄的、无所顾忌的貌似富有创造的"话语翻新"，走出了"概念虚空"的怪圈。

---

① 王家新：《阐释之外：当代诗学的一种话语分析》，《没有英雄的诗》，中国社会科学出版社2002年版，第94页。
② 西渡：《面对生命的永恒困惑》，《守望与倾听》，中央编译出版社2000年版，第259页。

抛开先言的理论预设,抛开意气用事的以偏赅全,涵泳于诸多先锋诗歌优秀文本当中,我们完全可以这样自信地断言:"当代诗歌已经可以见到这样一些作品,它们体现出一种开放的、实在的、坦率真诚、客观冷静、亲切朴素、心平气和,通晓大度与人的生命,人的内心历程,人的生存壮志息息相通的精神。"①

现代诗歌精神的内蕴是极其丰富的,而且是不断向前发展的,先锋诗歌批评中的现代诗歌精神的找寻和建构,也绝不仅仅局限于以上三个层面,而是贯穿于先锋诗歌书写和批评的各个时期的各个层面。套改一句流行的批评话语——先锋诗歌的时代精神找寻和建构,依然"在路上"。

---

① 于坚:《诗歌精神的重建》,《拒绝隐喻》,云南人民出版社2004年版,第104页。

第 二 章

现代批评主体的独立与自觉

第一节 关怀与批判：批评身份的自觉认同

先锋诗歌批评的前沿性、探索性、复杂性、艰巨性等特点，注定了批评者应该拥有开阔的视野、宽广的胸襟、深博的学养、自觉的意识、独立的批评立场等条件，也注定了其必须以关怀者和批判者的双重身份进入先锋诗歌批评，因为惟有真诚、热情的关怀，才会有深情的凝眸、细致的触摸和真切的感悟；而唯有深刻的批判，才能够真正地完成对先锋诗歌全面的清理和评定，才能进行有效的先锋诗学建设。其实，正是有了承载着中国知识分子传统的精英意识和现代批判意识，才有了面向当代先锋诗潮、先锋诗人、先锋精神、先锋文化等一系列先锋诗学问题的热情关怀，并进行了广泛、深入的思考和睿智的批判，不断地推动着先锋诗歌批评的深化。

一 对先锋诗潮的广泛关注

只是短短的三十年间，一批又一批的先锋诗人，或狂飙突进般地一次次发动震撼诗坛的集群冲击，或以个人的大胆探索和突破完成了一个个散点爆破。他们张扬着鲜明个性和先锋指向的大量优秀文本，和众多批评家们摇曳多姿的先锋批评，一同构成了中国当代先锋诗歌一道道蔚为壮观的风景线。

在每一次或大或小的先锋诗潮酝酿、涌动、爆发和消沉的各个时段，我们都能够看到批评者活跃的身影。他们对诗坛动态、诗歌潜流等的敏锐感觉、热切关注和到位的批评，使他们成为影响先锋诗歌走向的不可或缺的重要力量。比如，始于80年代初期至今仍在继续的围绕着"朦胧诗"所展开的争论，不但挖掘出了这一次先锋诗歌运动的诗学价值和意义，而且随着思考、论争的深入，其影响早已远远扩展到了社会、思想、文化等领域。批评者们对于"朦胧诗"的启蒙精神、精英意识、现代意识等予以了充分的肯定，不仅实现了对专制思想和权力话语的强力反抗，在思想交锋中取得了实质性的胜利，而且从美学的层面阐释了诗人个性思考的根源，从而对其思想和艺术的探索进行了全面评价。这些从不同立场、角度展开的批评，深切的关怀与客观的批判同在，不仅有力地促进了先锋诗歌的繁荣，诸多闪烁着思想光芒的批评，还直接或间接地影响了其他文学样式乃至社会思想文化等多方面的现代解读和批判。

此后关于"后新诗潮"、"九十年代先锋诗歌"和21世纪先锋诗歌等批评，都充分体现出批评家们自觉的现实与历史关怀。也正是对不同时期先锋诗歌流变的细致观照和认真解读，诗评家们揭橥了繁杂的表象当中所隐潜的某些规律和本质，为批判的生成、展开提供了充分的依据。如面对90年代一片"精神启蒙的终结"的叫嚷，有着强烈人文关怀的批评者，在考察过先锋诗歌嬗变的历程后，清醒地看到：即使高声宣称拒绝"三个世俗角色"的"他们"诗群亮出的也不过是一种反叛的姿态，其骨子里面依然是强烈的启蒙意识；诗人向"民间"靠拢降低自己的身份不过是获取一种与诗歌和读者平等对话的方式，目的在于通过觉醒、独立、自由的"个人"的确立，完成对遮蔽自身的传统和现实的否定；其对"宏大叙事"的刻意解构和对日常经验的关心，很大程度上是出于对"个人言说"的自觉追求。

　　对于先锋诗潮的关怀，离不开对现实、历史、文化的关怀，因为它们是如此紧密地纠缠在一起的，每一次诗潮的兴衰都有着深刻的文化背景和丰富的文化内涵。由此，对诗潮形成背景和内容的文化关怀和批判，便成为批评的重要内容之一。比如关于"第三代"诗"反文化"主张的批评，有论者就通过文本分析，敏锐地发现："几乎所有重要的现代主义和后现代主义诗人都以精神王者、精神圣徒或精神流浪者的方式混淆于人群并高居于人群。他们以飓风和闪电的速度不断将自己夷为废墟……"他们"像帝王和先知那样说话"，或"肆无忌惮地嘲弄大多数人的智力、情感和审美虚荣"，或"反对一切文化"，"为反文化而反文化"。① 据此，可以窥见很多诗人激进的"反文化"不过是凸显和张扬个性的一种策略。到了90年代，在遭遇了经济大潮的冲击后，自我实现遇到了世俗文化的巨大挑战，诗人过于自信、乐观的心态备受打击，一些反文化者又开始了自我怀疑、自虐和自我否定，进而走向了为冲淡内在空虚与苦闷的"语言狂欢"。这里的"狂欢"既有对个人寂寞的恐惧，也有及时行乐的本能。

　　显然，只有进入了先锋诗潮所处身的具体历史文化语境当中，才可能真正地揭开每一次先锋诗潮生成和发展的诸多"秘密"，洞见某些诗学命题的症结所在，找到深陷困境的先锋诗歌突围的路径和拯救的方案。比如一些批评者就注意到，80年代中期前的先锋诗潮是在结束了相当长的一段文化封闭和"文化荒漠"后，思想的解冻和对外开放的加大，西方政治、哲学、美学、艺术等各种思潮的大举涌入，导致了各种现代诗歌潮流在激烈的碰撞、裂变和融通之中，以共时性的无中心状态出现在中国诗坛。而90年代以来先锋诗歌活跃的"个人化写作"运动，

---

① 开愚：《中国第二诗界》，《作家》1989年第7期。

则是在日渐隆盛的商业文化和大众文化思潮影响下,多元化的价值取向和多样性的文化并存,导致了诗人与历史、现实的诸多紧张关系;个人更加独立、自由的选择,又促使先锋诗歌选择了更为深刻的"个人化叙事"。就像陈晓明所指出的那样:"90年代,历史、社会、集体……这些曾经与中国民众息息相关的宏大事物,曾经别无选择,也不留余地把中国人裹挟其中的'场',现在可以外在于人们的生活世界而自行其事……90年代的历史和社会就这样作为一个他者之物疏离个人而存在。"[①] 同历史、现实适度的疏离或间隔,为个人化经验和体验纯正的艺术转化提供了必要的保证。正是察觉到了这一关键所在,很多诗评家或从先锋诗歌流变的走向出发,或从先锋诗歌内部变革出发,或从个人生存状态和面对的现实困境出发,或从知识分子的历史和现实承担出发……以不同的视角,勘探了变化不居的现代历史文化与"个人化写作"之间深层的联系,从而将先锋诗学研究推向更为开阔而深邃的境域之中。

应该说,正是重返先锋诗潮所发生的文化语境,对诗潮与诗潮之间断裂、承续当中的某些新质的找寻和评估,对每一次诗潮退却后的认真反思,才使得诗潮批评没有成为简单的"跟风式"的热点追踪,没有让批评成为"吸引眼球"的短暂聚焦;正是通过对现象的梳理和本质的学理性思考,诗潮批评对当下的一些重要诗学命题给出了深刻的解答。如杨克通过对既往诗潮的历史性回顾,对80年代的先锋情结进行了深刻的反思。他坦率地指出:"作为一种存在方式,我的灵魂一直渴望和敬畏先锋。但在中国特定的诗歌秩序面前,这个本来最具前卫性意义的词其实正被消解,异化为隐蔽的聪明的投机——用高雅伪装的俗行为。那些习惯将'先锋'桂冠戴在自己头上的绝大多数写诗的人,只

[①] 陈晓明:《批评的趋势》,北京图书馆出版社2001年版,第44页。

不过是在维妙维肖地进行集体模仿,当一个人尚未动笔便明晰地意识到使用怎样的表达模式就会被纳入'先锋诗歌'的范畴,我们的诗人已虚弱得无力写出一首尽管不那么出色却货真价实是自己创作的诗。"① 显然,诗评家出于对真正的"先锋诗歌"的敬畏,已不满于诗坛上那些"运动式"的集团写作和"文学史写作"。对于那些貌似先锋诗潮的一针见血的批判,是颇具警醒意义的。著名诗评家吴思敬则进一步发现了由于主体心态错位而造成的先锋精神的丧失、所导致的先锋诗歌的消沉:"80年代以来以先锋自居的诗歌群体之所以难成大器,很大程度上是由于他们缺乏探寻属于自己的存在意识,缺乏生命的根柢。生命的无根导致心态的错位,心态的错位触发自恋的情绪,自恋的情结又直接引发虚火上攻,于是不停地追赶潮流、浮躁地呼喊、自我标榜与相互标榜……""看来,先锋的面具也将难以掩饰本无真正先锋意识的人。"② 类似这样从现象出发但绝不拘泥于现象,而是拨开那些漂浮的表象,将思索引向深度层面,找到事情的"真相"所在的批评,已成为很多批评家自觉的选择。

在众多的诗潮研究中,有不少全面的梳理和细致的阐释,的确客观地揭示出了各个时期先锋诗歌的历史脉动和美学特征。如关于"平面化"、"口语化"、"个人化"、"反语言"、"民间写作"、"知识分子写作"、"叙事性"、"历史承担"、"中产阶级写作"等的研究,深入剖析了每一种主张和宣言的理论依据和现实状况,对其内涵的界定和阐释也多有创见,但大量重复的研究尚停留在对现象的描述和特征的概括基础上,对其诗学意义和价值的探究尚显薄弱。这也在一定程度上导致了一些诗人对批评相

---

① 杨克:《纯正的诗歌》,《中国诗歌年鉴》1994年卷,西南师范大学出版社1995年版,第378页。

② 吴思敬:《九十年代中国新诗走向摭谈》,《文学评论》1997年第4期。

对滞后的不满，好在已有诗评家对此有所察觉并开始着手改进研究的方向。

批评家们贴近诗潮的批评，在获得了"在场"的亲历体验和感受的同时，还可以避免将诗歌批评变成一种泛文化研究。特别是在诗潮批评中的个案研究和文本细读，可以使批评者有效地避免从预设的先验观念和概念出发，去寻找适合这些概念的对应文本，再浮泛地罗织一番历史文化背景，发挥一下超强的知识整合能力，便似乎逻辑地将新鲜感的结论推演出来。这些速成的结论只能是一些时髦理论的临时衍生物，是概念和术语的逻辑"空转"，外表的光鲜华丽，难以掩饰内在的虚弱和苍白。如对伊沙的《车过黄河》的批评，有的批评者只是依据后现代理论，便大谈诗人如何以反讽的方式解构黄河神圣的象征，言其如何以平民文化消解精英文化。应该说，这样的诠释和评判也有着一定的道理，只是这种贴标签式的批评放在其他类似文本上面也同样成立，并没有深入文本当中对其作出细致地解读，没有看到诗人一脸轻松地捕捉日常生活中缺乏诗意的情节和细节，在看似漫不经心的编排中所呈现出的复杂的内容：一份既往的追忆，一份现时的感受，一份无奈的失去，一份无所谓的平静，一份轻松的嘲讽，一份凝重的严肃思考……人生的种种境况，都在"车过黄河"这短暂的一刻鲜活地呈现出来，一个日常化的情节中包含着那么多诗意的指向。只有很少成熟的批评家对此予以注意和挖掘。由此，有人主张在对诗潮关怀和批判时，批评者应该与批评对象保持一定的距离和一种必要的张力，放弃一味地追逐时尚理论的现实诠释，保持对文本高度的敏感和足够的尊重，将更为细致的文本研究与思潮研究自然地融合起来，以获得批评的深度和力度。

二 对创造精神的深入挖掘

先锋诗歌不同时期的先锋性和其间的种种悖论以及由此引发的诸多思考和探究，成为先锋诗歌批评引人关注的热点，也多方面地推进了先锋诗歌批评。

很多批评者都指认了先锋诗歌明显的先锋特征在于它的叛逆性、探索性、实验性等，指出了它对既有的诗学观念、言说方式等所进行的颠覆性的"断裂"和解构，认识到了"先锋"意味着领先，意味着突破。但先锋性并不等同于创新性，有些创新性的诗歌并不能纳入"先锋诗歌"的视阈。只有那些具有前沿意识的、有明显"断裂"意味的诗歌，才有可能步入"先锋"的行列。如"朦胧诗"突出个人的觉醒，重拾个人尊严和价值，在70年代末80年代初扮演了颇具启蒙意义的先锋角色，它对既往的惯性写作的断裂绝非简单的创新。正像诗人评论家张曙光所言："我们似乎也不好把带有创新性和实验性的作品统称为'先锋作品'，因为创新性的作品和先锋性作品的一个明显区别在于是否打破了某种均衡。先锋派在某种程度上更具有极端性和破坏性，他们可以不遗余力地求新而不惜打破创新与传统间的平衡，造成与传统的断裂。"[①] 比较一下这种理解与蓝马等批评者习惯于将"先锋"与"传统"对举，强调"先锋"对于"传统"的突破和创新，就不难发现，批评者们所谈论的诗歌先锋性，其实有着丰富的内涵。在诸多对先锋性的指认中，不少批评者已充分注意到了先锋诗歌的现代性追求，注意到了其在变革和断裂传统写作的同时，也在积极地建立着新的规范。而且一旦形成了新的传统后，它的先锋意义便逐渐淡化，新的断裂性先锋诗歌又在酝

[①] 张曙光：《先锋诗歌的悖论》，《江汉大学学报》（人文科学版）2005年第4期。

酿诞生,因为先锋的使命就是不断地向前延展。比如很多诗人和诗评家在论及八九十年代之交写作的"深刻的中断"(欧阳江河语)和"九十年代诗歌"时,都期望通过反思如何处理写作主体与现实的关系、写作资源的选择、诗人与读者的联系等问题,找寻到不同的社会文化语境中诗歌更为清晰的先锋指向;并且意识到找寻的路径就隐藏在先锋诗潮、运动、流派、文本及繁复的语境当中,批评的使命就是身在其中的艰难探险。

有论者着眼于先锋诗歌生成和流变的历史文化语境的考察,发现了诗人们的精神世界所发生的深刻变化。而缘此进行深入质疑和探究后,我们可以看到,无论是"朦胧诗",还是"第三代"诗,抑或是"九十年代诗歌",乃至21世纪的先锋诗歌,如果仅仅将其所身处的历史文化语境理解为先锋诗歌生成和发展的背景是相当片面的,很容易误导人们对先锋诗歌所蕴藏的真正的先锋指向的认识和判断。从朦胧诗人的"自我觉醒",到第三代诗人的"生命本体喧哗",从80年代末的浪漫主义"农耕热潮",到90年代"民间写作"和"知识分子写作"对日常生活经验的重视及"叙事策略"的推及,等等,在看到了社会文化语境对写作产生重大影响的同时,许多诗评家已注意到:始终追求和坚持"个人性立场"的诗人不同向度的思想探索和艺术探索,才是决定先锋诗歌发展方向的关键所在。因为"个人性立场是当代中国文化语境中先锋诗人写作的一个必要的前提","也标志了一种疏离团体运动的自觉意识,它要求诗人从自己的生存经验出发,坚持个人精神的独立,充分体味孤独个体的生存处境,并自觉地吸纳来自外部世界的种种复杂的、多样性的生活现象,把它们熔铸成真正的诗歌"。[①] 虽然个体诗人表面看来力

---

① 周瓒:《透过诗歌写作的潜望镜》,社会科学文献出版社2007年版,第31页。

量是微薄的,但真正独立的个体却是"孤独的强大",正如诗人钟鸣所言:"我从不相信,一个人,一首诗,能改变时代,但我相信,贯穿所有诗篇的那种思想、风格、精神来源,正脱胎换骨,预示着新的时代。"① 就像"圭臬已死"的第三代诗人肆意"生命喧哗"和"语言狂欢"的全面反叛,表面看似乎更多的是破坏和解构,但其中一些重要的诗歌流派,诸如"非非"、"他们"等,还是以其整体相对一致的思想和艺术追求,对后来的先锋诗歌发展产生了一定的影响。其中坚定的、独立的个人立场的坚持,充分保证了许多先锋性探索的成功取向,抵挡住了"集体造反"退却后的茫然并为新诗潮的来临做好了铺垫。

　　批评家朱大可则从先锋诗歌创造精神的核心出发,提出了自己心目中先锋诗歌发展的前景,即走向"终极的诗":"先锋诗人从古典的浪漫主义的云端坠落尘寰,现在要重新回到上面去,越过一切古典的或'新批评'的高度获得最高天体的盛大占有。而这就是终极的诗:从它的文本里迸发出对人的精神存在和语言存在的终极关怀。"② 显然,朱大可在肯定了先锋诗歌对传统的超越和自由的同时,更加偏重于诗人的终极关怀精神的确立。

　　与很多诗人和批评家习惯于从"传统"与"先锋"对立的视角来审视当代先锋诗歌的先锋走向不同,诗评家陈超着眼于诗人个体生命与现实处境紧张的"困境",提出了自己的主张:"我想,我们是不是不要再纠缠在'传统'和'先锋'这两极状态的争执上?事实往往是这样:如果诗歌的确有最高限值,我们不妨建立这样两个极——'揭示生存/生命的诗'和'作为一种行当的诗'。这似乎更有意义些。屈原的《天问》作为传统,和今天相对主义、怀疑主义的精神意向恰恰是共时性的。将诗作为

---

① 钟鸣:《旁观者》第 2 卷,海南出版社 1998 年版,第 627 页。
② 朱大可:《燃烧的迷津》,学林出版社 1991 年版,第 74—75 页。

个体生命对生存的追问，和当作一种修辞技艺的行当，这不是新与旧的区分，而是真理与谬误的区分。"① 通过对个体生命在诗歌书写过程中所呈现状态的关注，诗评家特别强调了写作主体前卫性的创造力，这种指向诗人和诗歌内部"对抗"的研究，亦不失为一条迫近"先锋性"的重要途径。

随着社会文化语境的转变，先锋诗歌中的"个人意志"与主流意识形态的对立逐渐淡化，更加独立的"个人"与充满诱惑和困惑的生存现实之间的种种矛盾，成为诗人必须面对和解决的重要问题。譬如，唐晓渡便发现90年代先锋诗人在理解、处理诗歌与现实的关系时，出现了一定程度的"疏离"，而这种"疏离"是找寻过程中所产生的"明了"的秘密："先锋诗一直在'疏离'那种既在、了然、自明的'现实'，这不是什么秘密；某种程度上尚属秘密的是它所'追寻'的现实——体现为文本的、可由创造性阅读的不断参与而不断得以自我揭示的现实。"② 通过适度的"疏离"，诗人们完成了对既往时代和大众代言的纠偏，也开始了向个人心灵的转向和个人历史承担的选择。尤其是反拨了"不及物"的浪漫主义抒情、"伪文化诗"的实验和"乌托邦写作"后，诗人更加自觉地关注内心体验，关注日常生活的诗意撷取，因为"各种题材在现代的眼光下焕发出诗意……诗歌写作有足够的能力进入各种生活，而不至于磨损和取消艺术的想象力：它有惊人的创造力和自信心，在生活之外或生活之中发现'生活'"③。这种向现实生活挺进的"先锋"取向，有效地避免了高蹈的、集体一致的潮流性写作倾向，使得历史转型时期的先锋诗歌有了更为开阔的视野和无限可能的发展方向，

---

① 陈超：《生命诗学论稿》，河北教育出版社1994年版，第134页。
② 唐晓渡：《九十年代先锋诗歌的几个问题》，唐晓渡主编：《1998年现代汉诗年鉴》，中国文联出版社1999年版，第267页。
③ 程光炜：《九十年代诗歌综论》，《山花》1997年第11期。

因为诗人已放弃了启蒙者的身份，走出了自我抚摸的个人自恋的小天地，开始在追求个人独立感受和写作中的现实与历史承担，并将其看作诗人在新的历史语境中必然的选择。"在我们的这种历史境遇中，承担本身就是自由。我们不可能再有别的自由。这是我们的命运，同时这也提示着中国现代诗多少年来最为缺乏的能力和品格。"① 如此，批评家们发现了现实和历史关怀中诗歌写作的先锋指向，正是先锋探索中一度自我走失的回归与自我超越。

当然，在世俗文化、娱乐文化、消费文化无所不在的21世纪，极富感召力的大一统的神圣话语系统崩溃以后，许多诗人变得愤世嫉俗或怀疑至上，不再相信任何神圣的东西，只相信自己和身体。那些表现"肉体乌托邦"的"下半身写作"和散落在网络、民刊当中的大量"垃圾写作"及各类低俗的写作，令批评家们对先锋探索过程中某些向庸俗偏坠的现象深感忧虑，他们及时地给出了严肃的指正，其中不乏很多激愤的痛斥。也有批评者在进行严厉批判的同时，对某些探索的缘由、目的和显现的意义给予了充分的肯定。至于在大众文化狂欢中现代媒体对先锋诗歌产生重大影响的当下，的确存在着一些"泛诗化"的倾向。比如流行歌曲正悄然地改变着诗歌传统在当下生活中的普及和传承，甚至促使某些诗歌的日常化、商业化转向。先锋诗歌观念和言说方式都经历着震荡性转变，无论是"圣化写作"还是"俗化写作"，无论是"中产阶级趣味写作"还是"底层写作"，先锋诗歌的"民间立场"得到了普遍的强化。对此，有论者以开放的视野和包容的胸襟坦然面对，认为先锋以反主流姿态出场，但也可以转化为主流。先锋并不总是意味着创新和美好，先锋也可能成为流行、时尚，完全有可能导致集体性的模仿和复制。应

---

① 王家新：《夜莺在它自己的时代》，东方出版中心1997年版，第113页。

该说，这样的批评，既看到了先锋诗歌在特定语境中无奈的转身和"退场"，又窥见了其在暗流涌动中不断滋生着新的突变。诗评家们对其虽然可能迷失但终会因一种坚定的持守而必将重新来临的先锋品性，充满了热情的期待和足够的信心。

三 对写作技术的细微打探

诗歌观念的转变与诗歌的写作技术（或称诗歌的话语方式）变革往往是同步进行的。许多诗评家特别关注先锋诗歌写作技术的创造和选择，并以此为切入点，深入洞悉先锋诗歌演变的历程、特征和意义。例如，仅仅借助于辨析先锋诗歌语言的变迁轨迹，我们便不难发现，中国当代先锋诗歌一直在致力于写作技艺的探索和实验："朦胧诗"追求诗歌语言的精致化和陌生化；"第三代"诗渴望冲破语言天然的束缚、达成语言与生命互相映照，主张"诗到语言为止"，提出了"语感"、"宣叙"、"反讽"等概念，推崇口语和原生态语言，尝试诙谐、幽默、戏剧化等语言风格的多样化；90年代的诗人更加自觉地在诗歌书写中展开"语言自身的行动"，将诗歌语言与诗人的生命存在、个人体验与现实处境同一，使语言向诗歌更大程度地敞开，"叙事性"的普泛推广就是其中的一种更为复杂、开放的话语选择。

先锋诗人们对诗歌的技术含量和驾驭能力表现出由衷的敬重和渴望，"诗歌写作是一门技术"的观念深入人心，对先锋诗歌写作技术上的探索和实验投入了巨大热情，因为他们相信"一种新的技术的运用，会展示一种新的可能性，会带给诗歌新的空间，容纳新的经验"[①]。很多诗人把写作技艺推崇到极高的位置，甚至"把技艺的成熟与经验作为检验一个诗人是否正在成熟的

---

① 臧棣：《后朦胧诗：作为一种写作的诗歌》，《文艺争鸣》1996年第1期。

一个重要标准"①。正是基于这样的认识,从"朦胧诗"开始,先锋诗人便在致力于思想批判的同时,高度重视文体、技法、语言、格调、节奏等各种艺术元素交融中的技术改造和创新试验,一时间,反差的、杂糅的、扭曲的和粗暴的语词组合,杂感的、随笔的、小说的、戏剧的"跨文体嫁接",含混的、多义的、互文的"语词狂欢"和"叙事",等等,诗人们一次次个人的或集体的"技术翻新"或技巧探索,在自然地创造出不少优秀文本的同时,也不免制造了相当多的徒有技术外形而内质干瘪的文字垃圾。

诗人们对写作技术的热情也极大地激发了诗评家们的研究兴趣。借助于西方诗学理论,如借鉴瑞士学者埃米尔·施塔格尔对诗歌进行的类型研究经验,诗评家们通过对先锋诗歌中抒情性、叙事性、反讽等话题的研究,通过对先锋诗歌写作中种种创新技术、技巧进行全面、细致的研究,不仅拓宽了研究的领域,而且更深入到了先锋诗歌的内部。

先锋诗歌是建立在对创作"常态"的破坏和颠覆基础之上的。正是在艺术形式和表现手法上的一系列冒险,为诗歌写作注入了充沛的活力,提供了新鲜的经验,但同时也造成了相对于传统范式的断裂和分化。某些据此简单、粗暴地指责先锋诗歌"晦涩难懂"、"语言炫耀"等诸如此类的外行批评,显然没有真正地理解先锋诗歌的艺术特质。譬如,采用戏剧化、互文性等诗艺来处理更加复杂的经验和写作对象,刻意选择了某些悖论性的叙述,以便更好地体现诗歌文本的多义性,增加了现代诗更大的思想容量的"知识分子写作",就因其对复杂经验的呈现和精湛技术的推崇,一度遭遇到不少诗人、批评者和读者猛烈的抨击并

---

① 程光炜:《90年代诗歌:另一意义的命名》,《学术思想评论》1997年第1辑。

且至今仍对其存在着大量的误读。在这里,除了诗学观念的差异外,还有欣赏习惯和趣味的原因,更有对新的写作技艺漠然或理解滞后的因素。实际上,真正的先锋诗人在追求新的技术上的探索时,只会遵循诗歌内部的发展要求,只会按照自己新的写作观念选择所需的写作技术,而不会一味地迎合读者和批评家。正如利奥塔所言"艺术上的先锋知道它没有读者,没有观赏者,没有听众。如果相反,先锋派负上了读者、观赏者和听众的形象的重担,换句话说,如果一个接受者的轮廓被强加于它,那么这一轮廓就会过滤掉先锋派能够在音韵、形式乃至理论上所做的实验,那么先锋派就什么也做不成。"①

很多批评家都已认识到,对先锋诗歌形式和手法的实验性和探索性给予必要的宽容和理解,才是对先锋诗歌真正的关怀。回顾一下有关"朦胧诗"、"第三代"诗和"九十年代先锋诗歌"的种种论争,就可以发现其实很多都是缘于先锋诗歌艺术上的"离经叛道"和变异的"突兀",缘于对新的写作技术探索和实验的"陌生"和惊喜,并由此加大了彼此诗学观念和立场的差异性。如针对"朦胧诗"后以"个人写作"打破以往写作当中作者和读者之间所达成的传统契约的条件和框架,使诗体丧失了原有的质的规定性这一现象。有的批评家便热情地肯定这是"先锋诗歌的自由天性促使诗人把自己的写作视为生命的有机生成,诗歌形式本身就是生命存在的情意表现,是与生命情意同步共生浑然一体的。先锋诗歌在内容上追求抒情、知性、体验或叙述的随机性,思维上呈现活感性乃至非理性,结构上热衷非平衡和非和谐,因此诗歌文本的主导就呈现着'无型便是型'的自

---

① [法]利奥塔:《公正的游戏——第一天的访谈:无法获致的共同见解》,《后现代性与公正游戏》,上海人民出版社 1997 年版,第 57 页。

由倾向，必然会对中国现代诗歌体式的创造做出独到的贡献"。①对于"知识分子写作"中所表现出来的种种张扬着诗人生命和诗歌文本创造力的技术探索，诗评家则给予了高度的赞赏："作为诗歌生命的内在支撑，知识分子写作者在技巧和心灵的相互磨砺中，创造了大量朝经典化方向努力的优秀文本。"②

透过诗歌写作热闹的表象，诗评家们发现：诗人们对诗歌写作技术的普遍热情，往往与一定时代的文化背景和写作困境密切相关，因为要从写作困境中脱身获得自我拯救，除了诗歌观念的更新外，很关键的一点就是在诗歌的言说方式上有所突破。比如，在90年代商业文化、消费文化、媒体文化、犬儒主义、虚无主义等的冲击下，曾经辉煌一时的先锋诗歌迅速下坠，淹没于世俗、感性、平面的大众文化喧嚣的声浪中。80年代的先锋合理性和陌生感已在各类过度张扬的表演中消耗殆尽，虽然不乏优秀诗人仍在勤勉静默之中不时地划出一道道探索的美丽弧线，但先锋精神一度大面积丧失和迷失却是不争的事实。先锋诗歌在社会转型时期如何为继，不仅是诗人的焦虑，也是批评的焦虑。从"诗是社会生活的诠释者"到"诗就是诗"，不仅带来了诗歌观念的转变，而且带来了诗歌书写技术的转变。比如，许多诗人在写作中越来越重视语感，甚至将语感本身视为诗歌的内容，常常通过各种技巧创造出别致的语感。在认真地研究诗人的一系列有关语感的宣言、主张和具体的文本后，很多诗评家发现：追求诗歌的语感，就是追求诗的语言和诗所表达的诗人内在生命同构的自动言说。语感源于充溢的内在生命力的冲动和蓬勃，它是发自生命深处和语言同构的旋律。语感的外在形式是诗歌语言的语音

---

① 许霆：《先锋诗人实验诗体走向论》，《当代文坛》2005年第3期。
② 罗振亚：《朦胧诗后先锋诗歌研究》，中国社会科学出版社2005年版，第196页。

组合、语词组合和诗行诗节组合，其内在形式是情绪的旋律和生命的律动，它是语言的声音和生命的天籁的高度契合。如陈仲义就认为："在貌似平淡的表面下，语感可能获得超语义的深刻。同时，语感亦代表诗的声音，既来自感官又来自灵魂。它是质朴无华的生命呼吸，是充满音响音质的天籁，是在直觉心理状态下，意识的或无意识的自然外化，是情绪、思维自由活动的有声或无声的节奏。"① 而于坚所阐述的"语感是生命有意味的形式"和韩东所认定的"诗人语感一定与生命有关"，也都在强调语感出自生命、与生命同构的本真状态及语感流动的自动或半自动性质。

当然，任何技术都有其局限性，而且技术也是一柄双刃剑，技术的成熟有助于诗歌的成熟，但片面地强调技术或者滥用技术，也会对诗歌写作造成伤害。对此，很多论者都针对某些技术至上主义者的主张和实践提出了中肯的批评。如罗振亚在高度赞赏了许多诗人在技术、技巧方面成功运用的个案后，也对因过度迷恋技艺、炫耀技艺而不时发生的"写作远远大于诗歌"的悲剧情形，予以了直言不讳的指正。在他看来，"以欧阳江河、王家新、西川、臧棣等为代表的知识分子写作一翼致力于思想批判的精神立场，语言修辞意识的高度敏感使其崇尚技术的形式打磨，文本接近智性体式而又过分依赖知识，存在明显的匠气；而以于坚、韩东、伊沙、李亚伟等为代表的民间写作诗人一路张扬日常性，强调平民立场，喜好通过事物和语言的自动呈现解构象征和深度隐喻，有时干脆用推崇的口语和语感呈现个人化的日常经验，活力四溢但经典稀少，甚至一些诗存在着游戏倾向，常停滞于虚空的'先锋姿态'中"。② 这类深入具体文本对写作技术

---

① 陈仲义：《诗的哗变》，鹭江出版社1994年版，第106页。
② 罗振亚：《近二十年先锋诗歌的历史流程与艺术取向》，《诗探索》2005年第1期。

得失所进行的考察和评析，往往更能切中问题的实质，更有利于达到批评的目的。

总之，在诸多关怀与批判中行进的先锋诗歌批评，充分地体现了批评主体深入批评现场的自觉和主动，体现了批评与创作良好的互动关系。

第二节 独立与自由：批评立场的自主选择

中国当代先锋诗歌一路前行的辉煌，不仅是诗人们的光荣，也是诗评家们的光荣。正是一批又一批怀有强烈的独立、自由意识，秉持独立、自由的批评立场的诗评家们始终坚持不懈的努力，才营造出充分彰显个性、百家争鸣的生气勃勃的批评氛围，才催生出众多富有诗学价值和意义的批评成果，造就出充满生机和活力的不断扩大的批评团队。认真审视批评主体由被动到主动、由依附到独立的批评立场转化进程，我们可以更加清晰地看到先锋诗歌批评成长的足迹，看到批评嬗变之中"个人化言说"所呈示的繁复而瑰丽的场景。

一 主体独立意识的觉醒与强化

在"朦胧诗"崛起之前和之初的很长一段时间里，由于过分突出文学的政治工具性，强调诗歌的社会作用，批评主体难以取得独立言说的身份。批评者总是自觉地或被动地依附于当时的主流意识形态，依据一定的权威话语系统发言，很多批评都是从社会、政治、功利的角度出发，更多地强调批评的思想阐释。即使面对具体的诗歌文本时，也常常习惯于先入为主，根据主流社会意识、阶级立场、传统诗学观念等对文本进行简单、生硬、片面的依附性图解。批评之中随处可见的是有关人民性、阶级立场、国家意志、民族文化等"宏大叙事"，带有浓郁的意识形态批评色彩。这样一来，批评与创作便一同进入了泯灭个人声音的"共名"的状态，这也必然地导致了"中国新诗理论长时间忽视了对诗歌的独特的把握世界的方式和独特的审美特征的追寻，长时间忽视了对多元的艺术趣味和创作个性的尊重，而逐步遗失了自身"[①]。这种站在特定的政治话语系统"阴影"下的批评，必然是诗评家被迫牺牲或主动放弃独立的批评原则和立场，附庸地使用一些既有的理论框架，对本应该是显示个性的诗歌写作进行单向度的符合时代需求的附和性诠释，将本该是见出个性的批评一统为相同或相似的集体合声，将本该是充满灵性的批评抽象为枯燥乏味的思想说教。本已孱弱、苍白的时代传声筒式的诗歌创作后面，跟随着没有主体自觉的批评，注定是萎靡和附庸的批评。

伴随着新时期的"思想解冻"，政治、经济和文化体制也开始发生深刻的变革。抚摸着"伤痕"进行"反思"的朦胧诗人们，高扬怀疑、批判、独立、自由的现代主体精神，汲纳古典诗歌和西方现代诗歌的成功经验，睿智地思考和激情地挥洒，书写下了闪耀着新的审美因子的先锋诗篇，为沉寂、僵化的诗坛吹来了一缕缕清新的诗风。与此同时，先锋诗歌批评的号角也应时地吹响了，独立的批评意识开始觉醒。于是，一批观念新潮、艺术敏感的诗评家，开始自觉地抛弃旧有的诗学观念、狭隘的审美视野和审美情趣，以新奇和自信的目光，面对正在崛起的新的诗学观念、新的审美方式、新的诗群，他们像朦胧诗人那样，充分张扬着复苏的主体意识，及时地更新顺应时代发展的诗学理念。他们从对"人"的关切、对"自我"的关心、对新的审美原则的关注等角度切入，满怀激情地投入到以新视点、新理论、新方法展开的新批评当中，投入到不再依傍某些权威话语而努力地

[①] 吴思敬：《走向哲学的诗》，学苑出版社2002年版，第76页。

"发出个人声音"的个人独立的批评当中，在激烈的对话、争论中，为"朦胧诗"创作和批评进行勇敢而自觉的辩护，在打碎旧的自我、重塑自我的痛苦与欣然中，将先锋诗歌批评推向了一个新的高度。尤其是以"三个崛起"为代表的一系列振聋发聩的优秀批评文本的相继推出，觉醒的批评主体以不羁的个性对所谓权威自信的蔑视和激进的反抗，率先打破了旧有的诗学观念和思维定势，以无畏的开拓精神和超越性的建设实践，于大片混沌、迷茫之中开辟出较为清晰的批评之路，逐步确立起独立、自主的批评理念和批评原则，更为活跃、更具创造力的诗歌批评热潮也随之而来。

应该说，正是这一时期批评家对独立的批评立场的自觉选择，使得高扬的批评主体意识和主体精神自然地渗透到批评当中，将批评家心灵深处独特的艺术感觉转化为具有鲜明美学色彩的理论形态表述。"它既非对批评对象的简单阐释，又不是批评家目无作品的任意发挥，而是基于作品又独立于作品，完全属于批评家本人的一种创作。"[1] 这样，批评不再简单地作为创作的依附存在，而是与创作相互依存、相互促动的独立的"另一种写作"。譬如，正是评论家们强调个人的独立批判意识，对"朦胧诗"进行了一系列敏锐、细腻、真诚的审美解读，才使他们凭借富有理性思辨和美学特色的个性化批评，与朦胧诗潮一道构成了互补共荣的景观。这不仅有力地推动了"朦胧诗"从边缘走向中心，而且推动了先锋诗歌批评从此迈向了更加独立、自由的广阔天地。

当然，这种独立身份的获取，绝非是轻而易举的，一些勇敢的先驱批评家曾遭遇的坎坷，至今回忆起来仍令人唏嘘不已。孙绍振当年那一篇引发诗坛"地震"的《新的美学原则在崛起》

---

[1] 吴思敬：《走向哲学的诗》，学苑出版社2002年版，第77页。

发表后，批评家立刻遭到了来自主流意识形态的猛烈的"批评围攻"，甚至他本人还一度短暂地失去了自由言说的权利。幸好料峭的春天很快便过去了，批评家批判的喉咙没有因此喑哑，而是发出了更加洪亮有力的声音。诗人批评家徐敬亚也曾被迫为自己颇有预见性的批评文章《崛起的诗群》在报刊上公开地检讨，无奈地承认被追加的所谓"罪名"，并一度放下了批评的笔。由此可以想见，当年为了赢得学术批评真正的独立，先锋批评家们曾经历了怎样的艰难。

尽管步履维艰，但批评主体的独立地位却随着批评的深入逐步树立起来，其首先表现在批评主体告别代言人的身份，开始阐述自己内心真实的、独立的思想认识上。

早期的先锋诗歌批评，虽然一部分批评家已开始重视审美批评，重视对文本进行审美体验和审美探究性的细致解读，并充分注重对先锋诗歌社会文化语境的研究，注意吸纳了一些西方现代批评方法，但在当时依然被浓重的意识形态笼罩着、热切召唤人文关怀的社会背景下，在与传统诗学观念、思维方式等进行激烈抗衡的情况下，批评者主要的注意力仍集中在先锋诗歌思想意蕴和艺术探索两大方面。而且出于当时诗学论辩的需要，许多批评文本中仍大量地存有非此即彼的二元对立的简单判断，批评的视野还不够开阔，一些批评尚缺乏必要的深度。正如后来有理论家所概述的那样："初期的新潮诗论的作者队伍，主体是一批在大学及文学研究机构工作的中年评论家，他们有较扎实的基本功，又有学院派的书生气。他们也同朦胧诗人一样，喝过'四人帮'的狼奶，却又比那些青年诗人多吃了些古典诗话词话的中式糕点和'别、车、杜'的俄式西餐。他们的立足点是反映论，所惯用的方法主要还是社会—历史批评的方法。"应该看到"新潮评论家虽然注意了以艺术的、审美的态度评价作品，但由于拨乱反正时期大的人文背景及出于论辩的需要，相当一部分评论仍是从政治的、功利的角度出发的，面对的不是诗歌本文自身，而是作为某种对立面而存在的社会意识和政治力量。这样一来，某些本来应该倾注评论家全部心血的新潮诗作自身，反而仅仅起了一个触媒作用，失去了作为审美体验与审美探究对象的客体位置，这是极为可惜的"。①可见，批评主体走向独立是伴随着对主流意识形态的反抗完成的。

而批评主体独立意识的强化，与先锋诗人独立言说的普遍和深化密切相关。在诗人和批评家的合力助推下，"朦胧诗"刚刚被主流诗坛接纳，更加激烈的新的反叛又开始了。曾经唤醒了个性启蒙的"朦胧诗"遭受到"个人性"更加膨胀的第三代诗人的冷落，在一大片PASS的叫嚣中，充满理想、激情的青春写作宣布退场，反叛性、探索性、实验性更加凸显的"第三代"诗潮迅速兴起，个人化、平民化的写作很快便风行起来，各种主义、宣言和流派纷纷亮相，先锋诗歌步入了群龙无首的割据状态。这一时期，中国加大了改革开放的步伐，西方各种思潮尤其是近百年来各种文化思潮蜂拥而入，加上商业文化的迅速兴起，人们压抑已久的各种欲望被极大地诱发出来。特别是对民主、个性、自由的追求更加强烈，反映在先锋诗歌当中就是更为彻底的反叛，是对传统信仰和价值观念无情的质疑和解构，到处都是打碎、破坏的景象，到处都是主体的"自由狂欢"。进入90年代以后，随着启蒙思潮的回落，消费文化和大众文化的勃兴，个人欲望化书写的肆意泛滥，"圭臬已死"的诗坛变得更加支离破碎，迷乱的先锋诗歌泥沙俱下，"影响的焦虑"也日益突出。

面对前现代、现代、后现代杂语相陈的先锋诗歌景观，"比起朦胧诗论争阶段来，新潮诗论家所受外部压力大为减低，没有

---

① 吴思敬：《编选者序》，谢冕、唐晓渡主编：《磁场与魔方：新潮诗论卷》，北京师范大学出版社1993年版，第4—5页。

再用批判的方式对待他们，每个评论家都可以展示自己的个性，而无需特意说一些言不由衷的大道理来保护自己。"这样相对宽松的批评氛围无疑为畅达的言说提供了便利，然而"在表面的热闹、丰富、充满自信的背后，也隐藏着理论上的混乱、贫瘠与盲从"。① 尤其是在一个较短的时期内，随着大量西方理论的引进，各种"方法论"铺天盖地涌来，不少批评者开始急切地抢占批评话语的至高点，喜欢追"新"逐"后"，在生吞活剥了一些尚未消化的时髦理论后，便肆意地玩起了术语游戏，推崇以偏赅全的逻辑推理，急功近利地建立起诸多经不起推敲的批评准则，看似突出了个人的独立性思考，其实却在众人大声喧哗之中淹没了个人独特的声音。许多人都在忙碌着进行破"旧"立"新"，都企图打碎现有的理论框架，重起炉灶，且不约而同地选择了西方现代和后现代理论作为批评展开的依据。即使有所改造，批评"西化"的痕迹也依然十分明显，与西方批评"接轨"的心态昭然若揭，无论是基本理论和术语的选用还是具体的话语表达方式，都带有明显的因袭和仿写特征。

好在这种盲从、嘈杂、混乱的批评状态并没有维持多久，诗评家们很快便意识到了批评中的误区所在，意识到应该高扬主体精神，突出主体地位，以主动、自觉的批评姿态，从历史、文化、美学、诗学等视角，对诗潮、诗人、文本等进行敏锐性的感受体验和深刻的诗学性思考，秉持独立的、前瞻的、原创的批评原则，以新颖的批评形式，对特定语境中的先锋诗歌进行现代审视和评判，进而实现真正彰显个性的独立批评。很快，体现着各种不同诗学理念和倾向的先锋诗歌批评方法便如雨后春笋般地出现，感性的、理性的、体验的、超验的、文化的、审美的、传统

---

① 吴思敬：《编选者序》，谢冕、唐晓渡主编：《磁场与魔方：新潮诗论卷》，北京师范大学出版社1993年版，第6—7页。

的、现代的、后现代的、激进的、保守的、学院的、民间的、媒体的……林林总总的批评，彻底地打碎了旧有的统一的批判格局，形成了"百花齐放，百家争鸣"的多元并存的批评景象。

批评主体的独立精神高扬和独立身份的确立，对代言人身份的否定，对权力话语和意识形态话语的彻底摒弃，诗评家们的主体意识在批评中的渗透已不是初期那样隐蔽着"秘不示人"，而是以一种明晰的、高调的姿态回应先锋诗歌叛逆性、探索性、实验性的现代指向。他们以敏锐的艺术感觉、灵性的感悟和勇敢的艺术探索精神，扔掉了"政治传声筒"，自由地舞动"个人化"的批判大旗，努力地发出属于自己的批评声音。正像有论者对新诗潮批评所概述的那样："新潮诗论的浓重的人道主义色彩除去在批评态度上表现为呼吁容忍与宽宏外，在批评观念上则体现为批评家主体意识的复归。传统诗论强调批评家作为阶级、公众等大群体的代表，强调他的代言人身份，本质上属于他主心态。新潮诗论则强调批评家在批评活动中的独立自主作用，起支配作用的是自主心态。批评家把强烈的主体意识渗透到作品中去，将他的艺术感觉转化为理论形态的表述，它既非对批评对象的简单阐释，又不是批评家目无作品的任意发挥，而是基于作品又独立于作品，完全属于批评家本人的一种创作。"① 批评主体意识的回归有力地推动了批评的民主化进程，批评家已摆脱了为社会大众代言的身份和心态，开始以个人身份对诗歌进行有影响的发言。

而进入 90 年代以后的批评，批评主体意识更加凸显，独立的批评立场得以充分确立起来，并逐步形成了批评的自足，彻底地摆脱了批评的依附地位。其对诗歌、时代、历史独立自由的发言，将批评推向更加学术化和专业化的境界。一如诗评家陈超在

---

① 吴思敬：《编选者序》，谢冕、唐晓渡主编：《磁场与魔方：新潮诗论卷》，北京师范大学出版社 1993 年版，第 3 页。

《论诗与思》中所阐述的那样:"真正的诗歌批评并不能妄想获取一种永恒的价值。它只是一种近乎价值的可能,一种启示:它索求的东西不在它之外,而它却仅是一种姿势或一种不断培育起来又不断反思放弃的动作本身。"① 正是众多批评家们以独立的观念、开放的心态、积极的探索精神,开始自觉地重树独立、自由的批评风尚,以富有个人性的思考作为批评的切入点,实现了批评的自立。

其次,先锋诗歌批评独立的主体地位的确立,还体现在由被动的回应者向主动的参与者的转换。

如果说 80 年代初"朦胧诗"论争中的很多批评文章,还掺杂了更多的政治意识形态分歧,情绪化、感性化的言说影响了学理性的思辨与深刻,是因为突然爆发的诗潮所引起的意识和审美观念的剧烈振动,使许多批评者被动地卷入其中,仓促地加入争鸣的队伍,二元对立的思维异常明显,很多的批评仍呈惯性的思维,其言说的被动和尴尬仍十分明显,批评尚未进入完全自觉的阶段。那么,从"后朦胧诗"批评开始,由于社会历史语境的巨大变化,随着个性解放的深入,权威的彻底丧失,批评理论的泛滥,多元评价体系的确立,先锋诗歌自身的发展,等等,批评者们不再有太多的意识形态方面的顾虑,不再一味地盲从或听令于某些权力话语,而是以独立、自由的立场,更加自觉地融入到推动先锋诗歌演进的过程当中,主动寻找属于自己的批评位置,以追求标新立异的"个人性"言说,显示独立的批评价值的自我实现。

毫无疑问,自觉、主动地进入批评现场,不仅参与到先锋诗歌创作演变进程中,还要清醒地走到创作的前面,更加注重批评

---

① 陈超:《论诗与思》,《打开诗的漂流瓶》,河北教育出版社 2003 年版,第 178 页。

的前瞻性，给创作以积极的激励和引导，是批评家独立的主体身份凸显的一个重要标志。徐敬亚就是一位很有代表性的批评家。在"朦胧诗"崛起时，他满怀激情和思辨地宣告"新的诗群在崛起"，其颇具预见性的批评虽然遭遇了重重的"围攻"，但"朦胧诗"后来成为主流诗歌的事实，证明了他批评的自觉性和先锋性。随后正是由他策划了1986年的《深圳青年报》与《诗歌报》联办的"现代诗歌群体大展"，拉开了集群叛逆的"第三代"诗写作的大幕。先锋诗歌由此进入了"后朦胧诗"时代，并一路狂飙地向前突进。这一时期，他以诗人批评家的热情和诗意化的言说对"朦胧诗"和"第三代诗"予以了充分显示个人独特视点的总结性阐释，虽然有些观点不无偏激，但在他那些富有激情、开放和想象性的率性批评文字中间，还是闪烁着许多敏感和智慧的批评光芒。在沉寂了较长一段时间后，一直沉潜地注视着中国先锋诗歌创作和批评的徐敬亚，在21世纪又开始"重新做一个批评家"，从2005年起向诗坛连续敬献了朴素而厚重的有关"新世纪诗歌回家"的系列批评文本，在对诗歌文本、诗歌事件和诗人的追踪中，加入了更贴近写作现实的学理性思考，力图帮助迷失于大众文化之中的先锋诗歌寻找到"回家的方向"。

  十分难能可贵的是，在喧嚣的商业文化、大众文化和集体意识形态共谋的社会语境中，在先锋诗歌越来越边缘化的时代背景中，许多先锋诗歌批评者仍以巨大的热情和高度的责任感，坚持独立、自主的批评操守，对商业文化和大众文化保持相当的警醒和适度的疏离，不断地提供超越性的独立思考。正像有论者所评述的那样，从90年代以来，"批评家普遍坚持了批评的自足性，亦即批评与创作的'平行'和'对话'关系。批评为了更大限度地实现自己的价值，有必要重新确正自己。诗学批评不是诗歌创作单纯的附属和辅助，批评家也不是诗人的'仆从'或'西席'。如果说过去曾经如此，那是由于真正意义上的诗学批评没有合理、合法地建立起来。批评与创作的合理关系只能是平行和对话；一个自觉的批评家，应具有既深刻介入创作而又能独立于创作的精神和书写能力。对批评价值、职能和过程的自觉，使一些批评家（包括诗歌批评家）得以以更敏锐、更自如的心境提出了真正属于自己的问题"。①

当然，批评的独立是批评身份、立场和话语方式的独立，并不意味着批评与社会意识形态的脱完全离，不意味着对重大历史事件的拒绝，不意味着对现实的刻意疏离，个人批评与集体批评、个人化批评与意识形态批评的关系并非简单的两元对立，而是自觉摆脱、消解多年来规范性意识形态对批评的支配和制约，使批评者能够以独立的个人方式参与和完成批评。事实上，完全地剥离了某种意识形态的所谓"纯粹的个人批评"是根本不存在的，因为任何批评的展开，都是在一定的社会历史语境中进行的，作为社会集体中的一员，面对的又是对社会历史和社会生活经验进行艺术处理的诗歌，批评者必要的社会、历史担当注定了其批评不可能是纯而又纯的"个体性"批评，而是包含了社会批评、历史批评、文化批评等诸多内容的综合批评。

二　对批评自由的追求与坚持

批评主体独立的批评身份和立场的确立，为批评的自由和自由的批评奠定了良好的基础，而充分保证批评者从批评对象到批评路径，从批评话语到批评方式等各个层面最大程度的自由选择，也一直是先锋诗歌批评不懈追求的根本方向。正是这种自觉的追求，使先锋诗歌批评走出了狭隘偏执的拘囿，告别了某些似

---

① 陈超：《写在前面》，陈超编：《最新先锋诗论选》，河北教育出版社2003年版，第3页。

已成惯例的"准则"和范式,消解了某些"权威话语"的影响,摆脱了所谓的"纯洁性"和"一致性"的束缚。由于批评中容纳了更多的异质因子,增添了更多的向无限可能性敞开的创造,本来就复杂无比的批评由此变得更加纷繁绚丽,变得更加充满诱惑和魅力。

当然,批评的自由是批评家们逐步争取来的,不是也不可能一步到位,它的行进过程有着深层的历史背景和复杂的原因,深受所处的社会文化语境的制约,特别是批评者独立的批评身份尚未确立起来的时候,批评的自由在很大程度上还只是一种内心的奢望,但一经遭遇适当的机会,就会以某种方式和姿态展示出来。譬如在新时期之初,由于长时间遭受社会政治文化的钳制,诗歌批评界已形成了许多固定的批评思维定式和话语模式,带有个人性的独立思考难免要染上"离经叛道"的色彩,难免要承受来自诗歌批评内外的种种压力。对此,如果我们重返当年批评所展开的历史语境之中,就不难理解为什么在"朦胧诗"崛起时,会有那么多的批评者包括一些人们敬重的老诗人、老批评家,不约而同地选择了某些政治话语作为理论支撑,以主流意识形态代言人的身份居高临下地打压那些质疑和批判"权威"的诗人探索以及为其辩护的批评。因为"朦胧诗"对自由、民主的强烈诉求,也正是许多饱受思想禁锢的批评者真实的心声。所以,才有了那些挺身而出的勇敢的辩护者和引领者。在某种程度上,与其说当年的那些"朦胧诗"支持者是在为一种新诗潮寻找理论支撑,在极力阐释一种文学反抗方式的合法性,不如说是在争取一种自由言说的话语权。

社会历史的进步,无疑是实现批评自由的重要基础。伴随着中国改革开放的全面深化,西方各种现代思潮的不断熏染和浸润,张扬个性和自由的先锋诗歌的蓬勃发展,诗人、批评者和广大读者自由表达的理念普遍得到了加强,很多僵化的思维模式被打破，很多陈旧的诗歌观念被更新，批评的路径和依据都发生了重大的偏移，诗歌批评开始向更自由的广阔天地迈进。从对"第三代"诗的诸多批评当中，我们就不难看出，这时的不少诗评家已经和诗人一道对精英意识和代言人身份保持了一定的距离，对启蒙精神和理想主义的浪漫抒情也报以了更为冷静的思考，对张扬个性的各种诗歌实验给予了更多的宽容和理解。他们以开放的、平民的、自由的心态面对现代思潮冲击下眼花缭乱的先锋诗坛，开始大面积地移植各种西方理论对前卫性、探索性的先锋诗歌现象进行阐释，以多重视角对先锋诗歌进行多元化的解读和评价。尤其是批评者在吸收和消化西方现代性、后现代性观念和理论的同时，又对中国传统的诗歌批评话语进行了改造，已经能够较为熟练地运用与先锋诗歌同步转型的批评话语展开自由的批评。

90年代更为开放、自由的社会现实，多元的文化、价值观念和无限丰富的多样性生活状态，又必然地造成了批评的个人化、差异性的普遍而常态的存在，从理论依据、价值确认、诠释模式、运思向度，到措词特性、话语风格、传播方式等方面，每一种批评都有了充裕的选择空间，批评的自由度空间提高，每一种批评声音都期望成为一种价值判断，都在追求批评的"有效性"。尤其是众多的诗人加入批评行列，对诗歌本体展开"综合性批评"，"使他们的诗论写作兼容了历史语境的真实性和诗学问题的专业性，从而对语言、技艺、生存、生命、历史、文化，进行了扭结一体的思考。这样，在先锋诗论有力的文化批评和修辞学批评中，就不但具有了介入当下创作的有效性，而且还对即将来临的话语可能性给予了'历史想象'的参与"①。对以往单

---

① 陈超：《写在前面》，陈超编：《最新先锋诗论选》，河北教育出版社2003年版，第2页。

纯贴近社会学和文化学的阐释或重在审美鉴赏的批评模式进行了整合、完善和补充，不仅扩展了批评的疆域，还进一步突出了批评的自由性和灵活性。

批评的自由和自由的批评的实现，还充分体现了批评的自足性。批评者不再是创作的阐释者和引导者，而是平等的对话者。批评者既不需要俯仰于某些主流话语或"权威话语"，也无需盲目地跟风于诗潮运动，无需看诗人的眼色行事，而是时刻提醒并坚持自己是"自由的元素"，自由地发言是天经地义的权力。他们不归属某些集团，不受制于某些旨在掌控的规范。他们独立的批评立场，保证他们的批评也是一种彰显独立性的"写作"，某些批评本身就是一个相对封闭而又有着一定的开放向度的自足体系。它们的"封闭"为批评的"纯净"创设了有利条件，减掉了批评身上不必要的一些附属物，而它们的"开放"则伸长了批评的触角，拓展了批评的空间，摆脱了抽象的逻辑演绎和"理论空转"，使得批评与写作发生了或隐或显的必然联系。譬如90年代以来对诗歌写作中的一些思维方式、语言策略等方面的一些思考，便呈现出明显的批评自足的特征。

当然，批评的自由不是丧失了批评原则和立场的"自我言说狂欢"，也不是随意地标榜私人化的"立场"并以此作为"独立发言"的依据，进行那种排斥异己、"唯我独是"的肆意命名和阐释，在那些貌似强调个人言说自由的幌子下，进行专横、独断的批评，企图取得某种话语优势或者话语权威，以达到一种批评对另一种批评的遮蔽或否定。如关于"知识分子立场"和"民间立场"的很多批评文章，在强调二者的差异性时，不少批评者无视二者众多的"同质"特征，任意地夸大或人为地制造二者的"对立"，或以某种名义（比如人民的或神圣的）将个人的立场包装成一种集体或集团的立场，在诸多难以形成交锋的争论中进行着滔滔不绝的"自言自语"。这是曲解和误用批评的自由。其实，真正的批评自由是有所承担的，甚至可以说承担本身就是一种自由。特别是致力于中国先锋诗学建设的批评家们，必须要在一定的批评承担前提下，直面批评的困境，以对个人、历史、现实的自觉担当，实现自由的、有效的批评。

毫无节制的滥用批评的自由，必然会导致某些批评的随意、任性乃至放纵，导致局部的无原则的相对主义的一度盛行。一些批评左右逢源、朝夕变化得令人瞠目，其实这正反映出某些批评的浮躁与焦虑。这种失去了根基的形式上的而非充满自信的、有着历史和现实依据的自由，绝非真正的批评自由。虽然这种情形的出现是致力于自由批评过程难以避免的，但其对健康的批评所造成的危害还是显而易见的。对此，一些批评家已表达了深切的忧虑并开始身体力行地改变之。已经有越来越多的批评家认识到：追求和坚持批评的自由是必需的，但批评的自由只能也必须是某些范畴、某种程度上的自由，一些必要的约束和规范正是对自由的保障，没有制约的批评只会制造批评的盲目和混乱。

三 "个人化言说"的坚守与迷失

正如中国当代先锋诗歌写作不断演变的过程一样，从起初的重视思想启蒙和时代代言，到众声鼎沸的个性展示，再回归至对个人心灵的关怀和全面的"个人化言说"，先锋诗歌批评也逐渐地摆脱了政治依附、理论依附和文本依附等，不再遭受更多来自诗歌批评以外的束缚和牵制，而是以个人化的独立和自由的身份、立场、原则介入批评，更多地听从内心的召唤，自觉地抵制和纠偏意识形态批评、集体批评及市场化批评，在众声喧哗中秉持"个人化言说"，从而抵达理想的批评深处。只是在现代历史文化语境中，本身充满了诸多矛盾与悖论的"个人化言说"在具体展开时，既有明晰的旨归，又有找寻的困惑，既表现出可贵的执意坚守，又有着陷入某些迷失的缺憾，由此构成了先锋诗歌批评"个人化言说"色彩缤纷的壮丽景观。

如果说为"朦胧诗"辩护的谢冕、孙绍振、刘登翰等批评家，当年更多地借助于马克思主义的文艺理论，表达了对朦胧诗人"个人意识觉醒"的理解和对个人尊严、精神和价值等的自觉维护，是一种代表了时代进步的政治话语对另一种压抑个人的政治话语的反抗，是新的"政治文化关怀"。那么，随着先锋诗歌创作与批评的深入发展，由意识形态主导的思想批评开始逐步向纯粹的诗学批评转化，从感性贲张的论争式批评向深刻的理性批评转向，其中有不少朦胧诗人在"朦胧诗"崛起的同时，也对自身的创作进行着反思。如朦胧诗人欧阳江河对诗歌"虚构"的思考，梁小斌对隐喻的质疑，舒婷对纯诗的追求，等等，都从不同的向度上宣布了"朦胧诗"启蒙和代言的局限及对其"终结"的意愿。诸多批评家们富有开拓性的研究，则开启了批评的"个人化言说"时代。徐敬亚以诗人的敏感对"朦胧诗"及"第三代"诗所给出的历史性预判，就体现出批评者与诗歌书写者自然融通后对先锋诗歌本质的还原。他那学理性并不十分严谨且情感外溢的心灵冲动的批评，与既往和同时期大量远离诗歌内质的"政治表态"和"思想鉴定"式的批评进行了断然的决裂；他那洒脱的诗人气质、始终执著于先锋的批评气魄和那些碎片般的来自内心的高屋建瓴的真切感受，为先锋诗歌写作和批评提供了丰富的想象空间。诗评家耿占春则借助西方哲学的一些观念，并通过个人的"心灵过滤"，带着一种终极关怀的生命意味进入诗歌内部，达成对诗人隐秘心灵的沟通，在哲学性、历史性与心灵化和谐地统一的先锋诗歌解读过程中，形成了独到的"个人经验的理论书写"。而谢冕等批评家更注重分析诗歌的写作背景及其呈示的语言特征，努力挖掘诗歌文本中诗歌独特的创造性，侧重于提示出具体诗歌本身所蕴含的特殊意义，并不在意概括某个诗人的整体写作风格。孙基林、罗振亚等十分注重进行整体性研究，通过对先锋诗歌重要流派的追踪扫描、整体透视与微观考量，通过"史"与"论"的有机结合，提出了许多具有启发性的观点。洪子诚、程光炜等则以更加开阔的视野，通过对整个先锋诗歌发展历史的全面梳理，进行跨越时空的整合，开创先锋诗歌史的批评。还有一些批评家如崔卫平不大在意理论的建构，而是侧重于对某些重点作家、代表作品进行细致入微的解读，进而找到不同诗人暗合的书写通道。诗人批评家陈超强调首先建立对诗歌文本的"生命体验"，而后才能进行有效的解读和阐释。他的"生命诗学"和"求真意志"等诗学范畴强调了批评的心灵化感应，突出了批评的感性向理性提升的必然走向。同样专注于"生命诗学"的诗评家陈仲义则更喜欢通过细致的修辞批评，如对北岛、多多、王小妮等诗人文本细致的解读，由微观解剖抵达一些诗学问题的深度探索。西川、唐晓渡、王家新、臧棣等更关注诗人心灵的独立和社会历史的承担，关注诗歌自足的品质和内在的规律。他们对"个人化写作"与"知识分子写作"等所作的丰富阐释，大多采用实验性的话语方式，具有很浓的文化批评色彩和鲜明的开放性。他们往往在对诗歌文本还原过程中，进行生命感性和理性批评的自然呈现，在努力迫近先锋诗歌的"真相"中显示出对先锋诗歌书写无限可能性的大胆想象和诗学建构的充分自信。

由于对西方哲学、美学、文化学、诗学理论等的充分吸纳，加上对中国传统诗学理论的有机改造，诗评家们的批评视野和理论修养都得以大大提高。特别是许多批评家本身就是诗人，他们丰富的先锋诗歌探索实践，为批评的展开提供了得天独厚的宝贵资源。如"非非"诗派的周伦佑，"他们"诗派的韩东、于坚，"大学生诗派"的沈天鸿，后现代主义诗人代表伊沙等，他们在向诗坛贡献了一系列探索性很强的优秀文本的同时，还贡献出许多闪耀着智慧光芒的诗学主张。他们用自己的理论思考来诠释自己和同仁们的诗歌写作实践，其即兴式的创作主张虽然大多是片言化、随笔化的散点批评，并没有形成一定的系统理论，学理性的缺憾还十分明显，但其中不乏颇具启发意义的真知灼见，具有很大的张力和生长空间。仅在《磁场与魔方：新诗潮诗论卷》一书中就收录了翟永明的《黑夜的意识》、王家新的《人与世界的相遇》、骆一禾《美神》、海子的《诗学：一份提纲》、周伦佑的《"第三浪潮"与第三代诗人》、韩东的《三个世俗角色之后》、欧阳江河的《对抗与对称：中国当代实验诗歌》、蓝马的《走向迷失》、于坚的《拒绝隐喻》等大量诗人批评文本，充分显示出与新诗潮同样引人注目的早期"诗人批评"的整体实力，也为后来表现更为优卓的"诗人批评"打下了良好的基础。这些诗人从自身写作实践出发进行的批评，对诗歌写作的复杂性有着更为清晰、充分的认识，譬如对"个人化写作"的理解，在王家新、张曙光、臧棣、欧阳江河、姜涛等诗人那里，它始终是与特定的历史语境和特殊的"话语场"密切联系的延展性概念，它强调的是"历史的个人化"，而非某些研究者所简单、片面理解的"个人性"的抚摸和欣赏。

  作为个人灵魂深刻表达的批评，其在批评对象的选择、立场的确立、策略的采用等方面，都与个人的批评抱负和特有的审美方式等密切相关。正是众多诗评家们风采万千的"个人化言说"构成了批评多角度、多层次、多维度、多元化的批评格局，预示着批评不再依附于既成理论的先验、预设，而是充分发挥了不可通约的个体独特的艺术感知、体验、领悟，以个人独特的话语方式表达独立的批评，使批评呈现出相当鲜明的个人特质。比如，面对众多指责90年代诗歌先锋精神沦丧的声音，陈晓明却从解读一部分诗人及诗评家们试图用语词挽留一个"思想日益单薄时代"的象征行为和象征意义的角度，对90年代先锋诗歌的价值和意义予以了充分赞赏。他坚定地认为："90年代的中国诗歌经历过青年一代诗人的精神伸越和词语锤炼,已经使汉语诗歌达到一个前所未有的高度。""90年代中国文学唯一还有创造性和生命力的行当可能就只剩下诗歌"了。① 姜涛则通过对"90年代诗歌"这一命名的反思,认为"'90年代诗歌'的一个突出特征在于对'非历史化倾向'的拒绝,写作恢复了面对历史现实的处理能力。对复杂性、多义性、反讽性的青睐,对某些写作资源的重视,如个人经验史、日常生活现场等,一度使貌似大手大脚的实则手脚拘谨的中国诗人大开眼界,增强了介入历史的面积和深度。但这些写作策略或主题不能由自身来保证其悠久性,随着时间的磨损和写作可能性的消耗,它们有可能成为新的障碍,从而降低了写作的新鲜活力,其自身也可能被'非历史化'。更严峻的后果是,它只成为一种心安理得的价值姿态。"这种带有强烈思辨意味的整合性论述,迫近了"90年代诗歌"的真相,显示了批评者个人言说的独特魅力。② 再比如柳冬妩等对于21世纪出现的所谓"底层写作"和"打工诗歌"的系列阐述和张清华对"中产阶级趣味写作"的深刻剖析等,则使读者看到了先锋诗歌在21世纪之初的新走向。

当然,随着政治话语权威的被打碎,利益化、科层化更加显著的现代商业社会,影响的焦虑和种种诱惑无处不在,加上学院化的学术体制垄断地位的逐渐确立和现代传媒无孔不入的巨大渗透等的影响,诗歌批评的职业化、技术化和程式化倾向也日趋严重,一些批评者甚至丧失了独立自主的批评操守和良知,被商业文化和大众文化的洪流裹挟着,退出了先锋批评本该坚守的精神高地。原本相对独立的个人批评活动,被整合到批评—出版—传

---

① 陈晓明:《语词写作:思想缩减时期的修辞策略》,王家新、孙文波编:《中国诗歌九十年代备忘录》,人民文学出版社2000年版,第93页。

② 姜涛:《可疑的反思及反思话语的可能性》,《诗探索》1999年第3辑。

媒三位一体的超密度的共同体中，以集体的声音发出个人的声音，以共同的联袂出场赢得观众的目光和掌声，彼此相互雷同和因袭的言说，仿佛在认真地进行着一次次圣诞弥撒式的众声合唱，"个人言说"更多的时候成了听众寥寥的自言自语。显然，这是有别于当初的思想依附后的另一种依附——对商业文化、智力化的学术概念和理论的依附。这些避难趋易、功利化的依附性批评，尽管也能切中一些写作实际，甚至会因其理论的时髦和与现实中某些文化热点的亲密接触而吸引不少眼球，但这类时尚化的、华而不实的批评，是很难触及先锋诗歌特质的，也难以真正地抵达根部的批评，其最终遭到诗人和读者的冷遇。

纵观中国先锋诗歌批评独立、自由的"个人化言说"身份自觉的确立、坚守和某些迷失，我们可以欣然地看到每一次先锋批评思潮的涌起，都是以一批优秀批评家为代表的没有结成团队的批评运动。许多尽管并不完美甚至带有很多缺失的批评，但因为出自真诚的个人独特的感受、体验和发言而显得十分可贵，无论是学术范式谨严的学院批评，还是恣意流淌的情感化的诗人批评，无论是吸引公众眼球的大众化的媒体批评，还是某些诗爱者以"行为艺术"方式进行的批评，其不甘附庸的独立精神和不断超越的创造品格都是那样地鲜明，那样地令人尊敬。

第三节 激情与责任：批评主体的现实情怀和历史承担

任何文学批评，都应该而且必须基于文学发生与发展的历史语境，透过文本生成的具体语境解读或重建文本的意义，实现"历史的文本化和文本的历史化"。脱离了特定时代语境的批评，无论其"体系"如何圆满，都是难脱自恋性的失根的批评。

处身于现代历史文化转型期的先锋诗歌批评，带着饱满的批判激情和强烈的历史承担责任，对中国当代先锋诗歌历史进程进行了全方位独立而深刻的发言，积极地参与了先锋诗学及当代文化建设，并取得了丰硕的成就。

一 多元诗歌观念的碰撞

对既往的诗歌进行观念和形式上的全面反叛或局部的破坏，在"断裂"和"承继"中进行实验和探索，是不同时段的先锋诗歌带给人们的最显著的表征。随之出现的一系列重要问题是：该如何评论汹涌而来的一股股先锋诗潮？这样的先锋诗歌具有怎样的思想和艺术追求？它们承载着怎样的诗歌观念？真正具有先锋性的诗歌观念又是什么？对于这类问题的热情关注和深入思考，成为批评家们自觉地投入和展开批评的主要动力。新时期三十年间的先锋诗歌批评，一直在复杂的社会文化语境之中努力建构着能够彰显本土化、文本化、生命化、历史化的诗学，其中对于特定时代语境下的诗歌观念的碰撞、演变和更新的研究，不仅成为许多批评家持续关注的一个焦点，而且成为构建当代诗学的一个重要方面。

20世纪80年代初，"朦胧诗"的造山运动给清寂的诗坛以地震般的强力冲击，排山倒海而来的令人眩晕的新诗潮，向曾经习惯了操持社会学批评话语的批评界提出了不容回避的严峻挑战。一时间，有被点燃的兴奋，有被震醒的惊喜，有被刺激的好奇，也有茫然的不知所措，还有不能接纳的反感……面对新诗潮、新诗人、新的诗歌文本，曾惯用的"革命现实主义和革命浪漫主义相结合"，"在民歌与古典诗词的基础上发展新诗"等诗歌理论已难以对新诗潮进行更有学理性的评判，而汹涌的新诗潮又迫切需要批评家们及时地给出相应的理论阐释。置身于这样现实矛盾境况中的诗评家们，充分地意识到了自己肩负的历史使命和责任，尽管他们很多人在思想和理论上的准备尚不充分，但他们还是毅然地开始"上路"了，开始了他们激情四射的批评之旅。

在长时间的或热烈或沉潜的"朦胧诗"论争和对话过程中，我们会惊讶地发现：参与论争的诗人、批评家和读者们，普遍受到了19世纪以来风行于西方现代诗歌中的两大精神主题——社会批判精神和人本主义精神——的深刻影响，他们或出于对传统诗学观念的自觉维护，或出于为新的诗歌理念和表达方式辩护，因出发点、立场、角度、表达方式的差异而导致了尖锐而激烈的诗学碰撞和冲突，并由此引发了更为深刻的思想、文化乃至意识形态方面多层次的交锋。其中，对精英意识、启蒙意识、理想主义、浪漫主义等现代诗歌精神的求索与弘扬，成为论争中一个特别值得关注的焦点。批评者既有热情洋溢地宣告"新的美学原则"、"新的诗群"在"崛起"，也有怀疑论者激愤于那些"朦胧与晦涩"，虽然他们并没有直接采用"先锋"这一词语，但"新"、"现代"、"崛起"、"突破"、"打碎"、"改造"等高频率出现的意指同归的词汇，还是充分地揭示出了"朦胧诗"在思想和艺术探索上的诸多先锋指向。同时，批评者积极地参与解构僵硬的意识形态话语，借助"朦胧诗"批评，热情地进行社会文化批判和思想启蒙，也有力地助推了"朦胧诗"成为诗坛主流诗潮。

到了80年代中后期，批评者已全面地汲纳了西方各种现代思想和理论，尤其是西方现代自由、民主思想的浸润，使批评者的社会批判精神和历史承担意识更加空前地高涨。在对新诗潮的批判中，我们看到：面对思想负载过重的"朦胧诗"被无情地Pass，"个性张扬"的个人喋喋不休地嘲笑和戏弄伟大、崇高、神圣等精神对象，心灵的高地普遍削低，理想主义的精英情怀遭到了嘲讽，凡俗化和平庸化的诗歌写作大行其道的诗坛，诗评家们尽管充分地肯定了诗人们对权力话语的彻底反叛，肯定了见诸张扬主体精神的"个人写作"终于走出意识形态的宏大叙事的可贵的先锋走向，但并没有一味地站在"他者"的位置过分冷静地为所谓的"纯诗"写作摇旗呐喊。他们在与诗人一道努力使"诗歌写作回归到诗歌写作"的过程中，也不时地为理想失落、精英不再而感慨、遗憾或热切地吁请回归，言说和行文中对思想先锋的激赏之情常常不由自主地流露出来。显然，这时的诗歌批评家依然十分看重有所承担的诗歌，看重那些有着深刻思想蕴涵的先锋诗歌，这样的评判标准和立场选择，其实与批评家自觉的时代精英意识有着密切的关系。是历史承担的使命感和责任感，促使其在充分肯定这一时期先锋诗人自觉的多元化的"个性化"追求的同时，也对其"精神贫血"（罗振亚语）进行了深入的反思。

90年代的中国，在市场化大潮的冲击下，价值失范、信仰危机、大众文化甚嚣尘上，旧有的许多观念、信条、规范等都普遍地遭到了质疑甚至颠覆。面对物化严重的消费声浪，肇始于80年代的"先锋情结"依然弥漫于诗坛，而过度张扬"个人主体"的自我中心价值体系定位，又导致了90年代诗歌写作对社会责任、历史良知和社会批判精神的某些缺失；加上不少诗人不屑或不愿对自身精神品格进行提升，纷纷陷入诗歌语言和技艺探险的困境之中，在更加纯粹的私人化语言、技术打磨中，大量的诗歌文本成为知识或语言的繁衍物，诗歌与读者更加疏远。针对诗歌写作中的"精神钙质"大量流失和诸多诗人在现实中"失意地栖居"，对于诗歌创作中以维护诗的独立为借口而对现实生活有意的回避、疏远甚至隔膜，不少诗人和批评家都真切地意识到：对大众生存、社会公正和人的尊严的关注，似乎从来没有像这一时期这样变得急迫与严峻，诗歌写作必须直面一个时代及其主体生命复杂的层面，必须在诗意化的揭示和呈现中，确立时代的和个人的尊严、情感、意志和审美等方面的立场和价值尺度，以诗歌特有的方式实现对该时代有效的发言。

正是基于上述情形，一些诗人与批评家们不约而同地提出了"知识分子写作"和"民间写作"的策略。尽管其中有些概念和命名并不确切、内里含有众多的混乱和悖论，但论者对重建诗歌理想的热情和信心却是显而易见的，不少主张和策略都是很有针对性的，也是富有建设性的。譬如，面对物欲化影响深重的诗坛，如何实现诗歌此岸与彼岸间的理想救赎，谢冕依然高举"启蒙"的大旗，主张诗歌在直面时代和现实中应扮演"英雄"的角色；刘翔提出了"新理想主义"，从"综合性、历史感和现实感、理性、人性深度、悲剧性和批判"六个层面，阐述了对当代诗歌精神的深入思索。① 李震则主张打破90年代初诗坛流行的"神话写作"，他认为企望假设的"神"来救赎当代的灵魂，只能像海子那样成为"神"的祭品，而"人性"书写的回归，即从对虚妄的"彼在"的追问向对切实的"此在"的现实境遇还原，才可能成为当代诗歌理想建构的一个值得关切的向度。唐晓渡从破解先锋诗歌的普遍的"对抗"问题角度，主张建立"个人诗歌谱系"和"个体诗学"；王岳川从批判工具理性、历史理性、吁请"人文理性"出发，肯定"真正的诗人在后现代问题成堆中浮现出来，站在这个世界高处。他们思考，反省，求诸内心，反身而诚，以清醒的头脑思索工具理性的异化，以犀利的笔锋挑开历史理性的谎言，终于在人文理性层面发现了自我生命存在意义，发现自我良知的构成，同时发现了清醒的自我对迷惘的世界揭底的重要性。"② 陈超则从"新历史主义"那里受到启发，针对流行的所谓"日常主义先锋诗"流弊，提出了重建"历史想象力"的必要性，并从诗人身处的困境和突围的角度，提出诗人应当追求和持守"求真意志"，在现实"介

---

① 刘翔：《乌托邦、理想主义和诗歌》，《诗探索》1997年第1辑。
② 王岳川：《呼唤"人文理性"跨世纪诗学》，《诗探索》1996年第4辑。

人"中完成"噬心主题"的揭示。杨克则怀着"诗意的先锋大于诗艺的先锋"的平民情怀,倡导书写"告知当下存在真相"。而郑敏、白桦等老一辈批评家,更侧重于探索如何承继诗歌传统,将自觉的主体承担意识的强化与弘扬儒家传统在当下语境中加以具体落实。

理想的诗歌观念的建构,自然离不开诗人生命的建构。似乎从来没有哪个年代像 90 年代那样,诗人和批评家们如此热情而执著地思考生命存活本身与存在质量,思考诗人如何在诗歌写作当中尊重个体生命独特的体验、发现和领悟。通过对生命的状态、形式、内核的高度自觉而细密的关注和透析,诗评家们厘清了许多生命诗学中杂乱纠葛的矛盾,洞穿了许多复杂诗歌现象遮蔽的实质。如张清华在剖析先锋诗人的对生命存在的关注与迷失中,看到表面热闹的诗歌言说所暴露出的诗人苍白、空洞的精神,以及对现世的疏离和对诗歌人本主义立场的背叛。在分析存在主义诗学观念所导致的诗歌精神和内部结构的一系列悖论后,他提出了"从存在这一终极哲学立场上的适当的'后撤',以人本主义与文化批判立场作为其支撑则是可行的"。[1] 针对 90 年代诗人在片面的生命诗学观念引导下,过多地从冲动、本能、原欲出发,出入焦灼、死亡、命运、性的高峰体验,游走于潜意识和私人感觉的沉迷,"生命获得近乎夸张的珍惜和过于自爱的凝视,以至于对自我生命的抚摸超过了所有外在需求,成为写作的最高目的"。[2] 一些诗人和评论家在高度张扬生命价值的探险之旅中,不可避免地走向了歧途。鉴于此,陈仲义从清除生命诗学中这些"盲点"入手,"要求在生命本然活跃中,加大生命中的

---

[1] 张清华:《存在的巅峰或深渊:当代诗歌精神跃升与再度困惑》,《诗探索》1997 年第 2 辑。

[2] 郜元宝:《匮乏时代的精神凭吊者》,《文学评论》1995 年第 3 期。

人格力度，亦即抵达非个人化的存在深度"。如此，生命诗学"就不再是纸上轻飘飘的语码，字面上空洞无力的回声，而成为我们肉体和灵魂中的灯盏"。① 显然，生命诗学的真正价值和意义，就蕴藏于对日常生活凝神谛听与细腻打量的诗歌文本中，蕴藏于对日常生活与平凡生命的深情抚摸与细细体味之中，在对琐屑与细碎或热情投入或冷静观摩中，完成对生命瞬间或永恒的凝眸与对话。这样的探索所建构起来的才是真正富有学理性和充满活力的生命诗学。

与生命诗学密切相关的是诗评家们对当下现实的关怀和对社会、历史的自觉承担。如评论家陈超所强调的对"噬心主题"的激情拥抱，亦即通过对生命大人格的确立，来凸显生命的硬度与强度，并借助诗歌实现对人类精神的一种吁请与建构。但是，"对于诗歌来说，需要建立一种坚决、决绝、不为他事物左右的高蹈精神，但不是一种道德精神，他只能是站在诗本体价值立场上的诗歌的个体精神"。② 诗评家南野对凌驾于艺术之上的"泛道德主义"倾向显然保持着清醒的距离，这也正是诗歌摆脱工具化而获得自身自由的必然选择。这一点，许多诗评家在对现在仍然内涵复杂的"知识分子写作"所产生的背景、旨趣和大量与其理论主张呼应的文本中，敏锐地看到了当代知识分子对精神世界诗性的探索与追寻，看到了不甘被物化的凡俗生活所淹没的知识分子重建诗歌理想的信心和努力，尽管努力的路径和方式引起了许多人的质疑，遭遇了种种或深或浅的误解和程度不一的批判，但"知识分子写作"者旨在提升诗歌写作高贵品性的企愿是毋庸置疑的。甚至可以说"他们试图用词语去挽留一个思想

---

① 陈仲义：《体验的亲历、本真和自明：生命诗学》，《诗探索》1998年第1辑。
② 南野：《道德理想情绪与诗歌本体精神一辩》，《诗探索》1996年第1辑。

日渐单薄的时代,它们构成了这种历史状况的一部分,并且多少填补了当代思想的空场"。而读解他们的诗歌便是"读解一部分人的象征行为及其象征意义"。① 这样睿智的批评,才是真正地洞彻了"知识分子写作"的诗歌理想建设的意图及现实中遭遇误解与尴尬的缘由。也正是像洪子诚、罗振亚、程光炜、陈超等诗评家们大量富有学理深度的批评,拨开了90年代诗坛上虽然争执不已却难以形成真正交锋的关于"知识分子写作"的雾障,使人们看清了"知识分子写作"的精神立场与姿态,以及所陷入的误区和被误读的原因。

与"知识分子写作"相对,在诗歌和诗人走下神坛,更具具人间烟火味的90年代,一种诗歌平民化倾向越来越清晰地呈现在青年诗人的作品中,这也反映在他们对诗歌语言的反思当中。韩东当年主张"诗到语言为止",其主旨本来是要把诗从一切功利性的枷锁下解放出来、呈现自己,却被很多诗人做了教条式的理解和机械化操作,他们将语言奉若神明,将诗歌写作演变为语言的技艺操作,陶醉于语言的迷津,将语言降格为取消精神衡量向度,单纯追求语言系统内部操作的快感,出现了大量的语言"空转",乃至对语言的施暴。对此,周伦佑给出了冷静的批判:"90年代的诗歌写作则要打破这种语言神话,不是不要语言,也不是不重视语言,而是不再把语言看作神圣的中心而迷信它。破除'语言中心论'便是把诗和诗人从最后一个'逻各斯'中心的阴影下解放出来,使诗纯然地面对自身。"②

从90年代对"民间写作"和"口语写作"的大量批评文本中,我们也不难看到诗人与批评家们对人本主义和自由精神的追

---

① 陈晓明:《语词写作:思想缩减时期的修辞策略》,陈超编:《最新先锋诗论选》,河北教育出版社2003年版,第12—13页。
② 周伦佑:《新的话语方式与现代诗的品质转换》,《文论报》1993年7月3日。

求,而且这种自觉追求越来越成为重建诗歌理想的一个重要而开阔的向度。80年代,不少诗评家还要为诗歌的社会存在的"合法身份"而摇旗呐喊,如"朦胧诗"的崛起和"第三代"诗歌道路的开辟,都离不开诗评家们充满激情的"话语权威"的呵护。而90年代,诗歌的生存环境已经大为改观,诗歌批评者也自然地转换了批评的重点,他们与诗人一同面对诗歌生存困境和探寻可能的前景。如在80年代就决意与包括"朦胧诗"在内的现成传统决裂的于坚,针对朦胧诗人的那种理想化、崇高化、英雄式的为"一代人"或时代代言的诗歌理想,倡导重建一种以个人的日常生命体验为原始基座的诗歌理想。他这样阐述自己的主张:"诗歌精神已经不在那些英雄式的传奇冒险、史诗般的人生阅历、流血争斗之中。诗歌已经到达那片隐藏在普通人平淡无奇的日常生活底下的个人心灵的大海。诗人的自觉到个人生命存在的意义,内心历程的探险开始了。诗人们终于勇敢地面对自己的生命体验,哪怕它是压抑的、卑俗的。个人生命不再藏在人格面具之后,它暴露在世界面前,和千千万万的生命相见。这时诗人依托的是个人的实在,由此他感到实在和自信,由此他能够客观、冷静地把世界以及他自己——他的生命,他的意志,他的内心状态作为审美对象。"①

同时,也有不少批评家注意到先锋诗歌反叛、前卫、解构等遮蔽下的传统、朴素的一面。如谢冕在批评90年代大量诗歌缺乏历史与现实关怀时,便充分肯定了以"朦胧诗"为代表的一些具有批判意识和怀疑精神的诗歌创作,真诚地指出:"这些富有历史感和使命感的诗,有相当沉重的社会性内涵,但又通过鲜明生动的语言得以传达。它们并不因理念而轻忽情感,也没有因

---

① 于坚:《诗歌精神的重建》,陈旭光编:《快餐馆里的冷风景:诗歌诗论卷》,北京大学出版社1994年版,第259—260页。

思想而牺牲审美。"① 也就是说，在不同的时代，忧患意识和使命意识等传统的"诗言志"理念在诗人和诗歌中的闪耀，不仅充分地体现了诗的传统品质，而且还因其对社会历史的"在场"的自觉而成为当代诗歌亲近受众的一种明智的选择。

还有一些批评家从先锋诗歌中"看到它对民众苦难的现实书写，对底层人的深挚的人道关怀，对劳动者思想、感情、愿望和利益的艺术表现。先锋诗歌与现实并不就是一种疏离状态，而有明确而深刻的介入，并没有因为先锋性的追求而对现实失语，而是同样对时代作了鲜明而尖锐的发言"②。应该说，这样客观的批评，是较为切近先锋诗歌创作实际的，因为先锋并非总是"前卫"的，也有"常态"的，特别是先锋诗歌回归日常化以后，近年来对现实尤其是底层现实的关注，越来越引起了诗评家们的广泛关注。

二 充满生命激情的创造

在价值多元化、选择多样化的纷繁时代，写作在向无限可能性敞开、生长，批评也必然要在诸多的诱惑面前呈现更多繁复而新奇的景观，就像写作"是头脑和心灵中的思想感情的一个安全的出口。……竭力封闭心灵，最后总会克制不住而呼唤同情和要求表达"③。批评的个体性决定了它必然是激情张扬的个体生命，在自我与他者、内心与外界、生命活动与诗歌历史、现实等多重张力的漩涡中，以富有个体创造性的实践彰显自身的魅力。

先锋诗歌是诗人们充满生命活力和激情的创造物，对先锋诗歌的批评尽管十分讲究冷静、理智的技术分析，追求理论的严谨

---

① 谢冕：《丰富而又贫乏的时代》，《文学评论》1998年第1期。
② 邹贤尧：《现实介入与底层书写》，《文学评论》2006年第3期。
③ [美]伊莱恩·肖瓦尔特：《走向女权主义诗学》，周宪等编：《当代西方艺术文化学》，北京大学出版社1988年版，第356页。

和言说的学术规范性,但不应该也不可能抹去批评家们的个性风采,不能冲淡其批评的浓烈的情感,不能只有手术刀般犀利、冰冷的解剖式的一种批评风格,而应当让生命和激情冲荡出鲜活、多样的批评风格。真正有抱负的、胸襟开阔的、激情充溢的批评家,绝对不会以武断的"评判"来显示自己对批评对象所拥有的绝对权力,而是热情地面对生命蓬勃的批评对象,希望并努力赋予自己的批评这样的梦想:"这种批评不会努力去评判,而是给一部作品、一本书、一个句子、一种思想带来生命;它把火点燃,观察青草的生长,聆听风的声音,在微风中接住海面的泡沫,再把它揉碎。它增加存在的符号,而不是去评判;它召唤这些存在的符号,把它们从沉睡中唤醒。也许有时候它也把它们创造出来——那样会更好。下判决的那种批评令我昏昏欲睡,我喜欢批评能迸发出想象的火花。它不应该是穿着红袍的君主,它应该挟着风暴和闪电。"① 事实上,从早期的"朦胧诗"批评一直到当下的先锋诗歌批评,无论是学院批评家,还是诗人批评家,抑或是媒体批评家,始终都在以生命的热情拥抱着批评对象,都在不断地以批评家的激情点燃批评对象,其热烈、浓郁的情感源源不断地注入批评活动当中,成为批评展开的动力,也导引着批评前行的方向,强化着批评的深度和力度。

因为以批评家的生命去感应、体悟诗歌文本的生命,正是对诗人创造的充分尊重,正是批评家自觉地放弃居高临下的所谓"生杀予夺的权力",真诚地坐下来,期望在一种生命与生命平等的对话中,在一种激情与激情的碰撞中,完成一种情感和理性交融的评判。在"朦胧诗"崛起之初,谢冕、孙绍振、刘登翰、杨匡汉、顾工、徐敬亚等一大批诗评家们,便主动地走近诗人和

---

① [法]米歇尔·福柯:《权力的眼睛——福柯访谈录》,严锋译,上海人民出版社1997年版,第104页。

文本，以生命的热诚去面对另一种生命的热诚。他们对朦胧诗人在特定时期新异的诗歌探索实践，没有采用习惯的、僵化的批评方式进行粗暴的痛斥和打压，而是带着欣赏的热情去感受那些充满创造力的文本，去体悟那些充满浪漫主义和理想主义激情的诗篇，并大声地提醒人们给予"朦胧诗"更多的宽容和理解。这样平等的批评姿态，很快便赢得了诗人们的信赖和欢迎，创作与批评良好的互动，很快便冲破了权力话语的压抑，促成"朦胧诗"迅速地占据主流诗坛，成为新的圭臬。

对于恣意生命狂欢的"第三代"诗歌，很多诗评家已经完全告别了政治话语影响的思维和评判方式，更多地从诗歌美学的角度去认识这一生命本体喧哗的"美丽的混乱"。批评家昂扬的主体生命意识被极大地激发出来，许多批评已开始由前期的情绪化鉴赏进入到感性化批评，并开始自觉地向学理化的批评转变，许多新的诗歌观念在澎湃的诗潮扫描和流派审视过程中被提出来，很多带有鲜明的情感色彩但又不乏理性思考的命名和阐释赢得了诗人和评论家的共鸣。譬如，陈仲义、程光炜、罗振亚等人带着关怀的热情深入具体的社会文化语境，重返诗歌写作现场，对"第三代"诗歌进行了细致的梳理和整体透视，从而揭示出了一些主要流派如"非非"、"他们"等所采取的抒情策略和诗学意义。翻阅一下对于80年代末具有承上启下意义的伟大的浪漫主义诗人海子所展开的众多批评文本，无论是对在"死亡"和"再生"临界点上创作的海子的高度推崇，还是对他"想象与现实"之间神话写作不无偏激的贬抑，我们都不难发现，批评者对"圭臬已死"的八九十年代之交的先锋诗歌的思考，依然裹挟着很浓的情感因素。其印满生命色彩的叙述和评判当中既有对逝去的"朦胧诗"辉煌的感慨和怀恋，亦有对"第三代"诗眩目而迷乱的全面反叛的惊讶和欣然，更有找寻新的突围方向的热切和焦虑。但是，情感的弥漫并没有影响理性的探究，在程光炜的《中国当代诗歌史》、陈仲义的《诗的哗变》等众多研究专著当中，许多诗评家在强调主观情感的浸润的同时，一直没有忘却追求学理性思考的严肃和严谨，一直在致力于将感性与理性的批评自然融合。

90年代以降的先锋诗歌批评，尽管诗歌话语和文论话语都面临着新的转型，批评的独立和自律得到了进一步的加强，但批评家对诗歌写作的现实关怀和历史承担的自觉和热情不仅没有改变，反而有所发展。批评家们以高扬的生命主体直面现代文化语境中充满变异的先锋诗歌写作，对诗歌精神与技艺尺度、写作者与读者、写作与语境、审美与伦理、历史关怀与个人自由等复杂命题进行了全面关注和深入思考。尤其是对于斑驳、陆离的"90年代诗歌"所进行的或峻急、或沉稳、或犀利、或轻率、或系统、或散乱……的批评，都充溢着批评者的生命热度。他们以各自的生命体验与诗人个体生命的本真状态及有着蓬勃生命力的文本相拥，对于现代诗人精神的重建、"中国话语场"的确立、修辞策略的选择等诸多重要问题进行了探究。他们深入到写作和批评的困境之中，细致地考察诗潮退去后先锋诗歌悄然发生的无限多样的裂变和分化现象，借助社会学、文化学、审美学等批评资源和话语方式，展开了一系列凸显生命"介入"的批评。他们以关怀的热情和创造的激情朝着不同向度探索和掘进。如吴思敬的《当今诗歌：圣化写作与俗化写作》、程光炜的《90年代的诗歌：另一意义的命名》、罗振亚的《"个人化写作"：通往"此在"的诗学》、唐晓渡的《九十年代先锋诗的几个问题》、肖开愚的《九十年代诗歌：抱负、特征和资料》、于坚的《穿越汉语的诗歌之光》等有着一定影响的批评文本。尽管各自的视点、内容、表达方式等有着很大的差异，但批评者以自觉的生命承担，积极地参与和致力于先锋诗学建构的热情却是显而易见的。比如一些批评对日常生活的诗学化倾向给予了特别的关注，对于先锋诗歌中的民间性、口语化、叙事性等倾向的深入打量和穿透，就充分地体现出贴近向日常写作回归的批评的自然、亲切，体现出批评走出晦涩的概念堆砌和理论空泛的误区的真实努力。虽然同日趋"边缘化"的诗歌一样，这一时期的批评被冷落而显得相对沉寂也是不容回避的客观存在，但远离了早期时常产生"轰动效应"的批评，仍在默默地前行中显现出了其生命更为沉潜的特质。我们欣然地看到，不少批评者一边忍受着批评的寂寞和不被理解的苦闷，一边仍不放弃自己以生命相许的批评，坚守着当代知识分子认真、执著的批评精神，以独立的姿态对先锋诗歌源源不断地发出响亮的批评声音。

三 自觉修正批评的偏失

在诗歌不断"边缘化"、诗人陷入无边的寂寞之时，先锋诗歌批评也注定了寂廖、冷落的命运。批评者如果不是出于对诗歌虔诚的热爱，不是出于对先锋诗歌未来的关注，恐怕很难在资本文化无所不在的浮躁而轻薄的时代，沉浸到注定与功名利禄关涉甚少的批评当中。也许正是远离了热闹的大众文化中心，远离了物质主义的种种诱惑和迷扰，不少批评者得以在一方清冷之地，保持一分难得的宁静，保持一分淡然的从容，谛听着诗歌行走的足音，守望着心灵的净土。

应该说，新时期三十年来的先锋诗歌批评呈现出欣欣向荣的繁盛景象，无论是诗学观念和理论的更新、批评方式的多元共存，还是批评队伍的不断壮大、批评成就的显豁，都是前所未有的。然而，批评的危机也是存在的，而且这种危机不仅来自于批评的外部，也来自于批评的内部。即使是在批评繁盛的时期，批评的危机也已经存在。比如，在早期的"朦胧诗"论争中，一些批评家借助主流话语，以政治批评代替美学批评，批评者仿佛真理在握，以想当然的审判者姿态对待诗人、诗歌和诗歌批评，对于怀疑、对抗主流话语的"朦胧诗"予以了倾力的剿杀。尤其是一些曾德高望重的老诗人、老批评家,他们以惯性的政治思维处理诗歌批评,写下了许多在当时"很有威力"的文章,甚至在一段时间内让一些具有先锋意识的批评被迫让步。像徐敬亚后来无奈地为自己的《崛起的诗群》这样在当时显露出激进的美学锋芒的批评进行检讨,甚至在此后相当长一段时间内保持了缄默。从中就足以想象得出在思想禁锢已逐步被打破、意识形态专制相对松动的80年代,为"朦胧诗"辩护的批评是在怎样的语境中艰难行进的。好在一大批具有先锋意识的批评家无畏地举起了反抗的旗帜,他们独立、自由的美学批评立场和更加新潮的批评方法和手段,最终赢得了广大诗人和读者的支持,那种"强势话语"及其表达方式最终因逆时代潮流而逐步衰退下去。应该说,正是那一时期对政治话语批评的强力抵制,才最终化解了潜藏的先锋诗歌批评危机。

到了商品经济日益发达,消费主义和物质主义至上的现代社会,面对许多人叫嚷着"文学已死"、"垃圾"遍布的当今文学界,更加"边缘化"的诗歌创作和批评同时面临着物欲的诱惑。能否自觉地抵制批评的功利化,不屈服和沉沦于低迷的现状,对创作和批评的未来充满信心,能否继续坚守独立的批判立场,对新的商品话语霸权勇敢地说"不",已成为摆在批评者面前不容回避的严肃考题。应该说,有部分批评者比较善于观风使舵,善于追踪和制造一些所谓的"热点",喜欢追"新"逐"后"。他们喜欢一窝蜂地围绕着一些时尚话题展示自己的话语优势,大量地运用一些时髦的术语进行看似很热闹而充分的阐释,其观点和表达方式的大面积雷同,并逐步演变为更加程式化的学院批评。这类批评在突出学理性的同时,也淡化了批评的情感,因为缺少了对诗性生命的深切感受,对鲜活的诗歌现场和诗歌文本的积极呼应,对诗歌艺术的热情拥抱,使得批评更像一项十分讲究工序和模式的技术操作，纯净的批评心态遭到了破坏，大量的批评呈现出颇为自恋的自言自语，在大声喧哗中堆积了大量的批评泡沫，批评的灵性和深度大大地减损。其中典型的表征，就是批评者有意无意地构设了一些似乎很新颖而其实很陈旧的、貌似对立而其实根本不存在的"伪问题"，围绕一些似乎是热点的关键话题，展开一些表面上很热烈而实际上建树很少的争论。如20世纪末"盘峰论争"中诸如"知识分子写作"和"民间写作"之间激烈的唇枪舌战，很多情绪化的东西掺杂其间，以断章取义、以偏赅全的方式故意夸大对方的缺陷来立论。在大片的混乱之中，不仅没有使一些重要问题变得更加澄明，反而搅得更加面目全非。

另外，某些失却独立批评立场的"团队批评"、"圈子批评"（或曰"帮派批评"），也败坏了批评的风气和批评的秩序。不少批评文本中大量散落着随意性的、含义模糊的批评术语，或者用各种流行的理论去主观地框定批评对象，随意地命名或过度地进行主观化的阐释，根本不尊重诗人和诗歌文本，有的甚至不细致地阅读文本，仅仅罗列一些现象，便进行大胆的贴标签式的生硬地归纳概括。显然，这类诗歌批评是缺乏责任感的投机取巧，是懒惰的滥竽充数，也难以构成严格意义上的批评。特别是进入了21世纪，现代传媒更是迅猛发展并已形成了"媒体霸权"。正如批评家孟繁华所言："在我们今天的生活里，媒体的霸权主义和媒体帝国主义的宰制，已经成为我们今天日常生活里面最重要的文化意识形态。"[①] 陷入现代传媒包围中的先锋诗歌批评，在学院化批评已逐渐掌控了话语霸权后，再与现代媒体同谋，不少虚假的命题和空洞的理论，像子虚乌有的皇帝新装，充斥在许多象征着权威的学术刊物和各种研讨会、报告会、论坛当中。"空

[①] 孟繁华：《媒体霸权与文学消费主义》，《当代文坛》2007年第3期。

心"的批评在自我陶醉中被肆意地放大成为自欺欺人的所谓"创新成果",新的批评危机就隐藏在一大片繁荣的假象背后。敏锐的批评家们已察觉到:当诗人们已有的精神资源难以对现实进行有效的艺术把握之时,"失语"便成为了注定的尴尬,而批评主体精神的匮乏和缺失,则造成了批评的激情和活力退潮,出现批评的要言不当的柔软乏力,出现了批评有效性的危机。正如有的评论家所言:"在这一时代,人们拥有的精神文化资源空前的丰富,但同时也空前的贫乏,因为它们尽管披着美丽的彩衣,但一接触到具体的现实,便显露出内在的孱弱与苍白。"①

还有,批评是对诗人及其作品的发言,同时又是对读者的发言,但首先是对自己的发言。如果批评者不能首先做到与自己的心灵对话,显然他也很难与他人进行畅快的交流。尤其是在一个自语盛行的时代,很多人喜欢喋喋不休地夸夸其谈,喜欢旁若无人地自我表白。倾听有时已是一种奢望,更多的所谓倾听不过是一种显示优雅而摆出的姿态,其内里的不愿或不屑在诸多难以形成沟通,更谈不上交锋的热闹的对话或争论中一览无余。

对此,一些清醒的、有良知的诗评家,在深入地反思批评的乱象和危机后,一再强调批评的自觉和独立,呼吁建立良好的批评环境和批评秩序。特别是一些批评家对学院批评、诗人批评和媒体批评中所存在的问题进行认真的分析和研究,指出了其产生的根源和纠正的思路,有效地阻止了批评整体质量的下滑。

令人欣慰的是,随着先锋诗歌批评的深入,不少批评家已开始注重历史与现实的承担,开始自觉地"下沉"。如一些批评家高度重视知识分子一贯的人文关怀和历史担当,以开阔的文化视野,摒弃片面的"宏大叙事",坚持个人立场但又不放弃有责任感的批评,积极探索在个人与历史、批评与创作平衡之间的批评

---

① 王宏图:《文学的颓势与作家的精神资源》,《当代文坛》2007年第3期。

路径。而来自诗人对创作的反思,也促动了批评的反思。如西川自觉地内省:"是80年代末、90年代初中国社会以及我个人生活的变故,才使我意识到我从前的写作可能有不道德的成分:当历史强行进入我的视野,我不得不就近观看,我的象征主义的、古典主义的文化立场面临着修正。"① 同样,诗人王家新也深深感到了以往写作中所存在的值得警醒的缺失——"我们的经历,我们的存在和痛苦在诗歌中的缺席,感到我们的写作仍然没有深刻切入到我们这一代最基本的历史境遇中去"②。正是诗人们这种主动吁求历史性与个人性、写作的先锋品质与对生存现实的介入同时到场的诗学观念及其具体实践,不仅为先锋诗歌提供了走出困境的有效帮助,也为批评走出危机标示了努力的方向,使批评家们充分认识到——批评者的历史承担,不是一种诗学姿态,而是对批评介入历史、时代生活和先锋诗歌创作的一种必然选择,是自觉地投身于先锋诗学建设,将批评主体的独立精神和个人立场,在闪烁着智慧的批判中得以实现的有效方式。尤其是在顺世随俗的文化研究盛行,先锋诗歌批评的界域不断遭到突破,大众文化狂欢中批评普泛化和轻浅化的背景下,在强调批评自足的同时,保持批评与创作紧密的互动关系,才能真正实现批评的健康与繁荣。

---

① 西川:《大意如此》,湖南文艺出版社1997年版,第2页。
② 王家新:《〈回答〉的写作及其他》,《莽原》1994年第4期。

第三章

断裂与承继中的诗学理论建构

第一节 命名与阐释：意义的抵达或偏离

命名，是人们对事物的一种把握方式。其主要意义在于，通过名称的指代而形成一种语言规范，赋予世界以一定的秩序。命名也是一种文化手段，在命名的背后，隐含着语言与现实的关系、人与世界的关系等复杂的哲学问题。人们借助某些特定的概念、术语或范畴来思考和理解世界，在对事物的普遍性进行把握的过程中，不过多地关注具体、直接的事实和场景，而是通过适度的概括，抽象出借以解释事态的某种普遍模式。

随着先锋诗歌批评中命名和阐释的异常活跃，大量的新名词、新概念和新术语不断涌现，大量的新问题接连产生。这一方面促使批评话语不断繁衍、更新，保证了批评在不同向度和深度上的展开、推进和繁荣；另一方面由于大量命名和阐释的个人化、多元化、学理化等，以及对命名与阐释接受的歧义性、多样性等差异，命名与阐释在有效地辩驳、澄清许多重要诗学命题的同时，也滋生了诸多新的困惑和模糊，使批评呈现出前所未有的复杂性。

一 生成的背景和特征

命名的出现与活跃，与先锋诗歌发展的社会历史文化语境密切相关——整个社会体制急剧的变动，社会复杂心态的不断调整，多元文化碰撞和新的价值评判体系的重建，等等，使得诗评家们在面对嬗变的先锋诗歌时，较之以往要承受海量信息的猛烈轰炸和更加丰富多样的观念挑战。这时，诗评家们再沿用已有的阐释语符代码对不断演进的眼花缭乱的先锋诗歌运动、思潮、流派、创作方式及文本等，进行解读、界定和概括已经捉襟见肘、力不从心了，甚至常常不免要陷入茫然、尴尬、失语的境地。置身于这样的批评语境，诗评家们必须自觉地进行新的命名和阐释，因为借助于命名这种理性认识方式，可以实现对批评对象的高度概括和抽象性的整体把握，可以对纷乱杂芜的现象进行定向、有序的梳理和归类。而每一次命名，都意味着新名词、新概念或新术语的诞生，同时也可能预示着新问题或新认识的出现，因为命名将一些新发现和洞见与旧有的认知进行了适度剥离并形成鲜明对照，进而奉献出某些新的思考。当然，命名与阐释密不可分，一个命名的提出和确立，往往离不开一系列的阐释为之辩护、论证，因为任何命名中某些内在的合理性或不合理性都客观地存在着，在很大程度上都有赖于批评主体所进行的具体诠释和充分论证。不同的批评主体由于各自的期待视野的不同，对命名对象的内涵理解往往存在着一定的差异，彼此的阐释不可能达到完全的一致，总会在各自的阐释中融进批评家个人性的思考。即使面对同一命名，批评家们的阐释也会存在着一定的差异甚至迥然不同。

随着社会的急剧变革，思想观念和价值取向的不断更迭，先锋诗歌写作和批评逐渐与政治话语疏离开来，摆脱了主流意识形态的钳制，不再作为某些既定思想的附庸，已经能够以自己的力量制造和引导潮流,这其中的命名和阐释起到了很大的助推作用。依据陈晓明的说法,"后工业社会的思潮是被制造出来的,人们必须制造思潮,这就是人对'命名'的一种重新定位"。①

事实上,正是通过诸如"朦胧诗"、"第三代诗"、"90年代诗歌"、"叙事性"、"中产阶级写作"、"圣化写作"这类自由而繁多的命名和阐释,才使得人们得以透过众声喧哗的诗坛,更加清晰地看到了一次次此消彼长、逶迤前行的中国当代先锋诗潮,并在对每一次诗潮中诸多问题认真审视和评判中得到沉甸甸的收获。

必须引起注意的是,各种命名和阐释语符代码的兴衰、更迭往往是由社会文化秩序、话语权力、诗歌内部微妙变化所引发的,隐身于命名和阐释当中的往往正是繁复、难以陈述的历史现实。仅以"朦胧诗"的命名为例。作为一股带着浓郁的反抗和断裂气息的新诗潮,最初引起关注和争论,主要是出于它们同以往那些明朗、直白的诗歌在语言表达上所存在的风格差异,它们繁复、奇异的意象组合和幽邃意境的刻意营造,使诗歌因过于含蓄而意指朦胧模糊、扑朔迷离甚至"晦涩"、"古怪",被某些批评家们指责"看不懂",是"令人气闷的朦胧",并由此获得了一个显然不具严密性的命名——"朦胧诗"。但随着论争的不断深化,关于诗歌语言组织方式和审美风格的探究开始退居次位,"朦胧诗"所体现的意义被不断放大,成为新的诗歌观念、新的美学原则、新的诗潮崛起的表征,也成为与主流意识形态笼罩的创作和批评体制适应或对抗的一个象征符号。本来是一场有关先锋诗学的学术性论争,因为掺杂进去了许多政治、道德、文化等因素,使得论争双方依据各自意识形态话语背景而形成的不同诗

---

① 谢冕、雷达、陈晓明等:《九十年代文化与新状态恳谈会纪要》,《钟山》1996年第2期。

学观念，进行了大量带有强烈感性色彩的阐释。反对者激愤地指责："这些诗言不及国家前途，思不及民族命运，徒以孤芳自赏，玩弄意象游戏，真是太没出息！"① 而赞成者则欣然誉之为"新的崛起"，不仅将其纳入了思想启蒙的行列，还盛赞这一新诗潮"促进新诗在艺术上迈进了崛起性的一步，从而标志着我国诗歌全面生长的新开始"。② 持续多年的"朦胧诗"论争，演变成了各种文化力量的激烈交锋，折射出了那个特定时代的社会思想文化于混乱之中的自我找寻、自我建构的历史进程。从中不难看到，关于"朦胧诗"的命名与阐释，不仅与诗歌话语方式密切相关，还与时代的社会文化语境密切相关。因为"一个概念必须依赖于其特定的历史语境方能得以存在，并且获得它存在的合法性依据。一旦时过境迁，这个概念如果不能及时地调整自己的外延和内涵，就极有可能成为一种新的理论教条"。③ 所以，我们对于某些命名和阐释，不能只是简单地看待它们与所对应的对象之间的联系，还必须要考虑到处于动态过程中的丰富复杂的社会文化背景，考虑到促成、影响和改变命名和阐释的广阔的时代语境中的诸多因素。

先锋诗歌批评中的命名和阐释，必然要受到社会历史进程明显的影响和制约。批评虽然没有一个固定的生长、开花、结果的历史周期，但一定有着类似于不断萌生、延伸、拓进的自我完善的过程。面对极具创造性的不断流变的先锋诗歌写作，喜欢追新逐异的理论话语自觉地更新、创造，必然要带动各种命名和阐释的快速衍殖，这些新鲜的语词及其所构成的话语系统，在激活了批评的同时又搅得批评陷入充满生长点的"眩目的混乱"之中

---

① 参见流沙河致贺敬之的信，刊于《星星》1980年第1期。
② 徐敬亚：《崛起的诗群》，《当代文艺思潮》1983年第1期。
③ 蔡翔：《何谓文学本身》，《当代作家评论》2002年第6期。

——旧的话语仍在捍卫着习惯思维和认识,新的话语同时又在不断的生成与衍化,形成命名杂多、阐释无尽的众声喧哗的多主题变奏,戏剧性冲突在多方向上交错展开……其种种复杂的情形,使得先锋诗歌批评本身也成了需要不断阐释的对象。譬如,只要梳理一下有关"个人化写作"命名过程中诸多相似或相悖的阐释,或者反思一下有关"知识分子写作"与"民间写作"之间难以化解的一些对立认识,就不难发现:不少的命名和阐释,都是批评者为了便于申明个人的诗学主张而进行的必要的概括和划界,带有鲜明的个人情感倾向和理论建树的努力。其中很多诗学观念实际上并没有本质上的差别,许多阐述的真正含义其实存在着大面积的交叉和雷同,只是因为彼此的理论依据不同,彼此选择的话语或话语表达方式的不同,从而造成了许多人为的诠释矛盾和理解偏差,造成了一些没有交锋的争论和不在同一层面的自语性的对话。

因此,从某种意义上说,命名和阐释使语词和意义于特定的社会历史和文化背景中得到纯粹功能性的结合,使语言与现实在本质上相区别开来。这就要求我们对语言的所指和能指进行细致甄别,要关注语言与意义的分离,不要急于对命名等语言现象所指涉的内容作真实与否的论断。首要的问题是追问这种现象何以发生,"它来自何处?它如何流传?它由谁支配?"[①] 这样的追问,可以帮助我们透过命名和阐释这种现象,看到与之广泛联系的更为丰富的文化现象,看到特定的话语背后更加深广的思想意识和关系。

命名这种文化手段的本质在于使世界秩序化,是居于文化主流阶层者怀有文化心理优势或精英意识等,用思想和语言对嘈杂

[①] [法]米歇尔·福柯:《作者是什么》,参见王逢振等编《最新西方文论选》,漓江出版社1991年版,第459页。

混乱的世界进行主观性的分割，使命名所代表的理念合理化和神圣化。命名和阐释也深受求新、求变、求异的社会文化心理的影响，不断追求新的命名亦即追求一种言说的优先权，特别是置身于浮躁和追逐时尚的喜新厌旧风气弥漫的社会环境中，先锋诗歌越来越"边缘化"，越来越被商业文化逼仄到一个尴尬境地。此时，一些诗人和诗评家们对各种诗潮现象频繁地进行换代性地命名，急切地在不同的写作群体前面冠以"新"、"后"或"晚"字，或者在本来差异性很大的"写作"前面生硬地贴上诸如"知识分子"、"民间"、"口语"之类的标签，或者直接借助西方理论术语进行断章取义的阐释，或者干脆直接亮出自己或许都不大清楚的新术语和新说法，拚命追逐新潮，在命名和阐释的狂欢中，掩盖住内心的焦躁和虚空。其实，随着意识形态领域的松动，权威被无情地解构，私人空间极大地拓展，旧有的价值观念和评价体系已遭到巨大破坏甚至被完全颠覆，而大众文化的大行其道，新的生活方式不断涌现，话语的解放、转型、失重、无序等，都使得80年代以来的中国社会形成了新的无主题流动的"文化场"，其中容纳了繁多的异质的文化因子。尤其是步入90年代后，先锋诗歌创作和批评都已失去往昔的"轰动效应"，一同进入了一种多元共存的"无名"状态。"70后诗歌"这个命名就是为难以归纳的部分90年代诗歌拟定的一个主要具有时间维度的概念。

　　认真审视批评所处的社会文化语境，也就不难理解崇尚独立、个性的先锋诗歌批评，之所以会不约而同、争先恐后地选择命名与阐释，其目的是期望在大片错综复杂、众声鼎沸中发出自己独特的个人声音。各种阐释模式及其背后文化力量的助推又加剧了批评话语的分裂和话语权力的争夺，而话语权力的争夺首先就表现在命名权和阐释权的争夺上。这种争夺活跃了批评，通过一些必要的界定、概括和归类，保证了批评的针对性更强，而细致的诠释则使一些笼统、模糊的问题得到了有效的梳理和澄清，也为诸多的论争与对话搭建了必需的话语平台。

二 对诗歌独立说话的一种方式

命名和阐释是诗评家们对诗歌说话的一种方式，不同的命名和阐释模式规设了不同的视角、立场和方向等，不同的概念、术语及其话语组织方式，构成了不同的批评模式，体现出不同的价值判断。因此，命名和阐释，不仅意味着批评者持有不同的诗歌观念，还意味着批评者进入特定的语言体系之中，其对批评对象有意或无意的呈现与遮蔽是同在的。

诗评家们对批评对象进行有效的命名和阐释，不仅可以使批评获取独立的地位，走向自觉与成熟，而且能给无序的创作和批评建立一定的秩序，还可以使批评对象置于特定的历史文化框架和阐释模式中得以指认并确定其价值，形成相对独立的诗学建构，并以合适的交流方式传递出来。譬如肖开愚和欧阳江河关于"中年写作"的命名就一再强调与年龄无涉，而是着眼于1989年后宣布告别青春写作的部分先锋诗人，开始放弃追求整体性和"永远的线性时间"而进行一种新的诗歌写作探索。对这样一种更为成熟的诗歌思考和表达方式，采用一个具有时间意味的"中年"来命名，并阐释其对一定量度和程度的重视，对重复性时间的厚爱以及对差异性的强调，使"语言摆脱了能指与所指的约束、摆脱了意义衍生的前景之后，理所当然地变成中性的、非风格化的、不可能被稀释掉的"[①]。显然，通过这样的阐释，不仅揭示出了90年代的写作与此前的写作"深刻的中断"，而

[①] 欧阳江河：《'89后国内诗歌写作：本土气质、中年特征与知识分子身份》，王家新、孙文波编：《中国诗歌九十年代备忘录》，人民文学出版社2000年版，第187页。

且指出了其新的先锋走向,有效的命名保证了对敏感问题的集中、深入的思考。

其实,诗评家们对命名和阐释的热情,也折射出他们积极参与和推动先锋诗歌批评的热忱。虽然有一些命名和阐释难免感情用事、草率粗疏、以偏赅全甚至名实不符,但这些缺憾也从反面启发诗评家们在面对复杂多样的先锋诗歌时,必须持有科学的、审慎的态度。只有建立必要的话语规则,才能够有更加精到的归纳、概括和阐释。同时,即使面对某些争议很大的命名和阐释,也应该认真、宽容地对待之,不能粗暴地简单否定,而要冷静地观察、谛听、分析和思考,辨析出其命名和阐释的依据和所指,努力地发现命名与阐释的有效度。对于其不足和缺憾,可以在深入研究的基础上逐步加以修正。在这方面,许多诗评家做了很好的示范。如"朦胧诗"刚刚崛起时,一批老诗人和批评家对其大胆的探索大加指责,谢冕先生却热情地赞赏这一批正在"崛起"的新诗人,充分肯定了"他们不拘一格,大胆吸收西方现代诗歌的某些表现方式"。对于那些称其为"晦涩诗"、"古怪诗"的论调,谢冕宽容地一再强调:"听听、看看、想想,不要'急于采取行动'。"[①] 这样,就避免了一元独断论,为不同观点之间能够展开学术论争并最终达成某些基本共识提供了必要的前提。

当然,命名权力不再仅仅属于某些权威者所有,任何拥有独立思考和大胆想象能力的人,都可以依据自己内心真实感受和认识对面前的世界进行自主命名,都可以对自己或他人的相关命名进行个人化的阐释。正像陈晓明所感慨的那样:"过去我们认为是由上帝'命名'的,是从圣经或某一部经典著作中拿到的,人只有通过'倾听神的声音',才能对世界命名,现在不需要

[①] 谢冕:《在新的崛起面前》,《光明日报》1980年5月7日。

神，也不需要绝对的权威、经典，小人物通过他们的想象力，他就可以命名。"① 因而我们会看到，在先锋诗歌批评中，很多的命名和阐释都带有强烈的个人主观倾向，给出的不过是一个内涵与外延皆非严谨的似是而非的类似性"概念"。譬如周伦佑关于"红色写作"的提法，第三代诗人们的"反文化"、"反抒情"、"口语写作"等，大都是出自写作策略考虑的集中一点不及其余的率性命名。也正是这种带着极大的偏颇和漏洞的命名，留下了巨大的理解和阐释空间，为论争和对话提供了值得深入探究的丰富话题。即使是没有提出新的概念，而仅仅对已有的一些概念进行新语境中的创造性解释，也极有可能使原有的命名悄然脱身而去，变成另外一个所指发生根本性改变的新概念。如臧棣在《后朦胧诗：作为一种写作的诗歌》一文中对"现代诗歌"的有关阐释，就非常显著地区别于人们对这一词语传统的习惯理解。他在考察后朦胧诗写作所呈现的特征后，赋予了"现代诗歌"新的所指，认为"现代诗歌"在加深着与传统之间的裂痕，在享受着诗歌写作中的语言革命所带来的乐趣，其对技巧的高度重视和娴熟应用，对个人写作的充分自信，使其"虽然在总体趋向上不断向可能性开放，但具体的文本操作却需要向诗人自己的个性收缩，这就是肖开愚曾谈及的定量意识。通过有意识地限定写作的可能性，来强化写作的有效性和准确性"②。臧棣置身于90年代的文化语境中，借助于"现代诗歌"这一概念的阐释，并针对王家新、肖开愚、陈东东、柏桦、翟永明等诗人具有开拓性质的新的实验文本进行现代解读，是为了有效地揭示那些文本隐秘的新的先锋向度而做的个人性的界定和诠释。

---

① 谢冕、雷达、陈晓明等：《九十年代文化与新状态恳谈会纪要》，《钟山》1996年第2期。
② 臧棣：《后朦胧诗：作为一种写作的诗歌》，《文艺争鸣》1996年第1期。

与"命名"相对的是"罢黜",即否定"旧"的和推出"新"的。游移在传统与现代之间、现代与后现代之间、解构与建构之间的先锋诗歌批评,由于批评者视野、立场、角度和表达方式等方面的差异,如果要独立地发出引人注目的声音,他们往往要对既定的秩序说"不",要打碎已然成为"主流"或"中心"的命名,通过划定某些概念的时效性和限定性,宣布某些言说的局限性,为新的命名开辟通道并适时地进行合乎情理、合乎逻辑的命名,并通过积极有效的阐释获取优越的批评话语权,进而占据批评舞台的中心,制造批评热点,主导批评潮流。但是,我们也必须同时看到,在一些诗评家那里,的确存在着很强的"语词兴奋"和浓郁的"命名情结",膨胀的命名热情和话语更新的欲望有时也可能会走向极端。尤其是进入到弥漫着商业文化氛围的时代,一些新鲜时髦的理论话语"同时也不免成为知识界的一种新商品",[①]成为某些批评者彼此心领神会又秘而不宣的言说依据和规则,使批评话语形成自己相对独立的一套语码。当然,许多诗学概念由于在接受和使用过程之中被不断地阐释、扩张,导致它的意义含混、无限增殖,带来理解和运用的诸多不便。因此,我们非常有必要先对它们进行一番梳理、辨析与厘定。

有时,诗评家们随意地给各种诗歌现象贴上标签,然后宣称一个流派或一种写作方式的诞生。这些标签之间的重复、交叉不仅未能提供对于先锋诗歌特征和走向的准确描述,反而加剧了诸种阐释之间的对立。如"知识分子写作"与"民间写作"之间的论争,很多都缘于草率的命名,缘于有意或无意的偏颇或过度的阐释,从而人为地制造了一些其实根本不存在的矛盾。由频繁

[①] 杰姆逊:《后现代主义与文化理论》,唐小兵译,北京大学出版社1997年版,第4页。

的话语更新而演变成了很多难以形成交锋的语词格斗和混战，一大堆新的概念还没有把旧的概念淹没，其内在难以自圆的新危机便已开始酝酿、爆发，在各种新名词和新话语快速的轮转当中，所指和能指常常分离，非但没有廓清命题，形成通畅的对话渠道，反而使某些现象和问题变得更加杂乱无序和模糊不清，使一些批评陷入了个人话语狂欢却真音难辨的尴尬的状态。当然，在这种状态的背后，暗隐着诗学和文化的浮躁和焦虑，

三 意味多重的澄明与模糊

诗评家们依据及时、准确、有效的命名和阐释，获取了批评话语的独立和自律，建立了具有一定开放性的批评话语模式，保证了批评自身的合法性运作。仅以90年代以来的先锋诗歌批评为例。不仅批评视野进一步扩大、主体独立意识更加强化的诗评家们特别热衷于对群体、流派、写作特质、写作形式等进行命名和阐释，以便占据有利的批评位置，获得充分的批评话语，而且诗人们出于写作策略、影响焦虑等原因，也纷纷地自我命名和相互命名，以强烈的功利目的迎合诗歌批评，使得90年代以来的先锋诗歌写作与批评呈示出某种既游离又暗合的暧昧关系。

应该说，一些命名和阐释是有着充分的历史和现实依据的，是十分妥帖的，是完全必要的。它们建立了畅通的对话渠道，形成了良好的对话场，使得某些问题通过一些新的概念指认和界定得以澄明。例如关于诗歌的语言，程光炜有一个十分形象的命名叫做"诗的营地是语言"。"营地"将诗歌的语言看作生命的形式，将生命现象落实到逻辑形式上，建立起语言与生命深度的同构，拓展了批评话语的活动空间。他以此确立的批评理论，对众多文本的精彩解读，真正实现了批评与创作的对话与自足，充分体现出独特命名的深邃旨归与特殊价值。再比如，90年代的许多诗歌文本都呈现出"多声部写作"的特点，文本自身在一种

自我设计与自我辩驳中形成多重衍义的生成性话语场,积极的阐释与文本意义的共生,引起了批评家的广泛关注,恢复了与文本深层对话的能力,成为先锋诗歌批评关注的一个焦点。

由于先锋诗歌文本追求暗示、象征、隐喻等语言的多义性、复杂性和歧义性,对其理解和把握离不开有效地阐释,释义的有效性和可信度直接影响着批评的成败。所以,霍埃说:"解释学观点认为,释义并不只是与诗相联系的一种可能的方法,它是一种必要的方法。诗,要想被理解,就必须进行一种产生关系和含义的对话——它必须被加以释义。释义是少不了的。"① 既然文本的意义是开放的和未定的,不能被简单地等同于作者创作时的意图,或某种权威阐释,而仅仅只是对文本意义多种可能的阐释之一。那么,基于更透彻的文本分析的更加凸显学术个性的各类命名和阐释,便成为一种更稳健、有效的批评方式,成为先锋诗歌批评的一个扎实努力的方向。像国内影响甚重的专业诗歌理论刊物《诗探索》每一期都辟出大量的版面,以"新诗文本细读"、"诗人研究"、"介绍一位诗人"、"诗人谈诗"等专栏,对诗歌文本细读予以大力支持。很多诗评家还通过关注大量的学术报刊和民刊,对最新出现的诗歌文本进行及时的解读,使抽象的诗学理论与鲜活的文本实现有机的双向建构。特别是一大批诗人通过对自身写作实践的总结和对同一时代诗人文本的细读,拨开了诗歌写作中许多缠绕不清的迷雾,厘清了许多一度被误读与偏解的问题,涌现出大量富有生气的、随笔式的批评文本。像王家新、西川、于坚、韩东、臧棣、周瓒等诗人的一些批评,尽管其学理性不是十分的严谨,但常常因其对文本细腻而深入的透视和解析而呈现出许多颇为独到的见解。诚然,有些批评者的文本解

---

① [美] D. C. 霍埃:《批评的循环》,兰金仁译,辽宁人民出版社1987年版,第126页。

读范围还比较狭窄，更多的目光只是停留在少数几个重要的诗人身上。有的对诗人和本文的考察还只是停留于浅层，甚至并未真正地进入文本，对文本的解读随意性也较大，过度阐释的现象较为严重……但是，大多数诗评家在文本解读中自觉的对话意识和扎实的"沟通"努力，不仅体现了批评者与批评对象之间的平等对话，而且使理论建构因奠基于大量具体文本近切的阐释之上而更加稳健。

随着写作和批评"个人化"趋势的加大，某些曾经引起"轰动效应"的一致性批评宣告失效，统一的命名和阐释受到了广泛的质疑。于是，批评中的命名和对命名的不断阐释，滋生了大量以偏赅全、顾此失彼、歧义互现的愈说愈不清楚的矛盾，自然形成了众声喧哗、莫衷一是的批评场景。比如细致考察一下对诗歌"叙事性"的种种阐释，就会发现，先锋诗歌借助叙事实现情感的内敛与舒缓，不过是相对于外泻式抒情的一种"亚抒情"。即使像有人宣称的"零度抒情"也仍是一种抒情，只是抒情的方式、浓度和强度有所差异而已，诗歌抒情的本质是注定的。还有一些先锋诗人提出著名的"反抒情"口号，也并非真的反对抒情，而是主张走另一条不同于以往的抒情道路，就像那些叫喊着"反文化"的诗人并非真的是反对文化、不要文化，而是在找寻和重建与众所熟知的文化迥异的"另类文化"。

至于作为一种话语策略，借助简单的甚至粗糙的概括、归类或冲动的、感性化的圈定式的命名，企望迅速地从本来纷繁杂芜、形态万千的诗歌写作中找到具有整体性的特征，以便于进行某种整体性的把握，这表明了批评者对诗歌写作考量的一种思维习惯与"影响焦虑"。比如，于坚在对抗"知识分子写作"时，提出了"诗人写作"的概念，宣扬"在这个诗歌日益降低到知识的水平的年代，我坚持的是诗人写作。其实这是不言自明的。世界在诗歌中，诗歌在世界中。因为诗歌来自大地，而不是来自知识"。① 这种更像是表明态度的简单、武断的命名，因其缺乏准确性和穿透力，很难抵达问题的深处。当然，有一些来自写作前沿的表述性的命名和阐释，也的确增强了批评的现场感，强化了诗歌批评与诗歌写作同步意识与具体操作的可能。像"口语写作"、"红色写作"、"民间立场"、"黑夜意识"等充满争议与含混的命名，尽管存在着许多先天的不妥切、不合适，并由此引发了大量的矛盾重重甚至完全龃龉的阐释与解读，但这种集中一点不及其余的率性十足的命名，倒是与个性凸显、性情张扬的先锋诗歌写作达成了一种浑然的默契，不失为一种带着鲜明时代特色的批评策略。

另外需要引起关注的是，有些批评者生吞活剥西方的理论资源，生硬地搬用一些流行的术语、概念，对批评对象进行主观性指认，用似是而非的语言编码和技术娴熟的逻辑推理，再牵强地加入一些可以左右逢源的例证，便自以为是地进行着看似有理有据的阐释，实际上那不过是一种远离生命的"知识游戏"，其阐述的空泛和肤浅显而易见。正像一些批评家所忧虑的那样，诗歌批评中大量命名的失效与尴尬是很值得反思的。比如带有太多影响焦虑的"中间代写作"的提出，便主要是部分诗人出于写作策略而进行的"硬性"命名，并没有多大的学理与实践价值。还有一些命名和阐释，与诗歌写作实际之间存在着许多矛盾和难以逾越的距离。命名的随意和空泛，命名与写作实践的游离，某种"圈子化"的话语垄断，首尾不一的断裂性描述，含混不清、自相矛盾的过度阐释，旁若无人的自说自话的自明性概念，等等，都在一定程度上加剧了批评的"凌空蹈虚"，引起了诗人的不满和冷落。如西渡便对"现代主义诗歌"命名深表怀疑，认为那不过是"功利主义和文学机会主义相结合的产物，其逻辑

---

① 于坚：《诗人写作》，《中华读书报》1998年9月23日。

前提是文学进化论"。① 而20世纪末那场声势浩大的"诗坛论争",尽管产生的背景和根源至今仍众说纷纭,但其中明显的"话语权的争夺"这一许多人的共识,其实也道出了批评活动中一些命名和阐释的尴尬和窘迫。

能够在多大程度上实现对于"真相"和实质的有力揭橥,保证所指和能指在一定层面上必要的一致,使谈论的相关问题得到更加澄明,亦即命名和阐释的准确性和有效性究竟如何,一直是诗评家们在命名和阐释过程中不断反思的问题。譬如,王家新就曾经这样断言:"说到底,像'知识分子写作'、'个人写作'这类的命题,和中国现代诗歌在其历史境遇中不断接近、锻造自己艺术良知的努力深刻相关;它们不是对身份的标榜,和炮制流派或'自我神话'的行为也判然有别;它们在根本上属于一些中国诗人在其环境中深入认识自身命运和写作性质的一部分。"② 即使置身于作者具体的文本语境之中,这样约略的阐释也很难使指称的对象能够清晰起来,只能提供一些想象展开的线索和感知的碎片。显然,这样的阐释是在澄明向度上的一种模糊,让阐释者和读者在一种朦胧的氛围中进入到意味多重的沉思当中,一如他的那篇文章诗意迷离的标题——"从一场濛濛细雨开始",在涤荡迷乱的同时又制造了新的迷宫。

当然,也有些概念的阐释看似在进行着旁征博引的系统论证,其实内里掩饰不住的仍是认同的焦虑,命名者常常有意或无意地将某一概念绝对化。如周瓒在剖析韩东的《论民间》一文对有关"民间"的种种论述时,就曾精辟地指出:"韩东对民间立场在当代文化语境中所包含的独立精神和创造自由品格的辨

---

① 西渡:《守望与倾听》,中央编译出版社2000年版,第253页。
② 王家新:《从一场濛濛细雨开始》,王家新、孙文波编:《中国诗歌九十年代备忘录》,人民文学出版社2000年版,第3页。

析，迫使人们相信这样一种超越的、独立的意识已然是一种存在。""韩东在试图将'民间'区别于其他与之相关的诸种概念的同时，也恰恰放逐了民间的精神独立的可能性。"① 类似这样偏离历史、现实语境的主观倾向凸显的阐释，必然会造成理解的困惑和混乱，由此产生更多的质疑和争论。

伊·哈桑曾经说过："人们提出一个新术语往往是为了给自己开辟一个新领域。"② 但是，命名的泛滥，又常常会制造一些悬空的命题，使本来就复杂的问题更加复杂化，而个人化的过度阐释又必然地加剧了理解的难度和差异，从而导致群体性嘈杂的喧嚣，在肆意的语言骚乱中制造出大量的批评泡沫，虚构出某种批评繁荣的假象。

先锋诗歌批评是不断向前流动的，它的发生、发展和繁荣，均离不开相对稳定或时刻变化的命名和阐释。批评者选取不同的概念、术语组成各自独立的语词系统，依据不同的价值标准、表达和示范方式，对多元世界进行了多元化的评判，反映出多元文化形态各自的独立意义和价值，也使得先锋诗歌批评具有了更深刻的文化背景和意义。

第二节　融通与超越：现代诗论话语的重建

置身于"全球化"时代背景下的先锋诗歌写作，随着交流的日益广泛和便捷，在推进诗歌现代化的进程中，不可避免地要对西方的诗歌观念、话语资源、写作策略等几乎每一个层面，都进行前所未有的借鉴和汲纳；先锋诗歌各种流派、风格的写作，

---

① 周瓒：《透过诗歌写作的潜望镜》，社会科学文献出版社2007年版，第80—81页。
② [美]伊·哈桑：《后现代主义问题》，袁可嘉等编选：《现代主义研究》（上册），中国社会科学出版社1989年版，第319页。

都必然或多或少、或隐或显、或直接或间接、或机智或笨拙地融入传统与现代、本土与西方的诸多诗学因子，呈现出一种或巧妙或生硬的"杂糅"。而批评者们对先锋诗歌写作的种种"杂糅"现象或简单或细致、或浅显或深入的梳理与澄清，自然也就成为批评中的一道道引人注目的景观。其中，传统/现代、西方/本土，一直是中国先锋诗歌写作与批评面对并不断求解的两个基本命题。

中国民族诗学文化的发展变迁和外来诗学文化的冲击，使得中国先锋诗学的建构呈现为一个错综复杂的过程，其中既包含传统与现代结合的时间维度，又体现着本土资源与西方资源融通的空间向度，同时其内部又遍布着种种矛盾、冲突、悖论。难以阐释的中国先锋诗学文化就是在这样的传统与现代、本土与西方的激烈碰撞和不断融合之中诞生的充满张力的诗学文化。而且，"这种新的诗学文化来自于传统的母体又不同于传统，受外来诗学文化的触发又并非外来文化的翻版；它根植于过去的回忆，更立足于现代的追求；作为一种全新的创造，体现了文化建设主体对传统诗学文化和外来文化的双重超越，这也正是中国新诗理论所要追求的理想状态"[①]。可以说，正是对中西传统文化的继承、发扬和超越，对本土资源和西方资源的有机整合，才使得中国当代先锋诗学呈现出不断选择、接纳、剥离、创造错综复杂的状态。

一 对传统的承继与现代的超越

黄灿然的《在两大传统的阴影下》一文通过对西方现代诗歌和现代汉诗的谱系分析，从历时的角度指出"现代汉语诗人根本不是'面对'西方现代诗歌，他们不仅是在与西方现代诗

[①] 吴思敬：《走向哲学的诗》，学苑出版社2002年版，第10页。

人不同的空间里生活，而且是在与西方现代诗人不同的时间里写作"，因此只要现代汉语诗人不从"同时性"看问题，不"把自己置于与西方现代诗人的同步发展中"，就不必为自己已取得的成就与预期的目标之间的差距而焦虑不安。① 这种传统问题的认识角度，无疑对处身现代焦虑中的先锋诗歌创作与批评有着深刻的启示。正像许多批评家所指出的那样，中国先锋诗歌之所以呈现出不断生长的先锋性、差异性和实验性，就因为其对中国古典诗歌传统、新诗传统、外国诗歌传统中积淀的诸多诗学因子的不断吸收、转化、创造，在于对古今中外各种资源的兼容并蓄。现代汉诗的自我建构过程，其实就是不断走出中国古典诗歌和西方现代诗歌辉煌"影响的焦虑"的过程。

正是中国古典诗歌文论话语和西方现代诗歌理论的辉煌成就，无时无刻不对先锋诗歌批评形成一种"影响的焦虑"，使得先锋诗歌批评一直在"回归传统"和"借鉴西方"的平衡中寻找着新的生长点。新时期三十年来，诗评家们致力于对传统、现代、本土资源、西方资源等基本命题的重新厘定，从不同角度切入，努力挖掘、创造具有当下意义的诗学理论，并使其呈现出一种开放而灵活的话语空间。

在先锋诗歌批评实践中，许多诗评家们一直在强调诗歌创作和批评中要坚持对传统的承继。旅居海外的诗人一平结合自己的切身体验，从中国文化的现状和历史发展的角度，指出传统文化继承的必要性："在中国的现时，传统意义是首先的。……如果在本世纪初这样讲是不恰当的，但是在文化全面被破坏，传统完全中断和丧失的今天，传统便变得尤其重要。创造是以传统为背景的，其相对传统而成立。没有传统作为背景和依据，就没有创造，只有本能的喊叫……由此看来在现时的中国最大的创造就是

---

① 黄灿然：《在两大传统的阴影下》（上），《读书》2000年第3期。

对传统的继承。"① 其实，彻底地割舍传统是很难想象的。"一部生动而又丰富的中国新诗发展史是我们熟悉的。它的创造与它的挫折和异变，它的漫长路途的探索和跋涉，特别是当它自然地或人为地陷入困境的时候，那一个悠长而又浓重的阴影便成为一种启示的神灵示威地出现在我们的头顶。它仍然活在新诗的肌体中，仍然活在中国新文学的命运里，它并没有在70多年前死去。这个阴影便是中国古典诗歌。"② 著名诗人杨炼也曾经这样形象地描绘他心目中的传统："它早已活着，现在活着，将来会继续活下去。……它溶解在我们的血液中、细胞中和心灵的每一次颤动中，无形，然而有力！它使我们不断意识到：我们今天所做的一切并非对于昨天的否定。昨天存在过，还会永远存在那里。在渐渐远去的未来者眼中，昨天和今天正排成一列，成为各自时代的标志。它是传统，谁都无法、谁也不能摆脱的传统。"③ 确实，每个人都在传统的照耀下创造着新的传统，就像人无法牵着自己的头发脱离大地一样，谁都无法完全弃离传统。诗人于坚也在批评那种无视"传统"的所谓完全"现代"的创新时，一针见血地指出："传统，乃是一个现代的更易于复制的时代使他们得以保持特征的惟一基础，使他们得以避免乏味的罐头式的统一的生活的最后可能时，一切都已经不在了。既丧失了传统所指，又毁灭了传统能指的现代，只不过是漂流在时代荒原上的无家可归的孤魂野鬼而已。"④

写作传统与写作中受到的影响二者尽管有着密切的联系，但如果将二者简单地混为一谈，便是对传统的一种显然的"误

---

① 一平：《在中国现时文化状况中诗的意义》，《诗探索》1994年第2辑。
② 谢冕：《新世纪的太阳》，时代文艺出版社1993年版，第1页。
③ 杨炼：《传统与我们》，《山花》1983年第9期。
④ 于坚：《棕皮手记：1997—1998》，《拒绝隐喻》，云南人民出版社2004年版，第46页。

读"。依据辞典上的解释，传统是指历史上流传下来的社会习惯力量，存在于制度、思想、文化、道德、习俗等各个领域，呈现着历史承继性。每个诗人的写作都必然地受到他者的影响，而这些影响可能有传统的、有现代的，有本土的，也有西方的，有时是综合的，实际上很难区分一个诗人的写作究竟是受了哪一种影响。每个渴望创造的先锋诗人都会产生极力摆脱前代"影响"的焦虑，而这"影响"又无法回避地不断呈现在诗人的文本当中。针对这种现象，正像有论者提醒的那样：以所受的影响，指责对方的写作资源获取问题本身就是一个伪命题，人类共有的写作资源是形成传统、断裂传统和再造新传统的依据，任何诗人和批评家都应当平等地、坦然地接纳和利用。而且，如果将中外的"传统"一视同仁，就会发现，"当代诗的成长历程，可以说是拒绝'传统'的历程。'外国'、'西方'已经对当代诗人的文化记忆产生了不可抵挡的强烈暗示。这种暗示已经超出了写作本身，而成为当代文化中的一个核心部分。它已经成为我们民族诗歌的一种'传统'，像血一样，与当代诗歌化在了一起。"[①]

其实，每一次先锋诗潮的涌起，都必然地伴随着对传统的中断、破坏、继承和改造。许多诗评家如郑敏、林以亮等从诗歌语言角度阐释先锋策略、特征及走向，从语言资源的借鉴、清理、继承和创造等多方面考察先锋诗歌发生和生存环境，主张重新估量汉语传统和古典诗歌的魅力，探索先锋诗歌可能的发展前景。郑敏反对"断裂"说，她从解构主义对现代性的反思入手，认为新诗将自己与传统毫不留情地一刀两断，是二元对立结构的思维产物，贻害无穷。她在90年代的一系列论文中，都在检讨这种"断裂"所造成的恶果，对诗歌界长期淡忘传统、远离自身

[①] 程光炜：《当代诗的"传统"》，《江汉大学学报》（人文科学版）2004年第4期。

的文化源头感到深深忧虑，提出："21世纪的文化重建工程必须是清除对自己文化传统的轻视和自卑的偏见，正本清源，深入地挖掘久被埋葬的中华文化传统，并且介绍世界各大文化体系的严肃传统……应当大力投资文化教育填补文化真空，使文化传统在久断后重新和今天衔接，以培养胸有成竹的21世纪文化大军。"① 对于郑敏主张新诗应当积极地从古典诗歌中汲取养分，以弥合那条看似不可逾越的鸿沟，李怡则认为，依据对"断裂"的判断做出重新接通古典与现代的观点是十分可疑的，反传统并不等于传统的中断，因为传统本身不是可以任意割裂又任意接通的。只要存在对传统的"误读"，就有传统的不断生长。② 臧棣也同样不赞同"断裂"说，但他也反对新诗的发展取决于它对旧诗的"创造性转换"这一观点，更反对把两者之间的"继承"关系作为一种模式对待。他没有简单地否定现代性思维中的二元对立结构，而认为正是由于这一结构的存在，传统才被纳入到现代性框架中，成为现代性开放性观念及其实践系统的有机组成。因此，新诗对传统的反叛只是一种表象，它"只是在现代性为它设定的实践空间内，拒绝了传统，或者更确切地说，拒绝了传统用它自身的审美范畴逾界来衡量自己"。③

以现代视角看待传统问题，从反传统中抽身，即摆脱将中国当代诗歌与西方现代诗歌、现代与古典对立的思维模式，无疑是触及和解决传统与现代矛盾的关键所在。在现代、后现代并存的中国社会文化语境中，随着诗人的现代化意识的不断强化，诗歌观念、技术、语言等现代化的普及，对传统的现代超越已成为众

---

① 郑敏：《世纪末的回顾：汉语语言变革与中国新诗创作》，《文艺争鸣》1994年第2期。
② 参见李怡《传统：误读中的生长》，《诗探索》1996年第1辑。
③ 臧棣：《现代性与新诗评价》，陈超编：《最新先锋诗论选》，河北教育出版社2003年版，第442页。

多诗评家的普遍共识。王家新的吁请其实代表了许多人的心声："我们现在需要的正是一种历史化的诗学,一种和我们的时代境遇及历史境遇发生深刻关联的诗学。"① 许多批评者都特别强调先锋诗歌写作中应树立本民族的精神、形成本民族的思想、建立自己民族的风格,但如何消化和吸收中西资源,在全球资源"最优化"的过程中建立本民族的诗学体系,美国学者赫姆林·加兰关于形成独特的民族思想的看法很有启发意义："为一切时代而写作的最可靠的方法,就是通过最好的形式,以最大的真诚和绝对的真实描写现在。为别国而写作的最可靠的方法,就是忠实于自己的国家,忠实于那些我们热爱的——朴素地爱,像人那样爱的——地方和人,在他们面前既不企图降低,也不企图抬高自己。"② 因为"我们生活在传统中,我们也创造着传统。传统之于我们,并不意味着一潭死水,更不意味着是失去意义的河床。传统是长河,源流绵远,从远古流淌至今。它处于不断凝聚而又不断更新的状态。它并非凝固不变,一个历史悠久的民族,经过历史先民的智慧创造,积淀而为丰富的文化诗歌传统,尽管它的构成之中有相当稳定的基因,但又是不断发展不断丰富着的"③。先锋诗歌与传统若即若离、似分似合的联系,其实正是"传统无形的积淀",是一种中断的承续。

正像杨匡汉在分析朦胧诗人对传统的借鉴、改造和突破,进而使这一诗潮显示出勃勃生机和活力时所阐述的那样："这批青年诗人突破传统的写实主义原则,但只是反对机械的传移摹写和生硬的政治性附加,并不放弃在否定中蕴含更高的理性向往;他们并不一概地'我不相信'一切,而是承继了'五四'新诗人

---

① 王家新:《夜莺在它自己的年代》,《诗探索》1996年第1辑。
② [美]赫姆林·加兰:《破碎的偶像》,刘保端等译,《美国作家论文学》,生活·读书·新知三联书店1984年版,第84页。
③ 《谢冕文学评论选》,湖南文艺出版社1986年版,第31页。

大胆破坏旧观念、旧教义的叛逆精神和真实地面对现实的勇气；他们反对照相式和急功近利地反映现实，但并不主张诗要脱离生活；他们突出地强调诗的审美作用，但不笼统地否认'教'而且苦苦寻求个人与非个人之间的意义张力；他们表面上疏远'古典＋民歌'的创作模式，却无形中又深得我国优秀古典诗歌的某些神韵与技法的滋润；他们努力以现代人的意识观照人生的挣扎和命运的抗争，但在有些诗人（如舒婷）那里仍然不乏浪漫主义的气质。"① 这样客观的评价，准确地揭示出朦胧诗对传统的继承与发扬。而郑敏对古典诗歌传统在新诗中的接续也充满了信心，她认为："对语言概念的深层意义，有所领悟，走出语言工具论的庸俗，对语言所不可避免的多义及其自动带入文本的文化、历史踪迹要主动作为审美活动来开发探讨。"② 这种接受既成历史的语言传统的启示，又不是单纯怀旧式的沉溺，不失为理性地对待汉语传统的选择。同时，许多诗评者还通过对新时期以来出版的多部有影响的新诗史展开批评，对其所阐述的新诗与传统关系上的立场、态度基本达成了共识：既在还原历史情境前提下，体察、理解了新诗先驱者决裂于传统的复杂性因素，又对其演进的历程进行了深刻的反思。坚信东西方文化交融中所产生的折射着现代民族中华民族传统及其灵魂的新诗必将汇入"世界文学"总体格局。

如何平衡先锋诗歌的传统性与现代性之间的关系，使先锋诗歌在不同时期都能够获得一种合法性身份，实现对于先锋诗歌的现代性指认，曾令许多批评者和诗人为之殚精竭虑。在臧棣看来，现代性的实质便是现代汉诗发展中传统与现代问题的症结，

---

① 杨匡汉：《朦胧与后朦胧的诗与思》，《当代作家评论》1993年第5期。
② 郑敏：《世纪末的回顾：汉语语言变革与中国新诗创作》，《文艺争鸣》1994年第2期。

新诗对现代性追求本身便构成了一种新的诗歌传统的历史,因而"从根本上说,并非是一个继承还是反叛传统的问题,而是由于现代性的介入、世界历史的整体发展方向、多元文化的渗透、社会结构的大变动(包括旧制度的解体和新体制的建立),在传统之外出现了一个越来越开阔的新的审美空间"。这一审美空间即是中国"不可逆转的现代化进程"。这种特殊的历史语境,注定了先锋诗歌对现代性的追求只能在"它与中国历史的现代性的张力关系上"呈现自己的主题深度和想象力向度。① 在这一视点上,可以说先锋诗歌对历史、时代和现实保持敞开,又渴望超越历史、时代和现实,达致一种诗性的澄明之境,这是先锋诗歌现代走向的必然选择。

当然,对于诗歌传统模式中所遗存的价值、原则、规范、经验以及其中所蕴含的民族气质和艺术精神更深入的容纳和扬弃,是一个非常复杂的、永恒流淌的过程,其中包含着主动或被动、自觉或无意识的选择、变构和重新发现。因传统与现代是相对打开的,其内涵对于所面对的主体及所处的时代语境永远是变动的,对传统的吸纳本质上是传统意义的"重新生成",其重要的价值就在于开启新的可能。

二 本土与西方话语资源的整合

勿庸置疑,实现诗歌的本土化已成为 90 年代以来先锋诗歌写作的一个自觉。对此,诗评家们敏锐地发觉:深受西方现代主义和后现代主义思潮的影响,90 年代以来先锋诗歌写作中无论是主题、意象的选择,还是语言和技巧的打磨,都已深深地打上了西方的烙印。不少诗人的"本土化"理想要么流浪在无端盲

---

① 臧棣:《现代性与新诗的再评价》,陈超编:《最新先锋诗论选》,河北教育出版社 2003 年版,第 440 页。

动的路上，要么在向传统后退中趋于保守，要么简单地非此即彼地取舍。这一时期，诸多诗评家也在为如何实现诗歌"本土化"寻找着理论依据。几乎是不约而同地，一些诗评家们注意到："知识分子"写作的领军人物欧阳江河、西川、王家新、张曙光、陈东东等人明显受到西方诗歌的影响和对西方话语资源的大量汲纳，因这些汲纳的惯性作用和超越的乏力，使得他们在"化西"的努力中，不知不觉地被"西化"了，离他们主张的西为中用的"本土化"似乎愈来愈远，他们的写作被指责为"翻译语体"、"与西方接轨"等便也是顺理成章的事情了。当然，也有一些批评家在对他们的一些优秀文本深锐的透视中，敏感地发现了闪现其中的某些可贵的创新品质，甚至预言其有可能拓展为新诗发展的一条通道。如王光明在剖析处于社会转型时期的90年代以来诗歌的尴尬遭遇时便认为："时代的语境变了，诗人对语言与现实关系的理解也与过去不大一样了，诗正在更深地进入灵魂与本体的探索，同时这种探索也更具体地落实在个体的承担者身上。"① 这样，就抛却了简单的二元对立的批评，更加重视进入到具体语境当中，平和而深入地与诗人及文本对话。

与先锋诗歌写作"本土化"实践的尴尬处境不同，中国90年代以来的"本土化"诗学建构的探索却是广泛而深入的。诗评家们提出了许多富有真知灼见的、期望建立超越传统和西方的真正意义的"本土化"诗学理论。无论是谢冕、孙绍振、吴思敬等怀着对人本主义的热情而确立的社会学批评，还是程光炜、陈超、唐晓渡等深受西方现代主义批评理论浸润的长于形式批评和技法批评的"纯诗批评"；无论是学院派的学术倾向浓郁的范式批评，还是身陷影响焦虑中的诗人们颇多意气用事的批评，要真正赢得批评的共识依然十分艰难，依然有着遥迢的道路需要跋

---

① 王光明：《个体承担的诗歌》，《东南学术》1999年第2期。

涉。但也恰是在这样多流并举、困顿纷扰的杂陈之中，蕴蓄着"本土化"诗学理论生长的无限希望。吴思敬在观察到 21 世纪"宏大叙事与日常经验写作共存"的先锋诗歌态势时曾指出："日常经验与诗的抒情特质并不矛盾，相反它为诗人抒发情感提供了物质基础，也是疗治青春写作的滥情主义与空泛的形式雕琢的有效药方。诗人的才华不仅体现在凌空蹈虚的驰骋想象上，同时也表现在将繁复而杂乱的日常经验织入精巧的诗歌文本并显现出一种葱茏的诗意。"[1] 近年来，徐敬亚、张曙光、西川等诗人批评家在细细审视自己和同仁的创作实践中，提出了不少虽然琐碎但却颇有启发性的见解。而陈旭光、罗振亚、陈仲义、臧棣等一大批青年诗评家在借鉴和整合中西方批评资源的扎实实践过程中，已使先锋诗歌批评的"本土化"出现了许多可喜的亮色，如罗振亚的《朦胧诗后先锋诗歌研究》、陈仲义的《诗的哗变》等，都对"本土化"诗学理论做了很多开拓性的探索。

值得特别关注的是，本身包含着巨大张力和矛盾的现代性，其作为世界性潮流表面上的一致性掩盖了东西方在文化上所固有的巨大差异，先锋诗歌创作和批评在处理传统与现代、西方与本土所呈现的诸多复杂问题时，一些诗人和诗评论家们策略性地提出"中国话语场""中国经验"等诗学概念。这在王家新的《阐释之外——当代诗学的一种话语分析》和《对话：在诗和历史之间》，王光明的《个体承担的诗歌》，西川的《写作处境与批评处境》，李振声的《恢复诗性的众多向度》，孙文波的《写作意识：姿态和方法》和《我理解的 90 年代：个人写作和其他》等许多批评文本中都有所论述。尤其是"中国话语场"等诗学概念的提出，表明批评家们开始强调中国社会文化语境的差异性，强调在特定历史条件下写作者对写作现实与责任的承担与体

---

[1] 吴思敬：《中国新诗：世纪初的观察》，《文学评论》2005 年第 5 期。

验及在此前提下写作的自我限定。在不忽略这一特定语境与世界范围内诗歌写作潮流联系的同时，注重本土语境中的切实而具体的批评话语系统的建立和运行。有论者看到，在"中国话语场"这一诗学概念中，"中国"之于"西方"的相对性，而"话语"一词则直接源于西方20世纪的认知体系，"场"的概念既与中国传统的道家文化相关，又与西方文学社会学中的"场域生成"理论有着内在的一致性。如此，中国/西方、现代/传统的各种异质因素奇特地混于一体，不仅隐含了不肯做"西方资源"和"知识体系"附庸的企望，它还与"中国经验"等诗学概念等一道折射出90年代以来诗歌批评界对如何整合中西资源、建构自己的话语体系的焦虑和可贵的探索。

　　在对本土资源和西方资源的吸纳问题上，"知识分子写作"和"民间写作"所发生的激烈的争执，也是很有启发意义的。很多诗评家正是通过对这一现象的反思，更加清晰地看到了先锋诗歌写作及批评中所存在的误区和可能的生长契机。譬如，有着强烈的本土化语言诉求的于坚便认为："九十年代的'知识分子写作'是对诗歌精神的背叛，其要害在于使汉语诗歌成为西方'语言资源'、'知识体系'的附庸，是为了与西方'接轨'的'国际写作'。"在表达对写作那种他认为是丧失了诗歌独立品质和创造活力的"非诗"的不屑时，他宣称："汉语是世界上最优美、最富于诗性的语言。""汉语，是汉语诗人惟一的、最根本的'主义'、'知识'，我的愤怒是诗人的愤怒，如果民族主义在这个国家已经遭到所有知识分子的唾弃，那么诗人应该是最后一个民族主义者。我是一个母语意义上的民族主义者，在此意义上，我永远拒绝所谓的'国际写作'。"① 于坚强调诗歌语言资源

----
　　① 于坚：《穿越汉语的诗歌之光》，杨克主编：《1998中国新诗年鉴》，花城出版社1999年版。

来自日常生活语言，来自于活生生的口语，而不是依附于西方话语资源。在谢有顺、沈奇、伊沙等人的一些文章中也多对"口语写作"褒赞有余而对"知识分子"过多地亲近和倚重西方话语资源表达了激愤的忧虑和指斥。显然，这样的非此即彼的二元思维下的"偏激之词"，有着很多意气用事的成分，因为像于坚这样的一再宣扬利用本土资源写作的诗人，他的一些创作如《酒吧里的圣诞节》等也有着明显的西方的影子和印痕，已经不知不觉地体现出了一个优秀诗人对西方资源自然的吸纳和消化。究其原因，正如昌切所剖析的那样："这并不奇怪，因为于坚原本就是从'西行'的队伍中撤回来的，脑子里装了不少诸如词与物、能指所指、中心边缘、话语权力之类的西方的'语言资源'和'知识体系'，作文写诗自然免不了用些西方的东西。"①并且，于坚所坚持的口语也并非纯粹的、完全与西方语言隔绝的，已是"欧化"了的、提纯了的口语，就像翻译过来的西方话语，已经打上了"中化"烙印，已非绝对纯正的西方话语。更不要说相当多的被指人称的"知识分子写作"的诗人如西川、王家新等人也在切入日常生存状态的细节时，将提纯的日常用语和西方话语自然地融合在一起，创作出一系列新颖的并有包容性、开放性的诗歌文本。

随着批评的深入，诗评家们越来越深刻地意识到西方现代诗歌作为现代汉诗发生和发展的主要资源，已不可避免地渗入到现代汉诗的血液和骨髓，成为它不可离弃也无法离弃的一部分。同时，虽然"西方现代诗歌仍被中国诗人们所关注、所认同，但已不再是作为一个摹写的'范本'，而只是作为自我建构的一种参照"。写作者"在切入自身的文化现实的同时，都有意识地并

---

① 昌切：《民族身份认同的焦虑与汉语文学诉求的悖论》，《文学评论》2000年第1期。

且是在富有意味地与其它西方文本发生一种相互指涉的互文关系"①。这里的"互文"一词概述了先锋诗歌写作与批评在处理"西方/本土"关系时的一种智慧性的策略：不片面地强调其中任何一方，而是既涵盖本土现实，又放眼世界，进而自由地穿梭于人类文明的不同时空之中，使先锋诗歌创作与批评的现代性探索和追求，得以在一个更为宏阔的语境中和更为丰富的层面上展开。

对于多元文化语境中的先锋诗歌写作和批评，很多诗评家从不同的角度探讨了如何在新的历史文化情境中整合中西方文化资源的途径。有人提出了回归古典传统的建议，有人极力主张"西化"，更多的则主张在吸纳双方优长过程中创造出新的诗学文化。譬如，吴思敬就认为："只有运用葛兰西所说的'文化的批判能力'去细致考察传统诗学文化与外来诗学文化的内容和特点、考察该文化内部诸要素的配置与构成，考察该文化在历史或异域中的地位和作用，重点则是考察该文化与我们今天现实的关系，也就是发现已有诗学资源在今天的价值。通过考察与抉择，传统诗学文化与外来诗学文化进入了现时的生存空间，它们就会重新获得生命，这既是传统的复活，又是异域移植的生命复活。"② 这类的认识在许多批评文本中都可以见到。

每一种传统观念的深刻变动，都连接着当下的历史经验依据，标示着身处的文化处境的内在要求，见证着焦虑中的诗学观念和理论的突围和重建。特别是90年代以来的诗歌写作，诗人们在处理传统与现代、本土与西方话语资源方面已变得越来越成熟，简单的接纳和否定的二元思维遭到了一致的摒弃。即使是被

---

① 王家新：《中国诗歌自我建构诸问题》，《现代汉诗：反思与求索》，作家出版社1998年版，第57页。

② 吴思敬：《走向哲学的诗》，学苑出版社2002年版，第15页。

指责有明显"欧化"倾向的"知识分子写作",也在进行着西方话语资源的"中化",同"民间写作"一样注意对本土话语资源的现代提纯,努力实现中西资源的互融和增殖。如王家新就在自己的诗歌写作和系列批评当中自觉地调整和处理"本土"与"西方"的关系,在一种剧烈而深刻的文化焦虑中自觉反省。他通过对一些重要文本的解读,认为翟永明、欧阳江河、肖开愚等人的写作"是一种置身于一个更大文化语境而又始终关于中国、关于我们自身现实和命运的写作,也是一种在'西方'与'本土'、'传统'与'现代'的两难境遇中显示出深刻历史意识和中国知识分子的文化责任感的写作"。并坚信:"中国诗人当然需要一种本土自觉,但他们依然需要以世界性的伟大诗人为参照,来伸张自身的精神尺度与艺术尺度。他们不会因为无端受到攻讦而收缩他们的互文性写作空间。"①

在探讨如何坚持和发扬传统这一问题上,博尔赫斯的态度应该是很值得我们一些诗论家学习的。他在批驳那种文学要书写民族特色、地方色彩,才能显示出阿根廷特色的名为坚持"阿根廷传统"、实为一种新的对欧洲的迷信时坚定地指出:"我以为我们的传统就是全部的西方文化,我们有权拥有这种传统,甚至比这个或那个西方国家的居民有更大的权力。"② 我们不仅要敬佩博尔赫斯对传统认领的气魄,还应当在具体的承继实践中,找到传统在历史的绵亘中的自我建构和不断延续的因素,在整体化的意义上理解"传统",而非割裂性地断拒已然成为传统中一部分的西方的、现代的因子,或者仅仅将其视为一种影响。其实,诗人韩东在一次访谈中便道出了同博尔赫斯暗合的观念,他说:

---

① 王家新:《从一场濛濛细雨开始》,王家新、孙文波编:《中国诗歌九十年代备忘录》,人民文学出版社2000年版,第5—6页。

② [阿根廷]博尔赫斯:《阿根廷作家及其传统》,段若川编:《作家们的作家》,云南人民出版社1995年版,第123页。

"呈现在我面前的诗歌，不论中国的，外国的，它们一概是汉语文本。在这个意义上，我把所有的诗人都当成了汉语诗人，包括美国诗人、西班牙诗人。"① 而臧棣在研究德语诗人里尔克对中国诗人的影响时，也用了"汉语中的里尔克"这样的表述，将关于传统的研究思路引向了外国诗歌翻译与汉语诗歌语言关系上。是的，对语言的依赖，诗人可以完成对传统的接纳和创造，"无论他（诗人）出于何种原因握起诗笔，无论流泻于他笔端的文字对读者产生怎样的效果，这项事业的直接结果是一种语言直接接触的感受，或者说得更确切一些，是一种立即依赖语言，依赖用语言表述、写作、完成的一切感受。"② 正是在不同的语言之间悄然无声的渗透、融通与创造中，先锋诗歌创作与批评都接受了传统的照耀并成为了传统的一部分。

三 现代诗歌文论话语的建构

应该特别注意的是，有着悠久文化历史的中国传统诗论，在早期的先锋诗歌批评（尤其是"朦胧诗"批评）中曾发挥过很重要的作用。许多诗评家采用意象、意蕴、意境、节奏、韵律、品味、格调、情思、蕴藉、婉约、豪放等中国传统诗歌批评术语，对某些诗歌文本进行的解读，虽然有些诠释并不十分到位，却也能够比较准确地揭示出"朦胧诗"的一些特质。然而，随着先锋诗歌创作普遍地受到西方现代主义理论的影响，其反抗整体、神圣、权威和中心，开始广泛地采取了象征、互文、变形、隐喻等现代艺术表达方式，传递人类更加复杂、幽深的思想情感。这时候，仍以传统的话语方式去解读艺术性更加复杂的先锋

---

① 韩东：《韩东访谈录》，民刊《他们》1994年总第14期。
② ［美］约瑟夫·布罗茨基：《从彼得堡到斯德哥尔摩》，漓江出版社1990年版，第558页。

诗歌，必然会产生无从下手或挂一漏万的尴尬，因为过去那种宏大叙事的特点就是使用简单、直白的语言来概括复杂多变的事实，而现代先锋诗歌语言本身便构成了庞杂、多维的自足体系，其内部盘根错节的混杂、缠绕，已经可不能采用简单的某一理论来概括和指认。传统文论喜欢用例证来解释抽象的理论问题，喜欢举一反三地形象化说理，但运用这种批评方法处理先锋诗歌，其结果往往是突出了某一方面而遮蔽了另外一些方面，叙述和判断之中往往充满了矛盾和漏洞，不可避免地造成了所指与能指的分离。可见，先锋诗歌写作对传统的某些断裂直接导致了对传统批评的适度断裂，但这种"断裂"随着中国现代化进程的加快，也逐步加快了传统批评话语系统的现代转化。

由于具体阐释的对象和言说语境的不同，其衡量的尺度和标准也有所不同。自然地，在先锋诗歌批评过程中的中西文论话语的效用就必然会有所不同。很多中国文论难以用西方文论话语进行恰切的解释，同样西方文论话语也很难在中国传统文论话语中找到贴切的对应，中西文论话语的差异性是客观存在的，有着深刻的文化根源上的异质，而不同文化之间的相互参照、碰撞乃至交融又是一个十分自然的历史现象，其价值和意义也是显而易见的。从阐释学角度来看，从一个陌生的文化角度来审视熟悉的文本，可以解读出许多过去因"熟视无睹"而无法看到的东西。这种相互间的"启悟现象"无疑具有相当的普遍性。所以，不仅先锋诗歌写作存在着本土写作与西方资源的相互模仿、借鉴、融通、创造的问题，而且先锋诗歌批评也需要在坚持独立的本土批评特色的同时，更多地汲取西方丰富的诗学资源，在中西诗学理论的对照、互融、整合过程中创造出独具特色的中国当代先锋诗学理论。

伴随着全球化进程的加快，西方各种理论权威话语大举涌入并很快成为批评话语的中心。"西方现代后现代的思想集装箱运送过来以后，被我们全部照单收下。"① 这种目光紧紧瞄准了西方这个高大的参照物，放弃了筛选和甄别，唯西方、唯"新"理论马首是瞻，在先锋诗歌批评中过度地依赖西方理论，一味地推崇西方某些大师的现成的论断，假借一些新潮的批评术语和言说方式，对本土先锋诗歌进行的主观性批评，不过是迷信权威，向权威低头，对权力话语臣服，其可怕的结果就是——在当代中国，"我们根本没有一套自己的文论话语，一套自己独有的表达、沟通、解读的学术规则。我们一旦离开了西方文论话语，就几乎没有办法说话，活生生一个学术'哑巴'"②。不错，正是因为一些批评家陷入了喜欢用西方现成的理论来框定先锋诗歌的泥淖，而缺乏对先锋诗歌的中国现实语境的深入考察和细致审视，缺乏对诗人和诗歌文本的生命烛照和体验，使得一些表面热闹的批评实际上仍不可遏止地跌入了"失语"的困境。

正像一些论者所分析的那样：在建构中国现代文论话语时，若只是唯西方文论话语至上，一味地跟在别人后面言说中国的文论是很难有创造的，难免要在"失去自我"的同时失去有效的言说。缺乏传统文论支撑的话语，与传统的审美意识、审美经验也有距离，而批评中总要结合自身的文化经验，却又找不到合适的理论言说，这就不免导致了审美经验上的失语。虽然中国传统文论系统与今天的学科研究体系规范存在着一定的矛盾冲突，但它有着我们民族文化心理的支撑，与日常审美经验比较接近。因而，面对西方强势文论话语霸权式的进犯和侵蚀，固步自封地盲目排斥、抵御甚至消极地逃避，都是不可取的做法。而一味地不假思索地顺应其变，不加分析地全盘吸收，木然地使本应自立的批评他者化，即在批评言说时失去本应秉持的独立的立场，失去

---

① 贺绍俊：《重构宏大叙事》，《中国社会科学》2004年第6期。
② 曹顺庆：《文论失语症与文化病态》，《文艺争鸣》1996年第2期。

批评主体应有的个人眼光和独特视角，对本民族的文化产品不能从本民族的文化视角去审视，而是以西方他者的标准进行判断，虽然有时能够开阔视野，但如果丢掉了本民族独特的批评视角，是很难挖掘出本土文化产品真正的价值的。

事实上，90年代以来，西方批评理论已成为先锋诗歌批评中不可替代的重要话语资源，许多批评家对西方资源的热衷与广泛占有，与其自身的批评成长经历和批评的语境密切相关。正是系统的理论吸纳和消化，使得一些批评家在西方批评话语中寻找到了与自己理论气质相契合的支撑点，其对文本的细腻解读以及批评方法的纯熟运用等，都确实打开了许多幽闭的批评大门，进而使其批评显示出深邃的洞察力和严肃的思辨力。

但是，西方文论作为一种批评资源一定要与自身民族批评理论很好地融合。刘若愚就认为："任何对中国文学的严肃批评，都必须考虑中国批评家对本国文学的认识，而不可把完全根源于西方的批评标准原封不动地搬到中国文学上。"同时，他也发现了中国传统文论所存在的弊端，而改变的重要的途径就是"中西文学批评的概念、方法和标准的融合"[1]。

值得欣然的是，经过对西方文论话语的一个阶段的顶礼膜拜后，很多诗人和批评家们发现西方文论话语也有着很多的局限性，在中国有着很多明显"水土不服"的症状，并不能够完全依赖之分析和解决很多具有中国特色的诗学问题。于是，很多诗人和批评家又开始纷纷借助中国传统文论来展开批评，但这种"借助"绝不是简单的回归和复古，而是期望通过现代观照，使传统文论话语与西方文论话语进行有机的融合，致力于传统与现代、本土与西方融合中的创造，即一方面从我国传统批评话语中寻求创新的基石，一方面从西方批评话语中汲取营养。

---

[1] 刘若愚：《中国的文学理论》，四川人民出版社1987年版，第108页。

当然，在多元文化的冲击下，在一个普遍主义价值规范失落的"价值中空"时代，已经很难找到一种主要的思想精神话语能统辖、引领不同的批评，批评也进入了一个到处都在找寻却难以找寻到一种权威理论话语支撑的时代。自然地，有一些诗人和诗歌批评家们开始从西方现代主义和后现代主义理论家那里寻找问题所产生的根源和解决的方案，但无论是贝尔的新宗教主义、哈贝马斯的新理性主义还是利奥塔的后现代主义，作为一种出自西方特定时期和视域的既成规范，都与中国90年代以来中国先锋诗歌批评的具体历史语境有着某些天然的隔阂，难以成为令人信服的理想的批评坐标，很多批评家依然处在一种"在路上"的探索状态。但这种"在路上"的状态，也为现代诗论话语的建构提供了生长的契机。"当一种普遍价值原则匮乏的时候，我们不妨保持这种'价值中空'的现状而去寻求多元价值的可能性。也就是说，我们不妨抛弃所有传统和西方既成逻各斯中心主义的价值原则，而走上个人化、多极化的诗歌发展方向。"① 批评者的这种宏阔的视野和博大的胸襟，无疑会自信地将现代诗论话语的建构引向更为辽阔的天地。

第三节　论争与对话:众声喧哗中的诗学探索

新时期三十年来的先锋诗歌创作是在反叛和探索中前行的，是在喧嚣和沉寂中不断演进的，批评也始终伴随着喧哗的论争和对话。在一场场诗人、评论家、读者和媒体积极参与的论争和对话中，各种诗学观念和诗学主张激烈地碰撞，命名和阐释不断膨胀，诗学建设的空间得以无限地扩大，很多富有创新性的诗学观点和理论，都是在不断的论争和对话过程中逐步建构起来的。

---

① 席云舒:《自恋与逍遥》,《诗探索》1998年第1辑。

一 诗学观念的辩驳与澄清

因为诗学观念上的分歧而导致或激烈或平和的争论、辩驳、对话古已有之，而在当代先锋诗歌批评进程中，这样的场景不仅在各种大大小小的诗歌研讨会上常常见到，在日常的批评活动中也时有发生。从"朦胧诗"论争到"第三代诗"讨论，从围绕着郑敏的《世纪末的回顾：汉语语言变革与中国新诗创作》展开的论争到《星星诗刊》关于周涛"新诗十三问"的争鸣，从"下个世纪学生读什么诗——关于中国诗歌教材的讨论"到"知识分子写作"与"民间写作"之间的交锋，等等，诗坛论争频频，可谓是一波未平一波又起。其中规模较大、持续时间较长、影响深广的则是爆发于80年代初那场关于"朦胧诗"的论争和20世纪末的诗坛论争。饶有意味的是两次论争均牵扯到了"懂与不懂"这个命题，由此引发了许多分歧明显的观点和理论。两次重大论争的背后都是诗歌在特定的历史境遇中，复杂、深刻的思想和艺术探索所呈现的不同诗学观念发生了激烈的冲突，彼此大量抛掷的辩驳文本既表现出相对严谨的学理性，又带有相当的情绪化色彩，在阐释、论证清楚了某些诗学问题的同时，又制造出新的矛盾和混乱，一些复杂的诗学问题仍然没有得以廓清，论争使得问题的探索向纵深处挺进，更加有助于诗学观念澄清的沉潜、深入的思考和对话的继续。

在思潮迭涌的80年代，先锋诗歌在经历着诗歌内部变革所带来的必然的阵痛的同时，更多的是要承受来自外部强大的压力，尤其是来自代表着主流意识形态的权威话语的巨大压力。也许正是这双重的压力，导致了"朦胧诗"前所未有的强力反抗。如对于一些老诗人因欣赏与批评的习惯和惰性等，在一定的时期不能真正地进入到时代的深处，难以立刻接纳诗歌艺术迅猛的现代变革，无法理解朦胧诗人"自我的觉醒"和对"个人的关心"，视朦胧诗人为"惹不起的一代"；认为"他们对四周持敌对态度，他们否定一切、目空一切，只有肯定自己。他们因破除迷信而反对传统，他们因蒙受苦难而蔑视权威"。① 更有论者从维护社会安定的角度，认为那些带有叛逆色彩的诗歌于时代、于国家都是"不祥的声调"，因为它们"从神化他人，转而神化自我——实际上这是一种连贯的、基于自私观念、丧失良知的、游离于现实的人民群众之外的、带有悲剧性的幻灭过程"。② 还有论者对"朦胧诗"精心的意象选择和意境创造，无法进行审美欣赏，而将朦胧诗的含蓄、隐喻和象征斥责为"晦涩、怪僻"，将因其"难懂"而命名为"令人气闷的'朦胧'"。③ 对于这类受传统诗学观念影响至深的否定"朦胧诗"探索的论调，为"朦胧诗"激情辩护的谢冕、孙绍振、徐敬亚先后向诗坛抛出了《在新的崛起面前》、《新的美学原则在崛起》、《崛起的诗群》这三个在先锋诗歌批评史上具有标志性意义的批评文本，从社会、历史、美学等多角度分别论证了"朦胧诗"出现的必然性和合理性，尤其是孙绍振坚定地认为"朦胧诗"的崛起实际是"新的美学原则在崛起"。

应该说，那场持续多年、余波至今未断的论争，极大地突破了保守思想的禁锢，也打碎了僵硬、刻板、统一的思维模式，恢复了先锋诗歌的现代性追求，澄清了很多关于创作和批评的模糊观念。对创作和批评之中的一些陈规、教条予以断然的否决，不仅为"朦胧诗"的崛起和发展进行了全面辩护并取得了胜利，也为批评的自由和深入开辟了通道。

20世纪末的"诗坛论争"则充分体现了对制约着诗歌发展

---

① 艾青：《从"朦胧诗"谈起》，姚家华编：《朦胧诗论争集》，学苑出版社1989年版，第167页。
② 孙犁：《读柳荫诗作记》，《诗刊》1982年第5期。
③ 参见章明《令人气闷的"朦胧"》，《诗刊》1980年第8期。

的权力话语的反抗与维护,这也的确是导致论争产生的一个重要原因,但这绝非仅仅"是权力化的意识形态与'文本意识形态'之间的较量",①还是复杂而隐秘的诗学观念上的多重矛盾在特定时期的激化和斗争。

相对于80年代激情涌动、狂欢节般的群体化写作,90年代的先锋诗歌写作更多地呈现出鲜明的"个人化"倾向。"诗人们冲破了集体命名对个人的遮蔽,各自按照自己的美学观点和对诗的理解去静静地写自己的诗,他们强调的是一个既与传统的文化潮流不同,又与其他诗人相异的一种个人独特的话语世界,从而进一步促使诗向自己的本体复归。"② 出于自身对先锋诗歌的历史性认知和诗歌精神的捍卫,为一种心仪的诗学观念辩护,应对来自不同方向的质疑和批判,成为许多诗人和诗评家自觉的选择。

90年代以来,诗坛的几次论争都与诗歌的语言问题和写作资源问题有关,因认识上的分歧和写作路径上的分野,导致论争双方选择了"深刻偏执"的立场,彼此抱守各自的诗学观念、探索方向、美学风格和欣赏趣味,并对不同于己的诗学认识保持着十足的警惕和不无偏激的对抗。譬如在20世纪末"诗坛论争"中,支持"民间写作"的论者,积极倡导民间的、与日常生活与现实语境发生密切联系的"原创的"、富有活力的口语写作,期望"拒绝隐喻"而获得日常生活中的"诗意"和"语感",反对凭借知识优势、"与西方接轨"的"贵族写作",认为即使坚持个人立场写作的诸多西方知识分子诗人一旦"作为一种知识体系成了'知识分子写作'的'语言资源'时,它就成了社会公众集体记忆,依附于其上的诗人,又哪里谈得上什么

---

① 王光明:《互通与互补的诗歌写作》,《南方文坛》2000年第5期。
② 吴思敬:《九十年代中国新诗走向摭谈》,《文学评论》1997年第4期。

'个人立场'?"① 甚至斥责"90年代'知识分子写作'是对诗歌精神的彻底背叛,其要害在于使诗歌成为西方'语言资源'、'知识谱系'的附庸"。②将"知识分子写作"视为陷入西方知识的迷津和技术神话中,"是纯正诗歌阵营中开倒车的一路走向,他们既丢掉了朦胧诗的精神立场,又复陷入语言贵族化、技术化的旧辙,且在精神资源和语言资源均告贫乏的危机中,唯西方诗歌为是,制造一批又一批向西方大师们致敬的文本"。③

而支持"知识分子写作"论者则对"民间写作"进行了峻急的质疑和否定。如张曙光就对"民间立场"明确表示怀疑:"这一概念的提出,并非出于推动汉语诗歌发展的良好愿望,而只是建立在个人功利性的目的上——而这最终同所谓'民间精神'是完全相悖的——因为它既不具有任何科学性,又不是对诗坛状况的客观总结。"④ 程光炜也进一步指出:"民间立场"论与文化激进主义思潮有着不言自明的历史和现实关系。"一旦发生心理和文化危机,激进主义文化思潮首先考虑的是举起民族主义、民间主义的旗帜,同时向广大群众宣传喜闻乐见的文化主张和文化形式,通过大多数人对少数人的说服、压制和诱导,来实现自己偏激的文化理想。"西渡则不无忧虑地强调:"所谓民间的立场,是从'知识分子写作'的个人立场的倒退。它从个体退回到群体,并从一开始就倾向于同现实媾和。令人担忧的是,这种倒退的危险性,不仅在于诗艺的退化,更在于它要使我们的意识退回到'文革'时代、大跃进时代,要使我们从文明退回

---

① 谢有顺:《谁在伤害真正的诗歌》,《北京文学》1999年第7期。
② 于坚:《穿越汉语的诗歌之光》,杨克主编:《1998中国新诗年鉴》,花城出版社1999年版。
③ 沈奇:《中国诗歌:世纪末的论争与反思》,《诗探索》2000年第1—2辑。
④ 张曙光:《90年代诗歌及我的诗学立场》,王家新、孙文波编:《中国诗歌九十年代备忘录》,人民文学出版社2000年版。

到蒙昧。"① 再譬如90年代的诗歌书写对日常经验的重视和对日常生活的探索,在"民间写作"和"知识分子写作"那里是有着差异明显的理解的。对于"民间写作"的代表于坚则倡导"从隐喻中退却",选择"拒绝深度"、"拒绝价值"的日常化的平民写作。臧棣认为"民间写作"论者把"诗歌的日常性引申成一种关于诗歌的价值判断","把诗歌的日常性看成诗歌神话",是将一种诗歌资源绝对化,"对日常性的挖掘并不能从根本上解决中国新诗面临的问题"。②

仅从以上简单列举的批评者的片言只语中就不难看到论争双方在诗学观念上一时难以调和的巨大分歧,并由于对个人诗学观念极端的偏爱而极力否定对方的观点,有意夸大对方的偏失和漏洞,进而导致二元对立思维模式在批评中大量存在。当然,这种矫枉过正的争论,也有利于"旁观者"更清楚地审视不同的诗学观念和主张,有利于在激烈的辩驳过后最终归于平静的对话。

其实,论争也是一种对话,是一种突发性的、激烈论辩性的集体对话,是带有一定的行为主义色彩的对话。譬如对于全面颠覆"朦胧诗"的后新诗潮(或曰"新生代")制造的"美丽的混乱",当不少诗评家指责后新诗潮旗帜、主义和宣言林立的"造反",是对诗歌秩序的大破坏时,徐敬亚则在全面考察后激动地宣称:"这是空前混沌和空前澄澈的局面。一方面非理性的喧响传达了色彩纷呈的生命意念,充满躁动;另一方面,人摆脱了一切外在的束缚,仿佛恢复了天地开创之初的净明。"③ 面对一些批评者指责后新诗潮的个性张扬、生命狂欢和玩世不恭等种种先锋行为,更多地采取道德批评而不是学理性批评的现象,老

---

① 西渡:《写作的权利》,《山花》1999年第7期。
② 臧棣:《诗歌:作为一种特殊的知识》,《文论报》1999年7月1日。
③ 徐敬亚:《崛起的诗群》,同济大学出版社1989年版,第309页。

诗人牛汉却欣然地赞赏后新诗潮的狂飙突进为新诗写作提供了诸多的可能性:"这里没有因袭的负担,没有伤疤的阴翳和沉重的血泪的沉淀,没有瞳孔内的恍惚和忧虑,没有自卫性的朦胧的铠甲,一切都是热的蒸腾,清莹的流动,艺术的生命……没有他们认为的上代诗人那种对世界的不信任感和忧虑感,诗的不羁情绪有了广阔的空间,有冲击和渗透心灵的威力,激发人们去联想,去梦想,去思考,去垦拓,去献身。"这一番话生动地描述出后新潮诗人决然的独立精神、在绝对自由状态下对生存话语权力的捍卫和表达方式。①

每一次诗坛论争都并非空穴来风,也并非是几个人蓄意策划和挑起的,或由某一些特别事件所引起的。虽然论争的爆发常常与一些具体的人和事件直接相关联,如有人将1999年的"盘峰论战"的触媒归结为由两本诗选(程光炜编选的《岁月的遗照》和杨克主编的《1998年中国新诗年鉴》)因趣味不同而造成的选篇失衡,就是被表面的假象所迷惑,没有注意到这一时期在"影响焦虑"中煎熬的诗人和诗评家们各自的诗学观念历经长时间的冲突,已积聚了诸多深层的矛盾,论争在某一个特定的时刻爆发是一种必然。那些作为导火索的个人和事件,实在不过是历史进程中的小小因素,不该也不能担起多大的责任。

尽管论战的双方都清楚,简单的非此即彼的对立的思维和逻辑模式,肯定会留下更多、更明显的漏洞,但参与论争者常常自觉地站在不同的阵营,旗帜鲜明地为己方辩护,甚至没有或不屑于听取对方的观点,便站出来直陈己见。他们常常不惜矫枉过正,往往采取断章取义、以偏赅全的方式,抓住对方论述中的某一点不及其余地加以大肆攻击,将本来应该是纯净的诗学论争演变为情绪之争、意气之争、派别之争、话语权力之争,再加上某

---

① 牛汉:《诗的新生代》,《中国》1986年第3期。

些不负责任的媒体为了吸引公众眼球而进行的恶意炒作，如1999年8月14日和28日的《科学时报·今日生活》在刊登论争的专版文章时便使用了"飞沙走石南北诗坛"和"北京诗人剑入鞘，外省骚客又张弓"这样的大标题，人为地包装出南与北、外省与北京的身份排队和文化对立。更有一些网络媒体将论争双方的矛盾和分歧故意夸大其词地歪曲和篡改本来面目，煽风点火、推波助澜地将论争的双方推到似乎是势不两立的对立位置上，还以揭开"诗歌的真相"为题进行所谓的诗坛"态势"分析，不负责任地把论争双方化为"拥护和反对"两派，糟蹋了诗人的良好形象，掩盖了真正的诗学论争价值和意义。对此，在论争过程中，唐晓渡就一再提醒人们——要警惕把诗歌批评变成一种"舆论"，沈奇也说要警惕某些人"把信号放大"的做法，诗人王家新也呼吁"回到一种独立的、负责任的、专业化的批评上来，或者说回到一种首先面对诗歌文本而不是被一些理论或派别之争所干扰的阅读和研究上来"。[①] 这种吁请诗人和诗评家们在"圭臬已死"后不要被旗帜、宣言、流派等迷惑，更不能像翻日历一样草草地划分诗歌的某个时段或册封某一种诗歌为"必然的方向"，不能用带有明显的行为主义特征的非此即彼的二元思维对抗来替代深入的学理性批评，显然已经引起了诗人和诗评家们特别的注意。

对于20世纪末诗坛的那场余音犹在的论争，唐晓渡的主张获得了更多的认可，那就是不要急于定性、总结或"表态"，而是"重新做一个读者"，在认真的阅读和思考中，一点点地迫近被遮掩的事实，去求索真正有价值的答案。

其实，冷静的阅读、思考和必要的畅达的对话，往往会消除许多的误解和偏见。比如针对西方学者以西方文化价值为中心，

[①] 王家新：《从一场濛濛细雨开始》，《诗探索》1999年第4辑。

以某种程度上的文化优越感，造成对中国诗人诗歌的"误读"，特别是90年代以来德国汉学家顾彬、荷兰汉学家柯雷等对中国当代诗人写作的研究，引起国内一些诗人、诗人批评家对"中国话语场"这一问题的思考和积极对话。即面对以西方价值准则为中心的评判，在本土主流意识形态话语、西方后现代话语（即对现代性反思的话语）的双重压力下，当代中国诗人和批评家们究竟应该怎样看待"个人写作"的意义和自我的身份。张曙光认为，由于文化和语言的实质性隔膜，西方汉学家对中国诗歌并不是进行"真正的审美"，总是希望诗歌"符合他们心目中的固有的影像"；孙文波则认为，这一问题的提出要求诗人写作时，必须考虑"汉语的现实"（即汉语的历史处境与当下状况的浑然一体）对诗歌语言的强制性控制，自觉划定写作的边界，而不是以随意的越界行为来标榜写作的自由。他提请诗人注意语言的"前控制"与文本最终的"有效性"的复杂关系。王家新则并不单纯地将"中国话语场"理解为语言行为，认为它有"历史语境"和"话语实践"的双重含义。欧阳江河也以顾彬的文章为例，指出其阅读并不是针对诗自身的阅读。[①] 这种充分发挥批评者各自独立的思考和彼此坦诚的交流，使得语言如何现实语境中生成和增殖，中国诗歌如何走向"世界"，诗歌批评如何与西方对话等诸多问题的思考与探讨得以深入下去。

正是通过一系列的论争和对话，通过在艺术认知和实践上的自我修正，先锋诗歌批评与时代建立了一种自觉或不自觉的呼应。相对而言，80年代的诗学主张更多的是流派宣言性质的，如"诗到语言为止"之与"他们"，"行为艺术"之与"莽汉"，"三个还原"之与"非非"，等等，大多是出于对抗意识形态写

---

① 参见张曙光等《写作：意识与方法——关于九十年代诗歌的对话》，孙文波等编：《语言：形式的命名》，人民文学出版社1999年版。

作和集体写作而预设的带有反叛和炒作性质的流派理论,其与实践脱节的偏激和偏颇显而易见。到了90年代,一些非流派性质的诗学主张诸如"知识分子写作"、"边缘化写作"、"民间立场"、"叙事"、"互文""反讽"等,也都呈现出了一个时代的写作征候和批评态势。在嘈杂喧嚷的论争背后,存在着大量冷静的观望和沉思,呈现着更为沉潜的诗学探索。也正是在这样动静结合、冷热均衡的批评格局当中,批评家们个人化的思考与表达,得到了越来越多的尊重和理解。

二 诗歌秩序的破坏与重建

独立的声音虽然未必是诗歌批评最好的声音,但能够始终保持批评的独立身份和立场,以张扬个性的"个人化批评"取代那种代言式的、附庸式的批评,则肯定是维护诗歌秩序的最好的方式。当年对"朦胧诗"横加指责和为其辩护的批评家们,很多都是出于自觉或不自觉地维护或重建诗歌秩序而参与到论争当中的。当初否定论者认为"朦胧诗"是"新时期社会主义文艺发展中的一股逆流",是"沉渣的泛起",是用"不健康的,甚至是错误的思想在非议社会主义政治,灰色孤寂,孤芳自赏和玩世不恭";[1] 认为是"脱离了人民群众的思想感情,脱离了时代的精神"[2]。这种粗暴地断定"朦胧诗"为古怪的"异端",显然并没有进入到"朦胧诗"的思想和艺术世界中,依然遵循着旧的阅读和评判方式。"崛起"论者则欣然指出它是一种美学原则的崛起,是"真实的人们真实的歌唱","促进新诗在艺术上迈出了崛起性的一步",标志着当代诗歌全面更新的起点。如果说这样的预判显示了批评家的敏锐和果敢,那么,诸如说朦胧诗

---

[1] 程代熙:《评现代美学原则在崛起》,《诗刊》1981年第4期。
[2] 丁力:《古怪诗歌质疑》,《诗刊》1981年第12期。

人"不屑于做时代精神的号筒,也不屑表现自我感情世界以外的丰功伟绩","表现世界,是为了表现自己",以及视现实主义诗歌为一直"沉溺在'古典+民歌'的小生产歌咏者的汪洋大海之中"。① 批评家在充分肯定新的艺术探索时又流露出明显矫枉过正的极端和片面,其遭到强烈的反批评也是必然的。应该看到,参与"朦胧诗"论争的双方都带着极大的真诚,虽然中间留下了政治裁判代替艺术争鸣的历史教训,如有的批评文章假借了政治斗争的方式和名义,不加掩饰地表示:"许多刊物以大发朦胧诗和所谓'纯艺术诗'为时髦",而"许多坚持新诗革命传统的搞理论和创作的同志,却经常受到轻蔑的嘲笑,被人嗤之以鼻,他们的作品常常很难发表,甚至根本发不出去"②。但这样企望用非文学批评的方式解决诗学争论的方式,和世纪末论争中的一些上纲上线的夸大其词的所谓"路线斗争"和一些"人身攻击"这类偏离论争正确轨道的做法,毕竟还是少数的。纵观先锋诗坛多次大规模或小范围的论争,总体上还是充分体现出了批评的自由、民主,各种批评声音都没有也不可能被淹没或封杀。

在回望90年代末的诗坛论争时,我们同样会发现:参与论争者大都怀有推进诗歌创作、建设诗歌秩序的良好愿望,只是诗歌观念的差异使彼此站到了不同的"阵营"中,其激烈的交锋本质上是观念的冲突和对立。应该承认,观念意义上"民间写作"和"知识分子写作"的确是存在的,但尚不具备流派性质,至多具有一些旨趣相投的"圈子"意味。正如王家新所强调的:"说到底,像'知识分子写作'、'个人写作'这类命题,和中国现代诗歌在其历史境遇中不断接近、锻造自己艺术良知的努力深

---

① 徐敬亚:《崛起的诗群》,《当代文艺思潮》1983年第1期。
② 柯岩:《关于诗的对话》,《诗刊》1983年第12期。

刻相关；它们不是对身份的标榜，和炮制流派或'自我神话'的行为也判然有别；它们在根本上属于一些中国诗人在其环境中深入认识自身命运和写作性质的一部分。"① 只是这样有着自省意识的论述，并没有得到冷静地解读，而一旦假想和人为夸大的对立两派之间爆发了空前激烈的论争，我们看到二者之间既有诗学观念的分歧，更有非诗学的无理争吵，彼此似乎都真理在握，其大动肝火的目的似乎也很光明磊落——为着维护和重建诗歌秩序。

很多批评者都注意到了，被谢有顺批评为组建了一个"诗歌利益集团"的诗集选本《岁月的遗照》及其序言《不知所终的旅行》中，在欣赏《倾向》周围的一批诗人可贵的先锋走向时，因为阐释者明显的偏爱倾向，毅然地由此断言"八十年代结束了"，"这个同仁杂志成了'秩序与责任'的象征"，成为"照亮泥泞的中国诗歌的明灯"②。某些批评家对"知识分子写作"正在建立新的诗歌秩序努力的赞赏之情溢于言表，而对"民间写作"有意无意间的忽略自然地也就引发了反对者的攻击。因为这种公然推举某一流派、某一群体甚至某些诗人作为先锋诗歌代表或走向的做法，很容易导致唯我独尊的自负，是相当危险的。这很容易让人们联想到伊沙对"盘峰论争"的意义总结："并不仅仅在于提供了一份全面准确的总结，让汉语诗歌的真相大白天下，它更重要的意义是对于今后的；在作为基本立场的民间性、存在形式的本土化和作为艺术追求的先锋性被确定以后，汉语诗歌在新世纪的道路变得宽广开阔高迈起来。"③ 在论争的双方都在努力地揭示"真相"的时候，客观而复杂的"真

---

① 王家新：《从一场濛濛细雨开始》，《诗探索》1999年第4辑。
② 程光炜：《岁月的遗照》，社会科学文献出版社1998年版，第2页。
③ 伊沙：《作为事件的"盘峰论争"》，《诗文本》2000年第3期。

相"反而变得更加扑朔迷离了。再譬如,程光炜在对"他们"诗派的批评中指出:"'他们'以'反西方'的文化英雄自居,鼓吹'民间立场',虚拟出所谓的'南方诗歌'与'北方诗歌'的对抗",是"由于深感艺术创造力的枯萎和水平的下滑,他们反对有序的诗歌建设;由于当前复杂多变的文化现实中创作的单调乏术,于是不屑于冷静、认真的艺术探索。总之,他们试图树立的是一个受到主流诗歌压制的受难者形象"[①]。这里姑且不论"民间立场"的提法是否科学,其诗学主张如何偏颇,单是直截了当地断言其"反对有序的诗歌建设",并俨然将论争的另一方划入了"主流诗歌"阵营,这类过于武断的"直言"相向,也正是其遭致"民间立场"论者激烈反驳的主要原因之一。

另外,对批评话语权的争夺和批评队伍的分化,也是导致90年代以来批评论争加剧的重要原因。比如,一些支持"民间写作"的批评者,就对某些操控着话语权力的学院批评和"圈子批评"在诗歌秩序建设中过于偏袒"知识分子写作"而忽略了"民间写作"深表失望和不满,他们认为诗歌创作和批评空间的扩大,有赖于以非中心、非主流、非权威的"民间姿态"结束精英化的"学术产业"的迫抑,消除因话语权集中而产生的偏颇、缺失和误解。[②] 实际上,"民间写作"在吸纳"乡土民间"、"底层文化"资源的同时,还兼容都市平民文化和话语方式,以倚重本土资源的写作策略对抗在语言资源问题上呈现西方取向的"知识分子写作",表面上是两种语言资源之争,内里还隐含着话语权的争夺。

能否冷静地审视对方观点提出和阐述的具体背景和充分依

[①] 程光炜:《新诗在历史脉络中——对一场争论的回答》,《大家》1999年第5期。
[②] 参见沈奇《中国诗歌:世纪末论争与新世纪反思》,《诗探索》2000年第1—2辑。

据，认真阅读对方的批评文本，真诚地倾听对方的言说，而不是帮派性质的情绪化地相互指责、攻讦甚至谩骂，将影响着论争在怎样的维度上展开并决定着其最终的价值和意义。像"知识分子写作"论者那样指责"民间写作"论者运动式的批评所"呈现的是一种阶级斗争的'诗学意识'"，是"历史阴影的显现"，①和"民间写作"论者批评"知识分子写作"是"可怕的殖民化写作"，是"贩卖西方的语言资源"等，都是站在一己立场上，于潜在或公开地进行"自我神话"的同时，有意地夸大和歪曲事实，拼命地诋毁对方，而非真正有风度的学理性辩驳。这样的"声讨"和"对攻"式的武断、粗暴的批评，除了暴露和加深已有的隔阂与偏见外，于问题的澄清和解决并没有多大的帮助，似乎在短时间内也看不到多少真正的建设性意义。

张清华对论争双方选择在"民间写作"和"知识分子写作"两个语词下交锋感到惊讶，他认为两者在当代语境中并不是对立的，而是两个有着相当一致性的概念，是统一和互补的。"从写作来看，两者一个强调活力，一个强调高度；一个倾向于消解，一个倾向于建构，正好优势互现，不足互现，因此大家要达成兼容互谅，保持自省。"②陈仲义也认为双方一个强调的是"独立的和批判的立场"，一个强调的是"平民的立场"，两者的优势和不足显而易见。王光明也强调论争双方在某些立场上的相通："尤其是在坚持独立的个人立场和对语言表现力的重视等方面，更是他们继'朦胧诗'之后共同争取也共同拥有的品格。"③还有很多诗评家也在认真的对比分析中，敏锐地觉察到了论辩双方的差异和互通、互补的可能与必需。譬如吴思敬在对90年代诗

---

① 孙文波：《历史阴影的显现》，《诗探索》2000年第3—4辑。
② 张清华：《一次真正的诗歌对话语交锋》，《北京文学》1999年第4期。
③ 王光明：《互通与互补的诗歌写作》，《南方文坛》2000年第5期。

人个人差异性越来越突出的写作状态考察后,将两种写作相应地命名为圣化写作和俗化写作,并揭示出其不同的误区,指出其互相渗透、互相融合的可能和必然。① 至于对于世纪末论争中帮派化的"诗江湖"情形,有论者表示了忧虑。张清华在回答《诗潮》编者提问时所表达的观点则认为诗歌的"江湖化"相对于以往的"体制化"是一种进步,认为:"平等的写作,无权力操控的写作的时代,将从这里开始。"② 显然,这样的自信是建立在诗坛论争与对话广泛展开的现实基础之上的,是建立在对批评现实处境全面审视的基础之上的。

其实,纵观先锋诗歌三十年的探索历程,就会发现其一直保持着两个先锋向度:其一是平民化、平面化和口语化的"向下"探索;其二是精英化、技术化、实验性的"向上"探掘,由此引发的有关"晦涩"、"知识化"与"缺少诗意"、"平庸化"貌似相悖指责,不过是针对先锋诗歌追求"个人化"过程中所呈现的两副生动的面孔而已,两者对"宏大叙事"的回避与对个人独立言说的执著等都保持着不约而同的一致性。

三 多向度、多维度的探索

论争与对话的热情表明了诗人和批评家对诗歌的热情,也表明了大家热切的批评期待。尤其是严肃、认真的对话,可以开阔批评视野,激活批评的思路,将问题思索引向深入。作为国内知名的新诗研究专家的吕进 2002 年在《文学评论》上发表了很有影响的论文《二十世纪下半叶的中国新诗研究》,其对于"政治论诗学"、"新诗研究观念转变"、"新诗文体"等问题的阐述见

---

① 参见吴思敬《当今诗歌:圣化写作与俗化写作》,《星星诗刊》2000 年第 12 期。

② 王家新、张曙光、张清华、杨远宏:《诗歌的现状与可能——答〈诗潮〉编者问》,《诗潮》2002 年第 3 期。

解都很准确，但明显的不足在于缺失了被陈仲义概括为"20世纪后20年代新诗研究中最活跃部分的整体遗失"的"先锋诗论"。对此，陈仲义于2003年第2期《南方文坛》上发表了《整体缺失：新诗研究的最大遮蔽——与吕进先生商榷》一文，与之展开深入的争鸣和对话。应该说，陈仲义有理有据的分析论证，确实弥补了吕进文章的缺憾。只有尽可能地保持客观、冷静、坚持面对文本、面对历史现实的诗学批评，本着积极的诗学建设的善意对话，而非有所依恃的"霸权"批评，更非偏离正轨的"人身攻击"，才有助于问题的澄清和秩序的形成。这样，对话批评的意义就会显现出来，即使有激烈的论争也会朝着建设的方向发展。

有些论争虽然不是激烈地展开，却是在持续地进行着。比如关于创作"纯诗"是否可能、有无必要，便是贯穿八九十年代最具争议的诗学问题之一。在80年代，第三代诗人从不同角度提出的"形式主义"和"诗到语言为止"等主张，便已初显"纯诗"写作导向的端倪，他们不屑于做时代的传声筒，也不愿做群体的代言人，他们把诗歌写作看作一门语言的技艺，认为诗人深陷语言的囚笼又力图摆脱词语的重重束缚，在语言的困扰中享受言说的乐趣。据此，他们进行形式和语言上的种种探索和试验，如1986年，西川倡导"新古典主义"写作，"自觉地使自己的写作靠近纯诗"。他要求自己的诗歌能够"多层次展开，在感情表达方面有所节制，在修辞方面达到一种透明、纯粹和高贵的质地，在面对生活时采取一种既投入又远离的独立姿态"[①]。对此，80年代就有反对者认为既然人本来就不可能生活在一个完全纯净的世界里，不可能写出纯而又纯的诗歌，提倡写作

---

① 西川：《答鲍夏兰、鲁索四问》，《大意如此》，湖南文艺出版社1997年版，第246页。

"纯诗"实为无稽之谈。但唐晓渡并不同意这种出于片面化理解而导致的激愤之辞,认为从诗与政治关系的角度批驳"纯诗",并不能取消它作为一个诗歌美学命题的合理性。他参考西方"纯诗"论指出:"对纯诗的追求既不会妨碍诗人们在不同领域内对素材的占有和对不同创作方法的选择……也不应该导致与现实(包括政治)无关的现象(我们的语言和感觉领域只能是现实的)。"① 进入90年代后,诗人和批评家们开始不约而同地重新思考诗歌与政治、历史、现实的关系,开始对80年代后期"纯诗"创作倾向中的"形式物化"进行反省。比如,王光明就认为90年代诗人更重视诗歌语言想象对经验的发展和重构,本质上是诗歌本体论的追求。诗歌语言不可能是自我封闭的,而"应该有一种内在的活力促使语言向着未知生长,而呈现在读者和我自己面前的诗歌语言,应该像玉一样坚硬、倔强,像宣纸一样柔软、无光"。② 程光炜也反对将"纯诗"看作是"九十年代诗歌"写作的主要特征之一。他认为,创作"纯诗"的主张暴露了80年代诗人创造力的危机,而90年代诗人反"纯诗"是重新思考、调整诗与历史之间的关系,纠正"纯诗"写作在对历史的对峙、疏离中的"非历史化诗学倾向","诗歌写作有足够的能力进入各种生活,而不至于磨损和取消艺术的想象力;它有惊人的创造力和自信心,在生活之外或生活之中'发现'生活"。③ 显然,对"纯诗"倡导和反驳都与一定的文化语境下的写作策略选择密切相关,80年代和90年代对其加以"误读"的情形并不罕见,但通过对其真实内涵和它在接受中所产生的变异

---

① 唐晓渡:《纯诗:虚妄与真实之间》,《唐晓渡诗学论集》,中国社会科学出版社2001年版,第56页。
② 王光明:《个体承担的诗歌》,《东南学术》1999年第2期。
③ 程光炜:《不知所终的旅行》,《岁月的遗照》,社会科学文献出版社1998年版,第4—5页。

及其原因进行辨析，则有效地避免了望词生义，在进行概念的清理过程中揭橥出隐含其间的繁复的诗学理论真谛。而这正需要诗人、批评家长时间的论争与对话才能够完成。

当然，诗评家们在阐述自己的诗学主张时难免要带有一定的主观倾向性，这与他们的艺术趣味和批评视野有关。也与其所处的批评境遇有关。很多批评文本都流露出明显的情绪化、偏激化甚至极端化的观点。问题的关键是，对于"边缘化"中的先锋诗歌和诗人，如何进行具有真正的学术意义的指认和命名，如何消解掉那些学术体制化中非学术性的、功利化的、偏激的批评及由此引发的种种不必要的争端和内耗，这是论争留给人们思考的问题之一。

应该说，诗坛频繁发生的大大小小的论争和对话，总与一些长期萦绕在诗坛诸多悬而未决的矛盾有关，如"传统与现代"的矛盾、"外来文化与本土文化"之间的矛盾、个人的历史承担与个人心灵的慰藉、自我救赎之间的矛盾，等等。它们会在不同的历史境遇中以不同的面目集中地凸显与爆发出来。如围绕郑敏于 1993 年发表在《文学评论》第 3 期上的长篇论文《世纪末的回顾：汉语语言变革与中国新诗创作》所引发的"文化激进主义"和"文化保守主义"之间的论争和 1997 年《星星诗刊》围绕周涛"新诗十三问"而展开的涉及中国新诗的根本、现状、前景等 13 个问题的讨论，都带有深切的反思意味，都是在新诗的历史进程中反思新诗探索的方向与得失，反思在传统与现代、本土与西方的碰撞和交融中新诗如何走出困境等一直没有解决的重要问题。应该说，这两次论争同 80 年代的"朦胧诗"论争和 90 年代末的"盘峰论争"一样，都有着相同和相似的深层指向——新诗如何克服与生俱来的缺陷，向着更为健康的方向拓展。

有关先锋诗歌的多次论争还反映出诗歌写作如何面对和处理

现实生活的问题，以及读者的阅读水平和鉴赏水平急待提高的问题。比如，在90年代日趋普遍的"个人化写作"已造成诗歌写作与读者的疏远，为此《星星》诗刊于1999年开辟"下个世纪学生读什么诗——关于中国诗歌教材的讨论"，持续一年共刊登了27篇讨论文章。这次论争的"导火线"是乡村学校校长和诗人双重身份的杨然对新诗教育所发出的深切忧虑："一、整个国民素质中的诗歌常识会丧失殆尽；二、整个国民素质的诗歌鉴赏水平会无法提高；三、整个国民素质中的诗歌写作会继续低水平。"[①] 这次论争表面上是"教材原有诗歌篇目的陈旧，无法适应时代教育"的问题，但深层的问题是关于诗歌创作的方向和诗歌教育等深层的问题，因而，参与论争者代表着不同的阶层，大家相对平和的讨论和对话，拓展和加深了思考，很多有益的看法和理论探索在热烈的交流中达成了一定的共识，十分有助于问题的解决。如针对诗坛内外一度出现的对诗歌和诗人受到更多尊敬的80年代的怀念，一些诗评家在深入的分析后认为：80年代诗歌的"轰动效应"往往是思想层面的激进的文化姿态，是一种共同的时代精神与一致的言说模式结合产生的"集体兴奋"，诗人沉潜的个人思考和言说被悄然抹去。诗歌远离读者的原因是历史的、社会的、诗人的、读者的等多方面的，不能简单地批评哪一个方面。

每一次的论争当中和前前后后，都有许多批评者作为"局外人"一直在关注和思考着论争双方所提出的问题。譬如对于"盘峰论争"，陈仲义就认为论争双方在一些诗学问题上的分歧由来已久而且还在加深，很难在短时间内消弭。这里面的问题非常复杂，既包含了一些非诗的因素，如争取自己的合法性和历史定位等情绪使然，同时也有因各自对自己的写作向度的极端推崇

---

① 杨然：《星星诗刊》1999年第1期。

而轻视和斥责对方,从而加深了彼此间的裂痕。陈旭光则由双方论争的主要问题——现实问题和语言资源问题而诞生的一系列相反相成、相互联系、互有重叠问题的考察中,指出两者在处理诗歌与现实的关系时所采取的对立的两种写作向度,有着各自存在的充分依据和拓展空间,其成功的标志在于对现实的诗性把握的广度、深度和高度,在一定情境下两者是难以调和的,共存是必要的,但不必非要一争高下、排出坐次。[①] 王光明结合90年代先锋诗歌现状和世纪末论争中所暴露出的种种问题发出了一系列引人深思的追问:"当诗歌真正需要具体个人的精神境界、才华、素养去承担它的时候,我们是否承担得起?当人们感受到诗歌发展中的种种问题,需要梳理、反省与澄清的时候,我们是否具有敏锐的感受力和不怀偏见的胸怀,以及足够的思想、知识准备去面对它?更重要的是,无论是诗人、诗评家或诗歌读者,是否真的理解和虔敬诗歌?这场论争是否意味着在朦胧诗进入诗歌史之后,在诗歌话语场地内部,双方正在进行'入选资格'的论辩:谁能代表90年代诗歌的成就?谁将在朦胧诗之后进入中国的诗歌史?"[②] 对这些问题的求索,需要批评家秉持独立的批评立场,以开阔的历史视野和博大、宽容的胸襟,沉入到具体的诗歌写作和诗歌文本解读当中。只有这样,才能推动先锋诗歌批评健康地发展。

也有批评者主张将论争纳入到更为广阔的社会文化语境中加以认真审视,那样才可能更透彻地看到论争的实质和意义。其实,只要深入到90年代那场论争发生的社会文化语境当中,我们就会清楚地看到:代表着精英文化的"知识分子写作"与代

[①] 参见陈旭光《"现实问题"、"语言资源"、"向上的路"与"向下的路"》,《诗探索》2001年第1—2辑。

[②] 王光明:《互通与互补的诗歌写作》,《南方文坛》2000年第5期。

表着大众文化的"民间写作"在商业文化极度繁荣的现代社会的冲突会越来越尖锐,因为追求历史性介入的"知识分子写作",与推崇现实抚摸的"民间写作",所选择的分别是"向上的路"和"向下的路",他们对启蒙的热衷和不屑,对自由、自我的过度迷恋和沉溺,使得他们的诗学观念和实践操作都陷入了某种可怕的偏激,虽然有些矫枉过正的努力确实拓宽了探索视野,但顽固的二元对立思维又很容易滋生出许多观念自负的"白日梦"。比如"民间"并不等于"民间立场"这类本来十分简单的问题,却常常在批评实践中被混淆。

是的,很多论争的发生都有着深刻的时代背景。比如,当"朦胧诗"论争尘埃落定,我们再度回眸细致打量时,就不难发现:"朦胧诗"论争发生在梦魇结束的新时期之初,在那个文学、文化全面复兴的时代,启蒙成为时代的主题,起于民间的"朦胧诗"本质上所代表的其实还是精英文化,其浓郁的理想主义、浪漫主义和人文主义情结,以及强烈的怀疑和反叛精神,对生存权和生命权争取和维护等,自然地冲击、撼动了曾经习惯的至高无上的政治话语权在文学中的统治。而置身其中的诗评家们必然要站在不同的立场上,以激烈的诗学观念碰撞释放内在根本性的思想冲突。同时,也正是持续的论争,使一些原本模糊的概念得以澄清,一些以往很少触及或模糊不清的理论问题得到进一步阐析,如关于传统与现代、现实主义与现代主义、表现自我与抒发大众之情、批评的价值维度等话题,通过广泛的对话与争鸣得到了全面的反思,现代诗歌观念更加深入人心,现代诗学理论逐渐成熟。随着思索和探究的深入,无限可能的诗歌前景必将在不断的论争和对话中颠簸前行,这恐怕是论争给我们留下的最容易被认可的重要启示。

同时,每次论争和对话本身也是在一定的社会文化背景下展开的一种文化行为,具有特定的文化价值,对于整个社会文化的重构都具有积极的建设意义。譬如,"朦胧诗"论争和世纪末诗坛论争在表面上所呈示的是美学原则的分歧,其实内里还有着批评家的信仰、价值观念等思想冲突,显现着诗人和批评家在特定的历史处境中对自身文化身份的寻找和确认。无论"崛起"论者对权威和神性的挑战,还是"知识分子写作"对个人历史谱系建立的自觉,诗评家们于某种历史断层间的诗学建构中都包蕴着深厚的文化因子,漫溢其中的种种现代和后现代文化,既构成了批评的背景又成为了批评的重要内容。从文学史的角度来看,它们在不断逼近历史真相的同时,自身也成了一段富有文化含量的历史。

值得关注的是,每次激烈的论争过后,总会不时地出现一些更为全面的沉潜性的反思,也许是经历了一段时间的沉淀,这时的反思反倒显示出批评者更加开阔的视野和更加宽容的胸襟。很多缠绕于论争中的迷障在更为平静而细致的爬梳和辨析中被拨开,一些模糊的问题得以澄清。比如被多家重要选本收入的关于世纪末论争反思的文章《先锋诗坛的"多事之秋":世纪末的论争和分化》便通过对过往的论争的重新审视和打量,发现了其中一些被人们忽略或误读的问题,而沿着这些新的发现打开的则是通往论争理想归宿的路径,其令人恍然顿悟或陷入深思的点拨,则昭示了这类反思可贵的必要。

总之,具有诗学建设意义的论争与对话是与时俱进的,也是复杂多变、流动不居的,它们带给我们的启迪也是多方面的。

第 四 章

批评关键词解读

第一节 "朦胧":向复杂与深刻敞开的幽密暗道

"朦胧"是先锋诗歌批评中频繁出现的、容易产生歧义与争论的一个概念,也是一个所指与能指不断流变的概念,其中混杂着不同的诗歌观念、价值评判标准和感情色彩。它有时指一种修辞手段,有时指一种语言风格,有时也指一种诗歌现象或者流派。与之相接近的古典诗学概念大致有"含蓄"、"隐秀"等,常常与现代诗学中的"晦涩"概念并举,有时直接与之等同。

"朦胧",作为对诗歌单纯、透明品质反拨的一种表达方式,体现着一定的诗学观念、立场和言说策略,还密切联系着阅读、接受等诸多方面的一些重要诗学问题。有关先锋诗歌"朦胧"的批评,之所以成为中国先锋诗歌批评史上一个异常庞杂而丰富的话语现象,是因为其不仅与先锋诗歌的历史脉动有关,还关涉到先锋诗歌自身发展中的古典与现代的冲突、东方与西方文化纠葛等复杂关系,与批评的主体、视角、路径、理论依据等有着种种牵连。

一 现代诗歌特性的指认与诗人自觉的美学追求

"朦胧"意味着复杂的意象选择和意境创造所产生的模糊或

意义的多重性，从而使得欣赏者在理解诗歌文本时呈现出多样的或无可名状的感受和体会，即人们常说的"只可意会，不可言传"。朦胧之美，往往在于诗之意境的不确定性和读者对这种无可言表的意境模糊而多重的感知，而这种意境所呈现的模糊和多重的美正体现了创造者的自由意志，对朦胧美的感知与欣赏也充分体现着欣赏者的自由意志。所以，很多诗人自觉地追求诗歌表达的"朦胧"，其实是缘于那种魅力无限的美的诱使。另外，现代诗歌的意象更加繁复而冗杂、奇特而怪诞、扭曲和变形，具有更大的主观性和隐喻性。如艾略特的"荒原"、兰波的"醉舟"、马拉美的"天鹅"、里尔克的"豹"、北岛的"古寺"、江河的"纪念碑"等往往包蕴着隐喻式思维的"内在性"、"旺盛的繁殖力"以及"强烈的感情和独创性的沉思"，并且往往采用各种精细、现代的方法和技巧，传递心灵在特定情境中的复杂的感受（理念），因而不可避免地造成一定的"朦胧"甚至"晦涩"的结果。

正像有论者借助分析古典诗人如李商隐的某些朦胧意味较浓的诗歌时所指出的那样，朦胧与含蓄虽然密切相关，但其实还是存在一定的差异的。含蓄主要是内容上的深沉蕴藉，朦胧则主要指语言的模糊不定。有时会因语言的朦胧而使内容含蓄，或者为了追求含蓄的诗歌表达效果而故意使用朦胧的表达方式。所以，因适度得体而为含蓄的"朦胧"并不"令人气闷"，令人气闷的是那种一味地"模糊"的隐晦和故作高深的"古怪"。

雅克·马利坦在谈到"朦胧"时指出："甚至在最朦胧的诗中，甚至当诗人完全回避智力的时候，概念的意义永远存在那儿。没有诗能够绝对地朦胧。"紧接着，他又特别强调："反过来，也没有诗能够绝对地清晰，因为，没有诗能够单单只从概念的或逻辑的意义中获得它的生命。……当我们谈到清晰的朦胧这种临界点比比皆是。它们无孔不入，无时不在。"①

对"朦胧"的辨析和阐释常常歧义丛生，在很多批评中，"朦胧"与"晦涩"的内涵相近或相同，人们常常将二者并举甚至直接将二者等同起来。实际上，"晦涩"与现代诗歌有着不解之缘。"晦涩"有时并不是指诗歌内容上的，而是指诗歌的现代形式。如站在现实主义诗学立场，不涉及具体的文本阅读，某些现代主义诗歌作品有时会被先入为主地看成是"晦涩"的。诗评家袁可嘉在回顾西方现代诗歌的发展过程时便指出"晦涩"是西方现代诗的核心性质之一，从某种意义上说"晦涩"已经"成为现代诗的通性与特性"，甚至被赋予了一种本体论色彩。可见，"晦涩"作为现代诗歌的一种艺术特性不是偶然的，而是源于现代诗与生俱来的一种品性。美学家朱光潜曾在《谈晦涩》一文中，从诗歌想象力的角度探讨诗歌的"晦涩"。他认为诗人"联想的离奇"和"联想的线索"不再像传统诗歌那样在理性思维中运作，而是在"潜意识中"进行，从而导致了诗歌的"晦涩"。

先锋诗歌要实现对事物新的关系的发掘这一艺术目标，传统的修辞手段已经难以胜任，而现代修辞手段和方法的运用，则在造成新的异质侵入而带来新奇感受的同时，也有可能给读者带来陌生的、一时难以理解和接纳的东西，也就是说，很多的"晦涩"都是由于现代修辞方式引起的。由此，有论者就从先锋诗歌的现代性特征切入，探究"晦涩"与现代性的关系，从另一个角度找到"晦涩"生成的根源和价值。

法兰克福学派的思想家阿尔多诺便赋予"晦涩"一种积极的文化政治含义。他认为流行的资产阶级的文学观念是对人的真

---

① [法]雅克·马利坦：《艺术与诗中的创造性直觉》，生活·读书·新知三联书店1991年版，第205页。

实生存状况的伪饰,是对人的生命感受力的麻痹,而"晦涩"恰恰可以激发人的认知活动。显然,阿尔多诺从文学社会学角度将一种褒义给予了"晦涩",借助这一视角会有助于拓展人们对诗歌"晦涩"的认识。什克洛夫斯基也认为文学语言的特征就在于它是日常语言的陌生化运用,"诗就是受阻的、扭曲的言语"。①"晦涩"自然就是诗歌不可或缺的一种言说方式。

而有些诗人刻意追求诗歌语言表面的流畅和完整暗含着内在质地的悖论和破碎,在自由的叙事中常常独创自己的语言方式。他们喜欢采用隐匿窥探、遥控操纵的方式,恣肆放纵所叙述内容及意义,使语言表面流畅与诗歌内质产生悖论,导致"晦涩"、"朦胧"的艺术效果。也有的诗人对语言自身的延展和创造充满信心,喜欢让语言自己去生成一个经验的世界,在对既存的诗歌语言秩序进行大胆爆破、颠覆的过程中使诗歌深度隐喻化和艰涩化。即使是一些看似明白晓畅的"口语诗",有时也会在表面消解难度的同时暗暗加大诗歌言语的深度隐喻结构和朦胧效果。这时诗歌的"朦胧"其实就在于"明白"本身。而诗歌书写的"叙事性"转型,又不同程度地导致了先锋诗歌语言新的"朦胧"与"晦涩",使20世纪90年代以来的先锋诗歌呈现出一种"明白的朦胧"或者"朦胧的明白"的对抗现象。

因为诗歌常常是语词多种含义相互交织而形成的"语义结构",词与词相互联结形成一种非常复杂的语义关系——"语境"。由于"语境"的存在,词的含义会产生巨大的变化,语言的字面义会被扭曲、扩展、压缩和变形。这时,诗歌的"语义结构"就变得更加复杂,即体现出多义性、丰富性、朦胧性既冲突又统一的独特性质。有些先锋诗人对语言过度的自信和沉

---

① [俄]什克洛夫斯基:《作为手法的艺术》,方珊等译,《俄国形式主义文论选》,生活·读书·新知三联书店1989年版,第6页。

溺,却"由于过度的消耗语言的热情,语言所指称的对象正离我们远去,物与物的断裂,词与词、句与句之间缝隙的扩大,造成传统意义上的语言意象世界的无足轻重,从而导致语言自足系统的破坏,文本变成了单纯的语言舞蹈"。① 这时,很多诗歌就变得不仅是语义的"朦胧"问题了,而是令人生畏的"晦涩"了。

很多批评家借助新批评理论,从语义学角度研究诗歌的"朦胧"之美时发现,"朦胧"与"隐喻"(metaphor)、"复义"(ambiguity)、"反讽"(irony)、"张力"(tension)、"悖论"(paradox)和"多层结构"等术语密切相关。其中,隐喻不是一种独特的心理状态,而是将全然不同的语义概念强行焊结起来的语言现象,其结果是造成文本语义结构的多重性与朦胧性。有些时候,诗歌的"朦胧"则产生于语言意义所形成的"张力"。"悖论"则是指文本所存在的一组组相互冲突、撞击的语义矛盾现象,有些诗的朦胧意义正是在这种语义"悖论"中所产生的。布鲁克斯认为诗的语言就是"悖论语言"。他说:"悖论正合诗歌的用途,并且是诗歌不可避免的语言。科学家的真理要求其语言清除悖论的一切痕迹;很明显,诗人要表达的真理只能用悖论语言。"② 从符号学能指与所指构造角度来看,"反讽"实际上是一个符号能指与所指的断裂,即"反讽"的出现使一个符号的能指不再指向其约定俗成的固定所指,而指向了另一个能指。诗歌写作中经常会有意采用各种手法违反语言的约定规则,从而使诗歌文本成为语义朦胧和复杂的符号系统。同样,"复义"现象也表现为文本语义结构的多重性和复杂性,诗歌文本有时也因

---

① 邢建昌:《对中国后现代主义文本的一种解读》,《当代文坛》2000年第1期。

② [美] 布鲁克斯:《悖论语言》,赵毅衡编:《新批评文集》,中国社会科学出版社1988年版,第314页。

"复义"而造成语义"朦胧"。可见,"朦胧"是现代诗歌的一个突出特征,它既是一种表达目的也是一种表达方式。

当然,"朦胧"与"晦涩"的产生还与对诗歌创作理论的理解有关,许多诗人和批评家相信"意象神话",提倡诗歌"题旨的多义性"与"语言的跳跃性"。如李黎便通过对意象组合的分析,揭示出了"朦胧"所产生的一种必然。他认为:"在意象之间的连接、组合上,超越现实生活中的常规因果链条与思维的逻辑关系法则,依据意象的形、声、色、味等等外观因素,使表面上看来并无任何关联的意象与意象群之间建立同整对应,依此规律,使意象自由流动、转换、烘托、印证。"① 诗评家徐敬亚则主张:"一首诗重要的不是连贯的情节,而是诗人的心灵曲线。一首诗只要给读者一种情绪的感染,这首诗的作用就宣告完成——所以他们有时在诗中便割断了顺序的时间和空间,根据表现内心感情的需要,随地选择没有事件性关联的形象。他们的诗往往细节清晰,整体朦胧,诗中的形象只服从整体形象的需要,不服从具体的、特定的环境和事件,所以,跳跃感强,并列感也强。"② 强调诗歌的朦胧性是诗人创作中的一种自觉,是无可挑剔的一种写作倾向和立场。

二 特定语境中诗人别有意味的话语策略

"朦胧"有时是出于诗人蓄意的美学追求而采用的一种语言策略,这与诗人在现代历史中遭遇的认知困境有关。由于置身于复杂的现代社会语境中,诗人面对的是极为复杂的言说对象和朦胧、幽深的心灵感受,诗人已经很难再像古典诗人那样采取一种单一、明确的文化立场来认识和表现复杂、多义的世界,只能借

---

① 李黎:《中国当代文坛的奇观》,《批评家》1986 年第 2 期。
② 徐敬亚:《崛起的诗群》,《当代文艺思潮》1983 年第 1 期。

助于"朦胧",从奇异的复杂之中获得奇异的丰富。

批评家们发现,作为"朦胧诗"的一个外显的特征,"朦胧"产生的一个表层原因是由于诗人大量地运用现代诗歌的反讽、象征、隐喻等手法,进行大胆、新奇的语言组合,其艺术思维上的含蓄、跳跃、复义等形式,与传统阅读习惯距离陡然拉大,因为这时的"人们已经习惯了详尽说明的'明白'的诗,他们把这视为诗的必然的和仅有的属性。……一旦新诗潮中涌现出不同于此的作品,他们便在那些扑朔迷离的意象迷宫中茫然失措,他们为'读不懂'而焦躁气闷。……他们难以理解如今这种诗歌结构上连续性和直线性的终止和以大跨度跳跃为主要标志的分割完整形象的间断突变型的尝试。他们尤其不能容忍诗人有意隐匿自己的意图,尽量让别的东西说话,而不是如同往日那样诗人是作为全知的存在。"[①]

但更为深层的原因,则是诗人身处特定的历史语境下为完成批判性主旨而采取的一种艺术表达策略,即因外部压力而导致诗人有意或被迫在写作中"失语",留下许多语言"空洞",从而造成诗歌文本的"朦胧"与"晦涩",造成传达与接受的"隔阂"。对此,徐国源从"朦胧诗"写作的语境出发,在分析批判性"失语"所构成的"朦胧"征候时指出:"朦胧诗诞生于'文革'的黑夜深处,这种特殊的历史境遇使它对政治有着特殊的敏感。……他们对于'时潮'的叛逆情绪和某些孕育自那个特定时代的批判意识,不是权威意识形态所允许表达的,无疑是冒犯了'禁忌'。……朦胧诗对'文革'意识形态的反抗或批判更多的不是直接面对,而是前沿躲避,并且通过'高度个人化'的思想方式而偏离于时代之外,以此间接表达对启蒙思想和精神

[①] 谢冕:《历史将证明价值》,阎月君等编选:《朦胧诗选》,春风文艺出版社1988年版,第2页。

理性的追寻与实践,展示出一种难能可贵的主体自觉。"① 同时,意象选择和运用的主观倾向性过度及语言探索的放纵,也确实导致了部分"朦胧诗"过于"艰涩"甚至玄奥难解。对那些因意象的玄化、滥化等所带来的诗歌晦涩得难以卒读的缺陷,公刘、黄药眠等人在当时所进行的一些批评还是十分中肯的。

诗人所处的尴尬和困顿的历史文化语境,决定了他们在坚持批判意向时,必然要选择含蓄、隐秘的语言通道,在意象和象征丛林中透露出多向性的批判主旨,以求得生存与发展的空间。同时,由于诗人在"社会内涵朦胧"中游走时自身认识的模糊和朦胧等,也使得他们"一方面为情绪所左右而漂流于联想与幻觉之舟,另一方面在以诗的方式进行情绪与意欲的解析时,却因满足于曲折的方式,而依然会在极端的反抗前人戒律和抽象地回归古典传统之间,耽于沉思的模糊状态——在这里,现代艺术显得缺少真正的现实主义所具有的那种感性与理性相融合的力量,那种诗情意蕴与现实生活的切近感"。其写作"重心已由反映经验真实转向表现心理真实,由主动创造代替传移摹写,由注目外部事物转向内在情绪的动态传导,由单纯认知转向寻找情感对应物的超越性哲思——自然,它们又总是生发于心境与知觉之间一种非纯粹理性和非逻辑化的瞬间契合",于是,"这种寻求心理超越、看似在重重矛盾中徘徊运行的诗意形态,有时处理得恰当,且有知性的渗透和整体的把握,倒也可以获取在现实与人生的暗川上笺注隐语的审美效果"。并且"想象的双翼高飞远举,象征的森林托起沉思"。② 所有这些,都造成了诗之语言的"含蓄性、曲折性、象征性、启示性和暗示性",而通过考察"朦胧

---

① 徐国源:《批判的"失语"与"朦胧"指正》,《当代作家评论》2005年第1期。

② 杨匡汉:《朦胧与后朦胧的诗与思》,《当代作家评论》1993年第5期。

诗"的现代诗歌观念的转变和具体的现代美学追求,则可以洞悉有些"朦胧"其实是源于诗人写作观念的更新。诗人为了自由、从容地传达现代人复杂、微妙、斑驳的生存状态与心理状态,在进行艺术创新的同时产生了诸多"失语"和语义"朦胧",在一定程度上也削弱了自身价值。应该说,这样细致的剖析,比较令人信服地从一个侧面揭橥了"朦胧"的生成原因和运行态势。

也有批评者从诗人的哲学思考角度出发,侧重考察"朦胧诗的产生有着特殊的心态环境"和其"离奇的形式与思想的贫乏共生"的特点,并对比西方诗歌"朦胧"的内质——深度的哲学思考,指出中国新时期的"朦胧诗""对社会历史的哲学思考还处在混沌状态,这种中国式的哲学观念的混沌,造成了中国式的诗歌的朦胧"。但也同时强调"那种认为朦胧诗不是真正的诗的看法是不对的。不管朦胧诗的结构是多么的不可思议,格式是多么的跳跃不定,语言是多么的晦涩难懂,思想是多么的矛盾混杂,它总是在表达着一种什么东西。离奇的创作,也是一种审美活动的表达"。① 应该说,类似的研究确实带给人们不少新颖的启示,其中重要的一点就是"朦胧"的产生与深层的哲学思考有着一定的联系。

对于先锋诗人直接或间接地借鉴中西方现代派诗歌艺术的表现手法,在展示复杂的内心历程和探索人类的深邃感情世界时所不可避免产生的"朦胧"与"晦涩",有论者指出:"晦涩仍然不是一个在审美范畴内就可以解释的问题,本质上它是一种受压抑、受排斥的话语不得不采取的表达策略,顺从主流意识形态的话语表达是不需要而且也不可能晦涩的,晦涩本身即包含了对主

---

① 季棠:《诗的朦胧与哲学的混沌》,《江汉大学学报》(社会科学版)1989年第2期。

流意识形态的反抗。"① 而随着主流话语对诗歌艺术探索桎梏的打碎，诗人获得了更大的创作自由，有些"朦胧"和"晦涩"已迎刃而解，但新的"朦胧"与"晦涩"依然层出不穷。如朦胧诗潮过后，一些诗人在追求创新、超越时，却疏远了对事物本身的关照，他们不屑于打量日常生活，淡化了心灵的真实律动，沉浸于整体主义、非非主义、神话原型、文化符码、知识炫耀、技术研磨等形式实验与语言迷津之中，使诗歌写作成为各种知识、技术和玄学的展览和竞技表演，不可避免地将诗歌拖入了别样的"朦胧"和"晦涩"的歧途。另外，很多论者在研究中发现，进入90年代以来，诗歌写作中受到广泛重视的叙事方式，在适时地反拨以往泛滥的抒情的同时，也难免会让语言在理性推动下走向诗歌现实的模糊，因为诗人在复杂的文化语境里内心错综的矛盾冲突，"叙事性"语言的多义、歧义兼容，使得许多"叙事"实际指向了"叙事的不可能性"，进而导致诗歌叙事的"朦胧"和"晦涩"。对此，有批评者提出了质疑："由对生活的复杂性的表现而引起的诗歌形式的'晦涩'难道不应该与由于语言的游戏、外来词的堆砌和'过度私人化'（'恶劣的个性化'和'圈子化'）而引起的'晦涩'区别开来吗？"②

通过对先锋诗歌中"朦胧"和"晦涩"的特征、实质和价值等的全面考察与研究，我们看到古典诗歌传统和西方现代主义诗歌对先锋诗歌的内容、主题、语言和表达的多重渗透和交互影响，使先锋诗歌写作在获得无限可能的拓展的同时，也为自身设置了多重的迷障，在对"朦胧"之美的自觉追求和建构中，也埋下了"晦涩难懂"的种子，而"朦胧""晦涩"与晓畅明白

---

① 张新颖：《栖居与游牧之地》，学林出版社1995年版，第162页。
② 陈旭光：《"现实问题"、"语言资源"、"向上的路"与"向下的路"》，《诗探索》2001年第1—2辑。

的对抗，不仅使诗歌获得了巨大的张力，也使诗人的创造获得了更大的自由，使诗歌的阅读获得更大的自由创造空间。因而，作为中性概念的"朦胧"是现代诗歌的一个审美特征，呈现着一定的写作倾向和立场，反映着一定的言说方式和风格。

三 诗学观念和审美差异的自然显现

在复杂、多元的现代文化语境中，先锋诗歌言说方式的无限扩展，注定了诗歌有着蕴含丰富的差异性和多样性，而批评者的每一种审美趣味也都体现着一定的价值判断。"朦胧"的问题有时也成了"晦涩"的问题，说某类诗歌"晦涩"，常常是从风格学角度上指责它在表达上存有严重缺陷。而实际上，在先锋诗歌批评的每个时期针对诗歌"晦涩"的责怨，从阅读学的角度看，大多是由于审美趣味的差异。审美趣味的差异往往直接地显露出批评者的主观褒贬甚至粗暴地武断，而内在地反映出批评者不同的文化立场和诗学观念。

从接受美学角度考察"朦胧"的问题，是许多批评者习惯采用的一种方式。的确，在不少"看不懂"的抱怨背后，暗示着"可读性"已不单是诗歌观念的问题，还是审美差异的问题。旧有的审美习惯和方法有时也会培养懒惰的阅读或机械的阅读，读者和批评者对新的话语方式常常感到说不出的"别扭"或干脆就"读不懂"。例如，新中国成立后以形象描写为主、语言明朗、感情直露的现实主义诗歌一直占据诗坛主流，很多读者包括一些批评家已经形成了一定的阅读定势和习惯。在突然面对意象纷呈、意境幽邃的"朦胧诗"时，难免一时会感到无以应对的茫然和迷惑，有人大喊"不懂"、"朦胧"、"晦涩"。这种阅读中的文本与读者之间构成的"间离"，反映出"所指"与"能指"之间发生"断裂"所产生的阅读困难或歧义，也真实地显示出部分读者诗歌艺术鉴赏力的不足与退化。因为"朦胧"和

"晦涩"的出现还涉及如何习惯和适应现代诗歌特殊的修辞原则的问题，因而，如果不能修正固有的阅读欣赏习惯，那么"朦胧"和"晦涩"就可能是一个长久甚至永远难以解决的问题。

批评界似已成定论的是，用"朦胧"命名新时期崛起的新诗潮，源于章明的一篇批评文章。他将那些"十分晦涩、怪僻，叫人读了几遍也得不到一个明确的印象，似懂非懂，半懂不懂，甚至完全不懂，百思不得一解"的诗叫做"朦胧体"。①"朦胧诗"由此得名并通用。实际上，"朦胧诗"这一概念本身就带着明显的缺陷，它所标明的是与事实不符的一定程度上的误解和偏见，许多所谓的"朦胧诗"其实一点儿也不"朦胧"，真正"朦胧"、"晦涩"的只是其中的少数，所以，像谢冕、刘登翰等大力为"朦胧诗"辩护的批评家就一直主张将"朦胧诗"称为"新诗潮"比较合适。在"朦胧诗"论争喧嚣过后，谢冕还对"朦胧诗"命名中的历史偏见予以纠正："诗的'朦胧'理所当然地意味着不合常规的'古怪'，单单是这样一个称呼，就反映了深刻的情感和认识距离，证明了我们面临的本世纪末诗的重新崛起与本世纪初诗的女神们的创造之间横亘着多么大的'裂谷'。"②为"朦胧诗"正名的一系列批评，正是传统的阅读习惯与诗歌现代化嬗变的错位所造成的诗学观念冲突的外在显现。

其实，在"朦胧诗"刚刚崛起时，孙绍振便撰文强调新诗潮中的"朦胧"，不过是一种相对于陈旧、僵化的阅读习惯和审美趣味而产生的"朦胧感"，是对传统诗歌美学原则的恢复，在古典诗歌和三四十年代的现代诗歌里都能够找到其影子。"朦胧"带来了陌生的审美经验，产生了新奇、刺激的审美享受，充满了神秘色彩、挑战与冒险的意味，这也是"朦胧诗"很快

---

① 章明：《令人气闷的"朦胧"》，《诗刊》1980年第8期。
② 谢冕：《断裂与倾斜：蜕变期的投影》，《文学评论》1985年第5期。

赢得读者欢迎的重要原因之一。① 围绕"朦胧"与否（或者"懂"与"不懂"）展开的有关论争，表面上是诗歌秩序的维护者与叛逆者之间的批评话语权争夺，其背后则是诗学观念、思想观念、文化态度的激烈冲突。正像不少论者所分析的那样："读不懂"的问题，固然折射了旧的诗歌审美期待和审美习惯的贫困与褊狭，但一些著名诗人和评论家如艾青、臧克家等，却对一些事实上并不艰深难懂的作品表示"读不懂"，若不是出于对一种新的诗歌审美趣味本能的拒斥，便很有可能是出自于对一种权力话语的自觉维护，而假借"读不懂"作为否定新潮诗歌话语合法性的批评策略。实际上，以"看不懂"作为衡量是否是诗歌或好的诗歌的尺度，本身便是很值得怀疑的。

"首先得让人看懂"是艾青曾对诗歌提出的一条基本要求，虽然这一提法有一定的合理性，而对于很多本身就在蓄意追求"朦胧"的现代诗，如"朦胧诗"、"第三代诗"中的一些文化诗、90年代的一些叙事性诗歌而言，这一"要求"自然要失效了。因此，"朦胧诗"的拥护者对"看不懂"很不以为然，甚至认为那正是其成功的一个重要因素。著名诗评家谢冕就认为不易看懂、耐人寻味的"对于瞬间感受的捕捉，对于潜意识的微妙处的表达，对于通感的广泛运用，不加装饰的洁感的大胆表现，奇幻的联想，出人意想的形象，诡异的语言，跨度很大的跳跃，以及无拘无束的自由的节律"② 正是"朦胧诗"突出的艺术特色。那些针对"朦胧诗"的"晦涩难懂"所进行的论争过后，人们便发现很多的"朦胧诗"并非真的"读不懂"。至于90年代以来"民间写作"的支持者，在批评"知识分子写作"时，对那些倚重知识和技巧的诗歌文本所给读者阅读造成的困难，有

---

① 参见孙绍振《恢复新诗根本的艺术传统》，《福建文学》1980年第4期。
② 谢冕：《失去了平静以后》，《诗刊》1980年第12期。

些指正虽不乏感情用事的夸大成分,但其所言也的确道出了一些不容回避的事实,即"他们非常强调智性因素与知识含量,并注重瞬间直觉,但他们的过于理性损害了他们的诗歌。因过分相信直觉,结果把词和句子阉割了。许多诗歌仿佛有了一堵密不透风的墙,阻碍读者的阅读,不可避免地造成了阅读诗歌的阻碍,疏离感也越来越大……"① 这样的批评指出了"知识分子写作"有时会人为地制造难以解读的文本。对此,就像有的诗人追求诗歌本身的自足而愿意将作品"献给无限的少数"一样,读者也完全有理由将阅读的热情献给与自己心灵亲近的诗歌。

当然,如果批评者能够排除观念上的偏见,充分尊重诗人、尊重文本,借助一些现代解读理论和方法,通过细读文本,很多时候完全有可能清除一些因认识的浅显与模糊而造成的"不懂"现象。正如布鲁克斯和沃伦在分析艾略特的《阿尔弗瑞德·普鲁弗洛克的情歌》一诗中所说的:"我们只有细细观察,才能掌握本诗许多细节的全部意义并理解全诗的含意。"② 显然,他们对文本语义的细腻分析表明——无论是批评家还是普通读者,唯有认真研读文本,才能理解文本语义的多重性和复义性,才能破解"不懂"之谜。至于在先锋诗歌批评实践中,一些批评者因过多地依赖西方理论话语,大量地生吞活剥批评术语,或使用随意生造的概念、放纵主观意志进行过度的阐释,也确实造成了批评中的"朦胧"与"晦涩",这也是一种值得反思的"朦胧"与"晦涩"。

其实,很多批评家都注意到了:鉴于特定的历史文化语境的制约,由于写作主体文化积累和艺术修养的不足,他们对于心灵

---

① 林童:《"第三条道路写作"诗学》,《大开发》2001年第2期。
② 布鲁克斯、沃伦:《阿尔弗瑞德·普鲁弗洛克的情歌分析》,史亮译,《新批评》,四川文艺出版社1989年版,第203页。

感觉和主观情绪的过度的信赖和放纵,对非理性意绪情态的自由驰放,对于某些写作对象感知的肤浅和理解的不透彻,对某些过于零乱的直觉和破碎的幻想的迷恋,对语言繁殖能力的盲目崇拜,对艺术创新走火入魔的探求等,使得无论是"朦胧诗",还是"第三代诗"、"90年代诗歌",甚至当下的先锋诗歌写作中不少"个人化写作"已无节制地演变为"私人化"的自言自语,许多文本呈现出语言艰涩、玄奥、怪异,内容庞杂而干瘪,情感荒漠和知识僵硬等征状,再加上一些批评的滞后或偏激等,都不免造成了先锋诗歌经常遭致诟病的、可怕的"朦胧"和"晦涩"。对此,诗人和批评家都保持了必要的警觉和有力的抵制。

第二节 "叙事性":观念的转化与诗艺本质性的置换

90年代以降,"叙事性"成为先锋诗歌写作和批评当中高频率出现的一个词汇。虽说这一概念并非什么新的"发明",但它在现代文化语境中的创新性和扩张性,却得到了诸多诗人和诗评家的青睐。依据利奥塔的观点,后现代状态下知识的特征之一便是:"发明总是产生于分歧中。……它可以提高我们对差异的敏感性,增强我们对不可通约的承受力。它的根据不在专家的同构中,而在发明家的误构中。"① "叙事性"可谓是现代与后现代杂陈的时代语境中对90年代诗歌写作的一项重大"发明",也可以说是发现了90年代诗学特征的批评家们有意或无意的不可通约的差异性"误构"。这样的"误构",最初是由成绩斐然的先锋诗人提出的,其中杂糅了许多感性体认与理性思索,在诸多模糊与清晰缠绕的表述当中散置着许多引人注目的不成体系的诗学

---

① [法] 弗朗索瓦·利奥塔:《后现代状态:关于知识的报告》,车谨山译,生活·读书·新知三联书店1997年版,第3—4页。

观点，而随着对90年代诗歌批评的深入，有关"叙事性"的阐释也越来越广泛而丰富。

先锋诗歌中的"叙事性"或曰"叙事性写作"产生于多元的文化语境中，它与"个人化写作"受到广泛关注，现实生活和个人生存经验得到诗人充分重视密切相关，与人们对先锋诗歌写作当中的意象迷津和抒情泛滥的超越及对语言"不及物"等反思有关，也与先锋诗歌自身发展的需要有关。尽管对这一状摹和概括新的写作倾向的概念内涵的理解，在不同的诗人和批评家那里始终存在着很大的差异，有时甚至是完全矛盾的，但这并不妨碍人们对90年代以来的先锋诗歌写作这一显著特征的确认与把握。正像著名诗论家罗振亚所言——"'叙事性'是90年代先锋诗歌的一个非常重要的特征，或者说是一种具有标志性意义的审美新倾向，甚至可以说它是90年代先锋诗歌中居于核心位置的一个诗学概念。正是凭借着'叙事性'，90年代先锋诗歌"实现了对80年代诗艺的本质性置换"。[①] 同时，批评家们已经注意到：当代先锋诗歌评论中十分耀眼的"叙事性"其实是一个极具张力的概念，它与个人写作、及物性、互文、反讽、戏剧化等常用的批评词语相互勾连，形成了一个复杂的批评词语群，其中不乏能指与所指之间的疏离和悖论。

一 现代与后现代视阈下的诗学观念转化

在大量有关80年代及此前的先锋诗歌批评中，批评家们不约而同地高度肯定了写作主体的独立和自由，积极评价了先锋诗人在语言和形式上的诸多先锋取向，并对"宏大叙事"与"社会代言"等集体性写作进行了深刻的反思。随着对"个人化写

[①] 罗振亚：《九十年代先锋诗歌的"叙事诗学"》，《文学评论》2003年第2期。

作"、"九十年代诗歌"等命名与阐释的深入,"叙事性"很快便成为批评中的一个关键词,围绕着它所展开的一系列批评,也因其对当代先锋诗歌有效的叙述而异常活跃起来。

虽然有关"叙事性"的许多批评都强调此"叙事"是对现实生活瞬间凝眸或体悟的片段结构,而非简单地区别于传统抒情方式的叙述某些故事情节或事件,但对其内涵、本质和具体操作中尺度的把握等认识尚存在着很多的差异。不少批评者习惯于过多地运用叙事学的某些理论去阐述那些精于策略与技巧的"叙事性",在澄清了一些诗学问题的同时,也造成了阐释的混乱。其实,"叙事性"不只是一种诗歌表现的手段,它还呈现着复杂的诗学观念,标志着一定的写作立场,对其进行多元化的批评,不仅拓展了批评的视野和路径,还有效地提升了批评的含量和质量。

深入"叙事性"生成和推行的社会文化语境,许多批评家很快发现:80年代的先锋诗歌写作,在高昂的抒情性歌唱中,诗人们有把个人情感转化为时代宏伟叙事的强烈冲动,有自觉的代言意识和历史使命意味。抒情性是诗歌的显著特征,诗歌写作中的某些叙事有时只是为了抒情所做的一些必要的铺垫,抒情才是诗歌写作的真正目的和归宿;同时,由于抒情的泛滥,个人在恣意的情感宣泄中失去了对现实细致观照和心灵的穿透,主观化、虚幻化现实的结果造成了大量的"不及物"写作。90年代的"叙事性",则正是对80年代的形式主义、浪漫主义抒情诗风的纠偏,体现为诗人开始调整诗人与现实处境的关系,开始关注急剧变动的日常生活细部与个人心灵的深层关联,开始努力把公共事物转化为个人特有的直接经验。公共的历史、现实事件经过诗人的个人独特经验的过滤后再进行重新编码,从而变成个人内心生活中诗意的一部分,并"借助个人之手进入历史或借助历史之力完成个人性建构,进而为诗人寻求某种具有永恒性质的书写内容和书写方式开辟了可能的通道"。① 正像许多批评家所指认的那样,作为一种写作倾向和写作姿态,"叙事性"是在90年代新的历史文化语境下,诗人们重新修正诗歌与现实关系时所呈现出的新的诗歌写作方向和立场。其最初主要是针对80年代高蹈的、主观化的"不及物性"的诗歌写作,是对某些沉溺于诗歌语言冒险和过度的形式实验的有力修正,也是为了提升诗人对日益繁复的现实的处理能力而做的主动选择或"无奈的屈从"。譬如,王家新就认为,叙事性诗歌写作,不单是"对词的关注",也不单是抒情或者思考,而是以暗含一种叙事的方式对存在敞开,它"使诗歌从一种'青春写作'甚或'青春崇拜'(郑敏语)转向一个成年人的诗学世界,转向对时代生活的透视和具体经验的处理",并意味着"一种'关系'的重新建立"以及"再一次形成社会生活和语言的'循环往复性'"。② 而在臧棣看来,因为诗人采取了远距离的观察和贴近心灵的打量,视野更为开阔、情感更为内敛的冷静叙事便成为一种有别于以往的抒情诗的"新的诗歌的审美经验,一种从诗歌的内部去重新整合诗人对现实的观察的方法"。③ 对叙事的高度重视,将诗人真切的生活体验转化为洋溢着生命创造的诗歌,极大地扩展了诗歌的现实容量和浓度。就像孙文波所强调的那样:"诗歌与现实不是一种简单的依存关系,不是事物与镜子的关系。诗歌与现实是一种对等关系。这种对等不产生对抗,它产生的是对话。但在这种对话中,诗歌对于现实既有呈现它的责任,又有提升它的责任。这样,诗歌在世界上扮演的便是一个解释性角色,它最终给予世

---

① 罗振亚:《九十年代先锋诗歌的"叙事诗学"》,《文学评论》2003年第2期。

② 王家新:《当代诗歌:在确立与反对自己之间》,《没有英雄的诗》,中国社会科学出版社2002年版,第105—106页。

③ 臧棣:《记忆的诗歌叙事学》,《诗探索》2002年第1辑。

界的是改造了的现实。"① 姜涛在论及"叙事性"与"及物性"写作的关系时,也曾有过这样精辟的阐发:"与其说是某种既定的'物'被语言所能及,毋宁说及物是文本自我与周遭历史现实间的相互修正、反驳和渗透的过程,它关注的是写作与物之间变化多端的关联,而非被现实的所谓真实性所俘获。"② 可见,"叙事"有效地促成了诗人与现实的某种心灵契合。

每一种新的诗学观念的诞生都不是偶然的,对于"叙事性"在历史纵深中的现实显身的打量,成为对"叙事性"探究和阐释的一个的重要的切入点。在回顾新诗发展历史脉络和艺术嬗变诸种情形后,诗论家吴思敬指出:"叙事性话语重新回到 90 年代青年诗人的笔下,不能仅仅看作是一种诗歌手段的流行……而是青年诗人们在经历了封闭的高蹈云端的实验后,对现实的一种回归,是诗人面对现实生活生存的一种新的探险,比起青春期的自我宣泄来,这实际上是一种更见难度、更具功力的写作。"③ 还有论者就写作对象和诗歌呈现方式的变异,概括地指出:"90 年代诗人由过去对个人生存状态的漠视、回避,转入对现实存在的敞开与关怀,由对意象的迷恋,转入对现实的直接呈现。诗歌的个人化和无所依附的自由化,使得先锋诗人主动放弃了那种高蹈云端的乌托邦写作,而以事象和事态的叙述来揭示现实生存的真实中所蕴涵的诗意。"④ 显然,这类着眼于先锋诗人在不同文化语境中的审美倾向演变和诗歌立场选择的考证和辨析,有着一定的历史纵深感和现实穿透力,比较客观地勾勒出了"叙事性"所产生的根源及其实质所在。

---

① 孙文波:《我的诗歌观》,《诗探索》1998 年第 4 辑。
② 姜涛:《叙述中的当代诗歌》,《诗探索》1998 年第 2 辑。
③ 吴思敬:《90 年代中国新诗走向摭谈》,《文学评论》1997 年第 4 期。
④ 曾方荣:《淡化了的抒情》,《理论与创作》2006 年第 2 期。

为了确证"叙事性"之为一种新的诗学观念，而非一种旧有艺术手段在新的语境下的变异或改造，很多诗人和批评家有意识地将其与传统的"叙事"手法进行对照，或与小说中的"叙事艺术"进行对比，对其在诗歌写作中的具体运用情况进行细致地分析，从而基本得到这样的共识：在先锋诗歌写作与批评中兴起的"叙事性"与传统意义上的"叙事诗"和"叙事"有着本质上的不同，也不是简单地借用小说的"叙事"概念进行的一种简单的抒情方式转换，而是一种"亚叙事"（亦称"伪陈述"）。它所关注的不仅是所叙的事物本身，而且关注叙事的方式，它并不同于过去写作中的那种对故事或事件本身的强调，而更多地强调写作对于事实的叙述过程的重视，亦即选取怎样的切入点和怎样的叙述方式，叙事内容在诗歌写作中有时仅作为线索和背景来使用，它最终可能会在叙述的过程中被抛弃掉，或者说叙述过程已超越了故事本身的含义，获得了对某种更为普遍的意义的呈现。诚如诗人孙文波所理解的："它的本质仍是抒情的……它绝不是有些人简单地理解的那样，是将诗歌变成了讲故事的工具，而是在讲述的过程中，体现着语言的真正诗学价值……它所具有的意义是与古老的、关于诗歌'及物言状'、'赋象触形'的传统观念有着内在的联系的。"[1] 的确，"'叙事性'实在是凝聚矛盾复杂的现代个人经验，探索感觉思维的自由与约束，实现诗歌情境的具体性与丰富性的一种有效艺术手段"。[2] 吴思敬也认为这种不是以全面地讲述一个故事或完整地塑造一个人物为创作旨归，而是透过现实生活中捕捉的某一瞬间，展示诗人对事物观察的角度的某种体悟，从而对现实的生存

---

[1] 孙文波：《我理解的90年代：个人写作、叙事及其他》，《诗探索》1999年第2辑。

[2] 王光明：《在非诗的时代展开诗歌》，《中国社会科学》2002年第2期。

状态予以揭示的叙事是一种"诗性的叙事"。① 显然,诗评家们进入写作语境对"叙事性"所进行的一系列探究,确认了接通传统且有着鲜明时代特征的"叙事性",作为一种"内在于诗人的新的知识'型构'和新的诗学观念","它显形为一种新的诗歌的审美经验,一种从诗歌的内部去重新整合诗人对现实的观察的方法;在文体上,它给当代诗歌带来了新的经验结构,使得当代诗歌在类型上更接近英国批评家瑞查兹所指认的'包容的诗'"。②

对"叙事性"诗学意义较早思考的是王家新、孙文波、西川等诗人,程光炜引用知识"型构"这一概念深刻地揭示出"叙事性"在20世纪90年代诗歌写作中的文化背景和诗学创造功能。唐晓渡、罗振亚、臧棣、张曙光等评论家和诗人也从诗学意义上指出了"叙事性"扩大了诗歌的表现功能,是"综合性的创造"。透过诗歌话语转换形式,诗人和诗评家们还发现"叙事性"的倡导和推广,其实也反映出90年代先锋诗歌在观察、想象或评价世界时,所采用的一种近切的、直触的、平视的视角,所操持的一种从容、冷静、超然的态度。

二 "一种极见难度和功力的写作"

对于作为一种艺术手段的"叙事性"的深入广泛研究,揭开了先锋诗歌特定语境下转型的缘由和路径,从而准确地指认了先锋诗歌在90年代以来的先锋走向及意义所在。

在回顾和检视中,许多诗人和诗评家发现:七八十年代先锋诗歌之中备受推崇的抒情倾向的确曾经创造了诗歌的辉煌,其变

---

① 参见吴思敬《转型期的中国社会与当代诗歌主潮》,白烨选编:《2001年中国年度文论选》,漓江出版社2002年版,第356页。
② 钱文亮:《1990年代诗歌中的叙事性问题》,《文艺争鸣》2002年第6期。

换纷繁的各种言说方式的探索,也确实为先锋诗歌写作提供了广阔的发展空间。但随着社会历史的巨大变革,进入90年代以来,在更加宏阔的社会文化语境当中,诗人和写作对象之间的关系已悄然发生了重大变化,诗人的文化心态和知识谱系的转型等,都对诗歌艺术手段的变革提出了新的要求。既往的抒情方式所固有的局限性,在急剧增容的更加复杂的现实面前立刻显现出来。正如西川所言:"在抒情的、单向度的、歌唱性的诗歌中,异质事物相互进入不可能实现。既然诗歌必须向世界敞开,那么经验、矛盾、悖论、噩梦,必须找到一种能够承担反讽的表现形式,这样,歌唱的诗歌必须向叙事的诗歌过渡。"① 这时,作为一种张力十足的艺术手段的"叙事"便顺理成章地开始登场,并很快地产生了重大影响。

对诗人"叙事性"实践的认真考察和反思,诗人和诗评家们一致认同:"叙事性"是"一种极见难度和功力的写作",它要求诗人具备超强的驾驭语言的能力和近乎返朴归真式的技巧。正像诗人西川所言:"叙事并不指向叙事的可能性,而是指向叙事的不可能性,而再判断本身不得不留待读者去完成。这似乎成了一种'新'的美学。……所以与其说我在90年代的写作中转向了叙事,不如说我转向了综合创造。既然生活与历史、现在与过去、善与恶、美与丑、纯粹与污浊处于一种混生状态,为什么我们不能将诗歌的叙事性、歌唱性、戏剧性熔于一炉?"② 这种侧重于从写作技艺的角度来阐释的旨在"综合创造"的"叙事性",也说出了许多诗人和批评家相通的理解:"叙事性"是呼应新的现实经验对于新的艺术表达的要求,是对现实处境、个人

---

① 西川:《大意如此·序》,湖南文艺出版社1997年版,第3页。
② 西川:《90年代与我》,王家新、孙文波编:《中国诗歌九十年代备忘录》,人民文学出版社2000年版,第265页。

体验与言说方式进行整合的一种选择,是一种"包容异质事物"的自觉地"向世界敞开",体现出90年代先锋诗人更为复杂、宽宏的诗歌观念与"综合创造"能力。它所选择的"就近观看"和"观察者"姿态,不仅获取了与现实直接对话的关系,还有助于充分实现诗歌情境的具体性和丰富性。

通过对"叙事性"语言策略运用的考察,一些批评家已敏锐地发觉:"叙事性"对语言潜能的充分挖掘,也使诗歌返归自身的探索性尝试。"叙事性"诗歌普遍地运用陈述语句,借重细屑的叙说,提炼出某些有特别意味的情节片段或特定的事件场景,从而最大限度地包容日常生活经验,增强诗歌的现场感,进一步迫近生活现实真相。叙事"能具体到对一次谈话的记录,也能具体到对一次事件的描述。……使一切具体起来,不再把问题弄得玄乎,一方面强调某种一致性,一方面注意依据自身经验使诗歌在结构、形式,甚至修辞方式上保持独立性"[①]。显然,"叙事性"的选择既是先锋诗人在时代与个人生存双重压力下的主动选择,也是"对于生活的被动接受",在反拨"诗到语言为止"等"不及物"写作的同时,容纳了更多日常生活和个人体验的"异质",使得诗歌的表现手段更加丰富多样。如叙事中大量的经验利用、角度调换、语感处理、文本间离、意图误读等显示诗人创造力的手段,特别是叙事同戏剧化、反讽等多种表达手法的综合运用,最大限度地开掘了日常生活的深层意味。"而平和、冷静、透明化的叙事,清新、客观、口语化的陈述,文本最大限度地向现实和读者敞开,改变了抒情主体高高在上的牧师、上帝角色,拉近了诗人与读者之间的距离,使欣赏者更容易探寻

---

① 孙文波:《我理解的90年代:个人写作、叙事及其他》,《诗探索》1999年第2辑。

到诗人独特、深层的生命体验,增强了文本传达的有效性。"①本质上,叙事并不排斥抒情,而是抒情主体退隐到叙述的背后,呈现一种冷抒情或"后抒情"状态。

显然,"叙事性"作为对80年代先锋诗歌写作中"不及物"倾向的纠偏而被提倡,呈现出诗人和批评家们对先锋诗歌写作一度深陷困境的发现和走出困境的努力。"与其说它是一种手法,对写作前景的一种预设,毋宁说是一次对困境的发现。较之于自我表露的诸多花样,中国诗人处理现实的能力要远为逊色,叙事发生在写作与世界遭遇时不知所措的困境中,而正是困境提供了创造力展开的线索。"② 对"叙事性"的重视,也是对一种写作前景充满信心的预设和试验。事实上,强调诗歌的"叙事性",并非放逐诗歌的抒情性,而是丰富诗歌的抒情性。叙事仅仅是打破创作僵局的一种策略,它并不排斥抒情在写作中的介入,而是企望诗人由此创造出更具包容性的综合表现手段。先锋诗人从80年代的狂热抒情中转身,走出浓郁的意识形态笼罩的集体叙事,更趋向于主体的"历史个人化"或"个人对历史敞开"的个人化叙事,在对过度的激情张扬有效的控制和保持生命适度的沉潜中,对日常场景的贴近观照和冷静的艺术处理中,诗人重获对现实处境的发言能力。这样的剖析,可谓是洞悉了"叙事性"在90年代以来诗歌写作中的显形及深刻的诗学意义和文化意义。

对回归日常性、细节化的"叙事性"的倡导一时间也成为了90年代诗歌竞技的信条,似乎"证实一个诗人与一首诗的才赋的,不再是写作者戏仿历史的能力,而是他的语言在揭示事物'某一过程'中非凡的潜力"。③ 这种对"叙事性"群体性的服

---

① 曾方荣:《淡化了的抒情》,《理论与创作》2006年第2期。
② 姜涛:《叙述中的当代诗歌》,《诗探索》1998年第2辑。
③ 程光炜:《九十年代诗歌:叙事策略及其他》,《大家》1997年第3期。

膺和盲从，不可避免地造成了对"叙事"的误读和误用。对此，很多批评文本都或多或少地指出：一些不经过心灵的体验、不通过审美提炼、不加节制的泛泛叙事，将诗歌写作变成取消难度、消解纯度、降低力度的"现实复述"或简单的"场景拍照"，还有一些诗人高度的创新追求，不断打破语言规范、极力追求语言的张力和多义等，加上对"知识容量"的偏爱，使得许多文本成为知识的罗列和杂糅，"可读性"大大降低，造成了读者常常处于无所适从的尴尬境地。这也是"叙事性"在写作实践当中难免的误区，是一种诗学探索必然要经历的坎坷。或许正是这样或那样的种种局限和缺陷，"叙事性"为先锋诗歌创作与批评提供了丰富的资源，铺展了更为宽广的道路。

三 心灵与现实深层对话的一种方式

随着90年代的社会转型，商业主义、消费主义和日常主义声浪叠涌，处身大众文化狂欢中的先锋诗歌面临着巨大考验。社会的复杂多变和个人境遇的改变，诗歌进一步"边缘化"等，都使诗人切身地感到原有的写作经验和方式在变化的文化语境中的失效，在对历史和文化反思中不甘精神死亡和不愿放弃写作的诗人，必然要寻求新的言说方式，使诗歌恢复对现实发言的能力。

细致地考察一些重要诗人在社会转型期的诗学主张和大量"叙事性"鲜明的文本，是展开批评的又一个重要路径。因为透过诗人处身性的写作思考和实践，可以看到"叙事性"生成和繁荣的清晰脉络，可以更为深刻地理解其价值和意义。西川在谈到自己在90年代转向叙事的原由时，曾强调："当历史强行进入我的视野，我不得不就近观看，我的象征主义的、古典主义的文化立场面临着修正。"这里的"历史强行进入"形象地揭示出"叙事性写作"产生和发展的文化背景和现实语境。可以说"叙事性"的提出和倡导,与诗人对时代变迁的感应、对个人写作经历的反省、对语言新的可能性的尝试密切相关,同时,"叙事性"也隐匿着某些所谓的成熟、客观、冷静、机智等中年人的生活阅历和现实态度等写作主体特质。这在许多诗人评论家的论述中体现得尤为明显:"叙事性加入是诗歌写作从青春期跨入中年的一个重要的(即使不是唯一的)通道。"① 它"使诗歌从一种'青春写作'甚或'青春崇拜'转向一个成年人的诗学世界,转向对时代生活的透视和具体经验的处理"。② 需要特别指出的是,"叙事性"虽然能够兼容反讽、佯谬、对话、戏剧场景等修辞手法,增大诗歌容量并增强表现效果,但这种叙事不是对客观现象和事件的还原性陈述,而是带有主观倾向的叙述处理,由此带来意义强制性迁移的一种"伪陈述"。"'叙事性'是一种认识事物的方法,以及对于诗歌的功能的理解:通过把诗歌引向对于具体事物的关注,从细节的准确性入手,使诗歌在表达对于语言和世界的认识时,获得客观上应有的清晰、直接和生动。"③ 张曙光在谈及自己诗歌写作中大量采用陈述话语以及日常生活细节时指出,其原因主要在于要尽量清除浪漫主义诗风对他的影响,力求把诗写得具体、硬朗,更具现代感,即"出于反抒情式反浪漫的考虑,力求表现诗的肌理和质感,最大限度地包容日常生活经验",并且想"在一定程度上用陈述话语来代替抒情,用细节来代替意象"④。张曙光明确地将"叙事性"与诗歌的现代品性联系起来,并通过大量精细的描述,使其诗歌建立起一种沉思

---

① 张曙光等:《写作:意识与方法——关于九十年代诗歌的对话》,《中国诗歌评论》,人民文学出版社1999年版,第362页。
② 王家新:《当代诗学的一个回顾》,《诗神》1996年第9期。
③ 孙文波等:《写作:意识与方法》,见孙文波等编《语言:形式的命名》,《中国诗歌评论》,人民文学出版社1999年版,第363页。
④ 张曙光:《关于诗的谈话》,《语言:形式的命名》,人民文学出版社1999年版,第367页。

的甚至是冥想的经验氛围，在显性的叙事背后是诗人有意克制的情感。显然，诗人的这一艺术自觉既是出于新的文化视野下写作立场转变的需要，更是出于传统诗歌艺术手段变革的需要。

而王光明则通过对张曙光、西川、臧棣、翟永明等先锋诗人"叙事性"探索实践的考察，认为与其将"叙事性"作为一个立场问题或方向性问题来对待，不如将它视为"一种具体包容矛盾复杂的现代意识、感觉、趣味的诗歌美学实践，一种从手段上自觉限制大而无当主题和空泛感情，让诗获得开放与'统一'的平衡，获得情境（意境）的稳定感的艺术努力"。① 叙事作为展开诗歌的机缘，使诗歌尽可能向存在敞开，更能凝聚矛盾复杂的现代个人经验与深入探索感觉、思维或意识等问题，充分实现诗歌情境的具体性与丰富性。显然，论者更重视通过叙事实现诗人与现实的对话和自我言说，重视诗人如何面对复杂世界的多层次、多维度的感受和体悟中探索语言的可能形式。毫无疑问，"对于'叙事性'的强调也清晰地显示出，在诗学观念上，当代中国现代主义诗歌正经历着从情感到意识、经验的重大'审美转向'，表明它开始从对于整体性情感和感性经验的过分依赖转向了对差异性、个人性的经验、情感的概括、考察与辨析，这一切，虽然明显看得出是受到了里尔克、艾略特和新批评理论的直接启发与影响，但更与复杂剧变的现代生活对诗人们的冲击与要求密切相关。"②

对"叙事性"的高度重视，必然要深刻地触动传统的诗歌观念，促使批评者重新思考作为诗歌特征的抒情品质的价值与局限等，尤其是反思"抒情过滥"而"对于社会生活摆出拒绝姿态"的80年代"终止了文体同具体事物之间的联系"的"不及

---

① 王光明：《在非诗的时代开展诗歌》，《中国社会科学》2002年第2期。
② 钱文亮：《1990年代诗歌中的叙事性问题》，《文艺争鸣》2002年第6期。

物的写作":一面是空洞、虚幻、缥缈的美学价值,一面却是非常实用的社会学价值。结果便是"赢得胜利的是诗人而非他的文学"[1]。90年代诗歌中的"叙事性"只是对诗歌长久的抒情方式的反拨,并没有改变诗歌的抒情品质,它并不驱逐文字间渗透的情感,拒斥的只是既往诗歌写作中的"意象丛林"和大而无当的抒情,表面上弃置了情感的宣泄与流淌,使冲动的、外溢的情感保持一种必要的内敛、克制和舒缓,使情感的表达更含蓄、更具包容性,这其实也是更为成熟的写作者对个人内心生活的高度尊重,是在激情退却之后重建更加自然、温馨的精神家园。

如果说抒情强调的是主体情感的喷射,那么叙事则更看重主体的观察、凝视和省悟,注重心灵在具体事象中细微、幽密的感受,特别是在人们逐渐厌倦了空洞的宣谕和浮泛的抒情后,贴近生活、充溢生活气息的叙事便成为人们欢迎的一种言说方式。突出观察和容纳的叙事策略的选择,最明显的外在表现是叙事成分的大面积增加,抒情成分的减弱,而实际上精致的叙事也可以升华为抒情,含蓄的、隽永的、庞杂的情感在精雕细琢的、舒缓的叙述中悄然流淌,使感觉转化为意识,体验上升为经验。"叙事性"的选择不只是诗歌艺术手段的更新,还意味着90年代诗人对诗歌本体认识的加深,即一些诗人修正了"诗歌必须表现情感"的传统诗观,认为"情感进入诗歌中,仅仅是一种形式的要素",而"叙述的方法比情感在诗歌上的构成更重要"[2]。叙事性抒情的包容性和开放性,决定了它比直接的主观抒情更具表现魅力。这样深邃的学理性探究,也揭橥了"叙事性"诗学的本质和现实意义。

---

[1] 参见肖开愚《九十年代诗歌:抱负、特征和资料》,《学术思想评论》1997年第1辑。

[2] 孙文波:《我的诗歌观》,《阵地》1997年第5期。

当然，也有论者指出，"叙事性"的选择改变了作者与读者的表现与接纳关系，作者与读者走进文本敞开的层面开始平等对话。因为"叙述者决定着讲什么和让人怎么看，所以它往往不以读者的期待而是以文本的需要为旨归"[①]。这便要求读者对于诗歌文本传递的复杂的经验，必须结合自己对社会、历史、生活的理解，对诗人"敞开的世界"进行"再判断"，才能与诗人一道真正地实现有效的"叙事"。

正是透过"叙事性"这面多棱镜，批评家们发现了90年代以降的先锋诗歌多向度的分化、裂变特征，其中一个极为显著的特征就是对外部世界——"物"的再度指涉或者说与生存现实发生了深度的关联。"叙事性"是融入了个人体验、现实处境和精神活动的一种深层对话，经过对日常生活的主体性选择和处理，使个体独特的体验上升为具有一定普遍意义的感受。对此，善于从历史演进中深究诗歌与现实、诗歌与读者以及文本有效性等问题的程光炜，在其《九十年代诗歌：另一意义的命名》、《九十年代诗歌：叙事策略及其他》和《不知所终的旅行》等有影响的系列论文中，将"叙事性"纳入后现代社会"知识型"的转换背景中加以讨论，将有别于80年代诗歌审美范式、旨在"修正诗与现实的传统性的关系"的叙事性，视为诗歌"知识型"变异的重要因素。它对复杂经验而非丰富情感的强调，对写作的技术性及语言潜能的重视，对个人写作能够抵达的深广度的自信等，无疑都是对现代性诗学观念的承续和发展。"在此前提下的叙事就不只是一种技巧的转变，而实际上是文化态度、眼光、心情、知识或者说是人生态度的转变。"[②] 这种叙事学意义上的阐释，显然更有助于理解"90年代诗歌"这一命名的意味

[①] 程光炜：《九十年代诗歌：叙事策略及其他》，《大家》1997年第3期。
[②] 程光炜：《不知所终的旅行》，《山花》1997年第11期。

深长,更好地理解"90年代诗歌"如何"有效地确立了一个时代动荡而复杂的现实感,拓展了中国诗歌的经验广度和层面,而且还深刻地折射出一代人的精神史"。①

借助于广泛而深入的"叙事性"批评,我们也看到了,对"叙事性"这一具有修正意义的诗学观念的过度迷信和诗人们对"创新实践"的孜孜以求,以及受长久的阅读习惯影响等因素,已造成了"叙事性写作"在认识和具体操作中的一些误区。譬如,一些诗人在对"形而下"事件或场景不加筛选的感性化陈述中,失去了对生活的提炼和诗意的提升,一些镜像化的叙事和纯粹私人化的感官性的描述,则更是远离了先锋诗歌高贵的品质。由此,关于如何实现"叙事性"在保持先锋指向的路途中健康地前行,成为诗人和批评家们都需认真思考的问题。

第三节 "个人化写作":行走于无限可能与歧义纷呈之间

随着社会现代化进程的不断推进,商业文化和大众文化无孔不入的肆意侵袭和挤压,传统的精英写作遭到了前所未有的质疑、颠覆和解构。从20世纪80年代中期起,全面反叛"朦胧诗"的极具"个人化"的写作便开始登临诗坛,并且这种高度彰显个人立场,突出个人体验,强调个人品性的"个人化写作"(或称"个人写作")在90年代逐步成为先锋诗歌的主潮。虽然这种体现了诗人在不同语境下处理个人与世界、个人与写作关系努力的"个人化写作"至今仍在不断地修正和发展之中,其不断"扩容"和"增殖"的庞杂的内涵和外延,在许多诗人和批评家那里仍存有很大争议。其变动不居的演变历程中存在着许多

---

① 王家新:《从一场濛濛细雨开始》,《诗探索》1999年第4辑。

诸如清醒与迷失、反抗与沉沦、独立与互仿等矛盾和悖论，但其一路前行的先锋姿态，还是赢得了批评家们的广泛关注和热情批判，并已成为充分解读先锋诗歌的一条重要路径。

一　对"个人化写作"演进过程的考量

对于"个人化写作"在不同历史文化语境中艰难地自我超越的生成、发展、流变的历程，批评者们一直进行着耐心、细致的考察和梳理，对于关涉先锋诗潮、诗歌运动、诗歌批评和诗歌美学等方面内涵的"个人化写作"概念的界定和阐释已经越来越丰富，缠绕其间的诸多差异性认识得到辨析，许多被遮蔽的"真相"被揭开，许多模糊的问题得到了进一步澄清。

其实，在早期的"朦胧诗"论争中，批评家们便已注意到：弥漫在"朦胧诗"中普遍的怀疑和反叛背后正是诗人主体意识的觉醒和张扬，诗人们对个人命运的关怀和思考，对"我"的尊重、召唤和持守，显然是对过往的意识形态指令性写作的有意疏离和回避，是对共名的"集体化书写"的强力纠偏，借助于对"个人"的尊重和关怀，拆解专制对人、人性的压抑，使诗人不拘的心灵在一定程度上得以自由翱翔。

更为深邃的批评在于通过对先锋诗歌演变历史的回顾和挖掘，诗评家们发现：外在不乏个人独立姿态的"朦胧诗"仍是借助现代主义影响所进行的另一种浪漫主义抒情，其内里依然自觉或不自觉地遵循着古典文化传统和话语范式，仍坚持着深厚的现实主义和现代主义精英思想，"朦胧诗"大写的"我"正是自觉的时代大众的启蒙者和代言人，朦胧诗人虽然是从个人体验切入，但最终的指向仍未能超出个人的公共意义，不过是将一些诸如个性、自由、民主等现代意识渗入诗歌写作，提供了一种现代价值选择。其启蒙的定位和取向不容置疑，但它仍未走出意识形态的窠臼，只不过是"它将矛头对准了前代诗歌集权主义的政治意识形态，可'修正'的结果不过是把政治意识形态转换成了人性人道主义的意识形态，公众性、社会性、启蒙性的'言志'主旨倾向，表明它个人的言说还处于'集体无意识'的权力话语控制之下，个人只是一代人的类思想情感代言者"。① 这类精到的评述，在王光明、陈仲义等评论家那里也有很多一致性的呼应。譬如，有论者在剖析"朦胧诗"与"第三代"诗的差异时，也得出了这样的认识——"'朦胧诗'在主题上的公众性、社会性、启蒙性与在艺术上的个人性、边缘化倾向之间很难产生事实上的和谐与统一。况且，朦胧诗人虽然声称'反抗与叛逆'，但仍然是在带有太多过往时代的'文化记忆'和'集体无意识'的权力话语之中言说，反抗往往只停留在所指层面上，是语义上的呼求，在文本层面上仍不自觉地受制于权力话语的种种陈规"。其"表面上独立的个人无法将类型化的经验转化为个体生命的深切体验，无法摆脱种种潜在的或显在的束缚，真正从'个人'（经验）到'个人'（阅读期待）地自由言说。"② 由此，批评家们看到，"朦胧诗"时期权力话语系统仍然处于主导地位，"个人话语场"尚未建立起来，自然更多的只是个人精神高扬的"集体性写作"了。

随之而来的对"朦胧诗"更为强烈反叛和"断裂"的"第三代"诗，因不满于已成为主流诗潮的"集体书写"的裹挟和掌控，他们采取一系列激进的方式，继续对"权力话语"进行猛烈的颠覆。对于这些变化，陈仲义有过十分客观的对比性分析，他认为80年代初的"朦胧诗"的"自我表现"，是"对非人性箝制的挣脱，对意识群体系统的突围及对个性自由的追

---

① 罗振亚：《"个人化写作"：通往"此在"的诗学》，《中国文学研究》2004年第1期。

② 程波：《"个人写作"与"个人话语场"》，《山东文学》2004年第4期。

求"。而80年代的"个人化写作""则是在'自我表现'基础上推进一步,全面展示书写者的精神、立场、操守及操作手段,它是针对80年代意识形态、群集化语境而提出的,具有鲜明的针对性,从而排除了'伪'问题和所谓'从来就不成问题'的嫌疑,体现了更广阔的现代文化视野"。①

早期的优秀诗人兼批评家沈天鸿在80年代就敏锐地洞悉了朦胧诗后诗人"个人化写作"倾向——"从诗人自己即个人出发,个人经历遭遇便是即时场景而无须布置,通过个人的经验或直观感受暗示整个人类的境况"。他从现代诗写作的特质出发,指认"第三代"诗坚持"强烈地反对'非个人化'的现代主义诗学准则。他们要求诗歌更加亲近更加直接地涉及个人。他们或是使诗成为产生于人类黑暗处——对诗人自身和内心超出理性的意识探索所发现的形象(如翟永明等人的诗),或是体现个人对外部世界的发现以及个人经历这些发现时对其作出的反应(如韩东于坚以及阿吾的'反诗'等)"。② 显然,类似这样建立在对同一时代诗人及其文本的细致考察基础上的批评,不仅破解了"朦胧诗"的浪漫主义乌托邦崩溃的秘密,而且还引发了对后现代诗潮的深入思考。

正像许多批评家所指认的那样——"第三代"诗反抗"朦胧诗"的策略是更加偏激地强调写作的个人性,注重个人的感觉和体验,自觉地消解精英意识和历史责任,突出生命意识、神话写作、极端的口语化写作等,展开多向度的"对抗"和"断裂",再加上大量采用现代主义诗歌表现技巧,这些彰显个性的先锋写作者都在一定程度上松动和解构了意识形态写作,增加了写作的多种可能性。其外露的特征和内里变革的实质,显示出与叛

---

① 陈仲义:《诗写的个人化与相对主义》,《东南学术》1999年第2期。
② 沈天鸿:《总体把握:反抒情或思考》,《诗歌报》1988年8月6日。

逆、否定、自我拯救等密切相关的"现代性",而"突破"和"超越"方式的多样性也预示了"个人化写作"巨大的发展空间。

对于这一时期的许多诗人回归日常生活,采取反讽和自嘲的方式,将自己降到一个最低的位置,甘愿做一个平凡甚至平庸的人,和生活、读者平等对话的转向,批评界普遍认为:这种写作姿态的选择,尽管主要是出于消解传统和精英意识的考虑,出于寻找反叛、突围路径的考虑,但在客观实践中确实造成了"自我的高度膨胀",大大激发了个人化实验和探索的热情,拓宽了诗歌写作的疆域和可能性,为后来更为沉潜的"个人化写作"做好了理论和实践的铺垫。

特别应该肯定的是,随着现代和后现代思潮泥沙俱下的猛烈冲击,共同的精神空间被打碎了,原有的价值体系被打碎了。在"去中心"、"去意义"的年代,诗人强烈地希望发出个人的声音,他们随心所欲地营构属于自己的话语系统,揭掉以往的习惯性"意义"对个人灵魂和生活的掩蔽,充分地显露出世界的本真面目。但逃避了知识、思想、意义和超越了逻辑、理性、语法的过度凸显主体精神和迷恋个人自由言说的"第三代"诗,在狂热的"叛逆"中,不免又陷入了回避现实的"不及物"写作的迷雾当中,失去了"个人化写作"所应有的理想品质。

之所以说"第三代"诗写作尚未真正广泛地实现"个人化写作",正像一些批评家所分析的那样——因为"第三代"诗写作是策略性的、过渡性的、实验性的写作,无论是"非非"、"莽汉"还是"他们"等声势浩大的流派,虽然涌现了一些优秀诗人,奉献了一些优秀诗篇,但大多不过是缘于影响焦虑而急功近利的集团造势的运动式写作。以"诗群"面目出现的"个人生命体验"不免要对"个人"造成新的束缚,在喧嚣地叫喊"张扬自我"的混乱之中陷入了明显的"类"写作的泥淖。扫描一下1986年的"现代诗歌群体大展",细致打量一下那些宣言林立、旗帜招展的所谓流派,很容易看到在那些鼓噪的个人自由言说下遮掩的正是另一种圭臬退场后盲动的"集体狂欢",很多貌似离经叛道的"个人化写作"不过是其孱弱心灵的一种掩饰而已。

只有到了启蒙失落、代言式微、激情退却的90年代,随着大众文化的不断浸淫,多元化的价值观念得以确立和流布,"个人化写作"才真正地成为可能并愈演愈烈,引起诗人和批评者们的高度关注。

"个人化写作"何以在90年代以后才真正地确立起来,对此,很多批评家从先锋诗歌所处的历史文化语境的变迁着眼,将"个人化写作"视为既是新诗自身现代化历史进程的必然选择,也是诗人从独立的个人立场出发,以不可通约的个人体验对社会现实的自由言说,是先锋诗歌在特定的语境中的自然转型。比如杨远宏的观点就很有代表性:"90年代诗歌对个人化写作的身份认定,既是90年代权力/商业话语全面社会化并据持中心背景下的无奈,也是在80年代的狂躁喧嚣雪崩般退潮中沉潜下来的诗人对诗歌品质和艺术律动的觉悟与自律。"[①] 的确,"个人化写作"把一种独立的写作精神与个人立场内化为写作品格,外化为一种独立的写作姿态,致力于个人化经验的发掘,有效地解构了中心话语,在寻找和创造的多样、差异状态中建构了自己的诗歌伦理。

从"朦胧诗"到"第三代"诗,再到90年代以来的先锋诗歌,有关"个人化写作"的批评也是一个不断演进和深化的过程,通过对"个人化写作"演变历程的考察和打量,充分地论

---

① 杨远宏:《暗淡与光芒》,王家新、孙文波编:《中国诗歌九十年代备忘录》,人民文学出版社2000年版,第87页。

证了"个人化写作"在不同语境中的转型和分化，指认出了其不同时代的内涵、特征及意义，主要利用历史学和美学结合的研究方法，对至今仍在嬗变中的"个人化写作"进行了生动的描述和深刻的阐释，进而从整体上把握了"个人化写作"的先锋指向及演变规律。

二 对"个人化写作"中欲望化书写的批判

"个人化写作"中存在着大量的感官描写、欲望宣泄和语言游戏等，它们挑战道德、伦理和日常规范的肆无忌惮和无所不为，同其他文学样式中的欲望化书写一道形成了大胆嘲弄高雅、非礼精英、挑逗严肃的"感性狂欢"。对此，有的诗评家认为这种"安于庸俗，张扬平凡，满足性感"的写作，实际上"它们代表着长期被精英文学所鄙视和不容的民间大众的意识形态和想象力，不仅探索了一种新的诗歌形式，而且通过对民间思想的传达，把大众文化从精英文化的遮蔽中解放出来，并展示它的活力和建构历史的作用。这种历史建构性表现在两个方面，一方面是赋予大众欲望一种自然的合法性地位，另一方面则促成用一种多元化的美学标准代替精英文学的一元标准和等级制度"。[①] 这种从传统/现代、大众/精英、解构/建构二元对立的逻辑思维出发，对欲望化书写生成和展开的背景、依据和现实价值的充分肯定，成为许多诗批评家的一种共识。之所以如此，是因为商业文化的普及和消费文化的盛行，平面化、感性化、功利化和欲望化书写已潮水般地涌泄而来，回避和阻拦已不可能，唯有勇敢地正视和认真地审视，才能发现问题的症结所在并能找到解决问题的有效途径。

实际上，从80年代"朦胧诗"对真诚、纯洁、尊重、坚定

---

① 李青果：《寻找一种新的命名方式》，《南方文坛》2003年第6期。

等美好情愫的热切呼唤中，机敏的批评家就已看到了诗人们流露其间的对人性压抑、尊严受辱、个性丧失的不满和反抗，只是鉴于传统诗学观念和表达方式的深重影响，朦胧诗人表达内心真实欲望的方式还十分内敛、含蓄和隐蔽，个人欲望的强化和张扬要等到"第三代"诗潮的爆发。所以，早期的"朦胧诗"批评，更多的关注其人性意识的觉醒和启蒙精神、理想主义、英雄主义的弘扬，只有到了80年代中后期，在对"朦胧诗"和"第三代"诗进行深层反思时，批评家才蓦然发觉："毋庸讳言，现代社会已经形成了一套压抑身体的完整机制，欲望的禁锢或者转移是这一套机制的首要主题。"[①] 正是此前多年高度的人性禁锢和压抑，才有了80年代中后期社会文化语境变化后迅疾而来的欲望大释放、大泛滥，并在商业文化和消费文化推波助澜下愈演愈烈。

欲望化书写并非洪水猛兽，它不过是以身体来反抗现实的一种方式，并非像有的批评者草率认定的只是简单地"用身体思考"，它依然是较为认真地用灵魂在进行思考，即使是那些一再强调肉身感觉的写作，依然有着灵魂的跃动。只是诗人们将深层的灵魂冒险变成了表面上对身体的注视，企图以离经叛道的肉体快感，肆无忌惮地打破某些固有的禁忌和既定的秩序。谢有顺在他的《文学身体学》一文中甚至将"下半身"诗人的身体表达视为一种新的崇拜——肉体乌托邦崇拜，认为它具有强烈的反抗意义，"既是对长期处于统治地位的反身体的文学的矫枉过正，又是对前一段时间盛行的'身体写作'的某种虚假品质的照亮"[②]。这种对灵魂和身体同一的指认，洞穿了精英表达中的

---

① 南帆：《身体的叙事》，汪民安主编：《身体的文化政治学》，河南大学出版社2004年版，第216页。

② 谢有顺：《文学身体学》，《2001中国新诗年鉴》，海峡出版社2002年版，第486页。

"灵魂超越身体"和粗鄙的"身体写作"中"身体逸出灵魂"的本质差异，并没有对"下半身写作"极端的反抗方式所具有的诗学建构意义予以情绪化的轻率否定。显然，批评家理性地认识到了：这种肉身欲望的呈现，是对传统道德的不屑或挑战，是对泯灭感性的集体情绪的反抗，在对"欲望"的拥抱中达到了对商业/市场权力话语的抵制。同时，诗评家们细致地观察到不少欲望化写作有着自足的逻辑、语言、意象和情绪，它们经常首先或同时对自我进行戏谑、丑化、矮化，进而达成对权威、神圣、严肃、道德等所负荷的某些道貌岸然的传统要义进行无情的讽刺，对学院、知识分子和某些所谓精英们的虚伪、自命清高等进行痛快淋漓的"打击"，在率性的话语狂欢中直刺某些言不由衷或言不及意的灵魂深处。显然，欲望化书写不仅旨在反抗"欲望禁锢"，更为颠覆"欲望"的专制。在感性化日嚣尘上的大众文化时代，对欲望化写作的关注和批判，显然不失为一条深入探究"个人化写作"的重要途径，因为这二者往往是纠缠在一起的，很难简单地将它们割裂开来。

在对欲望化写作加以分析时，不少批评者看到了某些因世俗化侵袭而产生的对精英文化的不屑和戏弄，外在的嬉皮笑脸掩不住的是内在的严肃认真，表面的轻松和无所谓中有时正藏着很难察觉的沉重和刻意追求。也就是说，先锋诗歌中的欲望化书写，在一定程度上也是诗人以世俗价值抵制和颠覆精英价值的策略和方式，是"个人化写作"推进的一个重要取向。只是欲望化书写在冲破现实政治和物欲文化的压制，肆意地解构"宏大叙事"的同时，有时又不免陷入欲望沉沦之中。许多批评家和读者对"下本身写作"垢病的主要原因，就在于其过度的欲望书写中削减了欲望反抗的锋芒，变成了赤裸裸的欲望展览和欣赏，导致了"个人化写作"中呈现出一种深刻的悖论——姿态上的个人激进反抗与欲望化书写中的自我沉沦，对欲望化过分的追求，反而消解了反抗的力度。

因而，许多批评家们特别强调：警惕欲望化书写是拒绝与欲望时代合谋，因为欲望原始的反抗意义最终为欲望的沉沦和精神的自虐所代替，过度地沉湎于个人情欲的宣泄，对社会公共领域和人类命运的漠视与逃避，只能使诗人成为现实的"零余者"，成为个人命运的疏离者。这时的"个人化写作"不过是个人欲望的窥视和自恋性的抚摸，是"私人性"的写作。

在走向"个人化"反抗的途中，唯有告别浅层次的欲望展示，从欲望之所脱身而出，不断地进行自我超越，书写个人独立精神、美好生命体验和心灵悸动，挖掘和表现出潜藏在现实景象背后的生活本质，先锋诗歌中的欲望化书写才能真正发挥出其特有的反抗作用。

三 对"个人化写作"特征及意义的多层面审视

一路颠簸的"个人化写作"，不仅打碎了启蒙、崇高、神圣等浪漫主义的乌托邦，还对大众文化背景下诗歌和诗人的尴尬和无奈进行了戏谑。其在不同时期对写作策略、路径、技术等的探索与突破，为先锋诗歌的发展开辟了极为广阔的前景，但由于复杂、多元的艺术取向和纷繁、嘈杂的个人化言说方式，其对既有秩序、标准、范式、价值和话语体系等，进行了全面的清洗、改造和颠覆，许多公共意义空间被觉醒的个人意义空间搅得支离破碎，曾经为传统习惯认可的意义结构系统，也大多已破裂为失位失名的、需要重新审视和指认的零散的意义碎片，价值判断的个人性、模糊性、随机性也自然地随之呈现出来。因而，对于"个人化写作"特征的指认和意义碎片的找寻、打捞和清理，自然就成了先锋诗歌批评重要而艰难的任务。批评者们对"个人化写作"无限可能性阐释的多样性、矛盾性和暂时性，也正好印证了"个人化写作"丰富的差异性。

首先,"个人化写作"作为一个不断演变的开放性的概念,从它被命名之日起,诗人和批评家们便对其进行了多方面的界定和阐释。那些多元互补的丰富论述,不仅澄清了许多指称不一的理解上的歧义和混乱,还揭示了它所蕴涵的诸多诗学意义。譬如,在早期关于"个人化写作"的批评中,不少诗人和批评家常常将"个性写作"、"私人写作"等混同于"个人化写作"。其实,"朦胧诗"乃至此前的一些"地下诗歌"写作中,都不乏突出主体精神的"个性写作",北岛、舒婷、顾城等诗人的作品,都显现出很个人性的主题、意象、意境和修辞风格,只是这种彰显"个人性"的写作倾向,并未脱离当时的意识形态话语系统的笼罩,尚未建立起自足的个人化言说的空间,因而还只是在"大我"的阴影中非常有限的"个性写作";而"私人写作"则是一种过于自恋而自我陶醉的自语性的言说,是只有"个人"而没有或鲜有其他指涉的自闭性言说,因过分的自顾而缺失了必要的对外敞开,仅仅满足于对个人体验和经验的沉溺性把玩,结果陷入了自我封闭的狭窄天地中,成为纯粹的"个人的(或曰自己的)"写作。真正的"个人化写作"应该是诗人"不再把自己定位于直接表达时代共同想象的关系上、不再直接为主导文化编码,而是传递个人的表达、呈现历史在个人身上的'反应物',同时力求对历史加以'个人化'的分析、思考,以及超越、纠正"[①]。这样,借助于对"个人化写作"在特定语境中的不同表现形态的考察,指认出其变动不居的主要特征,使得批评家对其丰富的内涵的界定和诠释更加准确到位。

也有批评家侧重于对"个人化写作"对抗民族、国家的宏大叙事而突出个体感受和想象特征的考察,比如王光明就认为它

[①] 王昌忠:《90年代诗歌的"非个人化"特质》,《文艺争鸣》2007年第10期。

"不过是拒绝普遍性定义的写作实践,是相对于国家化、集体化、思潮化的更重视个体感受力和想象力的话语实践。它在某种程度上标志了对意识形态化的'重大题材'和时代共同主题的疏离,突出了诗歌艺术的具体承担方式"。① 应该说,将"个人化写作"与代表着主流话语或官方意识形态的宏大叙事对举,突出前者彰显个人独特感受和独特言说的论断,的确指认出"个人化写作"的一个显著特征,这也是较为普遍和容易被读者接受的一种判断。但这类粗略概括和推理也存在着明显的疏漏,因为宏大叙事本身也是一个内涵复杂的概念,其所指和能指有时存在着很大的张力,不能脱离具体语境加以简单否定。试问:我们经常言说的现代、后现代难道不也是一种宏大叙事么?文学创作追求历史和文化的厚度和深度,难道不是在追求宏大叙事么?那种动辄就将宏大叙事当作"个人化写作"的对立面或超越的一个障碍的思维习惯,其实是很值得怀疑的。

从诗人的个人经验和体验的"介入"和呈现方式切入,一些批评家发现:很多"个人化写作"提倡者都强调个人经验在写作中的重要性,但个人经验并非天然地构成对集体话语和主流话语的反拨。如果没有对个人经验独特的转化,个人经验的表达就很容易成为"自我封闭"的个人言说,"个人"如何走出纯粹的经验自足,成为处理经验并发生意义的"场",这是很多诗人和批评家一直思考的问题。对此,通过分析具有整体性、转换性和自我调节性的"个人写作话语场"与"个人写作"的深层互动关系,程波认为:"从逻辑发展上看,不可通约的个体生命体验、具有独特个体性质的经验转化方式(心理机制)、个人独特的话语方式应是'个人写作'的内涵所在。"② 这种重视历史文

---

① 王光明:《在非诗的时代展开诗歌》,《中国社会科学》2002年第2期。
② 程波:《"个人写作"与"个人话语场"》,《山东文学》2004年第4期。

化语境与个人体验之间的互动，借助于对言说场域的形成、作用及影响的研究来揭示"个人化写作"特质，应该说是选了一个很好的视角。对比一下诗评家陈旭光的看法："'个人写作'不是指个体创造性或个体风格意义上的写作，而是指一个人的话语权利，个人对主观真理的审视、认定与信奉，它与不同诗人之间在思想、情感、意念方面存在的类同与相近没有直接的关系。"①只是这样的虽有贴近但显得多少有些"语焉不详"的对比性解释，并没有前者更为严谨的阐述更具说服力。

面对注重个人独特体验和感受的"个人化写作"探索，一些诗人有意或无意地与现实生活拉开一定的距离，自然会造成个人与历史、时代生活的疏离和断裂，并由此遭致种种非议和诟病。陈仲义对这一现象给予了这样有力的辩驳："对此需要调整一下视阈：不能要求个人文本一定要与时代现实产生严格对称对应和直接功能，尤其是诗的属性，它的心灵化特征使个人文本与时代关系往往是曲折投影式、隐匿渗透式、缝隙散发式、互文互涉式……而不是单相位反映式。"②这种拨开事态的表象、追究文本的"潜在对话"、"隐性交流"的互文性，更细致入微地观照"个人化写作"的运行方式及产生的实际效果，使得批评抵达了敏感问题的根部。就此我们可以更好地理解90年代以来先锋诗歌之所以对日常生活中具体、琐屑、凡俗事物热情关注，对叙事技术高度重视，是因为对既往"非及物"写作和"中空"的抒情的及时校正，其目的在于对"此在"的真切关怀中抵达遥远的"彼在"。

既然"个人"必然置身于一定的历史文化语境之中，必然与历史保持着千丝万缕的联系，个人情感、意志乃至言说方式

---

① 陈旭光、谭五昌：《断裂·转型·分化》，《诗探索》1999年第1辑。
② 陈仲义：《诗写的个人化与相对主义》，《东南学术》1999年第2期。

等,不可能也不应该完全摆脱历史文化语境的影响。"个人化写作"在强调"个人"的同时,自然也要强调"个人"与"历史"的协调、融合及互动,将个人化的感受和表达与时代、历史的言说有机地整合起来。因而,从个人的现实、历史承担角度去审视"个人化写作"就显得十分自然和必要。事实上,许多诗人和批评家都已意识到了,"个人化写作"是一个包容性很强的命名,是在一定的历史文化语境中,诗人对写作对象的介入方式与处理方式的重大调整,它不仅意味着对于自我经验的强调和对于公众经验的远离,更意味着自由的莅临和自我的重新发现,最终达到以个人的方式来实现对历史的某种承担,即"个人写作恰恰是一种超越了个人的写作"(王家新语)。而且,"'个人化'更深刻的意义就在于此,它使我们真正回到了自身,回到了那个使一切矛盾冲突得以发生,在探求矛盾冲突的解决过程中不断被异化,又不断寻找过程;为生命的自发性而苦恼困惑,又不懈地试图将其转化成自觉状态的自身。'个人化'意味着自我的解放!"① 这样深入的辨析和阐释,显然更注重诗人从个体身份和立场出发,充分审视和考证诗人如何独立地介入社会历史文化语境,以个人方式承担人类历史的命运和文学诉求,以独特的个人生命体验和经验,以个人的话语方式,达到对个人话语的捍卫和超越。

在对"个人化写作"的价值和意义作出评判时,诗人和批评家们的着眼点不同,给出的结论便有着很大的差异,但它们的相互补充和印证,进一步挖掘出了"个人化写作"不可替代的诗学意义。譬如,孙文波从保持写作的独立性角度,强调"个人化写作"的突出意义就在于"它使得一些诗人在写作的过程

---

① 唐晓渡:《不断重临的起点》,《唐晓渡诗学论集》,中国社会科学出版社2001年版,第32—33页。

中，始终保持了以历史主义的态度，对来自各个领域的权势话语和集体意识的警惕，保持了分析辨识的独立思考态度，把'差异性'放在首位，并将之提高到诗学的高度，但又防止了将诗歌变成简单的社会学诠释品，使之成为社会学的附庸"。[1] 而王家新重申"个人写作"是对"知识分子写作"的"反省、坚持、修正和深化"，"是一种承担者的诗学——它在坚持个人的精神存在及想象力的同时，它在坚持以个人的而非整体的、差异的而非同一的方式去言说的同时，依然保有了知识分子的批判精神及文化责任感"[2]。姜涛则通过对"个人化写作"叙述性特征转变过程的考察，判定它是"摆脱了以纯诗为代表的种种青春性偏执，在与历史的多维纠葛中显示出清新的综合能力：由单一的抒情性独白到叙事性、戏剧性因素的纷纷到场，由线性的美学趣味到对异质经验的包容，由对写作'不及物'性的迷恋到对时代生活的再度掘进，诗歌写作的认识尺度和伦理尺度重新被尊重"[3]。应该说，放逐了代言人式的集体性抒情，对更加细微的具有原生态特质的日常生活进行细致打量和深度挖掘，通过对具体事象的凝注和透视，借助灵性闪耀的叙述，确实发现了许多被遮蔽的诗意。这也促成了许多先锋诗人在世俗化、物质化、感性化、娱乐化的大众文化时代，进行诗歌精神求索和重建诗歌秩序的不约而同的选择。对此，批评家们在对于坚、韩东、伊沙、张曙光、王家新、西川、欧阳江河、臧棣、翟永明等重要诗人的诗学主张和诗歌文本研究中，既充分地肯定了他们可贵的探索精神和不俗的佳绩，也直言不讳地指出了"个人化写作"因观念的

---

[1] 孙文波：《我理解的 90 年代：个人写作、叙事及其他》，《中国诗歌九十年代备忘录》，人民文学出版社 2000 年版，第 14 页。

[2] 王家新：《九十年代：为诗一辩》，《没有英雄的诗》，中国社会科学出版社 2002 年版，第 111 页。

[3] 姜涛：《叙述中的当代诗歌》，《诗探索》1998 年第 2 辑。

偏失而陷入的某些误区。诸如"简单地认知为写作个人的形式、写作个性的内容和写作的日常化倾向,再次把个体的自我意识张扬,使自我意识充塞于文本之中,文本成了自我宣泄的垃圾场,毫无节制。他们错误地认为,与集体性相对的个人性是写作的唯一资源,诗人们再也不用关心他者或他者的社会存在范畴,对'他人即地狱'的极度信仰致使他们的作品呈现出了一种病态的个性化,脱离了真实的生活,失去了生长性,造成无法与读者沟通的局面"①。这类及时反思"个人化写作"探索误区的批评,从另一个向度上诠释了"个人化写作"的复杂性。

也有批评家通过考察"个人化写作"主体的个人性差异,探寻其内在的驱动力和个体差异所形成的多样化的写作格局。显然,由于写作标准和评判价值的双重失范,诗人们对个人言说方式抱有极大的热情和充分自信,他们在各自的个人化理论和差异化原则的引导下,纷纷探索个人经验转化和表达方式的无限可能性和多样性,努力展示与众不同的主体独特的个性,企图使个人化写作彻底到位。在相当多的批评文章中都可以看到这样较为一致的认识:高度重视个人经验的差异性和对其处理技术不一致的创新,成为了"个人化写作"的突出表征和发展方向。而且,"诗歌的确回到了作为个体的诗人自身。一种平常的充满个人焦虑的人生状态,代替了以往充斥诗中的'豪情壮志'。我们从中体验到通常的、尴尬的甚至有些卑微的平民的处境。这是中国新诗的历史欠缺。在以往漫长的时空中,诗中充溢着时代的烟云而唯独缺失作为个体的鲜活的存在。"② 可见,主体意识高度自觉的"个人化写作",一旦与社会、时代和个人生存等复杂关系建

---

① 徐志伟:《从敞开到囚禁:90年代诗歌写作中"个人化"观念反思》,《文艺评论》2004年第4期。

② 谢冕:《丰富而贫乏的时代》,《文学评论》1998年第1期。

立起来，便具有了更加丰富而深刻的诗学内涵。

另外，"个人化写作"也是对历史与现实反思的一种方式。通过对一些代表性诗人的典型文本的解读，有论者认为它"是对艺术思潮写作和文学运动写作历史终结的宣告，淡化了为文学史恶劣风气，具有划时代的历史意义"。"那种历史存在于任何在场现时现事的诗歌观念，那种积极推崇张扬的差异性原则，本来是因延续、收缩上个时代的'写作可能性'而生，却又为诗的进一步发展提供了新的'写作可能性'。"① 沿着这样的批评思路探究下去，我们不难看到"个人化写作"延展的脉络，看到了其穿越历史和现实所折射的非凡意义所在——真正有力量的"个人化写作"决不仅仅只是一种自觉地追求和捍卫个体独立品格的写作，还必须是一种穿过信仰的废墟，告别一味的自我迷恋的"个人抚摸"，秉承坚毅、执著的自由意志和永不妥协的批判精神，勇于自觉地承担与时代、生命相始终的责任和使命，主动地维护大众生存、尊严和权利的、源自个人又超越个人的写作。亦即程光炜所言："它始终处于与政治、哲学社会学包括世俗生活多种知识交叉性的争辩和对话之中。这决定了，它对时代生活是负有责任的，是另外一种意义上的'在场'。"② 还有许多评论家如洪子诚、陈超等人也在很多文章中提醒：强化面对现实、处理现实的品格和能力，保持个人对历史、现实、文化的参与精神和美学批判，应该是先锋诗人实现真正的"个人化写作"所应当认真思考的问题。因为"个人化写作"只有保持昂然的独立精神和写作姿态，重获"对历史的发言"和"对时代噬心主题"的介入能力，保持"历史关怀与个人自由之间的张力关系"，才

---

① 罗振亚：《"个人化写作"：通往"此在"的诗学》，《中国文学研究》2004年第1期。

② 程光炜：《我以为的90年代诗歌》，《郑州大学学报》（哲学社会科学版）1998年第1期。

能在"历史个人化"、"个体承担"的写作中,达成"历史声音与个人声音的深度交迭"(程光炜语)。

当然,也有诗评家从诗歌精神的重建和先锋诗歌价值新取向角度,认为"个人化写作"是冲破了集团意志和权力话语,完全抵达心灵自由的一种写作方式,是颠覆了单一价值尺度而呈现出多元的价值维度:一是以拯救普遍主义价值原则为目的的"新理性主义"思潮;二是以确立整体精神性秩序为目的的"新宗教主义"思潮;三是以对传统儒道价值观念的重新诠释来建立自身新的精神家园的神圣化写作;四是以西方后现代主义行为方式取代行为目的、拆除深度模式的价值虚无主义写作。[1] 虽然这种提炼不免有些挂一漏万的粗略,却也是建立在对诸多现象的分析和归纳基础上的,较为准确地概括出了某些具有共性的写作取向,因而也为更加深入的研究提供了醒目的路标。

在诗人、读者和批评家们对"个人化写作"慷慨地奉上大片的赞赏的同时,质疑、责难"个人化写作"的声音也一直没有停息过。不仅因为真正赢得读者的有分量的大诗人和优秀文本直到"个人化写作"已成气候的当下仍未出现,缺憾和焦虑自然在所难免,还因为其理论主张和实践操作中存在着大量的矛盾、悖论,探索中的许多歧途和误区显而易见。正像有些批评家所指出的那样——"个人化写作"并非是退避到"个人的港湾",不能片面、偏激地理解为"非历史化"和"私人化"的写作;当诗歌写作拒绝对时代、现实、历史进行思考和发言,降低了主体精神的提升和文本思想深度的挖掘,借口反抗权力话语而迷恋自言自语,过度沉迷于感性化、平面化的宣泄,快慰于技艺的打磨,恣意于语言消费狂欢的时候,也就不免要发生"写作远远大于诗歌"的本末倒置的悲剧,不免因相似的阅读和处理

---

[1] 参见席云舒《自圣与自虐》,《诗探索》1998年第4辑。

方式使"个人化写作"变成了流行的、面目相似的普遍化写作。毫无疑问，这类中肯、峻切的直面现实的批评，反映出了诗评家们对"个人化写作"保持着必要的警醒和理性，即使在他们的某些不无偏颇的指责中，也依然对"个人化写作"寄予了热情的关爱和热切的期待。

应该说，关于"个人化写作"的批评，无论是与先锋诗歌创作同步乃至超前的批评，还是时空变换后"不在场"的追踪反思，都是相当活跃并卓有建树的。在人们激赏"个人化写作"正行走在无限可能和歧义纷呈的探索之路上时，不应忘却也无法忘却那些同样有着无限张力和魅力的批评。

第 五 章

诗评家队伍与诗评家个案透视

第一节 向"无限可能"敞开与掘进的诗评家们

新时期三十年间，波澜壮阔的先锋诗潮一次次涌起，一个个名声响亮的先锋诗人接连不断地推出。与此同时，先锋诗歌批评家队伍也在日益壮大着。放眼望去，一个个熟稔的名字和跃动的身影，以其开阔的学术视野、深博的学养、赤子般的情怀和昂然奋进的步履，在喧嚣与沉潜、洞察与探掘、论争与对话、独思与慎取、消解与重建、回顾与瞻望之中，构筑了当代先锋诗歌批评无比亮丽的风景线。群星闪耀的老中青诗批评家组成了一支相当引人注目的批评家团队，在诗学理论、诗歌批评、诗歌史等诸方面，无论是学院批评，还是诗人批评，抑或是媒体批评，总是翘楚纷涌、名家迭出、后继频仍，甚至每一个阶段都能开列出一个长长的诗评家名单。老一代优秀诗评家如郑敏、谢冕、陈仲义、孙绍振、吴开晋、洪子诚、吴思敬、蓝棣之、吕家乡、杨匡汉、吕进、陈良运、张同吾、古远清等人，他们几十年来一直关注着中国新诗的发展，他们也是先锋诗歌批评的开拓者和主力军；伴随着先锋诗歌写作和批评成长起来的一大批中青年诗评家则更引人注目，他们中的程光炜、陈超、罗振亚、张清华、王光明、何言宏、唐晓渡、耿占春、吕周聚、陈旭光、沈奇、李怡、李震、谭五昌、孙基林、毕光明、燎原、杨远宏、王珂等人以出色的学术成果，已成为当下先锋诗坛批评极为活跃的中坚；更年轻的一代如敬文东、张桃州、姜涛、刘翔、张立群、霍俊明、李润霞、马永波、胡续冬等，他们有高学历，经过了专门的学术训练，每个人的学术起点都很高，在近年来的一系列批评活动中均展示出了进取的锐气和蓬勃发展的良好势头，显示出了极具潜能的前景。在先锋诗歌批评中，始终存在着一支相当庞大的诗人批评队伍，而且这支队伍还在不断地扩大着，他们中的杨炼、沈天鸿、王家新、徐敬亚、于坚、欧阳江河、西川、韩东、孙文波、周伦佑、严力、钟鸣、张枣、肖开愚、臧棣、张曙光、周瓒、西渡、桑克等人，不仅贡献了大批优秀的诗歌文本，还贡献了相当数量的高品位的批评文本。"诗人批评"已经成为一些研究者重点关注的对象。此外，还有相当数量的偶尔"客串"一下当代诗歌批评的当代重要批评家，如陈晓明、南帆、谢有顺等，他们虽然主要的学术关注点不在诗歌方面，但在对当代先锋文学的追踪过程中不时地向诗歌批评投来的一瞥，却常有独到的发现；在广大的"民间"还活跃着一支很庞大的批评队伍，其代表人物如伊沙、徐江、刘波、苍耳、马策、格式、梦亦非、沈浩波、中岛、朵渔……都始终勤奋地耕耘在当代诗学前沿。正是这样一批批诗评者们薪火相传，才保证了先锋诗歌批评水准的不断提升。在此，仅选取其中的数位诗批评家，且只是对他们做一番素描式的点到为止的简单勾勒，但相信他们无法掩饰的热诚、认真、执著和业已取得的骄人成就，足以令我们相信先锋诗歌写作与批评共铸的辉煌。

吴思敬：与先锋诗歌同行的执著歌者

70年代起步、80年代崛起、90年代影响日隆的诗评家吴思敬，以其开阔的学术视野，兼容并蓄的襟怀，通过对不同时期诗潮转向的敏锐把握和对诗坛多元化格局的精辟论述，充分显示了他批评的稳健有力。他的《诗学沉思录》和《走向哲学的诗》两部诗论文集，直面当代新诗潮流、诗人和具体文本中所存在的诸问题，展开了与诗同行的带有追踪性质的诗歌批评；他的《诗歌基本原理》、《心理诗学》等著作，则通过对诸多诗歌原理的系统探讨，形成了个人独特的诗学理论建构，并与其极具活力的诗歌批评实践相互支撑，显示出独具的批评物质。

吴思敬对诗歌持有一种源自生命深处的本体关怀，他常常带着强烈的生命体验的冲动进入批评对象，他的许多批评文章没有过多地滞留于诗歌鉴赏的审美浅层，而是深入到了诗歌发生的现实文化语境之中，进入到了诗歌语言构成的内部，对诗歌生成的隐秘路径进行了幽微的探究，执著地探寻先锋诗歌的精神、质地及艺术表达方式。他的诗歌批评疆域十分辽阔，但其思考的深度和难度并没有降低和减轻。在很多诗学问题上，吴思敬的考察之全面、见解之深入和挖掘之透彻，无不显示出他走在批评前沿的敏捷和睿智。譬如他的《90年代中国新诗走向撷谈》、《精神的逃亡与心灵的漂泊》、《转型期的中国社会与当代诗歌主潮》、《当今诗歌：圣化写作与俗化写作》等篇章，对先锋诗歌发展潮流、态势、征兆把握和概括的及时、准确，令很多批评家和诗人击节叹服。他的关于"圣化写作"和"俗化写作"精到的描述和阐释，便巧妙地冲出了"知识分子"和"民间写作"长时间分歧迭生的纠纷缠绕，十分准确地标示出了21世纪先锋诗歌在沉潜与成熟路途上的两大基本走向。

吴思敬的批评有着学者的严谨和冷静，在批评展开的过程当中，他不像谢冕那样激情荡漾，不像程光炜那样诗情浓烈，也不似杨匡汉那样恣意挥洒强烈的主体精神，他本人虽然基本不涉足诗歌创作，但这并不妨碍他与诗人及其具体诗歌文本的自然沟通。他十分注重在批评中采取具有生命质感的介入方式，喜欢用心理学的方法追踪诗歌的精灵，从而找到进入诗人心灵的秘密通道，他与文本感应浑然交融，将带有生命感悟的体会自然地换为轻松而朴素的理论推演，举重若轻地处理了当代诗歌发展中的一些棘手问题。如他借助于心理学的一些理论和方法针对顾城的创作感觉进行了细致的剖析，客观地指出了顾城诗歌的得失，便是选择了同其他的批评家几乎完全迥异的路径。他对"知识分子写作"与"民间写作"之间的论争，始终保持一分平静与从容，认真地关注、倾听和辨析，他很少有言语激烈的批判，更多的是辩证地指出双方诗学观念和写作倾向上的差异性和共同点。他喜欢以朴素无华的方式直陈自己富有建设性的认识，有效地消解了某些意气化用事所造成的"误读"和"曲解"，他洒脱的批评风度，严谨的学理思辨，扫却了功利化批评的浮躁。

怀着对诗歌的虔诚和自觉的诗歌使命承担，吴思敬积极组织和主持了一系列诗歌理论方面的学术会议和诗人诗作的研讨会，有力地推动了诗歌研究工作的展开。作为全国唯一的新诗理论刊物《诗探索》的主编，他倾注了大量的心血，使《诗探索》一直以纯正的学术品位、厚重的学术含量和整肃的编辑风格为诗坛内外一致称赞。

吴思敬长期从事中国当代汉语诗歌的教学与研究工作，他热忱关注最前沿的诗歌现象，并善于将厚重的历史整体与变化万千的个体自然地结合起来，以批评家敏锐的洞察和独立的思考，常常对很多问题做出迅捷的反应，他对各种先锋诗歌现象的描述和揭示常常走在他人的前列。如他早年为"朦胧诗"所作的热情的"正名"、在90年代先锋诗歌沉寂时及时给出的充满信心的预言和在21世纪之初对先锋诗坛写作分化倾向富有卓见的指点，无不显示出他作为一名批评大家的独察深省和远见卓识。

他在诗歌基本理论问题研究和当代汉语诗歌思潮批评两个领域不断地变换角色，坚持基础诗学理论研究与诗潮批评相融合，但无论是在理论建构还是在诗歌现象扫描中,他从来不为各种西方理论所框,不为各种诗学理论所缚,也极少使用流行的批评术语,而总能够将来自心灵的独特感受和体悟恰切地转化为洋溢着生命热情的表述。"他力求把形象的内心体验、抽象的真理探求、中国传统文论的诗意感悟和西方现代文论的文本分析融为一体;他很多观点的产生都是个人的生命体验与诗歌本体同构的结果,充满了对诗歌本质及存在价值的终极思考,让人能够感受到一种活生生的、浑然一体的生命律动。"① 如此,他能够在对诗坛各种嘈杂的声音细致地梳理和冷静地省察时,没有像某些激情冲动的批评者那样常常置身于各种论争的漩涡中,没有"在滔滔不绝的大声喧哗中失语",也没有故弄玄虚地生造概念或故作玄奥地抛掷"惊人之语",而是于贴近、宽容、审慎之中不乏机警、独到的发现。他善于对繁复的现象在清理、透视、钻探中完成多维的探究和深层的开掘。如他对"第三代"诗的内容和形式"历史转向"的概括性描述:"从崇高走向平凡,从英雄走向平民,从悲剧色彩走向喜剧色彩甚至闹剧色彩,从迷恋自我走向亵渎自我,从理性走向荒诞,从优雅走向粗鄙,从审美走向审丑……"② 这样精要的指认与他对90年代诗潮转向的敏锐把握及对21世纪诗坛多元化格局的精辟论述,都充分显示出其高屋建瓴的深邃与辽远。

作为置身于当代先锋诗歌潮流前沿的著名诗评家,吴思敬以其温和、谦逊而不失锋利、洒脱的批评风度,以其长期独立的思考和富有特色的学术创见,为确立先锋诗歌批评的自主性、时代性和探索性,做出了积极的贡献,成为先锋诗歌批评史不容忽略的一位大家。

---

① 罗振亚、徐志伟:《值得信赖的诗评家》,《南方文坛》2002年第6期。
② 吴思敬:《走向哲学的诗》,学苑出版社2002年版,第81页。

陈超：在穿越"困境"和深度"介入"中打开诗的漂流瓶

在众多有影响的先锋诗歌批评家队伍当中，陈超是一位引人注目的诗人批评家。他系统的生命诗学建构，他对诗歌话语精深的钻探，对诗歌主体精神的探寻，对"深入当代"的"噬心主题"的独标真知的吁求，对时代转换中规避失语症的卓绝努力，等等，无不"彰显出优异而执着的诗学禀赋和富有良知的知识分子的立场"（霍俊明语）。

作为一个集理想主义和强烈的批判精神于一身的批评家，陈超始终保持着找寻、发现和命名的先锋状态，不断地穿行于敏锐感受和深邃思考的辽远疆域。他在专著《二十世纪中国探索诗鉴赏》（上、下卷）中，将精慎、独到的新批评式的文本细读与中国传统诗评的印象阐释相互融合，在对文本细部纹理的近切窥测过程中不时迸射出睿智的见识。

怀着对生命与诗歌的挚爱之情，陈超在"主动寻求"与自我设置的批评"困境"之中，仍不失乌托邦自由幻想。他坚持生命本体论和语言本体论，坚信现代诗是"个体生命朝向生存的瞬间展开"，并借助哲学的光照，通过细致考察人与生存之间临界点和困境中的语言，探究个体生命—生存—语言之间的复杂关系，进而揭开现代诗由形式本体向生命本体趋进的秘密。通过关注人类在突破生存困境和寻找生命栖居之所与精神家园中的"语言漂流"，他主张在"现实生存—人—语言"的关联中，大量地占有、择取、激活此在语境的、富有语感的个性化语言，抵达某种根性的"真实"，从而实现生命本质的诗性言说。在他看来，诗歌在其亲在的意义上，是与生命共存的，永远居于诗人生命的内核，其形式是存在的场所，无论是写出的还是可能写出的，诗歌都只能发生在生命与语言的临界点上，并在两者交锋的瞬间成为生命通往"天空"获得拯救的桥梁。他曾这样激情地宣言:"诗歌作为一种独立自足的存在,源自于诗人生命深层的冲动……隐去诗人的面目,让生命的活力让给诗歌本身吧。"①这种带有强烈"生命意识"和"使命意识"的"诗即思"的论点,在他的很多文论当中都有所显现。

他还在《生命诗学论稿》、《打开诗的漂流瓶——现代诗研究论集》和其他的诗学理论著述中,以宏阔的视阈,对具体历史语境下的诗学问题和可能的诗歌发展前景等诸多复杂问题进行了全面的梳理和还原,在探究"深入当代"、介入时代的"噬心主题"的同时,构建了在语言与生命、生存与历史临界点之上的、尊重生命个体和人类整体的个体主体性的存在意识,坚持对诗歌语言本体尊重的诗学话语谱系——"生命诗学",对先锋诗歌时代境遇里的真实困境予以认真勘测并以当代知识分子的独立立场进行了深刻的反思,并穿过历史的烟云前瞻诗歌可能的发展前景。他视角的独特、钻探的深入、评断的准确等,无不显示出一位成熟的批评家卓然的批评风采。

无论是对"朦胧诗"还是"第三代"诗,陈超均以"生命诗学"作为批评展开的一个重要支点,突出诗人的心灵和生命体验,并于深切的生命感悟中探寻先锋诗歌的价值和意义。在他看来,"朦胧诗在意义范畴中,最感人的贡献,恰恰在于这些诗人对时代,对生存,对人性的关切。这是真正的关切,有正义感和良知的关切。说他们'回避现实的人,大多是那种习惯于'紧跟'即时性政策的人。这种人除了迎和政治时尚外,对真正的生存往往视而不见"。而"新时期诗歌大约从1984年起,开始由道义的深刻转向生命的深刻,由自恋的向外扩张转向痛苦的内视与反省。与其说这是对诗歌的一次拯救,不如说是诗人对自

---

① 陈超:《诗即思》,《中国当代先锋诗人随笔选》,中国社会科学出版社1998年版,第139页。

身生命体验的拯救"①。陈超这种立足于对个体生命生存状态的体验和研究，将批评的视点移向诗人生命的本真与深刻，抵达诗人与诗歌的内核和精神深处，进而通过对诗人生命的阐释进入诗歌的内部，完成具有生命质地的诗学理论探索。

在特定时代语境中的先锋诗歌如何在持守"自我"的同时又向公众无限地敞开，如何在谛听诗歌生命脉动的同时完成对时代不容回避的"个人化"的揳入，陈超对先锋诗歌写作中的这些重要命题展开了深入的思考。他怀抱着个人乌托邦式的自由幻想深入时代，不断地求索诗人和诗歌的时代担当的可能路径。他于"刀锋上游走"时，找到了先锋诗歌陷入困境的原因之一就在于其丧失了历史想象力，而唯有极大包容的历史想象力，才能在生存——文化——个体生命之间的临界点上突破语言困境，获得真正有着自由幻想、具体生存现实处理和个人生命游走的诗歌。他并没有满足于对问题的深刻洞察和独到发现，还以其身体力行的创作实践进行了形象代言和导引。如他的"2000年《作家》诗歌大奖"的组诗《交谈》和《热爱，是的》等诗篇，都对日常生活细密纹理的关注与形而上的追问和思考进行了自然调和，在对现实题材的个人化处理中，完成了对时代生活的深度"介入"。

面对90年代先锋诗歌中因片面强调"个人化"而导致主观化和私人化的写作，并且在表达方式上出现大面积"雷同"的倾向，陈超直言："它降低了写作的难度，抑制了灵魂求真意志的成长，使诗走向新一轮集约化、标准化生产。它难以有效地处理复杂的深层经验，和把握具体生存的真实性，丧失了诗的时代活力。更严重些说，它在不期然中也以另一种方式加入了'集

---

① 陈超：《认识现代诗》，《打开诗的漂流瓶——现代诗研究论集》，河北教育出版社2003年版，第251、28页。

体遗忘'的行列。"① 可贵的是，他在直面先锋诗歌写作困境时还能够从哲学、社会学、语言学等多角度探究先锋诗歌的出路，对其光明的未来充满信心。

也许是兼具诗人身份使然，陈超一直高度重视诗歌技艺，对某些思想外溢的粗糙文本保持本能的疏远。他的关于诗歌的构架、肌质、技艺、语言、意象和经验承载力等精到的论述，不仅散落在他的大量诗学随笔中，也广布于诸如《论意象和生命心象》、《生命体验与诗的象征》、《论现代诗结构的基本问题》等论文之中。他虽然不是一个技艺至上者，也不沉迷于技巧的雕琢把玩，但他知道技巧和形式同样是诗歌的生命，需要诗人和批评家对其始终保持由衷的敬意。同时，他对那些远离诗人心灵的纯粹的词语游戏或"不及物"的技术打磨，同样保持着高度的警觉。在陈超看来，诗歌绝不应是没有深度的、集体性的对"圣词"和"大词"的吟咏和疏离生活现实的乌托邦的憧憬，不应当是简单、低级、习惯性的修辞练习，更不是"美文修辞手艺"或"蒙昧式的'口语'"，而相信"现代诗的活力，不仅是一个写作技艺问题，它涉及到诗人对材料的敏识，对求真意志的坚持，对诗歌包容力的自觉。"②"我看到优秀的诗常常是这样：在词语的历险中，倾注着诗人生命中最持久的思想、感情和经验；在智力的快速运动中，闪射出纯形式的欣悦和自足。"③ 仅仅通过上面这些引述，我们便不难看出陈超的语言观念与其生命诗学观念是密不可分的。

---

① 陈超：《先锋诗的困境和可能前景》，《打开诗的漂流瓶——现代诗研究论集》，河北教育出版社2003年版，第5页。
② 陈超：《打开诗的漂流瓶——现代诗研究论集》，教育出版社2003年版，第70、82页。
③ 陈超：《思即诗》，《中国当代先锋诗人随笔选》，中国社会科学出版社1998年版，第135页。

作为创作和批评均成就斐然的陈超,长期置身于先锋诗潮之中而拥有着丰富的创作体验,加上丰博的知识谱系和学术修养,使其能够以"存在"的维度介入诗歌批评,以强烈的人生热情和艺术敏感,独立的写作和批评姿态,健朗、鲜活、颇具锋芒的充满理性思辨和生命色彩的文风,散章汇聚自成严谨而有张力的成熟的理论话语系统,完成一系列呈现原创性学术品格和毫不拘泥的大家气象的、坚实而超拔的现代诗学探索,成为当代诗界极为重要的诗人批评家之一。

罗振亚:整体观照与多维透视中的"智性言说"

罗振亚是一位始终站在先锋诗歌批评前沿的优秀批评家。他长时间以开阔的历史视野和高扬的主体批判意识,将先锋诗歌的发展变迁置于现代历史文化演进流程中进行宏观的整体观照与细致的微观解剖,从不止于对现象简单扫描与浅层论述,不拘于某些权威既有的论断,勇于从先锋诗歌外在和内质俱存的巨大困境中寻找突破口,以个人独到的体悟和严谨的论证,对当下正活跃的诗人进行不揣偏见的直率臧否。他始终以一个独立的批评家身份谦恭而自信地发言,在稳健的独白与温和的对话中,显示出非凡的学术眼光和价值判断力,显示出一位新诗研究学者翩然的批评风度。

在当代思想缩减、浮躁遍布、批评难度不断消解的现实境遇中,罗振亚深知"先锋诗歌"的命名和本质的"现身"与所处的现代文化语境有着必然的极其复杂的联系。所以,他毅然选择了宏观透视先锋诗歌的研究视角,站在更高的视点上进行全局性把握,对既有的各类创作和批评资源兼容并蓄,积极质疑、析疑和解疑。这样一来势必要增加整体性筛选、对照、分析、概括的难度,因为若要穿过纷繁、无序、杂糅的现象达到本质的揭橥,抵达对一些重大诗学命题探究的深度,实现真正有力度的批评,必须具备相当深厚的学术积淀和学术素养。

处于时代变革、文化转型时期的先锋诗歌，诗人自觉的先锋追求和诗歌本身的发展，使得诗歌观念、表达方式、语言策略等均呈现出前所未有的复杂性的变化，其对传统的颠覆、解构和现代建构方面所展示出来的巨大的探索性、多元性和丰富性，诗歌文本的多义性、歧义性、伸缩性等，都为批评家的深入解读制造了困难。如何对潮起潮落的先锋诗歌进行恰切的历史定位，如何从历史的、文化的以及诗歌发展的整体可能性等方面，挖掘出被遮蔽、排斥、误读的先锋诗歌潜在的价值和意义，是罗振亚展开批评的一个重要出发点。他以开放性思维、深入的体验和多维度的智性引领，在举重若轻的感性与智性双翼灵动的滑翔中，获得了一种与诗歌写作同样富有创造性的探索，无论是关于诗潮现象、诗歌流派、个体诗人，还是诗歌理论、诗歌文本等诸方面，他都能够将其放在一定的时代文化背景中加以考察，即使是细读文本也决不拘泥于文本，而是通过对诗人所处时代境遇及其变动的追踪，发现作为个体的诗人与社会历史深层的联系，并以其特有的穿透力跳过、超越那些繁琐的现象描述和粗陋的理论框定，从多重困境中寻找到批评突围的路径。他努力建立一种与先锋诗歌平等、和谐、深入对话的理想批评状态，如他对"非非主义"的批评，就是建立在对一些代表性文本的细致解读基础上的，联系诗人创作的文化背景与其文化诉求，对其反文化、反意象、反抒情等理论主张进行了深入考察和富有学理性的论证，雄辩地揭示出"非非主义"特有的诗学内涵和价值所在。

罗振亚一直坚持"史"与"论"结合的研究方法，力求在还原先锋诗歌历史的基础上，进入其演进的历史之中，对其生成、发展、裂变和湮灭的过程进行较为清晰的梳理，并使得批评始终处于主体最自由、充分的抚摸和打量之中。他在对批评对象冷静地谛听、审视、扣问和思索中，他以客观、厚重、绵延的

"史"作为"论"所展开的线索和依据，而"论"的展开与深入，又基于对"史"的分析、归纳和概括。基于对既有材料的感悟和提升，并由此进行大胆的"命名"和严密的求证。这就需要细心、耐心和恒心的支撑，更需要广博的知识储备和综合能力的发挥。罗振亚正是以扎实推进的批评实践，完成了一系列"史"与"论"的自然融合与创造，提出了很多富有创见性、启发性的观点。如他在对"个人化写作"的批评中，从90年代以前诗歌"意识形态写作"特点的指认，到辨析"集权主义的政治意识形态"与"个人化写作"的本质区别，从90年代的社会文化语境下对"现实"、"现事"、"叙事话语"重视的分析，到"自我表现"、"私人化写作"与"个人化写作"差异性的考察，指出了很多人语焉不详或缺少论证的"个人化写作"的本质、意义及被误读所产生的种种问题，而这一切都是在条分缕析、环环相扣、张弛有度的"史"的描述与缜密思辨的"论"的结合的基础上完成的。

为当下的先锋写作提供必要的借鉴和指导，实现批评对当下诗歌写作的价值，是罗振亚展开批评的又一重要出发点。他喜欢从诗学本体研究入手，以诗人的情怀切入到诗人的心灵和文本内部，喜欢徜徉于涌动不息的诗潮当中，与先锋诗歌一道保持心灵本真的律动，通过近距离的亲密接触，一步步走向先锋诗歌幽秘的深处。他以天赋的敏感透彻地把握文本，辨析不同诗人的个性气质，归纳出某些凸显流派倾向的特质，并借助哲学、社会学、心理学、语言学、文化学等方法，保证个人批评的鲜明系统性。为此，他往往一方面与诗人保持灵魂沟通，一方面加以理性思考的烛照，将理论把握与文本细读融为一体，于一次次追踪、清理和挖掘中，对现象、文本、运动、流派等进行整体观照和多维透视，进行拓荒性的探索。他在进行价值估衡、意义指正和对诗坛流弊进行必要纠正的同时，努力地为诗人提供理论指导，为其他研究者提供重要的学术参考。譬如，他通过对不同语境下先锋诗歌演变流程的现代审视，努力还原其变动不居的本真状态并对其发生的动因、根源和特征进行归结，发现了处于"影响的焦虑"中的先锋诗歌一贯的"反叛"取向，通过对"朦胧诗"——"第三代"诗——90年代的"个人化写作"——"70后诗人"这一"反叛"链条的考察，他令人信服地断言：每一阶段先锋诗潮都伴随着对前一阶段诗潮的解构而崛起，这其中存在着明显的"断裂"与"承继"，从而看到了"先锋"与传统和现实所发生的深刻的接续。

这一重要发现，无疑对于先锋诗歌的写作和批评都具有多重的启示意义。

真正的批评家敢于直面问题，勇于负起现实与历史的批评担当。罗振亚不归属于任何派系或圈子，他一贯坚持自己独立的批评立场，从不做夸大其词的偏执判断，也从不自视甚高地盲目排斥他人之见；他服膺于对事实精微的考察、评析、钩沉所出的切近本质的深刻发现，服膺于张扬感性色彩又具有精深的学理探究的真知灼见；他诚实、坚韧地执著于对现象背后本质的探掘，从不迁就或附庸某种流派而故意拔高或贬抑。身处众声喧哗的批评之中，他却总能保持一分冷静、从容，但在直斥诗坛的某些流弊时，他犀利的笔锋却毫不迟钝。如对"知识分子写作"与"民间写作"那场充满意气用事的话语权争夺，他在认真考察、分析了双方的观点和依据之后，在充分肯定论争的价值后，直陈自己的不满和遗憾："这场世纪末的诗学论争非但没有提供出有价值的思想或美学向度，反倒掩盖歪曲了一些有意义的诗学问题，使本来就十分模糊的汉语诗学问题愈加混乱。为服从论争需要，他们将民间与知识分子、南与北、软与硬、普通话与口语、本土与西方等范畴的对立性故意夸大，把复杂问题简单化或把简单问题复杂化，有的大而无当，有的干脆就不存在，这无疑混淆了读者的视听。""在某种意义上说，是以美学为幌子的争名逐利的商业炒作。"① 他这种带警示性的直率发言，缘于他批评的真诚，缘于他始终致力于将"先锋"对于当下及未来诗歌发展的潜在意义的揭示。

罗振亚长期从事中国新诗的研究工作，对近百年来中国新诗发展历史以及各个阶段诗歌的美学特征有着全面的了解和较为深刻的认识。对"正在进行时"的先锋诗歌展开批评时，他善于精心选取合适的视角，以便拨开庞杂的诗歌现象的遮掩，从芜杂、错乱、扭结的诸多问题缠绕之中，准确地抉取具有引发意义的散点、碎片进行多维的学理审视，找到破解某些重要诗学命题的通道。如他从语言学角度对"第三代"诗艺术特征所做的精辟阐释，便抓住了"第三代"诗反叛"朦胧诗"的路径和根本命脉；他从"肉体乌托邦建构"出发，对"70后""下半身"写作生成的原因、意义和明显缺陷的辩证剖析，便走出了道德批评的旧路，揭开了其"反叛"的先锋姿态和可贵的艺术探索；他通过对海子诗歌的浪漫主义特征的审视，看到了海子的意义在于"他已成为逝去历史的象征符号、中国先锋诗歌死亡或再生的临界点"，宣告了那种激情的青春写作的结束和失效，而更趋成熟的"个人化写作"开始来临。可见，他对海子的成功解读在于"他把海子个体诗人的风格特性与诗歌发展潮流及整体先锋诗歌语境联系起来，表现出对一个重要诗人的深刻理解和对时代诗歌走向的本质性洞见"。②

有着诗歌写作经验的罗振亚以其特有的诗性理论话语，将深刻的诗学观念和理论，自然地融入到他那一系列诗意的描述当

---

① 罗振亚：《朦胧诗后先锋诗歌研究》，中国社会科学出版社2005年版，第235页。

② 邢海珍：《阐释与评说：深入解读中的历史性清理和总结》，《文艺评论》2006年第1期。

中，融入到他那充溢着机敏的发现、灵动的诗性感悟、鲜明的艺术气质的论述当中。他的批评文本有别于人们常见的枯燥概念、术语铺陈和范式化的逻辑推理，在追求准确表述的同时特别用心于追求语言美质效果。他的文章中随处可见的诸如"诗坛灵魂的裂变"、"内在生命的孱弱"、"无根的漂泊"、"历史中断后的精神逃亡"、"通往成熟途中的智性写作"、"在场的叙述"、"活力的象征与先锋姿态的停滞"……这些张扬着生命自由与活力的标题，标识出历史走出抽象的在场的清晰与形象，削减了理性概括的生硬，增加了学理上的弹性与伸缩余地，不仅聚合了罗振亚在先锋诗歌批评之旅中丰赡的思想谱系，还由此在向历史、现实敞开之中使目光变得更加辽远而深邃。

张清华：沉入"迷津"的打捞与找寻

张清华曾说过这样一段话："每一代人实际上都需要他们自己的作家，他用这一代人共同喜欢的方式，代替他们记录下共同经验过的生活，成为一种留刻在历史中的特有的'公共叙事'。"[①] 其实，每一代人都需要他们自己的批评家，以他们特别的感受和思考，写下与他们的心灵相通的思想。作为一位有着浓郁的浪漫诗人情结的先锋文学批评家，他炽热的诗情与深邃的思想交织着，在一次次地进入和冲破"内心的迷津"中，展开了充满智慧的批评之旅。

作为一个喜欢在流淌的"历史"中打捞心灵"真实"的批评家，张清华喜欢在对历史陈述与"真实"的历史平衡中迫近人生本真。他曾经深情地道出自己与历史无法弃离的情感："我……看见一个个逝去的岁月和舞蹈在已渺然远逝的烟尘中的一串串人物与景象，（我）在不断地困惑和犹疑中，强行地，用

---

① 张清华：《内心的迷津·后记》，山东文艺出版社 2002 年版。

'暴力'把他们打入我所设置的框架和囹圄之中，我既感到有一种指点江山、创造历史的快意，又有一种因自己的虚弱而不能驾驭历史的惶恐，更有一种伪造和虚构历史的犯罪感。"① 可见，他批评的冲动和热情，源于在批评对象和批评的陈述之间寻找到平衡的强烈愿望，源于他内心涌动的历史关怀和人文关怀。

通过对正在行进的历史与现实的深情凝眸，张清华近距离地观察到了现代社会文化语境对先锋诗歌流变的巨大影响，看到了现实与诗人、诗歌的紧张关系，看到了先锋诗歌前卫而尴尬的历史处境。他自觉地将批评的目光投向时代文化洪流，透过浮躁的世象扫描，以冷静的文学观察和理性的审美思考，找寻到潜藏在喧嚣的先锋诗歌事实背后那些鲜为人知的"真相"。如他对当下先锋诗歌的"中产阶级趣味"写作的批评，便折射出他批评视野的开阔和思路的新奇，而他雄辩的分析和缜密的论述，又使他独到的认识得以充分地阐释。

尤其是面对90年代以来先锋诗歌写作中所存在的诸多困境与危机，张清华有深陷心灵迷津的困惑和焦灼，更有找寻突围、拯救、超越之路的思考。有着相当深厚的先锋思潮研究经验的他，很快就在多元化语境下先锋诗歌错综复杂的问题纠结当中，发现了90年代诗坛的三大矛盾："自由与秩序"、"诗学与写作"、"个人话语与时代语境"。他从诗人的时代境遇和心灵抉择、诗歌的生产过程、当代诗学理论体系建构和文本批评这三个角度深入90年代的诗歌现场，对诗歌在90年代的尴尬处境进行了现实与历史的双重审视。他指出："这种尴尬虽然有多种现实性的因素，但重要的一点是诗歌写作对现实语境的游离、漠视、迟钝和逃避，是诗歌写作的自语与对现实的无言，为何无言？它

---

① 张清华：《中国当代先锋文学思潮论》，江苏文艺出版社1997年版，第371页。

无法掩饰地表现了诗人思想的苍白与精神的遗失。"① 由此,他特别强调诗人的现实关怀和人文关怀,强调诗人写作中的人格自律。

张清华诗学批评的一个重要思考话题是"启蒙",这在许多新潮的诗人和批评家眼里似乎有点儿"过时",尤其是在90年代以来的商业文化横行、"崇高"被放逐、许多价值观遭到颠覆的话语背景下,许多诗人已在大众文化的狂欢中主动地放弃了历史承担,在"个人化"叙事中走向了"反启蒙"。张清华却喜欢在这个似乎很"陈旧"的其实永远有着新鲜魅力的话题中徜徉,喜欢将自己的批评话语置于启蒙主义与现代文化选择的语境中,喜欢跋涉于诗歌与哲学之间的艰难路途上。他在对"启蒙/现代性"这一世纪命题的不断追思和对先锋诗歌的历史凝眸与现实征状的细致打量中,以启蒙思想和人文关怀的主体话语,建构起自己的以启蒙的批评视角和立场为特征的批评体系和话语方式。虽然其中不免有一些悲壮的文化选择成分,但他从不以启蒙者自居,"却是以对话者的姿态和叙述者的方式,参与了对社会现实及其一系列文化命题、文学现象的思考,从而使其批评语言具有比较强烈的现实感和针对性,具有了九十年代文化的一些基本属性"。②

张清华在其第一部学术专著《境遇与策略》中,便开始着手建立自己的思想体系和理论框架。在随后的《中国当代先锋文学思潮论》和《内心的迷津》中,他继续在启蒙主义思想主导下展开当代文学的思潮、作家、作品的评论。特别值得关注的是《内心的迷津》一书,他将启蒙主义思想作为一直迷恋的诗学进行了深入的探讨和阐释,并以此作为对90年代诗歌本体批

---

① 张清华:《九十年代诗坛的三大矛盾》,《诗探索》1999年第3辑。
② 周海波:《诗与思想的理性之路》,《当代作家评论》2003年第4期。

评的理论依据，主要从生命与存在的哲学角度对先锋诗歌的生存现状、诗人的精神向度和诗歌的语言呈现方式等方面，展开多重的具有自我盘诘性的质疑和求索。在对各种悖论的分析中，思考那些基于自身生命体验所升华出的具有哲学意味的命题。在他那里，诗人哲学家式的思想方式和叙述方式呈现得分外明显，每一次批评活动的展开，都是与诗评家和诗歌文本进行的灵魂对话，都是在把心灵困惑与突围中的痛苦和欣悦赋予了必然的精神旨归。如他对食指、海子、伊沙等重要诗人的人生情怀、生命意志、生存价值等所进行的深层生命哲学思考，便穿越了诗歌文本表层，进入了诗人生命的诗意阐释，并由此把对诗歌艺术研究升华为富有哲学意味的精神之旅。他的《从神启到世俗：诗歌"终极关怀"的变迁》、《九十年代诗歌的格局和流向》、《"好日子就要来了"么——世纪初的诗歌观察》等关于诗歌潮流批评的文章，与其他批评家宏观把握诗歌流向和意义评价不同，他在冷静的美学沉思中又渗入了更多的哲学思考，能够令读者真切地感受到他话语背后深刻的哲学期待。

在张清华对中国当代诗歌的观察视野当中，"民间"、"边缘"、"个人"是不容忽略的三个关键词，这三个词不仅仅可以标识出诗人在共时性诗歌现场的空间位置，也不仅仅意味着一种诗学判断尺度，还意味着进入了一种流动的诗歌书写现场，并达到对诗歌史的激活和反思。正是借助于细致地辨析这三个词语所内蕴的诗学主张、美学特征、写作策略、诗坛格局划分、诗人身份等诸种意义，他展开了普泛而有效的诗学估衡，充分显示出个人批评视阈的开阔和视角的精准。

从90年代中期开始进入当代诗歌批评领域，张清华一直保持着"在场者"身份，他频频地参加各种诗会、编辑诗歌选本、接受访谈，使批评处于追踪诗歌创作的"现在进行时"。与很多批评家不大重视诗歌"民刊"不同，他多年来一直特别关注加速诗坛格局分化、促进写作自由梦想实现的"民刊"的发展态势。在对介入先锋诗歌生产和流通的"民刊"的长期追踪和细致考察中，完成了对先锋诗歌另一重要现场的目击、记录和审思，并清理了大量的漂浮在表面的尘埃，在细心的打捞中惊喜地发现了许多散落在民间的不为批评所关注，更是被文学史遗忘的"珍品"。像一个热忱的文物保护者，他倾全力做着抢救、收藏和开发的工作。他研究之中的个人情怀和"求真意志"，使得他在追求研究成果的"历史客观性"的同时，不免又多了一层诗人的充满历史想象的浪漫色彩。也许正是这样的一种研究情性，反而让他的先锋诗学研究增添了更多的活力，让他得以更加自由地穿梭于大量鲜活的文本当中，一任自己的学术智慧奔涌其间，有效地缩短了批评与创作的距离，规避了学术研究与写作现实的脱节，充分保证了阐述的有效性及对当下写作实践的启发意义。

作为中国当代先锋文学批评的一名重要的新锐批评家，张清华涉足先锋诗歌批评的时间虽然不是很长，但其所取得的成就却是显著的，对他的批评追踪研究显然十分必要。

于坚：来自诗歌写作前沿激越而粗砺的声音

于坚是被世界诗歌界所关注的20世纪下半叶中国先锋诗人的重要代表，他以具有鲜明特质的"民间写作"在中国当代诗坛上独树一帜。于坚的诗学理论并不系统，大多散见于自己的创作经验总结和陈述自己诗学主张的随笔和有限的几篇论文中，并且大多是一些格言式的随感，不大讲求逻辑的严谨和概念的精准。但因为它们来自诗歌创作的"第一现场"，出自诗人独特的感受和体悟，所以不乏深刻的思想洞穿力和可贵的诗学启发力，尤其是他对先锋诗歌弊端独到的反思和强烈的批判，成为众声喧哗的诗歌批评中一种很有影响的存在。

作为一名善于对诗歌写作进行反思和总结的诗人，于坚的很多诗学主张都与他的写作实践密切相关,他是与"朦胧诗"崛起同时开始创作的诗人,深受西方现代思想的深刻影响。他从卡夫卡、乔伊斯、普鲁斯特、米兰·昆德拉、索尔仁尼琴、史蒂文森、尼采、维特根斯坦、海德格尔、萨特等作家和思想大师那里汲纳了丰博、深邃的思想,并充分汲取中国古典文化的营养,加上他天赋的诗人气质和横溢的才华,亲历了三十年来中国先锋诗歌的每次潮起潮落,并在不同时期均以优异的探索和出色的文本,建立了其当代先锋诗人大家的地位。

"每一个时代都有自己的诗歌精神",于坚倍感传统诗歌精神的压抑与窒息,决然地走向了恢复诗歌的个人本质和重建诗歌精神的道路。他所认知的诗歌精神可以概括为:反对扭曲的崇高化和使命感,反对诗歌"代言",让诗回到"个体生命的自觉"状态中,回到当下的日常状态,回到真实可触的"此在",即回到开放的、实在的、真诚的与生存状态和生命历程息息相通的精神世界中。他主张:诗要表现个人化的当下的、现场的和具体的、个人的生命体验,即使这些体验,是压抑的、卑俗的甚或是变态的,也要努力找出个人心灵的历史积淀并通过生命本身呈现出某种诗意的深刻,即诗人应当学会从日常的凡俗世界中找寻并捕捉到诗意,要在写作中对人生日常经验世界中被知识遮蔽的诗性给予澄明,而不要抵达销匿了个人生命体验的某种"在上"的理念。这种对"个人生命的自觉"追求,使于坚确信并执著于这样的诗歌信念:诗歌的意义存在于日常生活中,诗要表现日常生活的意味,要让人觉得当下的生活是值得过的。这种对日常生活场景的进入与"深度呈现",有效地保持了诗人生命本真与自我超越。

于坚始终持守自由、民主、尊严、神圣、公正、理性、责任、担当等19世纪以来人类确立的基本价值观念和人生信条,在他的理论表述中不时会流露出非常虔诚的宗教情感,但他深恶痛绝中国文化当中将世俗的东西神圣化、将神圣的东西世俗化的流弊，一直对于"不及物"的"宏大叙事"保持着高度的警惕。特别是对当代诗歌中那些以抽象的"我们"替代有尊严的个体，以非个人化感受传递主流意识，以理想彼岸的承诺来悬置现实，以霸权的隐喻传达所谓的"言外之意"的传统诗歌观念和表达方式，于坚以激进的反叛姿态和呈现着智慧的"爆破"手段予以了无情的颠覆和解构。尤其引人注目的是他以平民化视角，大胆地解构了传统诗人的宣传者、教育者、救赎者或启蒙者身份，突出了诗人及其诗与读者平等交流的关系。在他看来，诗人不能充当上帝、牧师、人格典范一类的角色，而只能是表现自己生命最真实的体验者。由此可以看出：于坚要建构的是彰显个人性、当下性、平民性、经验性和本体性的诗歌精神。但是，他在剥离附着在诗歌之上的社会、政治等负荷，努力消解诗歌对当下经验过分倚重的同时，对诗人与诗歌历史承担的拒绝以及对彼岸追寻的忽视，也潜伏着某种因过度追求平民性而没有形而上的引领，最终导致诗歌创作滑向平庸的危险。

  于坚高度的文化自觉和深邃的历史洞察呈现在他对诗歌语言的关注中。他认为，现代汉语诗歌的一大恶疾是，隐喻的普泛化和权威性及由此所产生的能指与所指的严重分离并造成了"奴性的读者"，同时他拒绝迎合西方审美原则的"同西方接轨"的"翻译写作"，坚持"穿越汉语的光芒"；他认为，诗人是母语的使者和守护神，诗人必须坚持用母语写作。他对口语写作的信赖和坚持，是出于对隐喻暴力的清算，目的在于努力实现能指与所指的统一，在于更为确定地表达感受或思想，实现诗歌对现代世界的重新命名。在他看来，80年代开始的"口语写作"并非只是一种先锋性的语言策略，它的深刻意义在于"复苏的是以普通话为中心的与传统相联结的世俗方向，它软化了由于过分强调意识形态和形而上思维而变得坚硬和越来越不适于表现日常人的现实性、当下性、庸常柔软、具体琐屑的现代汉语，恢复了汉语与事物和常识的关系，口语写作丰富了汉语的质感，使它重新具有幽默、轻松、人间化和能指事物的成分"。①

　　无疑，于坚对诗歌语言背后所隐藏的暴力倾向的反思和清理，是一种颇具个性化和一定深度的审视与言说，对先锋诗歌语言的取向有着重要的启示意义。当然，他在表述时用"软"与"硬"等模糊的概念并有意夸大了口语优势等，使其一家之言的漏洞也显而易见。譬如他在反拨诗歌写作中普泛化的、离开诗性的陈词滥调的隐喻，从根本上消解隐喻造成的多种危害时，提出了一个极有影响的口号——"拒绝隐喻"，并进行了一些很有见地的分析论述。但是，他主张在诗歌写作中彻底拒绝隐喻是不可能也是没有必要的，因为隐喻作为一种重要的诗歌表达方式，实际上呈现着丰富的诗性智慧，很多优秀的诗人和诗歌文本都一直在运用隐喻，并且于坚的很多文本诸如《罗家生》等名篇隐喻性都是很强的。至于他对"宏大叙事"的决然否定虽是为了强调对日常的个人体验的重视，但那种绝对化的表述不免会降低其诗学主张的学理性和思想的可信度。

　　应该说，于坚的诗学思想是相当庞杂且多有牴牾的。他对先锋诗歌许多方面都有敏锐的发现和解析，但对杂糅在他独断和绝对化言说中的那些闪烁着智慧灵光的见解，也是需要细心甄别和考察的，需要在那些他试图用最简单的语言概括相当复杂的事实，从而在强调了某一方面事实而遮蔽了其他方面事实的偏激或带有明显漏洞的叙述之中，分辨出他真实的所指，而不能陷入他的能指与所指分离的泥淖。就像他的充满张力的诗歌文本一样，他的繁杂、不系统的诗学理论也是备受关注和争议的。

---

① 于坚：《诗歌之舌的硬与软——关于当代诗歌的两类语言向度》，《诗探索》1998年第1辑。

唐晓渡：独立而稳健的多元探索与幽微挖掘

唐晓渡是一个自觉地坚持独立的批评精神和姿态的诗评家，他以独立、自由的身份和高品质的专业素养进入批评前沿，在与诗人平等对话中建立起一种自足的批评。他介入诗歌创作但又能够独立于创作之外，不做诗人和文本的附庸，更不屑于热闹的"团队批评"或"圈子批评"。出于对诗坛众声喧哗有时却难觅令人信服的真见、理论和概念频出的"不及物批评"的不满，他发出了"重新做一个读者"的呼吁，并以自己对诗歌的真诚和热情，在细读文本的基础上，将幽微的钩沉与宏观的探究结合起来，既进行适度的肯定，又不舍弃深入的思索和盘诘，以客观的学术立场发言，保证批评的品位和质量。

一个批评家的成熟，往往体现在其执著的探索并不断地奉献独特的学术发现过程中。唐晓渡的诗歌批评始终瞄向生存和语言，他以特有的历史想象和审美经验参与到变幻的诗潮当中，不断地输出厚实的批评文本。虽然"相对于那些不断为诗评界提出时鲜话题的同行而言，唐晓渡有时显得慢半拍；但最后常常是他能将话题伸延、廓清、引向深入，把审美感受的描述转化为大家共识的规范命题。这种对朦胧感受和速成知识的抑制，体现了他扎实的精神成长"。[①]

通过还原诗歌写作的具体社会历史文化情境，考察诗人在不同语境中的生存状态、思想倾向、审美观念和艺术表达方式等，唐晓渡找到了不同诗潮演变的根源和特征，并由此探寻其生长的空间和可能的前景，指认其独特的价值和意义。如他的《实验诗：生长着的可能性》、《朦胧诗之后：二次变构和第三代诗》、《心的变换：朦胧诗的使命》等，均是依据对诗歌展开和生长的

---

① 陈超：《唐晓渡的诗歌批评》，《诗探索》1996年第2辑。

历史语境进行透彻的审视，从生存美学、社会学、心理学等多角度完成了其历史定位。而且在文本分析时，他还十分注重诗歌文本的历史还原，注重运用"向心式"的方法，并适度地加入冷静的"实验性"思维探索，在与诗人和诗歌文本平等的对话中，机敏地洞悉那些纷攘的外表下面所隐藏的细微本质，如他对北岛、食指、顾城、翟永明等诗人展开的专论性文章，都体现出他充分尊重诗人和文本。怀着很强烈的探索心灵秘密和精神深度的热忱，他从多个层面进入到诗人的内心与他们的诗歌文本内部，通过细致的解析和反复的自我辩驳，在充分发扬批评主体的能动性进行大胆、超前的本体论的同时，又不忘兼顾社会性、文化性的研究，使其具有思想穿透力和感性自由穿梭的"实验性批评"收到了很好的效果。

唐晓渡的学术视野极为开阔，除了具体诗学问题的研究外，他还从人类生存的具体历史语境出发，将诗学建设与人的生存境况的省察联系在一起，坚持深入诗人和诗歌的生存现场，不断拓宽诗歌批评的维度。在他看来，诗歌批评应当始终以独特的诗歌存在为依据，因为诗歌的本体依据或存在理由是"探索生存、情感经验和话语方式的可能性，发现那些只能经由诗所发现的东西"。[①]

正是缘于对"生存—文化"的敏感和关注，唐晓渡的诗学研究始终立足文本分析，并直指生命存在的本真与实质，在对诗人生存的特别关注中寻找现代诗学充满活力的内核和价值。他在《不断重临的起点》一文中，在爬梳了新时期10年诗歌丰富的事实后，针对当时诗论界普遍强调"表现自我"的"个体"，他提出了一个有着强力纠偏作用的命名："个体主体性"。他认为缺乏主体性的个体和缺少个体的主体性同样是不完整的，前者会

---

① 唐晓渡：《唐晓渡诗学论集》，中国社会科学出版社2001年版，第412页。

导致"自我中心",后者会陷入抽象的主体性。而"个体主体性"不仅划开了简单化的"表现自我"和抽象化的"主体性"、"个性"等概念,还有助于人们理解诗歌写作中争论不休的"个人化"内涵——"个人化"是凸显个人和超越个人的,它包容着个人独特的体验与历史承担。

唐晓渡在其系列先锋诗歌批评文本中,常常使用"困境"这一词汇,他从先锋诗歌所面临的生命的困境、文化的困境、自由的困境、语言的困境入手,不屑于理会某些先入为主的所谓"传统"与"现代"对峙,勇敢地打碎那些"庸俗进化论"的"时间神话",对批评界喧嚷的"唯新是图"的所谓现代、后现代空洞的理论预判和简单的归类性概括,保持了高度的警惕和自觉的抵制,他的《多元化意味着什么?》、《挺住就是一切》、《结束和开始》等文章,均显示了他不轻易盲从某些时髦理论的独立思考的品质和独到的眼光。

任何批评的展开都必须直面历史和现实,唐晓渡主张切入诗歌的生存现实和文本的实验性批评,摒弃某些理论空转的"不及物性"批评,他一直倡导并身体力行着综合性批评。他提出:"应把文本批评和语境批评、宏观批评和微观批评、'向心式'的批评和对生存—文化的阐释有机地融为一体。批评者既应精通文学或诗的'特殊知识',又应汲取尽可能广博的多学科知识,以增强批评的穿透力和广延性。"而且"批评和创作、批评和批评之间是一种彼此平行开放的对话互动关系;批评的功能不在于提供结论,而在于提出问题,或使问题重新成为问题。和创作一样,这里始终保持住问题的难度和活力与批评风格的形成和变化相拥相济,但比后者更加重要"[①]。正是基于这样的批评理念,他常常以平等、宽容的精神状态进入诗人内心和文本核心,追求

---

① 唐晓渡:《唐晓渡诗学论集》,中国社会科学出版社2001年版,第499页。

批评过程中的理性与感性生命意识的自然呈现，在自身的理论建构、深度体悟和文本的冲突与抗争之间寻找那种充满张力的问题，并在不断向幽微处掘进的理性思辨中寻求文本存在的多种可能性和多向度的启发意义。当然，他的诗歌批评中有时过于追求运思和表述上的全面，过于追求行文的周密严饬，反而影响了其对问题的集中穿透力。

足以令整个批评界为之注目的是，1978年以来，完全可以同创作争辉的先锋诗歌批评，涌现了浩浩荡荡的富有朝气和创造力的批评家队伍，除了上述论及的重要诗评家以外，其实还有很多颇有建树的先锋诗歌批评家，限于本论著容量的限制，以下再选取他们其中的几位，不再做更多细致的描述，只是用极简省的笔墨做一番简明扼要的类似于"词条"的概括，但相信我们依然可以从中窥见他们各自不凡的专业修养、学术成就和卓然的批评风度。

有着丰富的诗史研究经验的洪子诚，在其批评过程中最有别于一般批评家之处，在于他力求"还原历史"的批评，从不无视文本的存在而自言自语，从不强行裁剪文本以削足适履，不以诗史的研究而形成"观念的容器"，不用某一种现成的理论体系，对多元化的异常复杂的诗歌现象进行懒惰、粗暴的切割、分离和"捆绑"，而是对具体的诗潮、诗人、文本进行充分、细致的考察，发现那些真正优秀的诗人及文本在延宕的诗歌史中的特征、价值及目标的位置，特别是对"沉默的大多数"群体作了自觉关注和理性审视，尊重历史存在的繁复性与多元性。例如，他在广受赞誉的《中国当代诗歌史》中对"朦胧诗"和"后新诗潮"所进行的动态性的历史定位，便突破了以往诗歌史写作中常见的现象扫描与简单的共性概括的"观念史"思维模式，留给评说历史的叙述更多宽容和可能性，从而使其在多维度上展开了当代中国诗歌史的"个人化书写"。而他在对先锋诗歌批评

"失语"进行深刻反思时,直面90年代诗歌批评表面的热闹而对问题的理解却依然充满困惑,特别是就一些批评家没有细读文本便对"九十年代诗歌"横加指责的做法,重提"如何对诗说话"这看似不需论证的问题。他直言不讳地指出:任何批评都必须建立在对诗歌写作和批评充分尊重的基础上,同时,批评者还要对自己的立场、观念有必需的审视与反省,提醒那些发言者注意自身言说的依据、可能性与边界,如果不能掌握已有的"诗歌事实"(包括诗歌文本与诗人的批评文本),便不能建立真正有效的批评。[①]

王家新无疑是当代先锋诗人中极为杰出的代表之一,他贡献了不少注定要写进当代诗歌史的堪称经典的优秀诗歌文本。同时,他还是一位十分重要的诗人批评家,他大量的诗学随笔和论文当中有许多重要的诗学命题的思考和阐述,为中国当代先锋诗学建设提供了宝贵的资源。无论是早期对写作本身颖悟的诗论集《人与世界的相遇》,还是自觉反省、探索先锋诗歌写作无限可能性的诗论集和随笔集《夜莺在它自己的时代》、《对隐秘的热情》和《没有英雄的诗》,他思考的领域极为广泛,既有宏阔的关于先锋诗歌(尤其是90年代诗歌)走向和特征的审视,也有关于诗歌的时代处境、写作与现实复杂的关系思考,还有关于诗歌语言、技艺等具体问题的深入探究。其中,他关于在现代社会文化语境之中诗人如何确立和保持自己独立的身份、立场,如何在多重的现实困境中进行个人的历史承担,如何在"关怀"与"自由"之间实现真正的"个人化写作"等问题的思索,反映出一位有着强烈的独立意识和自觉担当的知识分子写作者对现代汉诗所做的极具穿透力的诗学建构努力。他吸收、消化西方哲学、

[①] 参见洪子诚《如何对诗说话》,《郑州大学学报》(哲学社会科学版)1998年第1期。

诗学资源并将其纳入中国当代诗学的建构当中，积极探索汉语写作"本土化"问题，如关于"叙事的可能性"、"中国话语场"、"知识分子精神"的阐释和倡导，关于"反讽意识与喜剧精神"、"多声部写作"等90年代诗歌特征的指认，关于"知识分子写作"所进行的"反省、修正和深化"等，都不仅是自己诗歌写作的阐释与印证，还是对当代诸多重要诗学问题的深层思考，有着很强的现实针对性和历史纵深感。

　　作为中国诗歌研究中心博士后的张桃洲，他的批评并不带有明显的个人倾向性与浓厚的主观情感色彩，他似乎更自觉地游离于主流批评与民间批评之外，致力于智性的学术批评，力图在客观评述中恢复批评理性的和建设性的力量，体现出向传统学术回归的专业性和学院性批评的倾向。他以"话语"的方式介入新诗批评与研究，跨越了诗歌史的梳理，绕过了思潮、流派和风格的描摹，也跳出了细碎的"文本结构"的考察，直接进入诗歌语言能指的理论本质和主题形态的研究。通过考察具体语境中的诗性思维、所需的有效经验和对应的表达，从"话语"层面不断追问新诗"何以成为可能"等本体论问题，并追本溯源，直指新诗话语所面临的困惑。如他准确地揭示出了朦胧诗后先锋诗歌存在的两种极端话语的困境：精致、纯粹的语言所营造的自成一体的话语封闭空间与"以口语入诗"的"语言行动"所造成的新的话语危机和尴尬。另外，张桃洲还将西方批评方式与本土文化范式、思维习惯自然地融合，展开有着自己知识谱系的"本土性批评"，他在对王家新、臧棣、西渡等重要诗人个案的研究中，充分地显示出其批评中一贯的"话语理论"建构，获得了诗歌语言钻探和批评理论拓展的"双重深度感"（陈超语）。

　　典型的学院派诗人批评家臧棣，无论是对具有"断代史"意味的"后朦胧诗"的整体评判，还是对极具个性的诗人诸如海子、戈麦、顾城、王家新的个案研究，他总是能够以诗人特有的敏感发现缠绕在一些理论纠葛和诗歌现象中的"问题的问题"（胡续冬语），并以其强烈的自信和雄辩，运用西方一些批评理论和方法，迫近并试图穿透诗歌创作内部感性与理性交织而引起的种种逻辑性的矛盾机制与情感现实，打破许多规范的束缚，对某些诗学命题重新进行大胆的求证，在一系列动态的、开放的不乏感性色彩的诗学探索中，努力实现对某些误解和偏见的清理与指正。如他主张"诗歌反对常识"，主张客观的"诗性存在"，主张以阶段性的具体策略实现对当代诗学的"共时"和超越等，即使在"强烈的拒绝"中，依然保持着前倾的批评姿态。对于他的诗人与批评家的双重身份所展示出来的独特的批评风貌，周瓒的评价是十分确切的："从批评意识的角度看，将批评自我融入批评对象之中，不仅仅去体验对象的体验，而且同时也与对象建立起对话和辩论的关系，在这种对话关联中反观自己的写作和批评观念，这使得臧棣的新诗批评带有鲜明的辩驳与确认并存或重合的特征。"[①]

批评家耿占春则从生命学的角度和哲学的高度，借助现代西方哲学与文学理论，充分发挥自由的想象力，在与诗人和诗歌文本进行生命哲思性对话中，对诗歌多元化呈现方式进行扩张性解读，寻找隐藏在诗歌文本与诗人思考中的思想与人性精神，并对先锋诗歌中的诸多现象进行理论的提炼，进而挖掘出诗歌内在的规律，深刻地理解和阐释先锋诗歌，使诗歌批评得到哲学意义上的升华。他强调诗歌批评中的开放性的想象力，极大地拓展了阐释的空间，注重批评的独立性与创造性，超越那些斑驳的诗学观念和理论抽象的演绎，将理性的思辨与飘逸的想象、智慧的感悟结合，使批评获得一种超越经验的与生命、哲学自由对话的途径。

[①] 周瓒：《用铅笔写诗，用钢笔写评论——论批评家、诗人臧棣》，《南方文坛》2005年第2期。

第五章　诗评家队伍与诗评家个案透视

建立在对先锋诗歌流派、诗潮运动、流派理论主张的史料广泛搜集和精心整理基础上的流派批评,使孙基林的一些整体性评述也具有一定的前瞻性和开拓性。如他对"非非"、"他们"、"莽汉"等"第三代"有影响力的诗歌流派所进行的富有理性精神的批评,展示了"第三代"诗歌运动冷静与疯狂、真诚与喧嚣的场景背后那些富有断裂性、创见性的诗学探索的成就,描述出了"第三代"诗歌生成和发展的清晰的轨迹,并较为准确地给予了价值判断和意义估量。他对世纪末诗坛论争的背景、因果和各方面主要观点的系统的汇集和精到的评点,也为许多诗人和批评家深入的研究提供了有益的参考和借鉴。

作为"民间诗歌精神的挖掘者",沈奇始终秉持"民间立场"并持有深刻的怀疑精神,他也是自由体验和觉悟式批评的先行者之一。他以平民的视角进入批评,采取"直观性"的批评方式,在保持批评者对诗歌文本的"生命体验"与艺术自觉的过程中,实现与诗人心灵的沟通和对话。他舍弃了大量的专业术语和新奇的概念,抛置了纯粹的理论化、专业化的批评范式,运用符号学与现象学的批评方法对诗歌现象和文本进行带有"唯美意味"的灵动阐述,注重清晰的主体性感觉与深度的理性思考的自然融合,将深奥的理论阐述化为具有启发性和开放性的诗性言说。如他对90年代诗歌"口语化"与"叙事"等问题的论述,随笔式的批评文本中不时闪烁出智性锋芒,且看他对诗人于坚的精彩评价:"喜欢读于坚,不仅在于他说出了存在的真实,为长期幽灵般浮荡的现代汉诗,找回了一个可信任可亲近的肉身,更在于他说出真实的同时,那种完全个在而又富有亲和性的、原生态的说法。"[1] 浓厚的主观性并没有冲淡思想的含量,

---

[1] 沈奇:《隆起的南高原——于坚论》,《沈奇诗学论集》,中国社会科学出版社2005年版,第28页。

平等的对话而非高高在上的审定，使得沈奇的批评与诗人的创作形成了良好的互动。

许多诗评家都特别重视文本细读式的批评，张闳以符号学和现象学等理论渗透于诗歌文本细读之中，在追求批评的一种直接的、感性的力量的同时，抵达理性思考的深度，并在直面诗歌文本时充分保持批判的勇气、锐利的眼光以及鉴赏能力的基础上，形成一种狂欢化与幽默式的反讽性批评场景。如他以戏谑的笔调对朦胧诗人的代表北岛和舒婷的解读：《北岛，或一代人的"成长小说"……》和《舒婷：世纪末的诗歌"口香糖"》，文本细读中多元杂陈的批评融合显示出独特的美学意蕴与个性言说。

其他许多诗评家也以各自独特的视角和多元化的批评探索，发出了自己独立、自足的声音，自觉地汇入了先锋诗歌批评个性张扬的"众声喧哗"的大潮。如王光明对"个体承担的诗歌"的理想构建，李震对向"此在"的现实场境还原的"反神话写作"的倡导，陈晓明对"思想缩减时期的修辞策略"的深度思考，欧阳江河对"中断"后先锋诗歌的"中年特征、本土气质、知识分子身份"的开启性阐述，韩东对"民间"内涵、立场的诗学界定，西川对"写作处境和批评处境"的反思，周伦佑关于"非非主义"的一系列变构诗学，张枣对"元诗结构"的打量，翟永明对女性诗歌中"黑夜意识"的独特观照，刘翔对"新理想主义"的构想，徐敬亚为21世纪诗歌寻找"回家的方向"而进行的一系列深刻的思索，等等，众多闪烁着个性风采的、情怀高蹈的批评文本恣意汪洋，或锋芒毕现、或温文尔雅、或率性质朴、或严密论证……它们构成了与先锋诗歌创作相对的另一片繁荣。

伴随着社会历史文化的巨大变革和先锋诗歌的不断演进，学院批评、诗人批评和媒体批评相互呼应、相互促动，越来越多怀有热情和责任的诗评家们进入到先锋诗歌写作历史和"现场"

之中，不断地吸纳中西方理论，整合中西方话语资源，坚持独立、自由的批评立场，进行广泛而富有成效的批评探索，使得先锋诗歌批评很快走出了最初的启蒙批评，告别了简单的感性批评和庸俗的社会学批评，批评的学术性和学理性都得到了明显的强化。

第二节 谢冕：穿越历史的思想家和歌者

谢冕是一位著名的新诗研究学者，他站在历史的至高点上，对新诗史特别是新中国成立三十年的诗歌创作史，进行了富有穿透力的考察，写下了兼有史家气魄和批评家才识的《和新中国一起歌唱》、《历史的沉思》、《论中国新诗传统》等闪烁着锐利批判锋芒的论著。他以严谨诚实的历史态度、不同流俗的批判观点、充满深厚的人文关怀、对美的高度敏感及对诗歌光明前景的殷切期望，对新诗发展的道路进行了清醒的指认与前瞻性的评价，充分显示出一位批评大家卓然独立的风采。"他对当代中国诗歌独特的感受和判断能力及其对全局的整体把握，奠定了他在该领域首席批评家的权威地位。"[1]

当然，在中国先锋诗歌批评史上，谢冕绝对是一个重量级的人物，一个跨越时代影响深远的著名批评家，作为北京大学博士研究生导师、北京大学中国语言文学研究所所长、中国作家协会全国委员、中国当代文学研究会副会长，他的学术视野极为开阔，研究领域众多，尤其在当代文学学科建设和"百年中国文学"的新史观等方面建树显著，他主持完成了许多具有划时代意义的重大研究课题。

---

[1] 孟繁华、侍春生：《谢冕与中国当代文学研究》，《当代作家评论》1998年第6期。

仅仅从他在先锋诗歌批评优卓的表现当中，我们便不难发现谢冕在中国新诗批评史上不可替代的历史作用和地位。

一　宏阔的历史视野和超拔的胆识

作为新中国第一代重要的新诗批评家之一，谢冕20世纪50年代在北京大学读书期间，就与他的学友洪子诚、孙绍振、孙玉石等在徐迟先生的支持下尝试编写新中国较早的一部新诗史，这为他日后进行新诗批评提供了理论基础和实践经验。谢冕早期的批评主要着眼于"促进新诗的进步与繁荣"的"赞扬"式评价，大多是具体的诗人论或诗歌文本批评。对此，诗评家王光明给予了这样的评价："就谢冕的早期诗评而言，与其说表现了一个新诗批评家的洞察力和历史眼光，毋宁说是显示了他敏感的鉴赏力。"[①]

当年，"朦胧诗"刚一登上诗坛，许多人就站出来大加指责，那些在"十七年时期"活跃的老诗人如艾青、臧克家等人也纷纷撰文反对"朦胧诗"，随后相继有许多诗人和新诗批评家们就"朦胧诗"的"懂"与"不懂"等问题进行了激烈的争论。1980年4月，谢冕在他参与筹办的后来被称为"南宁会议"的全国诗歌讨论会上，面对"朦胧诗"以陌生的艺术方式表达了新的诗歌理念所遭遇的猛烈批判，人至中年的谢冕和孙绍振等人率先挺身而出，勇敢地为"朦胧诗"进行"正名"和辩护，他做了题目为《新诗的进步》的著名演讲，直言不讳地批评某些人对敢于向"传统"挑战、不拘一格的诗歌观念的歧视，提出应持有宽容和竞争的新观念。接着，他又在1980年5月7日的《光明日报》上发表了引发诗坛强烈震撼的《在新的崛起面前》，他以开阔的视野、对新诗发展历史的熟稔和深厚的诗歌鉴

[①] 王光明：《文学批评的两地视野》，北京大学出版社2002年版，第51页。

赏素养，敏锐地预感到一个新的诗歌时代的到来，并以积极迎接的姿态对"朦胧诗"及其批评亮出了自己鲜明的观点："对于这些'古怪'的诗，有些评论者则沉不住气，便着急着出来加以'引导'。有的则惶惶不安，以为诗歌出了乱子。这些人也许是好心的。但我却主张听听、看看、想想，不要急于'采取行动'。我们有太多粗暴干涉的教训（而每次的粗暴干涉都有着堂而皇之的口实），我们又有太多的把不同风格、不同流派、不同创作方法的诗歌视为异端、判为毒草而把它们斩尽杀绝的教训。而那样做的结果，则是中国诗歌自五四以来没有再现过五四那种自由的、充满创造精神的繁荣。""我们一时不习惯的东西，未必就是坏东西；我们读得不很懂的诗，未必就是坏诗。我也是不赞成诗不让人懂的，但我主张应当允许有一部分诗让人读不懂"，"应当学会适应这一状况，并把它引向促进新诗健康发展的路上去"①。他不仅以开放、宽容的胸襟提醒人们不要以粗暴的方式对待新的诗潮，还以诗人般的敏锐察觉到了这股新的诗潮必将对僵化、死寂的诗坛带来巨大的冲击，为此热情而自信地告诉人们："接受挑战吧，新诗，也许它被一些'怪'东西扰乱了平静，但一潭死水并不是发展，有风，有浪，有骚动，才是运动的正常规律。"②

应该说，在主流意识形态掌控的僵化、统一的诗坛遭遇反叛，旧有的格局面临打破，新的美学裂变开始萌发，诗歌新的历史开始书写的关键时刻，面对来自政治权威话语和传统诗学观念的强力打压，谢冕以批评史家的深邃目光，洞悉了正在涌动的新诗潮同"五四"精神及此后中国新诗艺术发展史的深层联系，认识到"文化大革命"对"朦胧诗"群体所造成的深重影响，

---

① 谢冕：《在新的崛起面前》，《光明日报》1980年5月7日。
② 谢冕：《共和国的星光》，春风文艺出版社1993年版，第199页。

敏锐地预感到"朦胧诗"正是新诗艺术探索的方向。所以,继《在新的崛起面前》之后,他又发表了在当时引起广泛争议,至今仍有许多启示意义的《失去平静以后》、《新诗的进步》和《历史的沉思》等许多重要的诗学文章,把"朦胧诗"放到新诗发展史的一个重要节点上给予充分的理解和热情支持,对这一诗歌现象出现在中国新诗史上的价值和意义进行了高度的历史评价,预言一个新的、开放的诗歌时代的来临,并由此引发他对多样化诗歌探索的大声呼吁和为诗歌"自我表现"进行理论阐释等一系列力排众议的批评活动。他的很多论述,一次次在诗坛引起震动,并在很多诗人与诗评家们那里得到了共鸣。

要注意的是,经历过动乱年代洗礼、深谙批评历史教训的谢冕,在当时"文化大革命"刚刚结束,政治意识形态在文学创作和批评中依然浓重的环境里,在他那檄文般的《在新的崛起面前》一文里,并没有采取自己向来擅长的新诗鉴赏方式,从具体的某一首诗歌出发阐释"朦胧诗"的开拓价值和意义,没有就某个朦胧诗人或者"朦胧诗"本身来寻找理由,而是怀着一种对诗歌艺术的历史使命感,打破那一时期批评界一贯的以政治标准与"革命标准"来评价新诗的格局,对"朦胧诗"进行了主体性观照与审视,从整体上断言"朦胧诗"在新诗面前是一种"崛起"。他敢于在那样的社会环境下为"朦胧诗"的艺术成就进行超乎常人的理解与预测,足以显示出他对于诗歌超强的鉴赏力和超于常人的接纳勇气。他的一系列"引玉"式的批评,引来了关于"朦胧诗"更为热烈的论争和对话,大量的更具哲学、美学、诗学内涵的批评文本被引渡出来,他本人也自然地成了为"朦胧诗"辩护的先锋和骁勇的主将。

实际上,在不少人还不习惯用自己的眼睛看待新的文学现象,不习惯用自己的大脑思考新的问题时,谢冕的眼光就已经进入了现实与历史的深处,对文学新现象和新问题,他"不是看它是否符合既有规范和概念，而是看它是否有自身的合理性，看它是否能推动历史前进。这就是为什么在朦胧诗因为不符合人们原有的诗歌观念而受到诸多指责时，谢冕能第一个大声发出不同的声音"。①他对"朦胧诗"的批评充分显示了一个优秀批评家敏锐的眼光、超拔的胆识、前卫的诗学观念和理论坚定性，这是"那些仅仅依据自己'懂'或'不懂'来判断诗的优劣，或从单一凝滞的诗观念出发来苛责新生的诗萌芽的所谓批评家所望尘莫及的；更是那些依靠鼻子来臧否诗，甚至从僵硬的政治标准出发来践踏诗的人们所无法望其项背的"。②而谢冕独立的思想，正是建立在独立、自由的学术研究之上的，他对"朦胧诗"的深度思考与其长期研究新诗的历史密切相关。仅从他在《共和国的星光》一书中对中国新诗60余年历史进行的冷静梳理和鲜明阐述之中，便能看出其《在新的崛起面前》绝非一时的冲动之作，而是像有评论家所说的那样："他的每本著作或每篇文章，几乎都密切地联系着百年中国，尤其是当代中国的现实，联系着每一时期重大的理论命题。"③

当激烈的"朦胧诗"论争已远去的时候，重返当年的社会历史境遇当中，我们可以真切地感受到：谢冕的"新的崛起"的发现和命名，看似简单的意识形态化的标题其实暗含着丰富的社会历史内容。也正是谢冕及时的概括和指认，激励那些诗作者们作为一个诗人与作为一个流派的自觉，使这一特殊的文学现象为社会所广泛认识。正是他以其敏锐的诗性感受与昂扬的批判激情穿透了历史的雾障，率先提出了极具感情色彩、诗意特征和思想内涵的概念——"崛起"，直接将"朦胧诗"与诗歌的"五

---

① 程文超：《永远的独立思想者——谢冕与我们的时代》，《文艺争鸣》1996年第4期。
② 管卫中：《谢冕：一代人的缩影》，《当代作家评论》1988年第6期。
③ 孟繁华：《精神的信念与知识分子的宿命》，《文艺争鸣》1996年第4期。

四"传统精神联系在一起,将"朦胧诗"的崛起看作"五四"传统的修复与回归,是对被扭曲和异化的诗歌艺术的反拨,并在对历史的超越中创造了历史。

　　谢冕一开始就对注定要被视为异己的"朦胧诗"少有保留地大加肯定,不是表面宽容、内里却在"引导"或"改造",使之符合主流意识形态的要求,这在那个思想刚刚开始解冻、僵化的政治思维和文化教条依然盛行的时期,除了需要深邃的历史洞见,还需要超拔的批评胆识。亲历了新中国成立三十年当代中国社会历史沧桑的谢冕,没有因刚刚结束的一次次运动而噤若寒蝉,而是在那个特定的历史时刻像一位勇敢地冲锋陷阵的无畏战士,擎起了"朦胧诗"批评的大旗,本着对诗人和诗歌艺术的尊重和对艺术探索的赞赏,坦然而自信地走在了备受关注和攻击的批评前列。

　　当然,谢冕在为"朦胧诗"勇敢辩护的过程中,也充分展示了一位学者的远见卓识,显示了他机智的批评策略。譬如在《失去平静之后》一文中,谢冕从社会史的角度论证了"朦胧诗"的合理性。他将"朦胧诗"中较为普遍存在的孤独、怀疑等现代主义情绪及其隐喻、曲折的表达方式同"文化大革命"巧妙地联系起来,将后者指认为前者的背景,将前者解释为是对后者反叛的一种艺术选择。虽然这种解释过于简化,但他确实指出了两者隐秘而深刻的某种关联,机敏地道出了一种客观的历史真实。他以此作为辩护的依据,最大限度地避免了论敌借助权力话语进行的打压。

　　谢冕特殊的历史遭遇和周身始终洋溢的诗人气质,使其"诗化人格所配备的不仅是一套个人化的知识谱系与历史坐标,他同时具有一种带着强烈的生命体验特征的诗性认知智能"。而且,他的"诗性的认知方式使得谢冕在地脉错乱纵横的历史岩体的断层内部、在缺乏时空距离与周旋余地的情况下,总是能够率先对于历史真实作出准确的判断与把握"。① 这种在历史事实突现眼前,别人尚在盲动、胡乱猜测或手足无措或做着南辕北辙的判断之时,他便迅速地切入纷乱的历史当中,以思想之光予以澄明,并迅速地描绘出其演进的清晰脉络。这种惊人的洞见和卓识,不仅在谢冕的"朦胧诗"批评中经常闪现,在他的很多有关诗歌和当代文学批评的文本中也随处可见。仅从他那"断裂与倾斜"、"错动与漂移"、"三次文学改道"、"浪漫星云"、"美丽的遁逸"、"丰富而贫乏的年代"等飘逸的措词中就可以瞥见他一以贯之的灵动而独立的思想,始终闪烁于激情与睿智交融的批评历程之中。

二 融注深刻思想的社会历史批评

翻阅谢冕各个时期的批评著作,我们会发现:他向来对文学庸俗地图解政治、依附权威话语保持着坚定的批判态度,同时他又对一定条件下文学对社会的改造寄予了厚望。他反对虚假的抒情和简单化的诗歌,主张诗歌在进行艺术变革时,能够承载更多的思想,通过艺术化的思想启蒙,达到推动社会变革的目的,亦即完成诗人与诗歌的现实和历史承担。他心目中理想的诗歌应具有真诚的品格,应该是充满了"创造"、"多样而丰富的艺术探求"、"始终活跃着战斗的生命"。这也正是他不遗余力地揭掉那些"颂诗"、"赞歌"虚假的伪饰,批判诗歌的统一化趋势和非自我化倾向,进而展开深刻的社会批评的原因之一。

从 50 年代到 70 年代末,谢冕与他的同代人一起目睹了共和国的几次磨难,经历了痛苦的精神蜕变。作为怀有深沉的忧患意识和精英意识的中年知识分子,在沉寂了二十余年后,促使他重

---

① 张大为:《诗意与激情中的历史意识——论谢冕的诗歌批评》,《阴山学刊》2005 年第 6 期。

操批评之笔的,首先是社会批判意识的觉醒,而非对诗艺本身的自觉。可以说,他在新时期最初几年里对新中国成立以来新诗走向的批判性反思,对肇始于天安门诗歌运动的新诗批判意识回归的大力褒扬,对"朦胧诗"的热情呵护等,都是建立在他对社会弊端深切的批判意识之上的。正如有的批评者所评述的那样:"对于'朦胧诗',他更多地注目于它的情绪指向与成色,而始终未能深入地论及它对诗语言诗艺术的变革实绩(而这一点,恰恰是不能低估的)。又如他对'后崛起'诗群的缄默与回避态度等等。他的诗批评是一种基于民族忧患意识的社会历史批评。对民族命运的忧虑与思索,始终笼罩着谢冕全部诗批评。"① 这从他撰写的第一部中国现代诗歌史《新世纪的太阳》中,亦可得到印证。该著呈现出两个明显的描述层次:从诗歌文本分析切入描述彼一时代的审美趋向,又从审美倾向切入描写中国社会文化现代化的经历。② 隐于诗歌史叙述之中的是他自觉的社会历史批判意识。

在谢冕新时期之初的大量批评文本中,他特别强调诗歌中现实主义精神的恢复。在这一阶段的诗评中,他论述最多的是白桦、公刘、邵燕祥、流沙河、雷抒雁、叶文福等几位当时以浓重的社会批判意识和独立人格而卓然于诗坛的诗人。正是共同的忧患意识、强烈的使命感和共同的精神追求,使他与这些诗人在情感和诗歌美学方面很容易便达成了共鸣。

而"朦胧诗"的批判性、个人性倾向,与谢冕关注的前面所提及的重要诗人是一脉相承的,是更为深远的延伸。其在社会批判和对自我开掘的广度、深度、力度上,显然都具突破性和创

---

① 管卫中:《谢冕:一代人的缩影》,《当代作家评论》1988年第6期。
② 参见韩毓海《谢冕的"现代"——〈新世纪的太阳〉释义》,《文艺争鸣》1996年第4期。

造性。正是那宣称"我不相信"的一代人,怀抱强烈的民族责任感、使命感、忧患感,以燃烧的理想主义、浪漫主义、英雄主义情怀,对历史、现实、文化、道德、价值观念进行了普遍的质疑和批判,并将重建理想信仰、价值观念、精神境界等重任义无反顾地承担起来。这些从迷惘中觉醒的一代,其自觉的精英意识、济世态度和悲剧英雄的献身精神等,不仅暗合着中国古代知识分子"兼济天下"的传统,更赓续着现代知识分子一贯的忧患意识和批判精神,而且他们的独立意识、怀疑意识和批判意识较以往的知识分子更突出、更强烈。

同时,朦胧诗人认为诗的本质特点在于它的心灵性,强调"诗是诗人心灵的历史"。并汲纳中西诗歌中优异的诗学因子,在当时特定的社会历史语境下,进行大胆、神奇的艺术探索,以绚丽多姿的诗篇营造出一个与人们熟悉的经验世界迥异的高度主观化了的诗中世界。朦胧诗人的这些可贵的艺术努力,正与谢冕向来的"诗要坦露心灵、表现自我"的诗学主张相通。他由起初的激赏和鼓励诗人个人化、自传化书写,到无所畏惧地为大胆表现诗人隐秘心灵世界的"朦胧诗"摇旗呐喊,便是顺理成章的事情了。在他看来,"朦胧诗"对个人的尊严、心灵、精神的关心、关注,对自由、民主的渴望与追求,对人性的关怀等,正是其可贵的先锋指向。同样具有强烈的忧患意识、人文精神和启蒙意识的他,自然不免要在其批评中夹杂更多的理想主义和浪漫主义情愫,让激情澎湃于批评文本当中。他常常以自身独特的感悟与直觉进行非理性的、感悟式的批评,字里行间带有极强的个人主观性。从他那激情飞扬的批评当中,我们"不难看出,在体现新时期总的批判进取精神时,谢冕的思考和探寻是从自己的批评个性出发的"。[①]

[①] 王光明:《文学批评的两地视野》,北京大学出版社2002年版,第56页。

正是在批判意识和表现自我这两个根本问题上,谢冕与朦胧诗人有着相通的观念,使得他能够与朦胧诗人在诗歌理解上保持相当的同向和一致,并且"朦胧诗"丰卓的实践,又印证和丰富了他原有的诗学观念并使之合乎逻辑地继续向前延伸。如此,就很容易理解他为何能够率先大力托举"朦胧诗",成为先锋诗歌批评的先锋和主将了。

目送"朦胧诗"渐渐远去的背影,面对曾经新潮的社会观、人生观、诗歌观、价值观已被怀疑、否定和超越,尽管谢冕内心持守的极为坚韧的精英意识和入世意识,又拉大了他与更年轻的先锋诗人沟通的距离,不仅在诗学观念上与后来的先锋诗人和批评家们存在着一定的隔阂,而且在人生态度和价值取向上有着很大的差异。但是,包容、乐观的谢冕不仅以期许与赞叹的眼光肯定了更加年轻的"后新诗潮"诗人们勇敢地将"今天"变成了古老的"昨天"的不断超越与更新的取向。在面对80年代中叶以后诗坛新的"哗变"所产生的"美丽的混乱"时,谢冕又及时地写下了富有激情和强烈思辨色彩的长文《美丽的遁逸——中国后新诗潮论》,为"后新诗潮"进行辩解和"护航"。他认为"后新诗潮"的全面叛逆,"正是禁锢诗歌的艺术教条放弃之后所产生的新秩序。'混乱'的秩序宣告了平常艺术生态的恢复"。其艺术取向缘于"……不被认识和承认的事实产生痛苦。处于此种尴尬的境遇,只能采取愤激的态度抗争。要么说当初以'朦胧诗'的方式出现的对于传统诗的抗争,主要是出于对传统艺术方式的厌倦,那么由后新诗潮的怪异方式表达的,都是对于传统'内容'的厌倦:诗宁愿捐弃传统的美丽和典雅的内涵,而从艺术圣殿走出……这一趋向是与一代人对于现实存在的疑虑以及艺术惰性的反抗心理相维系的"[①]。

[①] 谢冕:《美丽的遁逸——论中国后新诗潮》,《文学评论》1988年第6期。

第五章 诗评家队伍与诗评家个案透视

由80年代初提倡个性主义,支持"觉醒的一代"诗人,到90年代赞同人文精神和对"个人化写作"的怀疑与警惕,似乎是谢冕的一个不易理解的矛盾性"转变"。其实,谢冕对于个性主义的理解是与"五四"的个性主义相通的,这从他对胡风、艾青以及"七月"派诗人的批评中,就可以清楚地看到他理想形态的个人主义——不是不关心国家和民族的历史命运,而是有着强烈的自觉担当意识,通过主动参与政治来改造国家和民族。谢冕心目中的"个人"从来就是与中国共命运、共危难、共悲欢的个人,这也正是他激赏北岛等朦胧诗人的重要原因。

应该说,谢冕在"朦胧诗"退潮之后回归到了人性的层面,不再以那种二元对立的思维方式进行先锋诗歌批评,而是"由局部的思考转向普遍规律的探寻,从现状的批评进入历史范畴的批评"。①他的这一批评转型,与新时期的社会变革、转型和西方诸多现代思潮涌入有关,与主流权力话语对文学禁锢的松动有关,更与谢冕对朦胧诗后先锋诗歌"喧嚣而繁乱"的探索现实有关。

谢冕确信历史在指向未来的无限过程中本身是无限开放的,不存在历史的终点。因而,他把80年代中期"后新诗潮"置于历史发展的开放视野与动态过程中来考察:"诗歌的动态结构作为一种秩序被确认之后,这只受到社会的发展力抽打的陀螺不会骤然停止它的旋转——只要作为运动的现代化的内驱力不消失,诗的任何层次的变革都不具有'最后'的性质。""只要诗的生命力没有萎缩,多元结构就不会解体。"对于怀疑者来说,"你们有权利困惑,但你们没有理由忧虑"②。所有这些掷地有声的论断,都体现出谢冕对先锋诗歌探索的宽容和信心。即使面对

---

① 王光明:《文学批评的两地视野》,北京大学出版社2002年版,第55页。
② 谢冕:《美丽的遁逸——论中国后新诗潮》,《文学评论》1988年第6期。

90年代以后中国社会生活全面转型中诗歌更加边缘化,当先锋诗歌在90年代完全远离了国家、民族、政治等重大话题,与社会现实也进一步疏离,开始更加个人化、心灵化的书写,开始进行眼花缭乱的文本翻新,沉溺于文本的自足中时,谢冕这位激情的批评家在承认文本变革的历史价值和意义的同时,仍坚持着自己一贯的文学主张——不能失去对现实的关注和历史的承担,坚信"文学的建设最终作用于人的精神"。"文学应当有用,小而言之,是用于世道人心;大而言之,是用于匡正时谬、重铸民魂。"对于已经"过于放任而使文学有了某种偏失。当前的文学不缺乏游戏,也不缺乏轻松和趣味,不缺乏炫奇和刺激,独独缺乏对文学来说是致命的东西"。他一针见血地指出:"文学作品不再关心公众,它们理所当然地也失去公众的关心。"① 这在他的《丰富而又贫乏的年代》等文章中依然可以看到他批判的热情和期待的信心,看到他那独立而执著的无愧于时代的坚定的理想主义者高贵的品质。

三 以学者的深邃挥洒激情的审美批判

文学新时代开始的标志,往往是某一先锋文学样式的出现。当具有现代主义倾向的"朦胧诗"像运行已久的地火由暗流潜动的地下喷薄而出,一场新的诗歌"美学暴动"便开始了。"朦胧诗"对传统诗歌意象和意境的"现代改造",对当时流行的诗歌美学构成了最尖锐的挑战,其新奇的象征、隐喻语汇的选择,其陌生、错位的语言组接,其丰富多样的表达手段,其对西方现代诗歌的暗中沟通,使得它站在了现代主义艺术的领地,以先锋姿态啸叫着震撼了整个文学界,并波及到了社会的多个层面。

对此,谢冕这位激情学者写下了大量有关诗人个案分析和宏

---

① 谢冕:《理想的召唤》,《中华读书报》1995年5月3日。

观把握的诗论,他以敏锐的审美洞察力、超越同时代人的胆识,其最早评论的青年诗人北岛、舒婷、徐敬亚、王小妮、王家新等后来构成了"新诗潮"绝对的主力阵容。这不仅显示了他民主、宽容、自由的胸襟和气度,而且体现了一位真正的批评家慧眼独具的自信而准确的判断。尤其令人敬佩的是,谢冕对"朦胧诗"先锋指向决绝和坚韧的鼓励。"使原本处于朦胧状态的朦胧诗派开始自我发现,他唤醒了那些诗作者们作为一个诗人与作为一个流派的自觉并因此使他们渐成气候;同时他的命名与指认也使社会看到了朦胧诗派的存在从而使这种存在牢固起来。在文学史中,未被及时确认的文学现象往往在形成影响并达到自身成熟之前就归于消灭。从这个意义上可以说谢冕是朦胧诗派的缔造者。""站在今天的水平上我们说谢冕当时越过他的同时代人只有半步之远,但在文化演进中这半步之远常常具有质的意义,常常是两个时代的分界线。"① 正如一位评论家形象描述的那样:"在二十世纪下半叶东方大陆诗的'造山运动'当中,他是一位敏锐、活跃、勤勉的地质师。当地壳嘎嘎地响着,沸泉嘶嘶地射着蒸汽,火山湖尚未变得深沉,他出现了,他敲叩、拍摄、化验,他报道并且预报,他最终却陷入沉思——一种相当沉重的思索。"② 在深刻的思索中他发现了"朦胧诗"的创造性因子,形成并成熟了他那前瞻性的诗歌观念。他为"朦胧诗"热情地鼓与呼,并非意味着他完全欣赏其审美趣味和表达方式,更多的是赞赏其怀疑、批判和承担的先锋姿态和历史选择,与他激赏的"五四"精神是一脉相承的。具有浓重历史感的他从"五四"的"启蒙"话语时代到80年代初的"新的启蒙"相似的历史重演

---

① 李书磊:《谢冕与朦胧诗案》,《文艺争鸣》1996年第4期。
② 黄子平:《谢冕文学评论选·序》,《谢冕文学评论选》,湖南文艺出版社1986年版,第2页。

中，发现了一场深刻的"文学的绿色革命",并进一步阐释道:"借用这一词汇的用意在于暗示,这一场关于中国文学艺术的革命的和平性质。绿色相对于红色而言,是非暴力、非强制性的象征。它是绿色的,但又是革命的。它改变了以往的革命含意,以往的文学革命运动,除了'五四'那一次以外,其基本形态都带有使文学离开自身的倾向,使文学更加明确地成为阶级、政治的从属,从而成为特定阶级的利益和意识形态的替身。惟有充分体现它所寄生的主体的价值,寄生体才有价值。绿色革命唤回了文学的自我灵魂,它使文学回到自身,成为自行选择的自然的体现。它可以为别物服务,也可以只表现自身。"① 正是基于这样的文学观,他率先主张废除"朦胧诗"这一含混不清和相当感性化的概念,换之以"新诗潮"这一具有普遍涵盖性的概念。他将"新诗潮"的含义阐释为"就是新时期诗歌变革的潮流。变革是对不变革的固化状态的诗歌现象而言,因此新诗潮是特定时代的产物",② 并对"新诗潮"中所体现出来的难以确指和归纳的"现代倾向"给予了充分的诠释。

　　谢冕是一位鉴赏力很高的批评家,他对文本始终抱有浓厚的兴趣,经常为新的优秀文本的出现而兴奋异常。通过阅读那些意象繁复、意境幽邃的"朦胧诗"文本,谢冕看到了"文化大革命"及以前政治专制对人的尊严、个性和价值的压抑和剥夺。他从《回答》高扬鲜明叛逆色彩的"我不相信"宣言中,从舒婷《暴风过去之后》对"人"被煅成国家的"螺丝钉"的哀叹中,从顾城《一代人》用黑色眼睛寻找光明的执著中,看到了"朦胧诗"对社会、历史、文化自觉的怀疑、批判,看到了独立的个人的觉醒和人性的回归。他一再强调诗的真实性和批判性,

---

① 谢冕:《文学的绿色革命》,贵州人民出版社1988年版,第177—178页。
② 谢冕:《地火依然运行·序》,上海三联书店1991年版,第2页。

显然不是完全为了诗本身,他不过是以此为突破口,恢复诗歌被虚假和矫揉造作颠倒的历史,重新找回诗歌独立、自由的品格,重建诗歌丰富多彩的多元共存的场景。

同时,谢冕又是一位历史感很强烈的学者,他从不在钻入诗歌文本的时候悬置鲜活的历史,而是在进入文本的同时进入到具体的历史语境当中。他进入文本的目的,不仅要深入研究文学现象,还要推动文学变革和新文化建构。如他通过对北岛、舒婷、顾城、杨炼等人的一些文本细致解读,坚定地认识到"朦胧诗"带来的是一场伟大的艺术变革,它带动的是一场思想变革,必将推动历史的变革。所以,他顶住强大的压力与反对"朦胧诗"的"对手"展开了长时间激烈的论战。

与此同时,他还将相当多的精力用在新诗本体性批评上,从对单个诗人的评价转向对于诗歌现象、运动、诗潮的整体性考察,并在具体批评实践中,不断深入到诗歌的内部,深入到"人的精神主体性"层面,不再局限于传统的单一化批评模式,为日后更具学理性的批评打好了基础。

随着对诗歌"自我表现"本质的强调,对诗歌创作当中日趋明显的个人化、自传化、心灵化倾向毫不迟疑的历史性肯定,谢冕开始由峻急的社会批判转向真正的审美性批判。他在审视新中国成立后三十年诗歌运动史时,认为时代的风尚使得新中国成立以来的诗歌中"我"逐渐被"我们"的集体群像所代替,这种变异导致了诗歌中的真实情感、诗的个性的消失,这种诗人"自我"的消失恰是诗的生命的重大失落。因而,谢冕认为诗中"自我"的回归使新诗焕发出新的生命力,使诗歌的审美特性得以凸显,使诗歌再度成为艺术探索的先锋。他和为数不多的诗评家一道率先做出的这种慧眼独具的肯定,具有不同寻常的历史意义。

对于"朦胧诗"论争中一些人指责"朦胧诗"中的"我"

是沉溺于一己情绪、关心个人感觉的"小我",而不是代社会、代人民大众立言的"大我",谢冕及其后来的"朦胧诗"研究者给出了令人信服的回答——"朦胧诗"对"自我"的关注,正是其对专制下"非我"的控诉和反抗,"我"对尊严、个性、爱情的追求,都是在强调"我是一个人"而非工具和奴隶。因为只有个人的觉醒,才能有启蒙的担当,才能有历史的负重。

正是因为坚信诗歌"表现自我"的合理性与重要性,所以当朦胧诗人打着向人的内心世界进军的旗帜走来时,谢冕新潮的诗歌观念立刻找到了实在而鲜活的事实依据。他由此拓展开来,由现象的理解上升到对诗歌本质的把握,最终建构起自己独特的诗歌美学原则。

"真正的美学分析,都是以审美感受为基础而上升到理性范畴的艺术科学的审美判断。"① 作为一直被指认为新时期激进的"新潮"理论批评家,谢冕始终站在当代文学批评的潮头,始终在探索着批评理论的变革。他对西方哲学、美学和文学理论都有着广泛的阅读和研究,有着开阔的理论视野和理论背景,但在具体的批评实践中,他却常常有意回避西方的理论术语,很少使用那些被热炒的时尚名词。即使是非用不可的地方,他也只是简单地点到为止,绝对不用大堆的术语进行复杂的逻辑推理。尤其是在新诗批评中,他更多地采用一些感性、虚空的语词,常常巧妙地化用或拼接一些古典文论语汇,如"空疏"、"凝重"、"多义性"、"曲折"、"紧张的节奏"、"大跨度的跳跃"等伸缩性很强的词语,还喜欢使用一些自由组合的新异的词汇,譬如"像喻"(象征与比喻的组合)、"展延"(伸展与延伸的聚合)等。至于那些蒙太奇般的短语和句子,更是在跳跃之中显示出很好的情感和思想穿透力,如"力量的显示"、"新世纪的太阳"、"浪漫星

---

① 李国华:《文学批评学》,河北大学出版社1999年版,第202页。

云"、"把偏见的惊呼和责难丢在了后面",等等,以充满张力的语言传递具有张力的思想。① 以上这些得心应手的语言娴熟的运用,在完成高度概括的同时,还留有足够的想象空间和回味余地,因为他深深懂得:诗人对生活现实的热情、历史和时代的使命感,应当间接、含蓄地表现在优美、凝炼的诗句之中,而不是保留在简单化的口号和术语当中。同样,对诗歌的批评也应该"空灵和超脱"一些,而不应晦涩或深奥得令人难以卒读。他在语言策略选择中,或打破常规进行适度"陌生化"处理,或用形象化的语言突破理性语言的限度,进行中西语言的融通和嫁接,既体现出西方理论思考的缜密严谨,又充分显示了中国传统文化飘逸的神韵,让自己的批评话语带有明显个人印记而散发出迷人的魅力。正如有评论家所赞赏的那样:"谢冕的语言既最大限度地契合了新的文学文化现象,准确地描述了'今天的中国',有力地表达了自己的思想,又没有落入他者的语言陷阱之中。谢冕的语言特色体现了谢冕的思想特色,谢冕的语言玉成了谢冕'思想'的使命。"② 的确如此,谢冕这种一贯优美的诗意化的批评语言,常常将抽象的理论转化为具有强烈现场感的历史事实的近距离观照,饱含激情的语言带着生命体验奔涌的弹性,使作者与批评对象自然亲密地相拥却不黏滞。

对于谢冕富有诗人气质的批评,也有人批评谢冕的语言诗意性浓烈了一些,"空疏"了一些,缺乏严谨的学理性;也有人认为"但坦率地说,一种诗化的激情较之于学理的辨析,对当时的文化语境更具有冲撞的力度"。③ 这是一个批评家在中西语言

---

① 参见谢冕《谢冕文学评论选》,湖南文艺出版社1986年版。
② 程文超:《永远的独立思想者——谢冕与我们的时代》,《文艺争鸣》1996年第4期。
③ 旻乐:《世纪之交诗学家的沉思与喷发》,《徐州师范学院学报》(哲学社会科学版)1995年第3期。

中间相对自由的穿梭、寻找"思想的栖息地"必然要付出的代价,因为他在探寻诗歌与历史、现实复杂的关系时,很多问题是根本不能也无需用所谓"准确"的语言表达的,适度的飘逸和空灵,更能贴近本真的现象,更能够有效地完成批评的使命。

诚然,开放、流动、多元的诗学观念,有助于批评家摆脱狭隘、偏颇,但一味地宽容也很容易导致审美选择的盲目和批评过浓的相对主义。尤其是 90 年代以降,社会文化的巨大变化,西方诗学理论的大量涌入,先锋诗歌探索的广度和深度早已非"朦胧诗"时期所堪比,谢冕的某些旧有的诗学观念、理论已难以对发生着深刻历史转型的先锋诗歌进行高屋建瓴的言说,他在 20 世纪末和 21 世纪初对一些诗歌流向的追踪、判断,难免要给人一种浮光掠影、偏于现象扫描、知之不深又勉为其难的感觉,这在一定程度上削弱了其诗学主张的先锋性和思想穿透力。

然而,谢冕始终没有放弃对身处时代的文学现象的热切关注和积极参与。在"朦胧诗"退潮后,他又把主要精力投注于当代文学学科和当代文学史的研究,并取得了丰赡的成就。如果说最初诉诸批评的,是强烈的使命意识和忧患情怀,是要作用于社会的改造,因为"人们在现实中看不到希望时,宁肯相信文学制造的幻象",那么,90 年代以来,在他意识到了自己的理想情怀只能更多地限定于文学范畴,而且文学也有着难以超越的局限性之后,他仍对文学的社会作用抱有希望:"文学若不能寄托一些前进的理想给社会人心以引导,文学最终剩下的只能是消遣和涂抹。即真的意味着沉沦。文学救亡的梦幻破灭之后,我们坚持的最后信念是文学必须和力求有用。"① 因此"关于重建社会良知或张扬理想精神的呼吁显然不应受到奚落……拥有自由的文学

---

① 谢冕:《二十世纪中国文学·总序》,时代文艺出版社 1993 年版。

家可以尽情地去写你们想写的一切,但是,我们却有理由期望那些有志者为中国文学保留一角明净的精神空间"。① 这种激越的理想情怀和社会历史承担意识的坚持,在谢冕90年代的文学批评中显得格外醒目。

第三节 陈仲义:包蕴情怀的整体诗学营构

陈仲义一直是先锋诗潮的热情关注者和积极参与者,他二十余年来始终执著于先锋诗歌批评,并以其独特的、体系化的诗学理论探索,成为中国先锋诗歌批评队伍中个性显豁的领军人物之一。从1981年第一篇诗学论文《新诗潮变革了哪些审美因素》问世,到陆续推出《现代诗创作探微》、《中国朦胧诗人论》、《诗的哗变》、《扇形的展开》等数部涵盖了创作论、诗人论、诗潮论、方法论、本体论等内容的皇皇巨著,陈仲义始终义无反顾地在中国现代诗学领地上,以圣徒般的虔诚和农夫般的潜心耕耘,展现了其诗歌批评的广阔视野、精湛的专业风度和高品位的诗学理论创建。

一 神性诗学和智性诗学的精心思考

陈仲义对先锋诗学的研究是扎实而系统的,他不是只粗浅地了解一些基本的诗学概念和理论便草率地进行品头论足,而是极认真地置身于先锋诗歌的潮涨潮落之中,真切而内行地感受先锋诗歌幽妙的肌理和复杂的脉动,从容地展开其视角独特的辨析和评判。比如,在很多诗歌批评文章当中,不少人都谈到了诗歌的心理感受方式,尤其是它特有的艺术感觉方式,甚至也联系到了直觉,但大都没有细致到把感觉作为一个独立的范畴与直觉、联

---

① 谢冕:《九十年代:回归本位或继续漂流》,《湖南文学》1995年第9期。

觉联系起来加以系统地分析和阐述，而只是简单地将心理学上的一些概念直接引入到批评当中来，把诗歌作品当作心理学的例证。这种简便易行的方式显然难以抵达问题的根部，自然也就难以达成真正有力度的诗学批评。而陈仲义从分析诗歌文本入手，直接对丰富的经验材料进行全面归纳，并通过逻辑严密的理论整合，重新界定或增容某些心理学概念，使原有的概念获得了新的诗学内涵，并创造出诸如"现代交感"、"二级通感"与"多能通感"这样新鲜的概念，再以此为基点展开严谨的学理性批判，从而形成了自己具有独创性的批评体系。

面对物欲横流的大众文化语境当中诗歌精神的大面积丧失和不少批评的失语，陈仲义提出了自己的神性诗学主张，系统地论述了神性诗学所产生的基础、渊源、内容和价值等。他认为："神性诗学既然建立在神性与人性迭合处，两者相互沟通关联，且其内涵无比丰富复杂，神性诗学的主体部分应为彼岸向度的'终极关怀'，它指向价值、意义、超验的追求，但由于'人神相通'，神性诗学另一部分不可避免还要含纳此岸向度的现实人格，它体现为人性的完满追求，其核心为人格的构建，这样两大部分方能构成完整的神性诗学。"显然，他的神性诗学建构并非乌托邦的虚幻，也并非知识分子追返中心的自恋，而是与现实处境密切关涉，"推行神性诗学，其意不是鼓倡诗人逃逸出'现场'，在乌托邦话语中玩弄精神手淫，或者无视当下境遇，躲进自省的象牙塔，自我祷告。""乃是主张诗人在自我向度上，以高尚纯正的人格、清醒的良知，锲入时代'噬心的主题'，清算那些颓废、沉沦，重新将溃散的精神凝集起来，导向新的精神坐标。"他坚定地认为："人格坚挺是抵达彼岸——终极关怀的强大马力，终极关怀须由当下人格在现实瞬间一点一滴达成才体现为价值；失去人格支柱，终极关怀只能是空泛的假想，只有人格魅力而无更闳远的永恒追索，生命力度必会显得过于单薄；人格愈趋于高度完善，终极关怀可能愈逼进'显明'，反之，人格愈是萎缩疲软，终极关怀愈接近暗淡。""终极关怀是坚硬的存在，是'此在'不可或缺的对应。"① 显然，他建构的神性诗学的真正目的，在于对价值意义信仰的重新确证，在于引导诗人追求现实的承担和历史的负载，为诗歌书写夯实信仰和信念基础，为诗歌寻找更为高贵的精神居所和广阔的途径。无疑，他的这种对诗人高度完善的人格的深情关注，对"此在"的深情凝注，被视为抵达"终极关怀"必需的前提，而且在他看来"终极关怀"绝不是高蹈的虚幻假想，而是从"此在"出发，朝向灵魂高地不懈跋涉的坚实足音。

　　针对如何建立先锋诗歌书写过程中情感与理性之间的一种平衡，陈仲义提出了智慧的"诗想"："从诗学特殊角度看，智性是诗人敏锐的感情、知解力、知识智慧的集合，是感性的智力领悟和理性的形象化统一。是感性尚未彻底抽象，理性尚未完全板结的'半液化半固化'的产物，是既带有潜在逻辑印痕又非完全概念推理判断的高度能动性理智，它具备智慧的概底又潜藏着哲思的意向。""诗要显现经验和智慧，最大的忌讳是直陈宣示。能否把智慧的诗想感性地'散发'，主要取决于诗人的转化能力。欧阳江河动用了许多显在或潜在的逻辑推力，并不给人以干涩生硬的理性郁结，主要得力于高智力机巧地穿行于整体性张力中。感性的'诗想'空隙不时吐露形象的智慧之思，而智慧的精巧编织着具象的'诗想'。"② 这样通透的分析和阐释，准确地指认了诗歌情与思、感性与理性的通融交汇，避免了诗歌写作中情感和智慧的分离或显性的外溢。

---

　　① 陈仲义：《高蹈宗教情怀的灵魂学——神性诗学》，《山东文学》1997年第8期。
　　② 陈仲义：《智力的结构与智慧的"诗想"》，《辽宁教育学院学报》1996年第2期。

一名优秀的批评家显然不会仅仅止步于理论的探索，而会热情地将其理论思考用之于批评实践，在理论与实践的双向互动中不断完善富有生命力的学术探索。恰如吴思敬所言："诗学理论的研究与诗歌评论的写作是相辅相成的。诗歌批评需要诗学理论的指导，诗学理论越是精辟、科学、有说服力，诗歌批评才越深刻、透彻、一针见血。诗学理论贫困失血，诗歌批评自然软弱无力。诗学理论又需要诗歌批评的推动，诗学理论是思辨性很强的学问，但它不是悬在半空的抽象玄虚的清谈，而是诗歌创作与鉴赏的实践经验的科学概括和升华。诗学理论研究与诗歌批评的进行最好能保持同步。"① 陈仲义便十分自觉地将自己独到的思索成果，积极地引入到具体的诗歌批评当中。比如，他认为正是"朦胧诗"对智性自觉的追求，才使得现代诗歌能够"有效地扼制了表层情愫的漫溢"，从而使诗歌在情感宣泄的同时给读者提供了充分的"反思的深度"，"它导引朦胧诗潮普泛的理性思辨精神，成为社会—文化批判的强大理性工具和经验的抽象概括，朦胧诗群最终是凭借智性的力度引发全社会对历史现实的反刍的，即便这种智性，现在看来，犹停留于比较简单的批判认知局面，尚未进入文化—生命意识的全息体认，但它超越一般情感的经验溢出部分，却大大启发了后来者。"② 显然，从这一层面对"朦胧诗"进行价值和意义评估，不仅避免了简单化的意识形态对抗思维模式，还突破了众多批评近乎一致的关于朦胧诗人高扬的主体情怀的"鉴定"，将思索推进到诗人智性思维建构的深层，从而洞察到了朦胧诗人怀疑、反叛、反思的根源，揭开了其产生巨大力量的秘密，并在他对"第三代"诗歌的对照当中，

---

① 吴思敬：《诗学沉思录》，辽宁人民出版社 2001 年版，第 5 页。
② 陈仲义：《智力的结构与智慧的"诗想"》，《辽宁教育学院学报》1996 年第 2 期。

指认其局限和不足，从而发现"第三代"诗歌更加蓬勃的生命和情感宣泄，原来正是出于对"朦胧诗"的理想、理性、智性思考和对生命本能抑制的彻底"造反"。由此，我们不禁会感慨陈仲义的这种慧眼独具、以点带面、逐层深入的智性探索，实在是一条高明而宽广的批评路径。

陈仲义灵活地运用中西方各种批评理论，娴熟地穿梭于先锋诗歌各种流派、风格的文本之中，常以高屋建瓴的精辟分析和画龙点睛的精准点拨，清除先锋诗歌的种种迷障，破解一个个幽深隐秘的难题。如他在研究朦胧诗人杨炼诗歌的智力空间建构时，便视野开阔，远观近察，分别从历史文化意识、相对性思维、先人的远古智慧和现代人生经验等多个角度评论其空间诗的智力特征，进而准确地指出其空间诗具有三个特点，即"网络状共时性特点；复合经验的智性特点；多重效应特点"。并以杨炼的《自在者说》为个案进行细致解读，从现代艺术的时空意识、文化学创作心理、意象群网络呈现等多方面进行深入的阐释，指出了诗人试图通过东方人对人生矛盾与西方人对于人生扭曲变态表现的深层体验结合起来，通过建立起文本复杂的多重结构，使得内在的动荡不息与外部的相对静止构成一种平衡，进而去谋求古人所言的"合一、同一、如一"的境界。接着，他又采用细读法，选择"天四"与"风四"为例，从大的结构方面和小的流动结构方面进行考察，进而又对诗的正题倾向、反题倾向、合题倾向作了调度还原的细致解析，使读者走进空间诗的迷宫之后又能比较清醒地走出这座迷宫。他对如此复杂、艰深的空间诗进行庖丁似的解剖，没有深厚的学术修养和敢于啃硬骨头的理论勇气是难以问津的。①

正是超凡的胆略、智慧和勤勉，帮助他完成了具有垦荒意义

---

① 参见辜钟《诗歌大潮的理论涛声》，《诗探索》1997年第4期。

的理论著述《中国朦胧诗人论》和《诗的哗变》,以宏大而新颖的理论框架,以多元的批评方式和充满张力的独特的批评话语,对朦胧诗人的代表北岛等进行了深度的个案研究和对第三代诗精准的定位,深受诗人和批评家们所推重。而他的《现代诗创作探微》和《扇性的展开》两部旨在"寻找中国现代诗学各具活力的部位"的论著,对中国现代诗学建构更具多重的启发意义。

二 生命诗学的深度勘探

在先锋诗歌批评中,不少论者都对生命诗学予以了热情的关注,并从不同的路径进行了各自的生命诗学建构。如陈超通过对生命和语言在临界点上的"困境"和瞬间张力的考察,触摸和体验了个体生命的生存状态,进而通过对诗人生命的阐释进入到诗歌的内部,完成具有生命质地的诗学理论探索;张清华则主要从生命与存在的哲学角度对先锋诗歌的生存现状、诗人的精神向度和诗歌的语言呈现方式等,展开多重的质疑和求索,思考那些基于自身的生命体验所升华出的具有哲学意味的命题。陈仲义则这样阐述他的"生命诗学"主张:"生命,是现代诗学的根基。往昔的拒绝和斫伤曾导致它退行性萎缩。今天,除去外在强加的束缚,扭曲,自然释放主体生命意识及各种潜能,方能永葆其青春的开放与活力。生命诗学,全方位指涉生命,这个世界上最宝贵的东西,它充满了奇妙、神秘、诱惑和注定的悖论。"[①] 重要的是,他的这种生命诗学构想走出了理论的抽象和神秘,自然地进入到了带有诗人生命体验的诗歌文本当中,在对生命状态的考察和体验中,加入了更多的人文关怀和历史关怀,特别是他对诗歌语感的深邃钻探,挖掘出了语词中闪烁的人性和诗意的光辉,彰显出有着高贵精神指向的先锋诗歌独特的魅力。

---

① 陈仲义:《体验的亲历、本真和自明》,《诗探索》1998年第1辑。

在估衡90年代的先锋诗歌时，他有意识地悬置了许多批评者所关注的社会文化语境的影响，而选取了最能体现这一时期诗歌先锋性的三个关键词，即语感、综合、及物，以此切入繁杂的书写现象，通过对感性材料中的普遍经验与尖新经验的感悟性归纳、提升，洞悉了幽深隐秘的"本相"。比如他认为语感的"崛起"，打开了诗歌的一个出入口。"语感彻底告别人工化张力，弃置繁复的意象修辞、语法扭曲、词性转换，让生命直接从灵魂深处发出'声音'，生命言说的声音与语词近乎同步输出。"① 在陈仲义看来，语感决非某些人望文生义的"语言的感觉感受"，而是"抵达本真与生命同构的几近自动的言说"，正是来自灵魂深处的超语义的与生命同构的语感，有效地清除了"板结语言"的各类意识形态的、文化的"附着物"，让充溢着生命力的语感真正地指向了独立的"个人"，指向了独特的心灵体验，实现了诗歌书写真正意义上的自由。

显然，这一视角的选择，缘自于他长期关注"朦胧诗"以来的先锋诗歌（尤其是第三代诗歌）的语感。他已经敏感地发现："始终贯穿于第三代整个诗歌流程"的语感，"它全面抗击了传统语言诗学的规范守则，唤醒第三代诗人意识深处的语言活泉，它和生命体验互为本体互为同构，使诗歌抵达本真成为可能"。②

令人敬佩的是，在对"第三代"诗的语感研究过程中，他没有花费更多的精力去探究20世纪西方语言学转向，没有纠缠于复杂的语言学理论，更没有利用那些高深的理论来简单地指认其对第三代诗人的语感究竟产生怎样的影响。他认为那种繁琐的"考据"虽然能够找到一些立论依据，但那种生硬的理论寻找和

---

① 陈仲义：《九十年代先锋诗歌估衡》，《当代作家评论》2004年第6期。
② 陈仲义：《抵达本真几近自动的言说》，《诗探索》1995年第4辑。

机械的框定，难以真正地窥见语感产生和流动的秘密，"反而容易窒息语感自身的生机"。所以，他喜欢对诗歌鲜活的语言现实进行细致的考察和深刻的感悟，机智地跳出西方语言理论重重的缠绕，而侧重于体验诗人特定语境中生命与语言深层的互动情境。他发现了第三代诗人生命体验与语感的自然融合，他们"从前辈赖以生存的理性经验层面，发现生命的原态，包括此前几不涉及的原始欲望，本能，内驱力，情结，意念，潜意识，下意识，还有生死，命运，劫数，性等方方面面。此时，多么需要一种能'迅速还原'并'胶合'生命本然状态，同时释放出其非理性的心理能量的'中介'，来充任它的形式化；多么需要一种更为自然自在的深度呼吸来传达灵魂的隐秘颤动"。同时，他进一步指认：由于语言工具神话的破灭，诗人开始对文化化了的语言的怀疑和抛弃，第三代诗人在本能地抗击沿袭性文化价值、寻找新的言说方式时，语感在解构理性思维和前文化思维的同时，被灵感激发为几近半自动乃至全自动的言说，完成了与生命的互动，并自然地成为"解决生命与语言耦合的最出色的途径之一"[①]。从而让我们看到，第三代诗人对语感的追求与探索，是有着独特的美学价值和巨大包容性的一种诗歌语言向度和尺度。

很多研究者对语感的探究到此便已满足了，而陈仲义则继续探索，他要找出语感构成的类型。显然，这是一种更需要细心、耐心、慧心的寂寞的"考古性挖掘"，是对知识储备和学术探险精神的挑战。与其说他慧眼独具，不如说功归自然，他通过对自觉致力于语感试验并有重大收获的代表诗人杨黎和韩东的一些重要文本所作的细致赏析，从中发现了两种主要的语感类型：一是以杨黎为代表的以声音为主要体现的音流语感，一是以韩东为代

[①] 陈仲义：《抵达本真几近自动的言说》，《诗探索》1995年第4辑。

表的以客观语义或超语义为主要体现的语境语感。

至此,陈仲义的学术探索仍在向深远处拓展,他又将重构诗歌语言学的语感同另一极具张力的重要概念"陌生化"联系在一起,机敏地洞见了"陌生化"语言艺术在实践中所显现的人工雕琢倾向,而"语感在与陌生化对峙又遥相呼应的另一向度上,则完全放弃紧张的人工结构方式,而主要以瞬间的生命体验同构于言说的自动或半自动。言说的自动或半自动呈现出一种生命的感觉状态,藉此抵达存在的本真与敞亮"[①]。同时,陈仲义注意到,语感与口语天然同行,对于语感在推行本真、透明、纯净的过程中,被随意性、无节制、无提纯的口语"沙化现象",他还是心存忧虑并予以了及时、善意的提醒。

由此,陈仲义发现:有关先锋诗歌语言策略选择的许多论争,细究起来其实都与"陌生化"和语感密切相关。无论是追求语感的"口语写作",还是追求陌生化的"知识分子写作",他们的努力方向都是没有问题的,关键在于提倡"口语写作"的诗人要特别注意日常的口语并非诗性语言,必须要经过与生命、诗本体的融通,提升为带有生命质地的语感,诗人不能满足于对原始的、粗鄙的口语毫无语感的恣意宣泄,而应当追求瞬间的生命体验与内在言说的自然融合,让有语感的口语完成生命自然的诗意的流淌。而倡导"知识分子写作"的诗人在追求语言复杂性、多义性、歧义性的"陌生化"探索时,同样需要注意尊重生命独特的体验,尊重生命的诗意言说,不要因沉迷于语言技术的打磨而陷入语言弃置生命意识、在自足中摧毁一切意义的误区。因而,如何在语感与"陌生化"两个向度的摩擦中,寻找到一种新的平衡,成为了一些诗人自觉反思的问题,也成为陈仲义深入思考的又一焦点所在。

[①] 陈仲义:《抵达本真几近自动的言说》,《诗探索》1995 年第 4 辑。

三　高标的学术情怀和风度

"我一直认为，真正的诗学，是离生命近、离学术远的一门特殊学科，治这门学问，得讲学理、学养，更要讲情怀、讲精神。"①沈奇在陈仲义的著述里面读到了他可贵的诗学勘探之处——他在自觉地坚守批评独立与自足的同时，始终带着一种对诗歌、诗学的热情和敬重之情，带着丰盈的生命关怀和人文精神进入到批评当中，不做无生气的概念、逻辑的"空转"；他是将每一次学术研究都当作一次"难得的精神施洗"。他曾这样谈论自己的新诗研究主张："它还断断少不了研究者，面对第一手感性对象，弥足珍贵的生命灵悟。这种生命灵悟，强烈感应着诗歌本体的生命化，达成活络的对流，在此前提下，才可能使研究生动光彩起来，它大大高于经院思辨。那种靠吃'本本'、理念先行的'演绎'是走不远的，它太欠缺生命活体的热气。"②

陈仲义的批评理论建构从基本范畴、构架到逻辑系统，都是在注重真切地考察和感受先锋诗歌充满创造性的复杂文本基础上，通过整合各种理论资源与系统经验，进行创造性的归纳和提取。如他通过对现代主义诗歌流派——象征主义的系统考证，通过分析北岛等朦胧诗人文本中的意象和象征所呈现出的特殊的艺术魅力，发现二者之间在表现、暗示、多义、模糊、浓缩等方面，存在着天然的沟通和交互渗透，从意象到象征是现代诗歌流动的轨迹，也是现代诗掌握世界的基本方式。由此，他大胆地将二者凝而为一，以"意象征"命名，认定"意象征"是现代诗人主要的思维图式。这类于缜密的研察中别有洞天的发现，在他的很多论著中时有显现，足见他目光的独到和用心的细微。

---

① 沈奇：《风度情怀精神》，《诗探索》2003 年第 1—2 辑。
② 陈仲义：《整体缺失：新诗研究的最大遮蔽》，《南方文坛》2003 年第 2 期。

在进入90年代后,诗学回到了本体,学术批评的学科化趋势日益严重,学术产业化成为普遍趋势,批评疏离诗歌现场、理论兀自空转的现象时常可见,陈仲义这位非学院派的"平民"批评家,本着天然的"多几分远离嚣尘、寂寞自适的古典情怀",坦然地"身处边缘、民间,无须顺应主流,附庸他者,服膺正宗",默默地坚持带着问题深入诗歌现场,在一次次自由与艰难的诗学打探中,完成个体生命与诗歌深层的对话。如很多批评者过于看重80年代的"朦胧诗"指向政治和社会的反叛锋芒,更多地看到了其与主流意识形态话语的紧张对峙,以至于受其早期对政治神话的质疑、反抗的浓重色彩的影响,忽略了其美学色彩和艺术上的重大成就,而将其认定为一种意识形态写作或曰对抗写作。陈仲义在细致地考察了"朦胧诗"不同时期的总体特征和一些重要代表诗人的文本后,认为前期的"朦胧诗"写作的确可以用"抗衡写作"来指称,但后期却有了明显的历史反思、文化寻根等历史向度的探索,有了游离于公共话语系统的对生存和生命的个人化挖掘,已经从高蹈的启蒙写作趋向于闪耀着个体生命精神的常态写作。同时,"朦胧诗"多方面的美学开发,为后来的先锋诗潮开辟了广阔的发展空间和多重道路。由此,他在反思1986年后对"朦胧诗"全面否定的"第三代"诗的"集体叛乱"时指出:"1986年以后,否定朦胧诗的呼声越来越高,似乎是为了突出后续诗潮的原创与超越。但是,这种抛离当年具体语境,'一锅端'和'进化论'的过度强调,至少陷入一种非历史主义的粗暴。"不能将"海啸"般的"朦胧诗"认可为"仅仅停留于一种工具式抗争和申诉式写作","它'遗传'下来的某些'传统'及美学品质,如人本主义价值观、意象思维方式、悲剧性风格和张力性语言则影响了一代诗风"。[①] 对于

---

① 陈仲义:《九十年代先锋诗歌估衡》,《当代作家评论》2004年第6期。

很多论者以90年代先锋诗歌没有涌现朦胧诗人那样"巨星"级诗人和经典文本，抱怨和贬低90年代先锋诗歌探索的整体成就，陈仲义却报以截然相反的态度。他坚定地认为："综观九十年代先锋诗界，在商业俗文化语境包围中，艰难地实施突围，在急剧的转型期，以现代性为支撑，展开个人化与差异性的双翼。无论是对西洋大师文本大规模引进，还是本土日常诗性挖掘，写作资源都有相当的敞开；诗歌从相对单纯的简单状态，升延到更为复杂的平台，试探多元入径，追求艺术指标多样化；高速超量的文本实验企图回归语言本体，混浊中隐约着可能性；不断扩张的口语和不断介入的'后现代'策略，让诗的审美标准处于'被迫'中的修正，一种更具包含的诗歌和评鉴尺度正在形成。"① 这样冷静、客观的估衡，显然超出了一般的美学和社会学意义上的评判，对当下与未来的先锋诗歌写作和批评都具有深刻的启发意义。

正是由于不盲从时论，不迷信权威，他才能够常常在某些似已成定论的众声归一的批评当中发现一些问题所在，并潜心搜集大量资料做研究展开的依据，通过细致入微的考证和严密论证，在不容置疑的雄辩中，将一些复杂问题的研究推向更高、更深的层次。如他针对吕进的《二十世纪下半叶的中国新诗研究》（载《文学评论》2002年第5期）将"新诗研究中最活跃部分的整体遗失"，对"他所代表的主流权势话语，在事实面前，自觉或不自觉地制造'盲区'，加剧着对当代诗学的严重'误读'"，陈仲义及时、勇敢地站出来澄清事实，对某些有意无意的"遮蔽和遗漏"予以全面地纠偏。他的反批评文章《整体缺失：新诗研究的最大遮蔽——与吕进先生商榷》（载《南方文坛》2003年第2期）和《个案抽样：当代诗学前沿的钻探——兼与吕进先生商榷》（载《当代作家评论》2006年第2期），以温和的对

---

① 陈仲义：《九十年代先锋诗歌估衡》，《当代作家评论》2004年第6期。

话态度，依据翔实的资料，严密的论证，为当代诗学探索（尤其是先锋诗歌批评）所取得的成就进行了一次酣畅淋漓的学术辩驳和"正名"，其自觉、独立、智慧的发言，赢得了批评界内外一致赞许。

更引人注目的是，陈仲义那质朴得略显笨拙的治学方式在当代学术界也算得上是"另类"了，他没有很高的学历，不涉"圈子"，不入"沙龙"，不以玄学洋腔炫耀学问，更不以理论的艰涩来故作高深莫测，他似乎总是悠然地漫步于自己钟情的批评田野，像一位朴素的乡村教师，自然地亲近诗人和诗歌文本，与成名或未名的作者保持着密切的联系。他用"记者调查"的方式获取大量的第一手资料，然后进行细致的翻拣、梳理、归纳和提取，以自己独特的艺术感受和领悟，积极应对变幻莫测的先锋诗歌。如他在写作《诗的哗变》之前，就曾翻阅整整两麻袋的各种民间诗刊，而在写《扇形的展开》16种诗学形态分述中，引证的作品更是遍及海内外老中青有名无名各个流派各个层面，其视域之广阔和细微，足见其准备工作做得扎实稳健。而长期处于没有课题、基金和赞助经费的"边缘"的他，仅在90年代便连续出版了五部高质量的诗学专著，也可谓是当代学术界的一个"特例"。正如谢冕先生早些年前曾评价的那样："陈仲义是属于少数不露声色的前锐，但其理论机锋是无可置疑的。"[①]

就像他一贯的治学风格，陈仲义的诗论语言清明而深邃、尖新而中肯，稳健而新鲜，扎实而灵通，似乎顺手拈来的语词自然地组合，便有着很强的张力和穿透力。譬如他论述北岛诗歌的美学创造时，称北岛是"冷峻而孤独的'岛'：发展波特莱尔的'对立'体系"；"深邃而严酷的'海'：建立'象征——超现

---

① 谢冕：《高空带电作业》，《文化参考报》1994年7月19日。

实'模式";"背逆而开放的'彗星：领潮现代主义诗风"。① 他以贴切的比喻进行生动的定象描述，以新鲜的阐释进行理智的定性评价，斐然的文采与犀利的独见交相辉映，展示出批评家敏锐机警的理论眼光和飘逸洒脱的言说风采。尽管他曾一度如孙绍振所言："在目前的诗歌理论界，也许陈仲义是一个被忽略了的真正的诗歌理论家……由于种种原因，他在理论上的重要性，至今没有得到充分的重视。"② 但真正有建树的批评家不会总是被埋没的，早些年前，陈仲义真诚而坚实的批评便赢得了相当多的诗人的敬重，而近些年来，他已经跻身于当代先锋诗歌批评大家的行列，他丰厚的诗学理论建构已经越来越受到广泛关注，已经有不少人开始对他进行专题研究，相信人们会从他的学术批评中获得更多有益的启示。

第四节　程光炜：接纳、亲和、拒斥中显现批判锋芒

于80年代中期由诗人转为诗歌批评家的程光炜，20多年来，在诗人、诗潮、诗史和诗歌鉴赏等诸多方面均有很高的建树，成为当代众多中青年诗评家队伍中声名远播的领军人物，其《朦胧诗实验诗艺术论》（长江文艺出版社1991年版）、《雨中听枫》（湖北教育出版社2000年版）、《程光炜诗歌时评》（河南学出版社2002年版）、《中国当代诗歌史》（中国人民大学出版社2003年版）等著作和《实验诗歌及其生命形式》、《非个性化——对实验诗创作论的解释》、《女性诗歌语言结构的功能分析》、《对"他们"和"非非"文本的实验性解析》、《论诗歌的语调》、《反讽的意义》、《选择或迷失：当前实验诗歌的真实处

---

① 参见陈仲义《中国朦胧诗人论》，江苏文艺出版社1996年版。
② 孙绍振：《揭示当代诗艺探索的风险》，《福建文学》1999年第11期。

境》、《90年代诗歌：另一意义的命名》、《不知所终的旅行：90年代诗歌综论》、《新诗在历史脉络中》等一大批重要的批评文章，均显示出其敏锐的批评触觉、前卫而成熟的批评个性。正如评论家罗振亚所评价的那样："程光炜的诗歌研究具有深厚的历史感。他在任何时候都强调新诗和社会、历史、文化乃至文学史语境的关联，努力把研究对象置于当时特定的历史情境加以考察；并以之作为逻辑起点，规避凌空蹈虚、大而无当的倾向。同时更注意对其进行文学眼光的观照，突出新诗在历史行进中的特有节奏，注重语言建构和文本形式的研究，以期对当代诗歌整体成就得失、某种现象的解说以及诗人个案的分析，都实现突出诗歌自身历史的深度叙述。"[①]

一 宏阔视阈中的历史穿越

进入90年代以来，始终置身于中国当代文学批评前沿的程光炜，强化了批评者的知识分子身份。在当代诗歌史的书写过程中，他有意识地深入到当代诗歌发展的历史进程中，注重社会学、文化学、哲学、心理学、美学等多学科交会，以史家的深邃和博通对当代诗歌不断演进和变异的历史进行现代整合，沿着新诗艺术多元化、现代化探掘的线路，截取不同时段内具有典型特质的诗歌群落、诗歌潮流、诗歌现象作为研究的横断面，有侧重点地深入挖掘其内在的独立品质、立场和语言策略等，在此基础上展开具有创见性的探究，以专业的方式进行全面的诗学价值评估。他的《中国当代诗歌史》以1949—2000年间当代诗歌的重要事件为线索，对浩繁、庞杂的诗歌思潮、流派、运动、社团、期刊、诗人、文本等进行了全面扫描和大胆斧削，理清、还原了

[①] 罗振亚：《论程光炜的新诗研究》，《渤海大学学报》（哲学社会科学版）2007年第5期。

当代诗歌发展的历史风貌，并给出了自己的独立判断。他对聚讼不断的 90 年代复杂的诗歌现象所进行的透视阐释，以及针对 90 年代后先锋诗歌阵营日趋明显的分化和分裂趋向、先锋诗歌的艺术自觉和个人化介入方式等所进行的准确概括和表达，都有效地避免了兀自言说的笼统和浮泛的理论空转。

当代诗歌史写作一直是学界争议不休的话题，洪子诚认为"广义的'诗歌史'，可以包括一切对新诗运动、思潮、艺术形式、诗歌流派和诗人创作在内的研究；从这一角度说，'重写'——更新研究的观念方法，以达到重估'主流'、发现'边缘'、深入把握新诗发展过程的矛盾——的提出是适时而有益的"。① 程光炜的《中国当代诗歌史》中就有很多部分堪称是对当代诗歌史的重写，比如他以更加开放的视野和深邃的批评眼光，对"白洋淀诗群"、《今天》杂志、民刊、民间诗坛及体制外的"潜在文本"等都做了充分的钩沉、考察和客观评价，摆脱了某种强势话语先入为主的诗学研究定式，避免了批评眼界的褊狭，真切地触及了当代诗歌流变的本来面目，充分显示出一位诗歌批评史家兼容并蓄的阔大胸襟和气度。

在展开具体的研究时，他十分善于辨析、剥离、归结各种复杂的现象，让自己的思考朝着问题幽深的核心不断推进。他往往通过大胆的思想钻探和理性指认，拨开诸多现象的缠绕直指问题的本质所在。比如，关于"非非"理论及实践中的文化大于语言、诗歌的工具现象和艺术功利主义倾向等，程光炜就穿透了现象的迷障，一语中的地指出其"在反传统和鼓吹非理性主义的主张之中，表现出对政治性、社会性话语权利的热情强调和追求从而显示出它'政治与艺术相结合'的基本创作特色"，② 察觉

---

① 洪子诚：《重写诗歌史》，《诗探索》1996 年第 1 辑。
② 程光炜：《中国当代诗歌史》，中国人民大学出版社 2003 年版，第 302 页。

到了"非非"激进的先锋姿态背后所隐现的功利化创作倾向和某些极端的理论偏执,他的这类批评可谓精确地点出了问题的关键所在,充分体现了批评史家的深邃和犀利。

程光炜的《中国当代诗歌史》从历史与文学的双重维度切入,在文学本体性、美学立场与复杂的历史情境之间做了很好的均衡。他选取多个研究视角,多种研究方法并用,坚持诗学和史学的双重维度,不断拓展历史叙述空间及叙述方式,对当代中国新诗史的多重话题进行了现代视域下的阐释,使"其同时在诗歌本性美学和复杂的政治文化语境相结合的维度来展开历史叙事的,所以既规避了一些文学史的狭隘的美学和艺术性的无限张扬,又避免了单纯政治视野的僵化,从而呈现了当代新诗发展中的显豁或隐秘的问题、矛盾和走向"。① 程光炜在历时性与共时性互参互补中彰显出当代新诗发展的复杂性,不仅体现了他对新诗发展历史的尊重,对新诗美学追求的高度重视,同时也体现了他不肯轻易认同历史的独立反思和批判立场。如他对"朦胧诗"及后新诗潮进行富有敏识卓见的重评时,便是从"艺术实验"的这一角度切入,通过细致剖析"构成诗歌自身的元素",他看到了先锋诗人如何使诗从外在对抗状态回到"诗"本体的发展层面;从"朦胧诗"的反叛者那些嘈杂的主义、宣言和眼花缭乱的实验文本中,他敏感地觉察到这一代诗人表面喧嚣、焦灼、散漫的后面,其实正蕴藏着可贵的艺术新质及巨大的创造潜能,进而触摸到了先锋诗歌剧烈嬗变的脉搏。

正是立足于诗歌本体艺术发展的研究视点,他密切关注诗歌发生、演进的历史语境,但又注意避免对诗歌进行社会的、文化的等附庸式的阐释。如他对"朦胧诗"的批评便打破了众人惯

---

① 霍俊明:《新诗史叙述的开放空间与话语拓展》,《文艺评论》2007年第1期。

用的忧患意识、启蒙话语等维度，着眼于先锋诗歌自身的现代化变异，细致分析了"朦胧诗"的意象和意境的选择与创造，探究其语言特质及新奇的组合方式等，指认其在先锋诗歌史上所独具的艺术品位和价值。

一个有着强烈穿透意识和能力的批评家，其可贵的品性就在于其始终坚守独立的批评立场，不轻易地认同某些成见，更不会无原则地服膺甚至附庸于某些"权威"。他常常会在某些似乎已形成公论或定论的地方，敏锐地洞见某些隐藏在现象深处的难以为人所察觉的问题，并能够找到一个锐利的切入点，就此深入地勘测和挖掘下去，直至获得令人眼睛为之闪亮、心灵为之震动的更加新异的发现。程光炜就是有着这样抱负和能力的批评家。譬如，他在"朦胧诗"和"崛起论"已有的辉煌渐行渐远的时候，仍在进行更为艰辛也更为深切的批评探险。他在激赏"崛起论"者为先锋诗歌发展所进行的助推性批评的同时，又从批评展开的依据和言说方式等方面指出了其局限性，认为"崛起论"者"虽然能吸纳五四新文化的某些话语内涵，却一直游离于民间话语之外，这样就形成了知识型构上的残缺，形成批评与批评对象之间的'错位'"。"崛起论者的'崛起'是一种历史叙事，历史在叙事中从被呈现到被认可，正好说明了历史的虚构性。""崛起论者的批评文本不止缺乏对朦胧诗第二文本的有效阅读，它在90年代诗歌文本中究竟有多少批评的有效性，也是比较值得怀疑的。"[①] 这种大胆的质疑，不仅可以引启后来的批评者对"朦胧诗"及批评的重新审视和打探，而且能促使人们反思如何实现知识话语、权威话语、民间话语之间最好的平衡，从而保证批评的现实与历史的有效性。

无疑，程光炜开阔的研究视野和深邃的历史穿透能力，使他

---

① 程光炜：《误读的时代》，《诗探索》1996年第1辑。

的当代诗歌史写作不仅增加了厚重、沉实感,也因"诗史的个人性书写"凸显而扩大了其影响力。

二 深入诗歌现场的反思与前瞻

程光炜喜欢置身于诗歌现场,对先锋诗歌进行近距离的打量,喜欢以诗人的敏感进行热情的追踪、梳理和扣问。就像他将自己的一部批评文本结集为《程光炜诗歌时评》一样,他更愿意做一位"在场"的诗评家,不仅在亲历中见证当代先锋诗歌演进的历程,还经常能够迅疾地察觉诗坛的某些动向。在敏锐的观察和深刻的反思中,他常常会提出一些具有前瞻性的预判。他的诸多诗学思考都有着一定的学术含量,而绝非一时的情感冲动或灵感乍现。比如他的《90年代诗歌:另一意义的命名》、《论诗歌中的双重叙述》、《当前诗歌创作的两个向度》、《叙事策略及其他》、《面向生存》等批评文章,无论是对诗坛现象还是诗人、诗歌文本,他都加以热情的关注,能够在亲密接触和审视的同时,不忘保持足够的清醒和理智,保证自己的批评不流于现象的泛泛扫描、简单概括或进行貌似深刻的理论演绎,而是以自己的立场、标准、原则,进行有针对性、创见性、超越性、个性化的言说,无论是广泛地汲纳还是坚定地拒斥,无论是最终赢得赞同还是遭遇质疑、批判,他都要充分地展示自己一贯独立思考的品性。

相当熟悉百年中国新诗发展史的程光炜,在20世纪深入到20世纪90年代的诗歌现场时,很快便从先锋诗歌历史演进历程之中惊喜地发现了这一时期诗人在诗歌观念、写作资源、与读者的关系等诸多方面与以往写作所存在的巨大差异,发现了这一时期的写作"是独一无二的、无例可援的","它与社会关系的松弛性、模糊性、不确定性也是空前的和难以言状的"。[①] 由此,

---

① 程光炜:《90年代诗歌:另一意义的命名》,《学术思想评论》1997年第1期。

他通过对诗歌与历史、写作者身份、诗歌与读者、文本的有效性等基本问题的深入思考，及时地提出了关于"90年代诗歌"的命名问题，而他对与之密切相关的诸如"知识分子写作"、"个人化写作"、"写作的本土性"等一系列问题所展开的进一步思考，则与西川、欧阳江河、王家新等人关于1989年后的诗歌写作问题的一系列论述，形成了丰富的互文性阐释，让人们较为清晰地认识到"90年代诗歌"并非是一个简单的突出时间性的概念，而是一个时代对另一个时代写作的"深刻的中断"，是一个具有"总结和前瞻"意味的向"准文学史"滑动的概念。正是批评家程光炜的这一率先指认，使得在一些敏感的诗人批评家心理酝酿层面尚处于一种"意图"、"动机"的"90年代诗歌"概念很快浮出了水面。此后，众多关于"90年代诗歌"的学术讨论纷纷举行，各种论述、选本也纷纷面世，文学界、研究界、知识界、传媒界等联手促成了有着明显批评倾向性的"90年代诗歌"概念的生成和推广。

需要特别注意的是，"90年代诗歌"绝非被某几家先锋诗刊所认定的，或诗歌刊物意义上的，或某些普通读者先验判断的那些诗歌，它的命名在真正有着先锋意识的诗歌批评家那里，还是一种话语策略的选择，一种有着特定内涵的指认，它在使用过程中需要保证历时性层面和共时性层面上同时具备有效性。由此，在历时性层面"定位"这一概念后，接下来就需要在共时性向度上不断地清理掉附着在这一概念上含混的界定和"误读"性的阐释，使其成为一个真正的具有深度涵盖性的诗学概念。在这方面，程光炜的努力和功绩是显著的，他首次对"90年代诗歌"作出明确的界定："一、它是相对于散文化现实的、个人性的、能达到知识分子精神高度的一种写作实践。二、它是一种充分尊重个人想象力、语言能力和判断力的创造性艺术活动……九十年代诗歌不仅要求诗人有一种文化的、精神的高度，它还如艾略特所说的：'是一门综合的艺术'。"① 不仅如此，他还在《90年代诗歌：另一意义的命名》等文中阐述了自己关于"90年代诗歌"的理解。此外，他还与其他诗人批评家一道对"知识分子写作"、"叙事"、"个人写作"、"中国话语场"、"戏剧化"等一系列被有的研究者称为"90年代诗歌子概念"（胡续冬语）的诗学概念进行了认真的界定和澄明，进一步扩大了"90年代诗歌"命名的意义。

作为"九十年代文学书系"之诗歌卷的《岁月的遗照》一书主编，在其选本和序言中旨在于复杂多元的文学格局中突出"一种声音"，表达对一种先锋诗歌写作倾向的认同，他本来是有着这样的自由和权利的，但他那种带有明显的"同仁"倾向性的选择，却不免造成了对另外一些诗人及其重要文本事实上的"遮蔽"与"漠视"，自然地遭到了一些反对者强烈的质疑和斥责。而《岁月的遗照》出版后成为20世纪末诗坛那场激烈论争的一个"引子"，成为人们谈论"90年代诗歌"时经常提及的一个重要选本。如果抛却表层的诗歌观念差异和意气之争等因素，深入那一时代的社会文化语境当中，仔细地考察程光炜的选择背景和真实意图，就不难发现他对正在发生根本性嬗变的先锋诗歌进行"历史叙述"的企图，就能比较容易地意识到他在那些或深沉或激动的叙述里面，其实有着深层的诗学建构期待，那些由此引申出来的开放性、争议性纷呈的问题，注定要引发更多的论争和对话，注定要在不断的"误读"和诠释过程中，获得更多的"批评增殖"。"90年代诗歌"很快便远远地溢出了命名的范畴，而将批评引向了更加辽阔的区域，这或许才是程光炜前卫性预判的真正用意，而这也正是《岁月的遗照》这部备受关注和争议的重要诗歌选本更大的价值和意义所在。

---

① 程光炜：《我以为的九十年代》，《诗歌报》1998年第3期。

有不少诗人和批评者对程光炜的"90年代诗歌"发生的"误读",或许与他更多地关注和欣赏那些"知识分子写作"的诗人及文本有关。其实,他对欧阳江河等人的"本土气质"、"知识分子身份"等提法一直存在着很大的怀疑和批判。譬如,他在深入剖析"知识分子身份"这一能指含混的概念所提出的背景和推演的逻辑后,就机敏地发现欧阳江河在对"知识分子身份"厘定时,一方面在肯定知识分子的边缘性臆想,一方面又在诉求建立意识形态的中心话语,在一个概念上同时寄托了两种价值诉求。所以,他认为"这是一种从起点回到起点而又绝不承认有这么一个思想情结存在的很奇怪的90年代诗歌批评文本的思想逻辑,而它正是当下诗歌写作与批评的非常真实的语境。说到底,它反映了民间话语迅速占有权威话语空间过程中自我定位的文字表述上的困难——当人们声称某某主义终结的时候,实际上他陷入的正是对该主义复杂文本的误读"。显然,"一方面,90年代诗歌写作充分显示了民间话语的多声部文本效果和个人的差异性;另一方面,又程度不同地隐寓着处理意识形态功能"①。他对上述情形,有着深刻的现实警觉和历史洞悉,而他对"叙述者问题"和"文本不断历史化"问题的思考,还有对民间话语在新的语境当中消解权威话语和"公众领域"化的辨析,以及他对张曙光、王家新等人的"叙事"观念和写作实践的先锋性和延展性充分肯定的同时,也对夸大它的语言功能所造成的另外一些诸如古典品质、抒情性、意象的深度等"牺牲"予以了及时提醒。他发现面对充满创造力的"90年代诗歌"写作,在批评众声喧哗当中其实存在着大量互不相容的"误读"、矛盾和悖论,而真正有意义的批评不是给出一些定论,而是在努力迫近本质,获得和诗人一样的发现与创造的欣喜。

---

① 程光炜:《误读的时代》,《诗探索》1996年第1辑。

程光炜特有的诗人气质和情怀，促使他常常贴近先锋诗歌的滑翔路线，密切跟踪或者大胆预测，他喜欢通过对繁杂现象的梳理和对尖锐问题的追问，品味那种寻找和发现的快意。他的一系列诗性化和学理性并重的批评文本，都充分彰显着一个批评家与创作并行的独立意志与共生的默契。所以，尽管他关于"90年代诗歌"的命名至今批评界仍存在着许多的争议，他的与之相关的不少论述尚有着明显的疑点和缺憾，但他置身于诗歌写作现场对诗人及文本所进行的多方面勘测、反思和预言，却真实地反映出他在变迁的文化视野中对真正到位的批评的热切期望，他背后留下的是"骑手在路上"的始终追寻的清晰的足音。

三　与文本展开深层的对话

程光炜十分注重诗歌本体研究，在他看来"只有当诗从外在对抗状态彻底转移到'诗'上来，才意味着艺术实验的真正开始"。[①] 他在《朦胧诗实验诗艺术论》一书中，便从诗歌语义学的角度，针对先锋诗歌内部形式结构的诸因素——语调、词根、语气、旋律、语相、转喻等进行了细致剖析，对诗人原型、心理、生命形式、幻象、非个性化等逐一进行了开拓性的解析，并且对一些优秀诗人如于坚、韩东等的文本进行了诗性化的对话批评，真的可谓是："新理论的运用，反映出他的聪明矫捷，就尖端的艺术问题与诗人们进行激烈而愉快的精神博弈，决不是才具稍逊者可以胜任的。"[②]

出身于诗人的程光炜较之其他许多学院派批评家，对先锋诗歌有着更为敏锐的艺术直觉和丰沛的情感注入，他常常能够娴熟地运用诸种现代理论进行严谨的论证，并善于对鲜活的文本进行

---

① 程光炜：《朦胧诗实验诗艺术论》，长江文艺出版社1990年版，第2页。
② 毕光明：《天使镜像：作为诗论家的程光炜》，《诗探索》1997年第2辑。

创造性的细读，这使得他常常能够畅通地进入到诗歌的内部，真切地感受到诗歌真实的心跳和呼吸。如他对欧阳江河的诗歌"长于用哲学的眼光来思考问题，同时又把激情隐藏在相当放松的形式、结构、节奏和语调之中"的"文本内潜存的细微纤毫的信息"的机敏的捕捉、心领神会和恰到好处的点拨，[①]便自然地在诗性化言说中完成了复杂的学理性评判。正如批评家毕光明对他的《朦胧诗实验诗艺术论》可贵的创造性激赏的那样："他凭着对现代诗内部创造机制的深入了解，在多数诗评家望而却步的先锋诗创作面前，表现出行家里手的自信、机智和从容，手指触摸之处，无论怎样讳莫如深的对象总会按照他的意愿呈现出最生动的部分。他那刀锋般凌厉的切入姿势给人以紧张的快感。他敲打核心发出的铿锵之声使没入诗性语言渊薮的读者惊喜而晕眩。他的诗论奔涌着激情与智慧而又凝敛成高度风格化的文体，以主观性和创造活力挽回了学究式评论与实验诗写作相隔膜的尴尬。他敏感于新进文艺理论并加以创造性转化而运用于批评实践，从而凌越了诗人的自我本位和感性至上而为后者所服膺。"[②]

程光炜曾经在《岁月的遗照》序言中坦言自己所从事的批评在某种意义上实际上也是非常典型的一种诗歌写作。正是这样自觉的文本意识，让他始终坚持贴近诗人和诗歌文本、坚持文本细读的批评实践，规避切断与诗人、读者、社会历史联系的一味地"面对语词"的主观臆想的解读，也拒绝那种貌似有力实际浮泛的理论演绎或武断的社会学层面的"价值判断"。在具体的批评操作中，他大量地采用"系谱分析"的方法，即在作为个体写作者的诗歌写作谱系中去阅读其不同时期的文本，并在这种前后对比、互照中，使阅读行为连续而深入，从而在整体观照中

---

① 程光炜：《程光炜诗歌时评》，河南大学出版社2002年版，第206页。
② 毕光明：《天使镜像：作为诗论家的程光炜》，《诗探索》1997年第2辑。

获得一种有力的穿透。他在90年代完成的《王家新论》、《欧阳江河论》、《西川论》、《读张曙光的诗》等一系列诗人论均是"系谱分析"的重要成果。如他在《王家新论》中便侧重从"时代和历史的承担者"入手展开一个诗人的"系谱分析",他描述了诗人王家新的一段写作历程,诗人变换了三个生长空间:武汉大学、丹江口乡村师专、北京,而与之相对应的则是创作预备期的三个阶段:青春期简单激情的急就章、道教禅宗的价值模仿、语言技巧的纯形式结构实验。通过借助于写作者创作中的变化与生活变故的对应性的分析,他发现从1990年写出《帕斯捷尔纳克》一诗开始,王家新的写作已发生了本质意义的突变,此后,诗人开始替时代说话,替历史说话,开始思考生命生存与存在质量哪一个更重要。"他将时代的邅变融入个人的思考过程,然后又将个人命运的苦难置于时代这个特殊的历史空间,从而成为真正有勇气承担起历史重量的诗人。"他通过对一个诗人十余年来的写作成长史的回顾和打量,知音般地指出王家新"实际上是一个靠生命本色从事写作的诗人","他生命的气质似乎比他的艺术才能优秀得多"①。建立在这样的深入剖析基础上对王家新之于90年代诗坛的意义的指认,应该说是恰如其分的。

诗歌语言能指的多重性和巨大的张力,对于诗评家是一种诱惑,也是一种挑战。程光炜批评魅力十足的"语言"世界,"既是可以把握的概念家族实体,又是一再引领我们窥见奇妙世界的时隐时现的精灵。作为一个独立和建设性的概念,它可以迸散为反讽、语调、旋律、呼吸、转喻、语义功能、魔化、直观性、词性、词根这样具有内核特性的碎片,而这些碎片作为形式表现,与其指向的神秘内核之间构成的张力关系,为诗歌艺术的主

---

① 程光炜:《王家新论》,《南方诗志》1993年秋冬卷。

体——生命营构了不会变质的居所"。① 在进行文本细读时,他十分注重语词分析。正是对诗歌语言高度的敏感和透彻的领悟,促使他走进了诗歌组织的内部,洞悉了诗歌生命的本真状态和深度秘密。他的"诗的营地是语言"这一形象化的命名,不仅为诗歌批评的展开注入了生命活力,也拓展了批评话语的活动空间。另外,他运用有别于西方的结构主义、符号学批评的语言结构分析法,深入到诗人的代表性文本当中,以诗人的情怀和丰富的想象力,借助独特的直觉感受及大胆的合理性推想,通过精彩、独到的解读,不仅捕捉到了诗歌文本的精神要义,钩沉出诗人独特的语言结构特征和深蕴的意义,还验证了自己的某些引发深层思索的合理性猜想……他显示出很强的专业水准又超越了纯语言学的形式结构分析,透过语言锤炼、组合的灵动而丰富的特质,窥见了诗人隐秘的生命脉动和诗意的营构。

正是基于对诗人的个人语言行为深刻省察的自觉和深入,程光炜对某些先锋诗人习焉不察和难以指认的叙事策略,予以了高度的重视,对那些复杂性的叙述研究更为细致和透彻。比如,他在对欧阳江河、孙文波等人的诗学主张和文本进行考察时,就发现了"作者在90年代诗歌文本中的隐居,构成了一个流行的叙事学话题,虽然它在为数不少的诗人的写作中得到了普遍的运用"②。他对叙述者和主体在写作中被瓦解作了进一步的追问:组织叙述活动的叙述者"我"是谁?他在这一困惑当中发现了语言的悖论和"一个用叙述反叙述的语义学的陷阱",发现寻找叙述者的艰难。他更感兴趣的是"在90年代诗人那里,叙述者所发挥的主要是扩大诗歌表现功能和使诗歌真正产生社会批判性

---

① 毕光明:《天使镜像:作为诗论家的程光炜》,《诗探索》1997年第2辑。
② 程光炜:《叙事策略及其他》,《大家》1997年第3期。

的突出作用"。① 显然，诗人复杂的生存经验决定了叙述的复杂，作为一种语言策略，叙述既是"个人化"的又是"非个人化"的。通过对叙述者隐与显的追索，我们看到了先锋诗歌处理复杂经验的日渐成熟，而这些都隐匿于那些需要细读和充分挖掘的文本当中。程光炜的一系列文本解读，有效地逼近了一些重要的诗学命题的深度，其重要性不在于他找到了哪些可信的答案，而在于他察觉到了一些可以由此向前推移的线索，这也是他细读文本的批评方法带给我们的重要启示之一。

程光炜还十分善于灵活地运用西方现代理论展开自己的诗歌批评。如在分析"朦胧诗"的意象创造及组合方式时，他便将西方神话原型理论引入"朦胧诗"的研究，通过精心剖析意象原型的几种主要形态，发掘出"朦胧诗"当中集体性的原始精神，强调了"朦胧诗"艺术成果的经典意味，从而客观地估衡了其超时空存在的价值和意义，突破了以往人们所熟悉的那些二元对立的辩护模式。对于第三代诗人的"崛起"，程光炜也以其一贯的对贴近诗歌本质的诗人创作心理、文本结构和诗歌语言等多方面的细致研读，从理论高度予以了充分的肯定和引领。他的许多闪耀着真知灼见的批评文本，为被主流意识形态冷落的第三代诗人的实验诗提供了及时的理论支撑，就像当年的"崛起论"者那样为第三代诗人及其先锋探索给予了有力的辩护，这也充分显示出一位优秀评论家的睿智和胆识。

另外，程光炜还十分注重对诗人写作技艺的研究，通过对一系列先锋诗人在意象、语调、节奏、反讽、叙事等技艺方面优卓表现的阐释，他赞赏"把技艺的成熟与经验的成熟作为检验一个诗人是否正在成熟的一个重要标准"，并相信"优秀的诗人不在他为我们提供了扑朔迷离、然而毫无收益的诗歌形式，他应该

---

① 程光炜：《叙事策略及其他》，《大家》1997年第3期。

最大限度为我们提供这个时代所不能想象的语言实现的可能性——他应该让我们不时地'惊讶'。然后深深和持久地'震惊'"。① 他将写作技艺视为诗歌实现和保持其先锋性的必然选择，而绝非只是一种语言形式或者技巧问题。

走近程光炜，我们会发现：他多方面的诗学探索是颇具学术前瞻性的，是富有启发性的，既有现实的亲近省察，又有历史的深刻性，他独特的钻研视角、一贯严谨的治学品性和独立的发言，使他成为深受诗坛内外关注的当下重要的先锋诗歌批评家。

---

① 程光炜：《90年代诗歌：另一意义的命名》，《学术思想评论》1997年第1期。

结　语

依然"在路上"的期待与求索

1978—2008年的先锋诗歌批评，是在中国现代文化语境之中生长、繁荣和收获的批评。是关于先锋诗歌史、诗学理论和诗歌批评等多元化探索、全面发展的批评，相当多的批评家已然确立了独立的而非依附的批评立场，展开了个人性的而非集体性的、创造性的而非追随性的批评实践，诗坛内外一次次激烈的论争和热烈的对话，便足以形象而深刻地反映出批评的自觉和自律。其在先锋诗歌的演变轨迹、审美特征、意义估衡和文本解读等诸多方面，都取得了堪与先锋诗歌写作比肩的成就，而众多诗评家的不断涌现和大量优秀批评文本的相继推出，均昭示着先锋诗歌批评已成为当代文学值得特别关注的"另一种写作"。

从当年为"朦胧诗"的合法身份进行激烈的辩护，到为"后新诗潮"眩目的登场和"激情演出"提供充分的理论支撑，再到关于"90年代诗歌"诸多诗学命题广泛、深入的研究及对21世纪先锋诗歌分化、转型趋势的审视等，先锋诗歌批评经过三十年艰难而辉煌的跋涉，收获了大量值得自豪的学术成果。正是批评家主体精神的确立和高扬，充分保证了主体独立的批评身份和立场，而他们充满生命和激情的创造意识、自觉的现实关注和历史承担意识，又促使他们的一系列批评始终行走于"关怀"和"自由"之间。通过对"正在进行时"的先锋诗歌细致打量和对尚未走远的诗潮热情回顾，他们将现象梳理与本质提炼相结合，将整体宏观的把握与个案微观的考量相结合，将"史"的叙述与"论"的思辨相结合，多元的诗学观念相互碰撞、融合，充分彰显批评的个性化，越来越独立和自由的"个人化言说"形成了批评的众声喧哗，多样化的命名与阐释并存促成了批评视域的扩大和打探的深入。当然，其中更多的进入诗歌写作现场的贴近对象及处身语境的批评，增强了批评主体的亲历感；他们耳闻目睹或亲自参与波澜起伏的诗潮运动和流派风格建设等，拉近了批评者与诗人的距离；写作实践与批评实践彼此间的密切呼应和双向互动，催生了众多富有启发意义的诗学命题；而批评家与诗人之间、批评家与批评家之间多层次、多方位的对话，又有力地激活了批评，营造出开放、民主、自由的批评氛围，充分保障了批评渠道的畅通、各种声音顺利地发出。应该说，先锋诗歌批评主体已逐渐摆脱了主流意识形态话语的制约，打破了惯有的权威话语的掌控，规避了既往批评中的"宏大叙事"或言不由衷的附庸，批评与创作一样向心灵敞开，向无限可能性开掘，更加关注个人生存状态和生命体验，关注批评本身的自立和自足……所有这些都为先锋诗歌批评的日益繁荣奠定了基础。譬如，关于"90年代诗歌"中的写作身份、写作资源、写作技术、文本的互文性等方面的批评，均反映出诗人、诗评家们已挣脱了批评的依附地位，自主、平等地参与先锋诗歌演进的历史进程，充分发挥个人的意志，施展个人的才情，贡献个人的智慧，不断地实现着自我生命与激情的创造。

正是一批批诗评家坚持独立的批评身份和立场，热诚、勤勉、执著的耕耘，从而保证了诗学观念的多元共存和融通，保证了先锋诗歌批评的活跃和兴盛。特别是随着批评者对中西方诗歌话语和理论话语的广泛汲纳、消化和改造，已经初步建立起了一套适应"中国话语场"的文论话语。他们研究的视域更加开阔、视角更加灵活多样，批评展开的路径选择的可能性、自由性、灵活性也更加突出，批评的策略和言说方式更加多样化、个人化，批评的风格化倾向也越来越明显。随着批评中命名与阐释空间的进一步扩大，很多新概念和理论被及时地创造出来，并得到充分阐述，许多重要的诗学概念得到了"正名"和厘定，不少以往模糊不清的诗学问题得以澄清，一些缠绕在诗歌写作当中的迷障和困惑被拨开、解除和清理；而此起彼伏的各种诗坛论争和对话，又促成了诗人和批评家诗学观念的集中展示与激烈碰撞，各种多义性、歧义性甚至偏激性的个人言说交织、缠绕在一起，其中虽不乏情绪化的意气之争和话语权的争夺，但批评家与诗人们对先锋诗歌现实与未来走向的真诚关心和"影响焦虑"中的反思还是显而易见的。一些论争激化了矛盾，暴露了问题，深化了思考，而很多高质量的对话又有效地纠正了许多偏见和"误读"，拓展了批评的维度和深度，各种诗学主张得以充分地传达，良好的诗歌秩序得以有效地建立和维护。同时，在命名与阐释、论争与对话不断深入的过程中，批评家们还加深了对诗歌传统和现代化问题的认识，通过对新诗传统的承继和现代超越的审视与评判，更加清晰地勾勒出了先锋诗歌流变的轨迹和美学特征等，从而深化了对"先锋性"的理解，强化了人们对先锋诗歌未来的信心。

众多诗评家们围绕着一些有关先锋诗歌的关键词语所展开的持续性批评，则将诗歌史、诗学理论和诗歌批评三者紧密地结合起来。批评者通过对这些关键词所关涉的复杂现象多侧面、多角度的考察和挖掘，于纷乱的矛盾纠葛当中理出了认识许多问题的线索，找到了不少问题的症结和根源，为扎实推进批评提供了充分而有力的依据。譬如关于"个人化写作"的研究，从"朦胧诗"个人意识的苏醒，诗人们对"我"的关心，对个人的尊重和理解以及对个人命运的思考，都已成为诗歌写作中的一个"亮点"。而到了第三代诗人那里，特别强调个人的生命感觉和体验，他们追求生命本体的自由狂欢，将以往对"非个人性"压抑的反叛淋漓尽致地挥洒出来，他们对"中心"和精英意识的有意疏离，促使其关注日常生活、迷恋个人自由言说；他们对"口语写作"的热衷充分反映出他们对个人的平民角色的自觉认同。等到了激情退却、大众文化繁荣、多元价值观念杂存的90年代，置身于复杂的生存语境，先锋诗人要实现写作的独立、完成对现实和历史的承担，以不可通约的个人经验对现实处境进行自由的言说，则必然要选择的一种写作姿态就是"个人化写作"，因为它保证了写作的独立品格，也影响着先锋诗歌在新的社会文化语境中的转型。正是这样对不同时期的"个人化写作"演变历程的综合考察，借助于不断深入的关于"个人化写作"理论层面和具体的实践路径的研究，诗评家们发现"个人化写作"是在不断承继、突破和超越中逐步演进的，有着深层的历史背景和诸多复杂的原因，其流变过程中尚存着不少的误区和歧路。而对于"朦胧"、"叙事性"等一些贯穿着先锋诗歌写作进程的关键词展开细致、深入的研究，不仅让人们看到了不同时期的诗学观念嬗变的轨迹，还看到了诗艺本质性的置换和审美原则的变化，从而可以更好地理解和把握先锋诗歌写作和批评。

另外，对现代诗歌精神的不懈找寻和建构，不仅成为先锋诗人写作的动力之一和重要内容，也成为了诗评家们特别关注的一个重要方面。尤其是诗评家们通过对先锋诗歌前卫思想指向的辨析和指认，有效地估衡了先锋诗歌裂变、分化、融合、创造在当时和今后的价值和意义，并将批评的触角伸向了哲学、社会学和文化学等广阔的领域，将书写主体的诗歌精神建构与诗歌理想建设有机地统一起来。同时，自觉的诗歌精神建构，也强化了批评者的批评理想诉求，增强了批评的现实关怀和历史承担，使批评更积极、主动地参与到当下创作进程中，夯实了批评的根基，避免了诗学建构中的"理论空转"和情感苍白，点燃了批评充满生命创造的激情。如果说20世纪80年代的先锋诗歌批评更多地着眼于先锋诗歌的破坏性，即它对既往的价值观念、艺术原则、写作技术的彻底反抗、颠覆、裂变的欣赏性评判，更多地关注诗人的思想先锋的考察和挖掘，那么，90年代以降的先锋诗歌批评则更侧重于对诗人的个人独立发言的探讨，尤其是探究身陷大众文化包围的先锋诗人如何对生存现实和历史有所担当，探究如何重建理想的诗歌精神，如何重返精神家园和思想高地，等等。对于这些具有终极意味问题的思考和求解，不仅深化了多方面的诗学问题探讨，还有效地保证了批评对当下和未来先锋诗歌写作的意义。

批评是一种神秘而冒险的事业，优秀的批评家在眼界、才华、情志、韧性、定力等方面都有着很高的要求。正是批评家队伍的不断成熟和壮大，推进了先锋诗歌批评的不断繁荣。三十年间，群星闪烁的老中青诗批评家汇聚成相当引人注目的庞大批评团队，队伍成员的身份有着很大的差异性和互补性，其中既有注重纯粹诗学理论和当代诗歌史建构的学院批评，也有以写作体验、感悟见长的诗人批评，还有偏于社会影响考虑的媒体批评等。他们的共同之处是都强调批评的自觉、独立、自由，他们个性飞扬的"个人化言说"催生了先锋诗歌批评杂语相陈的"百花齐放，百家争鸣"的热闹景象，批评的广度、深度和力度都得到了不同程度的加强。特别是随着批评视野的扩大，许多曾被忽略的批评对象得到了充分的重视，比如对一些诗歌民刊的持续追踪和热情批评，便构成了1978年以来先锋诗歌批评的一道特别的风景。民刊可以说是当代先锋诗歌消长的晴雨表，相当多优秀的先锋诗歌文本最初都是从民刊中走来的，很多零散的、没有充分论证的诗学主张最初也都是刊载于民刊之上的。批评家们对民刊的高度重视，不只是呈现出一种谦卑的批评姿态，促成批评主体下沉，将批评的视线下移，使批评因贴近日益边缘化的先锋诗歌写作"底层"而获取了一种更具"人间烟火味"的原生态资源；而且由于批评场域的扩大和批评容量的激增，许多新的、富有挑战性的诗学命题不容回避地置于眼前，如对"身体写作"和"底层写作"等进行审视和评判，必须要直面那些良莠不齐的民刊。这一方面，洪子诚、张清华、陈超、罗振亚等批评家以巨大的热忱和客观的评述，全面探究了先锋诗歌与民刊的渊源及民刊的特质、优缺点、未来趋向等，赢得了民刊编辑和诗人们的敬重。

　　需要引起注意的是，先锋诗歌批评在90年代以前有过很多的"轰动效应"，一些重要批评家及时、到位的批评，确实为先锋诗歌写作提供了强有力的理论支撑，有效地清除了某些观念上的偏见，对先锋诗潮起到了推波助澜的作用。也正是得益于批评家们的理论阐释和引导，先锋诗歌运动才高潮迭起，有代表性的诗人不断涌现，特别是在80年代中期以前的诗歌批评赢得了诗人和读者较为广泛的欢迎。随着1989年一种"深刻的中断"在先锋诗歌写作中的弥漫，写作和批评一同更加趋向于"边缘化"，以往常常能够产生"轰动效应"的批评变得越来越沉潜和清寂，很多批评家也不再期望做诗人写作的引导者，不再特别追求与创作的同步，而是将更多的目光投向刚刚过去的"尘埃落定"的诗潮等，重新审视那些被嘈杂和纷繁的表象掩盖的问题，在更为冷静的梳理和剖析后，推出了大量回顾性、总结性、反思性的批评。并且，由于更加突出严格性和规范性的学院化批评，众多批评者严谨的学术精神和治学方法确保了批评的学术性、范式性，避免了批评的随意性，但同时一些注重系统性和严密性的学院批评也有意或无意地疏远了写作，使批评的自足得以大面积推行的同时，也导致了一些批评的"自闭"。于是，不少诗人和读者开始质疑和责难90年代以来批评的"缺席"和"失语"。其实，就像不能将80年代先锋诗歌的辉煌归功于批评一样，过多地指责90年代以来的诗歌批评也欠公允，因为问题产生的原因是复杂多样的。当然，对于学院批评的"滞后"和"无力"，也确实令不少诗人对批评产生了怀疑，一些有更深远期待的诗人开始亲自上阵，一手写诗，一手写评论，他们结合自身的写作经验和感受，进行更加幽微、复杂的写作主张和理论阐释，大量的即兴式、感悟式、批注式、片段式的批评，与那些规范性的学理性批评共存，不仅在批评模式上进行了有益的补充，还对批评家们的思考方向、细密度等方面多有启发。但是诗人批评的感性化、随意性和不系统性等，也的确增加了阐释和理解的歧义性、矛盾性，他们在制造了许多新的批评兴奋点的同时也制造了更多的争端，特别是批评中过浓的感情色彩难免要冲淡批评的学理性，不少批评率性而偏颇，往往抓住一点而不及其余，或者干脆"跟着感觉走"，或者进行泛文化的批评，致使很多批评缺乏必要的学理锤炼和提升。

当时间的列车驶入物质化、大众化、平面化、娱乐化等空前繁荣的21世纪，在诗歌更加"边缘化"、诗人在"影响焦虑"中苦苦挣扎或在无边的寂寞中寻找自我超越之路时，先锋诗歌批评也注定了其相对寂寥和冷落的命运。从事这一职业的人如果不是出于对先锋诗歌虔诚的热爱，不是出于对学术研究的执著，恐怕很难在一个资本文化无所不在的浮躁而轻薄的时代，安然地沉浸到注定与功名利禄关涉甚少的批评活动当中。不过，也许正是远离了热闹的大众文化中心，远离了物质主义的种种诱惑和迷扰，近来年的先锋诗歌批评反而告别了往日掺杂了不少功利性的喧嚣，于相对清冷的一隅保持了一分难得的宁静和一分淡然的从容，在认真谛听诗歌行走的足音中守望着一分批评的理想。

当然，在先锋诗歌批评当中，也存在着一些不容回避的尖锐问题，诸如一些诗学观念和方法滞后、褊狭的批评，往往难以形成对批评对象进行艺术感觉和体悟，更不要说是深入的学术挖掘了。很多批评只是在做着表面上的条分缕析，在四平八稳、不温不火中做着隔靴搔痒、不着边际的浅层"抚摸"，就像批评家孙绍振所说的，那些非常严厉地批评青年诗人探索的批评者本身便"缺乏他们（指青年诗人——引者注）所具备的哲学和文化学理的基础，对于他们的话语和范畴十分隔膜"，对于这样的批评，"如果满足于从感性上表示不满，甚至强烈地义愤，除了说明我们无能以外，只能表明我们懒惰"。[①] 还有一些批评者陷于小圈子之内，搞帮派式的小团体批评，或混迹于传媒批评之间，喜欢哗众取宠地故作惊人之语，喜欢搞一些自以为是的远离实际的高谈阔论，他们失却了独立发言的批评立场，或以"独立"之名而行"自我中心"的自言自语；还有一些批评者在文本解读中陷入细碎的修辞技巧的钟表匠式的拆解或对私人隐喻不厌其烦的猜测误区，表面上看似乎突出了批评的"个人性"，但实际上一些批评者在借口注重文本研究的同时也助长了"文本中心主义"的泛滥，在极端的自我迷恋或"集体性盲从"当中丧失了主体清醒、独立的批评意识；还有的批评者在强调批评的学术性时，过于追求批评的学理严谨，大量地堆砌时髦的理论术语，进行玄奥、艰涩的逻辑推理，缺乏具体、生动的感性体验和流畅、优美的艺术性表达，人为地造成了许多批评文的本晦涩难懂，甚至玄虚莫测得令人望而却步；还有一些批评往往不自觉地倾向于还原作者创作心理、原初意向并以此为价值评判标准，沦为过度的文本阐释中的迷恋诗人自我论证的意向主义者和文本主题论者，形成一种新型的作者中心主义；还有少数的批评者是缺乏责任感的投机取巧和懒惰的滥竽充数，在他们的文本中存在着大量随意性的、缺乏明确界定的、含义模糊的批评术语，而所参照的作品又相当有限，其对问题的阐述和结论的得出都显得十分牵强……应

[①] 孙绍振：《关于所谓"脱离人民"的理论基础》，《诗探索》1999年第1辑。

该说，这些批评实践中的偏失、误区、歧路的客观存在，的确减损了先锋诗歌批评的影响力，造成了一定的批评危害甚至某种程度的批评危机，受到部分读者和诗人强烈的责怨也是在所难免的。

但是我们更应当看到，任何先锋性的探索总不免泥沙俱下，就像先锋诗歌一路"先锋"下来，在留下一串串骄傲的足迹的同时也留下了许多清晰的缺憾一样，先锋诗歌批评是在探索中前行的，自然会存在不少这样或那样醒目的问题。但总的说来，先锋诗歌批评三十年的整体成就在当代文学批评中还是十分显著的，其中很多批评还是开先河或引领风气的。它们的影响早已越出了诗歌批评领地，扩散的影响还波及了其他文学种类的批评乃至社会、文化批评等多个领域。而且，随着批评的不断成熟，关于如何建立理想的诗歌批评和批评的理想，已成为众多诗人和批评家们共同思考的重要问题，成为大家共同期望和努力追求的目标。越来越多的批评者在批评实践过程中已经充分认识到：要推动先锋诗歌批评健康地成长，首先必须不断地强化批评家的主体意识，批评家应始终保持独立的批评身份、精神和立场，不做创作的附庸，不为诗人的宣言、口号和诗歌文本所制约和束缚，也不是高高在上地充当指点江山的理论领袖，而应当谦逊地走进先锋诗歌写作现场，重返诗歌写作的历史语境之中，走进诗人和文本世界之中，热情、真诚、平等地与诗人及文本进行深层次的对话。同时，批评者还要不断吸收中西方的各种批评理论，提高批评主体的理论水准和艺术感受力，进一步拓展学术视野，将诗歌批评导向学术乃至社会公共领域，努力做专业的、内行的、知音式的批评，尽可能地减少批评的延宕、曲解和随意，推进批评与创作之间的良好互动，开创出先锋诗歌更大的辉煌。

显然，在当下前现代、现代、后现代文化共存的社会语境之中，人们并没有也不会真正地疏离温暖和滋润心灵的诗歌，诗歌写作和批评依然有着广阔的前景,先锋诗歌的探索依然是十分活跃的,先锋诗歌批评也在沉潜中拓展着,先锋诗学建构还有漫长的道路需要跋涉,更多的期待和求索依然"在路上"。

参考文献

程光炜主编：《岁月的遗照》，社会科学文献出版社 1998 年版。

程光炜：《程光炜诗歌时评》，河南大学出版社 2002 年版。

吴思敬：《心理诗学》，首都师范大学出版社 1996 年版。

洪子诚、刘登翰：《中国当代新诗史》，人民文学出版社 1993 年版。

张清华：《中国当代先锋文学思潮论》，江苏文艺出版社 1997 年版。

吕进主编：《文化转型与中国新诗》，重庆出版社 2000 年版。

孙玉石：《中国现代主义思潮论》，北京大学出版社 1999 年版。

罗振亚：《朦胧诗后先锋诗研究》，中国社会科学出版社 2005 年版。

陈晓明：《批评的趋势》，北京图书馆出版社 2001 年版。

张清华：《内心的迷津》，山东文艺出版社 2002 年版。

西渡：《守望与倾听》，中央编译出版社 2000 年版。

唐晓渡主编：《1998 年现代汉诗年鉴》，中国文联出版社 1999 年版。

杨克主编：《1998 年诗歌年鉴》，花城文艺出版社 1999

年版。

杨克主编：《1999年诗歌年鉴》，广州出版社2000年版。

陈仲义：《诗的哗变》，鹭江出版社1994年版。

刘士杰：《走向边缘的诗神》，山西教育出版社1999年版。

谢冕：《文学的绿色革命》，贵州人民出版社1988年版。

张桃洲：《现代汉语的诗性空间——新诗话语研究》，北京大学出版社2005年版。

王家新、孙文波编：《中国诗歌九十年代备忘录》，人民文学出版社2000年版。

王光明：《现代汉诗百年演变》，河北人民出版社2003年版。

程光炜：《中国当代新诗史》，中国人民大学出版社2003年版。

杨四平、谢昭新：《中国新诗理论概观》，中国文联出版社2006年版。

李震：《母语诗学论纲》，三秦出版社2001年版。

谢冕：《新世纪的太阳》，时代文艺出版社1993年版。

姚家华编：《朦胧诗论争集》，学苑出版社1989年版。

杨匡汉：《中国新诗学》，人民出版社2005年版。

陈旭光编：《快餐馆里的冷风景：诗歌诗论卷》，北京大学出版社1994年版。

程光炜：《朦胧诗实验诗艺术论》，长江文艺出版社1990年版。

尹国均：《先锋试验》，东方出版社1998年版。

钱中文：《文学理论：走向交往对话的时代》，北京大学出版社1999年版。

周宪等编：《当代西方艺术文化学》，北京大学出版社1988年版。

周宪：《审美现代性批判》，商务印书馆，2005年版。

徐岱：《基础诗学——后形而上学艺术原理》，浙江大学出版社2005年版。

藏棣等编：《激情与责任》，人民文学出版社2002年版。

张闳：《声音的诗学》，中国人民大学出版社2003年版。

杨俊蕾：《中国当代文论话语转型研究》，中国人民大学出版社2003年版。

陈超编选：《最新先锋诗论选》，河北教育出版社2003年版。

王岳川：《后现代文化研究》，北京大学出版社1992年版。

钟鸣：《旁观者》，海南出版社1998年版。

王一川：《中国形象诗学》，生活·读书·新知三联书店1998年版。

金元浦、陶东风：《阐释中国的焦虑：转型时期的文化解读》，国际广播出版社1999年版。

吴思敬：《走向哲学的诗》，学苑出版社2002年版。

吴思敬：《诗学沉思录》，辽宁人民出版社2001年版。

刘小枫：《现代性理论》，四川人民出版社1997年版。

盛晓明：《话语规则与知识基础》，上海人民出版社1998年版。

谢冕、唐晓渡主编：《磁场与魔方：新潮诗论卷》，北京师范大学出版社1993年版。

杨克主编：《1998中国新诗年鉴》，花城出版社1999年版。

唐晓渡：《唐晓渡诗学论集》，中国社会科学出版社2001年版。

王乾坤：《文学的承诺》，生活·读书·新知三联书店2005年版。

刘小枫主编：《现代性中的审美精神》，学林出版社1997

年版。

马大康：《诗性语言研究》，中国社会科学出版社 2005 年版。

陈超：《打开诗的漂流瓶》，河北教育出版社 2003 年版。

陈超：《生命诗学论稿》，河北教育出版社 1994 年版。

西川：《大意如此》，湖南文艺出版社 1997 年版。

欧阳江河：《站在虚构这边》，生活·读书·新知三联书店 2001 年版。

沈奇：《拒绝与再造》，西北大学出版社 1999 年版。

徐敬亚：《崛起的诗群》，同济大学出版社 1989 年版。

陈仲义：《中国朦胧诗人论》，江苏文艺出版社 1996 年版。

周伦佑：《反价值时代》，四川人民出版社 1999 年版。

吕周聚：《中国当代先锋诗歌研究》，中国广播电视出版社 2001 年版。

王家新：《没有英雄的诗》，中国社会科学出版社 2002 年版。

于坚：《拒绝隐喻》，云南人民出版社 2004 年版。

赵毅衡编：《新批评文集》，中国社会科学出版社 1988 年版。

王岳川：《现象学与解释学文论》，山东教育出版社 1999 年版。

徐贲：《走向后现代和后殖民》，中国社会科学出版社 1996 年版。

张法：《中西美学与文化精神》，北京大学出版社 1994 年版。

周瓒：《透过诗歌写作的潜望镜》，社会科学文献出版社 2007 年版。

南帆：《文学的维度》，生活·读书·新知三联书店 1998

年版。

吴尚华：《中国当代诗歌艺术转型论》，安徽教育出版社2004年版。

陈思和、杨扬编：《90年代批评文选》，汉语大词典出版社2001年版。

孙文波等：《语言：形式的命名》，人民文学出版社1999年版。

刘若愚：《中国的文学理论》，四川人民出版社1987年版。

陈旭光：《诗学：理论与批评》，百花文艺出版社1996年版。

叶维廉：《中国诗学》，生活·读书·新知三联书店1992年版。

朱大可：《燃烧的迷津》，学林出版社1991年版。

胡晓明：《中国诗学之精神》，江西人民出版社2001年版。

蓝棣之：《现代诗的情感与形式》，人民文学出版社2002年版。

孟繁华：《叙事的艺术》，中国文联出版公司1989年版。

郑敏：《诗歌与哲学是近邻——结构·解构诗论》，北京大学出版社1999年版。

王家新：《夜莺在它自己的时代》，东方出版中心1997年版。

孔范今、施战军主编：《中国新时期文学思潮资料》（上、中、下），山东文艺出版社2006年版。

［法］米歇尔·福柯：《权力的眼睛——福柯访谈录》，严锋译，上海人民出版社1997年版。

［法］利奥塔：《后现代性与公正游戏》，上海人民出版社1997年版。

［法］雅克·马利坦：《艺术与诗中的创造性直觉》，生活·

读书·新知三联书店1991年版。

［法］弗朗索瓦·利奥塔：《后现代状态：关于知识的报告》，车谨山译，生活·读书·新知三联书店1997年版。

［荷兰］佛克马、蚁布思：《文学研究与文化参与》，俞国强译，北京大学出版社1996年版。

阎嘉主编：《文学理论精粹读本》，中国人民大学出版社2006年版。

［法］茨维坦·托多洛夫：《批评的批评》，王晨阳译，生活·读书·新知三联书店1988年版。

［比］乔治·布莱：《批评意识》，郭宏安译，广西师范大学出版社2002年版。

方珊编：《俄国形式主义文论选》，方珊等译，生活·读书·新知三联书店2003年版。

［美］D. C. 霍埃：《批评的循环》，兰金仁译，辽宁人民出版社1987年版。

［德］哈贝马斯等：《文化现代性读本》，周宪主编，中国人民大学出版社2006年版。

［美］马泰·卡林内斯库：《现代性的五副面孔》，商务印书馆2002年版。

［美］威尔弗雷德等：《文学批评方法手册》，春风文艺出版社1988年版。

［美］爱德华·W. 萨义德：《知识分子论》，单德兴译，生活·读书·新知三联书店2002年版。

［美］M. H. 艾布拉姆斯：《镜与灯》，童庆生等译，北京大学出版社2004年版。

［美］詹姆斯·费伦：《作为修辞的叙事》，陈永国译，北京大学出版社2002年版。

［法］皮埃尔·布迪厄：《艺术的法则——文学场的生成和

结构》，刘晖译，中央编译出版社 2001 年版。

伍蠡甫主编：《西方文论选》，上海译文出版社 1979 年版。

谢冕：《浪漫星云》，广东人民出版社 1999 年版。

谢冕：《地火依然运行》，上海三联书店 1991 年版。

谢冕：《谢冕文学评论选》，湖南文艺出版社 1986 年版。

王光明：《文学批评的两地视野》，北京大学出版社 2002 年版。

李国华：《文学批评学》，河北大学出版社 1999 年版。

沈奇：《沈奇诗学论集》，中国社会科学出版社 2005 年版。

后　　记

又是春光明媚的四月，再次捧读几经修改的博士毕业论文，许多往事不邀而至。

1998年，我还就职于牡丹江市的一所师范学校，偶然与大学辅导员老师提及考研的话题，没想到，后来竟真的付诸了行动。只是，那会儿，我的业余创作热情正盛，文章频发大大小小的报刊，正在圆少年时便萌生的作家梦。另外，一向困扰自己的外语，也让我难以全身心地投入考研备战，很自然地，连续三年研究生考试，我都未能如愿。

2002年，因种种机缘巧合，我有幸调入哈尔滨师范大学，重回母校担任教师，从事写作教学工作。

进入高校后，在诸位老师和朋友的鼓励下，我开始恶补外语，终于在2005年考上了博士研究生，有幸师从著名学者罗振亚教授，开始了自己真正意义上的学术探索之旅。

其实，早在20世纪80年代末期大学中文系读书时，我就很仰慕罗老师的才华，当年虽未听过他的授课，但在听过他的一场关于诗歌美学的讲座后，便对罗老师油然而生敬重之情。

1991年夏天，我回母校参加高考评卷，在好友吴井泉的陪同下，去拜访罗老师。那个炎炎夏日的晚上，坐在罗老师很小的居室内，一边吃着杨丽霞师母切好的冰镇西瓜，一边倾听罗老师畅谈诗坛风云。很快，几个小时就过去了。告别时，竟有些恋恋不舍。

时光荏苒。大学毕业15年后，一直酷爱写作的我，在罗老师的鼓励、指导、帮助下，开始尝试当代诗歌批评研究。坦率地说，我此前一直对学术研究心存惶恐，因为我的基础实在薄弱，兴趣也不高。好在罗老师对我厚爱有加，常常给我一些茅塞顿开的点拨，帮我克服了诸多困难，引领我不断进步。

尤其令我感动的是，三年的博士论文写作，从选题的确立，到资料的搜集，从论文提纲的拟订，再到论文的写作和修改，每一个环节，罗老师都倾注了大量的心血。可以说，若没有罗老师的悉心指点，我根本不可能完成20多万字的博士论文。

每每想起与罗老师一同探究论文写作的那些情形，我心中总是充满无限的感激，深深地感谢恩师孜孜不倦的教诲。不仅仅在做学问方面，在做人、做事方面，我从罗老师那里也收获颇多。令我心存感激的，还有尊敬的师母杨丽霞，她给了我许多无微不至的关心。

感谢冯毓云教授、曹俊峰教授、姜哲军教授、于茀教授等老师在我求学的道路上曾给予我的许多无私帮助。感谢同门师兄吴井泉博士、陈爱中博士等，他们让我感受到了友情的温暖。

还要感谢我的妻子王丽杰，多年来她始终支持我的求学和写作，尤其是在我博士论文写作期间，她承担了全部的家务工作，让我全身心地投入论文写作之中。正逢中考的女儿也给予我很大的支持，她自觉学习，一点儿也没让我操心。

回望来路，需要感激的人还有很多很多。

在这阳光明媚的四月，捧读即将付梓的书稿，我满怀感恩，愿岁月安好。

2013年4月8日于哈尔滨